Martin Bücking

DIE FORTUNA

Roman von der Unterweser

Verlag Lohse-Eissing Wilhelmshaven

Einband und Umschlag von Albert Richinger

1. Auflage. 1921. Hamburg.
Alle Rechte vorbehalten.
Verlag Lohse-Eissing, Wilhelmshaven 1976
Gesamtherstellung Mohndruck Reinhard Mohn OHG, Gütersloh
ISBN 3-920602-21-8

1

Auf Deetjens Helgenplatz in Elsfleth wehen bunte Flaggen. Eine Menge Leute sind schon versammelt, es kommen aber immer noch mehr angegangen, die Herren vom Großherzoglichen Amt, der Bürgermeister, der Rektor von der Navigationsschule mit seinen beiden Lehrern, dann auch der Elsflether Hafenmeister. Auch der Wasserschout vom Braker Seemannsamt ist da und hat den Hafenmeister von Brake mitgebracht. Dragonersergeant Benedek hat sich stramm aufgestellt und salutiert, er will für Ordnung sorgen. Die gottsverdammten Jungs! Dreimal hat er sie schon vom Platz gejagt, aber oben auf den obersten Balken vom großen Kran, da kleben immer noch welche, und er kann sie nicht zu packen kriegen. Elsflether Jungs müssen dabei sein, wo was los ist. Sie sind wie die Habichte und müssen nach allen Windrichtungen Ausguck haben.
Auf dem Weserstrom blänkert die Aprilsonne. Leiser Wind zieht vom Wasser herauf, als müßte er das rote Gesicht vom Schiffsbaumeister Deetjen ein wenig abkühlen. Der dicke kleine Anton Wilhelm hat es heute mächtig drock. Seinen schwarzen Bratenrock hat er schon in einen von den Zimmerschuppen gehängt.
»Kinners und Leute, was für 'ne Wärmte! Ich glaube rein, ich kriege noch so'n littjen Schlag«, ruft er lachend nach den Gästen hinüber und wischt sich mit dem Rotseidenen über die Stirn. Aber dann wendet er

sich wieder seinen Leuten zu: »Hallo, Jungs, hebbt ji allens klar?«
»Alles klar!« antwortet eine ruhige tiefe Stimme.
Deetjen junior ist sinniger und kommt nicht so leicht aus der Puste. Wie kann sein Alter nur so hiddelig sein und zu der Stunde in Hemdsärmeln über den Platz zuckeln. Ein Stapellauf ist eine von den allergrößten Begebenheiten, die es für einen Schiffsbauer gibt. Volle acht Monate haben sie nichts anderes im Kopf gehabt als das Schiff, das heute mittag zu Wasser soll. Donnerwetter noch mal, die größte Schonerbrigg, die jemals von der Weser gefahren ist! Er sieht es wohl, wie die Augen von den Leuten immer wieder auf den Neubau gehen. Wanten, Hoofdtaue und Stags und all das frisch gelabsalte stehende Gut, wie das alles glitzert, und wie die blitzneuen Kupferplatten funkeln, die erst in den letzten Tagen rund um den Boden angeschlagen sind. Er hört auch, was der Rektor von der Steuermannsschule den anderen expliziert:
»Sehen Sie den Vorsteven an, meine Herren, wie schlank und dabei wie solide. Das Schiff könnte als Eisbrecher in die Polar. Solche Fahrzeuge, so durabel von Bauart und so geräumig für den Typ, werden nur an der Unterweser gebaut. Lassen Sie sich sagen, meine Herren, eine Elsflether Schonerbrigg nimmt es mit einer Bremer Dreimastbark auf.«
Deetjen junior lächelt überlegen vor sich hin. Was da mit seinem dicken schwarzen Leib wie ein Ungetüm von Walfisch noch auf dem Helgen sitzt und seinen Bug über den Deich reckt, ist doch nur halber Kram, nur ein lebloser Rumpf, auf dem nur die kahlen Untermasten stehen. Wenn erst die Stengen und Rahen, Segel und Blöcke und alles laufende Gut fertig ist und das Schiff schwimmt, dann sollen sie Augen machen.
Und ein Kapitän kommt an Bord, der kann sich sehen lassen, so jung er mit seinen achtundzwanzig Jahren

auch noch ist. Das ist der schlanke fixe Kerl da vorn in dem glänzend neuen dunkelblauen Tuchanzug, mit dem schwarzsamten Klappkragen und den Aufschlägen an seiner Jacke und dem breitkrempigen Schlapphut, der mit der glattrasierten Oberlippe und dem aschblonden krausen Backenbart, der neben Reeder Bardewiek steht. Eilert Haye ist sein Name. Er stammt aus Fedderwardersiel, da unten von der Wesermündung, wo sein Vater Sielwärter gewesen ist. In Elsfleth kennen sie ihn alle, besonders die jungen Mädchen, denn er ist hier zur Navigationsschule gegangen und hat seinen Steuermann gemacht und vor zwei Jahren auch die Schifferprüfung, aber verlobt hat er sich mit einer aus Fedderwardersiel, und übermorgen soll Hochzeit sein. Und Herr Bardewiek, mit dem Kapitän Haye gerade spricht, ist Korrespondentreeder von dem neuen Schiff und hat für sein Teil die Hälfte von den zweiunddreißig Parten in Händen. Mit Ausrüstung und Assekuranzprämie wird es sich auf vierundzwanzigtausend Taler Gold stellen, sagen sie. In Elsfleth reedert jedes Dienstmädchen, wie die Oldenburger behaupten, aber Oltmann Bardewiek ist der Unternehmendste. Laßt ihn heute man ruhig etwas Aufhebens fahrt und der Handel an der Weser sind das schon wert. ahrt und der Handel an der Weser sind das schon wert.

Die Leute stehen auf dem Helgenplatz herum und warten die Zeit ab, bis die Flut zum Kentern kommt. Ab und an blinzelt einer nach dem Strom hinüber, ob die schwarzen und roten Fahrwassertonnen noch nicht zum Schwoien kommen und ihre Spitzen stromabwärts drehen. Gerade fährt das Bremer Passagierboot vorüber, der gelbbraune Steamer, an dessen Radkasten mit großen hellgelben Buchstaben der Name Roland steht. Weiter oben beim Anleger an der Kaje hat der lange Käppen Lammers mächtig getutet und auf das Dampfschiff Oldenburg gewartet, das die Hunte herunterkommt. Jetzt stampft er weiter und nach Brake hinunter. Unterm Radkasten wirbeln die Schaufeln eine weißschäumende Woge auf, ein paar Minuten, dann klatscht lang eine Welle ans Ufer und brenzliger Kohlenstiem streicht über den Platz. Solch ein neumodisches Dampfschiff zieht jedesmal alle Augen auf sich. Aha, jetzt tutet es langgezogen da hinten vor der Huntemündung, wo das Zollwachtschiff liegt. Prost Mahlzeit, das Oldenburger Boot hat mal wieder bei Huntebrück festgesessen und den Anschluß verpaßt. Käppen Stühmer mag zusehen, wo er seine Passagiere für heute läßt. Die kleine Hunte ist überhaupt kein Fluß für Schiffahrt.

Auf dem Werftplatz stehen sie in Gruppen und schnacken miteinander. Eigentlich sind unruhige Zeiten in der Welt. Oberamtmann Oeltermann hat seine Weserzeitung wieder zusammengefaltet und in die Brusttasche gesteckt.

»Im Schleswigschen ist der Preuße über die Schlei gegangen und steht schon dicht an der Flensburger Förde«, teilt er mit. »Und der Däne hat sich bei Düppel hinter Schanzen gezogen, und die Schanzen gelten als völlig uneinnehmbar.«

Die andern zucken die Schultern. Uneinnehmbar? Gibt es für die Preußen etwas, was uneinnehmbar ist?

»Wie wird es mit Schleswig-Holstein werden?« fragt der Rektor von der Steuermannsschule. »Wird es dänisch bleiben?«

Einige sind dabei, die kräuseln bei der Frage die Lippen. Man bloß nicht immer soviel von Krieg reden, wir bauen unsere Schiffe und treiben unsern Handel. In unserm Oldenburger Land sind die Aussichten trotz der Kriegszeiten keine schlechten. Weit über zweihundert seegehende Schiffe gibt es in dem kleinen Land. Von Brake fahren noch immer die Auswanderer, trotz der Konkurrenz, die das große Bremen macht.

Aber bei Bremerlehe haben sie den neuen großen Hafen gegründet, da der alte Vegesacker längst nicht mehr taugte, und die Zeit muß lehren, ob solche künstlichen Gründungen sich auf die Dauer halten.
»Und beim Atenser Siel, wo die zwei großen Bauernhöfe liegen«, hat einer der Amtsherrn gehört, »da haben sie mitten zwischen dem Schilf einen hölzernen Anleger in die Weser hineingebaut, und die neue bremische Dampferkompagnie läßt da ein paar Dampfer mit Vieh nach England gehen.«
»Ach, der sogenannte Norddeutsche Lloyd?« fragt einer gedehnt. »Wir wollen stillkens abwarten, ob sich das bei den Nordenhammer Höfen halten wird. Was können uns die Bremer viel machen? Unser Elsfleth und unser Brake liegen viel zu günstig mitten am Strom.«
Die andern stimmen ihm zu. Wie ist es doch in Bremen vor einigen Jahren gewesen, als die neue Kompagnie gegründet werden sollte und die erbosten Kahnschiffer das Haus von Konsul Meier an der Stintbrücke mit Blut besprengten? Sie sollen sich auch in Bremen lieber nicht allzuviel vornehmen. Und liegen nicht überall zwischen Elsfleth und Brake den Deich entlang alle die Schiffshelgen, bei Elsfleth die fünf, bei Lienen die drei, und dann die bei Hammelwarden und weiter unten die bei Brake bis ganz nach Klippkanne hin? Und morgen soll bei A. W. Deetjen schon wieder der Kiel für eine neue große Schonerbrigg gestreckt werden. Gut so, denn seit der Weserzoll von Elsfleth fort ist, der viel Leben in den Ort gebracht hat, muß wieder Leben daher. Wegen des vermaledeiten Zollbretts haben sich die Oldenburger Grafen und die Bremer Pfeffersäcke jahrhundertelang in den Haaren gelegen, aber das hilft nun alles nichts, es muß wieder Leben daher, und nur das Wasser bringt Leben.
In die Festversammlung ist plötzlich Bewegung hin-

eingekommen. Die Jungens, die hoch oben an den Balken vom Kran kleben, haben etwas gerufen:
»De Tünnen dreiht sick!«
Jetzt kann der Stapellauf vor sich gehen. Helgenmeister Deetjen und seine Leute haben längst alles klar gemacht, die Glitschkissen, die Leisten zum Abgleiten, die Beihelgen, das Verschlußholz, die Trosse, die zuletzt gekappt wird. Alles, was rutschen soll, ist mit Wachs und brauner Seife eingeschmiert. Die Meistersknechte haben auch fix Weserschlick mit zwischengetan. Der hülfe am besten, behaupten sie.
»Hallo, kann't losgahn?« hallt es noch einmal über den Platz.
»Allright, alles klar!« kommt eine tiefe Stimme zurück.
Deetjen senior hat einem jungen Mädchen zugenickt. Die steigt jetzt mit einer anderen die bekränzte Taufkanzel hinauf, wo zwei Fahnen in den Wind wehen. Helleuchtend im tiefblauen Feld das schmale rote Kreuz ist die feierlich ernste Landesflagge. Und auf der andern Seite das Schwarz-rot-gelb, das sind die Farben, die vor fünfzehn Jahren in Brake wehten, als die jungen Mädchen für den Admiral Brommy und sein Flaggschiff Barbarossa die seidene Flagge gestickt hatten. Das war damals, als die vierzehn Schiffe von der deutschen Reichskriegsflotte an den Dalben lagen und in Bremerhaven die vierzehn andern und in Brake für die große Panzerkorvette Erzherzog Johann das Trockendock gebaut wurde. Und zwei Jahre darauf haben sie die schwarz-rot-goldene Admiralsflagge mit in sein Grab gelegt, denn der Admiral liegt am Deich zwischen Elsfleth und Brake begraben, bei der Hammelwarder Kirche, wo hohe Wände von Lindenbäumen seine Ruhestatt gegen den Strom abschließen, als sollten die Schiffe, die vorbeifahren, nichts davon gewahr werden.

Auf dem Werftplatz herrscht erwartungsvolle Stille. Alle neigen den Kopf, um besser zu hören. Die da oben auf der Kanzel in dem weißen Tüllkleid, das ist Anna Bardewiek, Oltmann Bardewieks Älteste, und die andere, die das Bukett in der Hand hält, ist ihre jüngere Schwester. Einer von den jungen Leuten, der bei Bardewiek im Kontor schreibt, hat das große Bukett mit der weißen spitzenverzierten Manschette extra aus Hamburg kommen lassen. Henny Bardewiek steht dicht neben ihrer Schwester und hat einen Zettel zwischen den Rosen und Nelken – für den Notfall. Einer von den Navigationslehrern hat ihr die Rede aufgesetzt, und der junge Mann aus dem Kontor hat sie ihr zweimal abgehört.
Jetzt hebt die Mädchenstimme an und klingt über den Platz hinüber, zuerst etwas zaghaft, bald aber laut genug. Ein Stapellauf, so kommen ungefähr die Sätze, ist für Elsfleth und das Oldenburger Land ein hochbedeutsamer Augenblick. Gleichwie der einheimische Schiffbau dem deutschen Namen allzeit Ehre gemacht hat, so will auch dieses jüngste Erzeugnis einheimischen Gewerbefleißes dem Verkehr von Nation zu Nation neue Bahnen eröffnen und alte befestigen. Ungewiß ist die Zukunft, wer aber seine Pflicht tut und Tüchtiges zu leisten bestrebt bleibt, der ist auch imstande, dauerndes Glück an sein redliches Vorhaben zu heften. Und nun kommen hell und klar und allen hörbar die Worte:
»Tritt mit fröhlichem Mute deine Fahrt an, du gutes und tüchtiges Schiff, durch fleißige Menschenhände künstlich erbauet, mache glückbringende Reisen hin und her über die Weltmeere, nicht zu bloßem schnöden Gewinst als vielmehr zur Ehre unserer Heimat und zum Nutzen unserer Nation. Ungetrübte Heiterkeit begleite dich auf allen deinen Wegen, und die Allmacht beschütze dich, so daß du stets glücklich in

den Hafen der Heimat einläufst. Ziehe hin zu den entferntesten Ländern, und dein Name sei von Bedeutung für alle diejenigen, welche ihre Hoffnung auf dich setzen. Ich taufe dich, gute Schonerbrigg, auf den Namen Fortuna!«
Bei den Worten hat sie das Bändsel angezogen und läßt die Flasche Champagnerwein gegen die Bugwand fallen. Die Flasche zerspringt in Stücke. Gelblich schäumend fließt es über die Planken bis unten an die Kupferung hin.
Der specknackige Helgenbaas hat sich auf einen Stapel Balken gestellt, steht hoch aufgerichtet und überschaut das Ganze. Die letzten Worte vom Fräulein hat er kaum noch gehört. Seine Sorge ist, daß das Schiff nunmehr glatt abkommt. Die Meistersknechte haben schon eine Daumkraft angesetzt. Die Winde des Hebels klinkert.
»Se muwt – se muwt!« rufen zehn, zwanzig Stimmen zugleich.
Richtig, das Schiff hat sich bewegt. Durch die Spanten und Planken ist ein leises Knacken gegangen. Schon erschallt ein Kommando:
»Hau weg dat Slotholt!«
Rasch schlagen die Zimmerleute den langen Balken vom Verschlußholz los. Der kurze Drempel, der vorn als Stütze daran sitzt, fliegt mit zur Seite. Die Seitenstützen fallen um, die Beihelgen kommen ins Rutschen. Das Schiff hat sich in Bewegung gesetzt und fängt an zu gleiten, rascher und immer rascher. Wie eine helle Wolke fliegt ein Hurra in die Luft. Unwillkürlich sind die Zuschauer ein wenig zurückgetreten, wie dicht über ihnen die hohe dunkle Masse in Bewegung kommt. Jetzt stößt der Achtersteven planschend ins Wasser. Nach allen Seiten schäumt eine Welle auseinander. Das Schiff will nach dem Sand hinüberschießen, der als langgestreckte Insel mitten in der Weser

liegt, doch schon rasselt die Kette aus der Klüse, der Anker fällt ins Wasser und hakt im Grund fest. Das Schiff schwankt hin und her, dreht sich in die Strömung und liegt dann still. An Bord sind inzwischen die Flaggen klargemacht, vorne der blaurote Oldenburger und überm andern Mast die Kontorflagge, das lateinische OB mit blauem Fünfstern im weißen Feld. Jetzt, da das Schiff im Wasser liegt, kommt es erst zur Geltung. Man sieht es erst, wie stattlich die neue Schonerbrigg ist und was für schlanke Formen sie hat.
An Land stehen noch Gruppen herum. Man beglückwünscht den Helgenbaas, dann auch Herrn Bardewiek.
»Ihre Tochter hat ihre Sache famos gemacht«, meint der Braker Wasserschout. »Nun muß doch auch wohl eine schöne Galionsfigur vor den Steven?«
»Soll auch«, gibt Bardewiek zur Antwort. »Der Name ist ja ein bißchen herausfordernd, aber ich meine, Glück muß dabei sein bei der christlichen Seefahrt.«
Einer der Herren vom Amt ist ins Philosophieren geraten. Fortuna, ja, das ist die Göttin, die wahllos ihre Gaben austeilt, und das Wort bedeutet eigentlich nur soviel wie Zufall oder Schicksal, aber in dem Namen liegt Vertrauen und Hoffnung.
Der junge Kapitän Eilert Haye steht dabei und hört sich das lächelnd an. Auf Namen kommt es nicht an, aber der Name ist gut. Er will schon das Seine tun, und die Allmacht, von der im Taufspruch die Rede war, mag weiter helfen.
Er sieht, Fräulein Bardewiek wird von ihren Freundinnen umringt und nimmt alle die Komplimente gelassen hin. Er hat sie vorhin schon begrüßt, doch sie hat getan, als könnte sie sich seiner kaum noch erinnern. Und das war besser so. Es hat einmal eine Zeit gegeben, da ist ein blutjunger Steuermannsschüler mit ei-

nem hübschen Kind unter den blühenden Linden der Kaje spazierengegangen, brennende Küsse, die im Abenddunkel getauscht wurden, heiße Schwüre, die zu den verschwiegenen Linden aufstiegen. Er weiß es noch, als wäre es gestern gewesen, wie er ihr zum erstenmal begegnet ist, als sie mit ihrer Schwester die Deichstraße entlangkam, beide die Köpfe nicht links noch rechts gedreht, aber mit ihren Augen auf beiden Seiten alles abgeleuchtet. Wen gab es im Städtchen, die nicht genau wußte, wo ein Steuermannsschüler sein Logis hatte? So närrisch verliebt war er damals, daß ihm seine Logarithmen und die sphärische Trigonometrie mitsamt terrestrischer und astronomischer Navigation wild durcheinandergeschossen sind. Und als er nach Jahr und Tag zum Kursus auf große Fahrt das zweite Mal nach Elsfleth kam, war sie verschwunden. Verreist oder nicht verreist, er hat sie nicht zu sehen bekommen. War ihre Mutter, die damals noch lebte, hinter die Schwärmereien gekommen, die sie für aussichtslos hielt, oder was war geschehen? –– Doch das sind Dinge, die sind längst verwunden. Er will auch heute nicht wieder nach ihr hinsehen. Aus dem überschwenglichen langbezopften Backfisch von damals ist ein vernünftiges junges Mädchen geworden, fast eine vornehme Weltdame, und eine verwöhnte Reederstochter paßt am Ende nicht recht mehr zum Fedderwarder Sielwärterssohn.

Aber was für Gedanken, die ihm da kommen! Er kennt in seinem kleinen Fedderwarden eine, die er von ganzem Herzen liebgewonnen hat und die ihn innig wieder liebt. Nur eine schlichte Lotsentochter vom Siel, seine Christine, doch Art von seiner Art, und sie kennt das Schifferleben und spricht die Sprache, die die Sprache seines Berufs und seiner Leute ist. Mit Christine Ricklefs wird er glücklich werden, das weiß er bestimmt. Und übermorgen soll Hochzeitstag sein. Von

dem Tag an wird die Schicksalsgöttin kein doppeltes Angesicht haben, wie der hochstudierte Amtmann es vorhin auseinandersetzen wollte, sondern wird ihm nur ein lachendes Gesicht zeigen, denn er will sich aus seiner eigenen Kraft seine Zukunft zurechtzimmern.
— — Schade, daß sie nicht beim Stapellauf dabei gewesen ist. Sie hat kommen wollen und hat es ihm fest zugesagt. Es ist ja unser Schicksalstag, hat sie ihm vorgestern bedeutet. Aber die Reise ist ihr doch wohl zu umständlich gewesen, mit der Post erst die endlosen Chausseen bis nach Großensiel, dann mit dem Dampfschiff die Weser herauf – Wind und Wetter vorbehalten, ist ein altes Schifferwort. Möglich auch, daß es mit ihrem Vater schlimmer geworden ist. Der pensionierte Lotse Peter Ricklefs hat in letzter Zeit viel mit seinem Rheumatismus zu tun gehabt.
Korrespondentreeder Bardewiek hat sich endlich von seinen Glückwünschern losgemacht und tritt wieder zu ihm.
»Ein Glück, daß nicht alle Tage Stapellauf ist«, meint er schmunzelnd und klopft ihm auf die Schulter. »Jetzt kommt es auf Sie an, Käppen Haye. Ich denke, Sie sind mir nicht umsonst als besonders tüchtig empfohlen. Aber auch an mir soll's nicht fehlen, wir beide gehören zusammen und müssen Hand in Hand arbeiten.«
»Das soll ein Wort sein, Herr Bardewiek«, gibt der andere zur Antwort. »Geht es dem Reeder gut, dann fährt auch der Kapitän nicht schlecht, und umgekehrt.«
Über die Worte seines Reeders hat er sich gefreut. Er fühlt es heraus, Oltmann Bardewiek spricht nicht bloß in seinem eigenen Namen und denkt auch an alle, die mit ihren Parten beim Schiff beteiligt sind, und es sind kleine Leute dabei. Er selbst mit seinen vier Anteilen von insgesamt dreitausend Talern gehört ja auch dazu. Sein Bruder Karl, der in Brake wohnt, und der alte Ricklefs haben mit aufgebracht, was ihm noch fehlte.

»Kann in vierzehn Tagen alles fix und fertig sein?« fragte der Reeder. »Eure Orders kriegt ihr noch. Könnt ihr dann von Bremerhaven in See gehen?«
Der Gefragte antwortet, daß er noch drei Wochen gebraucht. Eher kann es nicht gut angehen, er hat noch zuviel klarzumachen und das Riggen muß sorgsam vor sich gehen.
»Auch gut«, meint Bardewiek. »Wir kommen noch immer rechtzeitig. Fix im Trimm muß alles sein, das ist die Hauptsache. Man bloß keine Überstürzung.«
Damit gehen die beiden auseinander.
Die Leute haben sich vom Platz verlaufen. Die geladen sind, sind nach Hause gegangen und machen sich fürs Festessen zurecht. Auch die Zimmerleute haben heute einen festlichen Tag. Sie sitzen in einem von den Schuppen, und es gibt belegtes Butterbrot, dazu Lagerbier und Genever. Und heute abend ist im Goldenen Anker an der Deichstraße für alle Mann ein Ball.
Gerade als Eilert Haye auf die Straße hinausbiegen will, kommen ihm leichte rasche Schritte entgegen. Christine! Hochgewachsen und schlank wie eine junge Birke, ihr Haar blond wie Gold, halb Übermut, halb ärgerliche Verlegenheit auf den glühenden Bakken, in ihren hellen Augen aber ein glückliches Leuchten.
»Christine, min beste Deern, wo kummst du her?«
Er lacht über sein ganzes braunes Gesicht, hat sie bei der Hand gepackt und wirbelt sie einmal um sich selbst herum. Sie ist noch ganz außer Atem, streicht sich die widerspenstigen Kraushaare zurück, die immer wieder unter ihrem Hut hervorquellen, und fängt an zu berichten. Natürlich, sie wäre vorhin gern dabei gewesen. Aber dem Vater ging es nicht gut. Der Alte hatte aber so geknurrt, sie sollte keine Rücksicht auf ihn nehmen, daß sie schließlich doch noch losgereist war.

»Fein, daß du gekommen bist!« ruft er fröhlich. »Ich wußte immer nicht, was mir fehlte, aber nun weiß ich's. Guter Wind war schon da, auch die Sonne schien, aber sie wärmte nicht recht. Aber nun strahlt sie.«
Das Essen für die geladenen Gäste soll in Hauerkens Hotel sein. Es ist das vornehmste Haus im Ort und noch nobler als der Großherzog von Oldenburg am Marktplatz, wo die Seeleute verkehren. Es hilft nichts, Christine soll mit. Man muß die Feste feiern, wie sie fallen. Sie wirft einen fragenden Blick auf ihr neues blaues Reisekleid. Den feinen englischen Stoff hat er ihr aus Antwerpen mitgebracht.
»Ich weiß wohl, für dich bin ich längst fein genug, aber die andern?«
»Alberne Deern, nun komm man«, entscheidet er lachend. »Elsfleth ist eine große Seestadt und die Leute sind hier nicht kleinlich. Nein, Spaß beiseite, Christine, du kannst dich so sehen lassen. Und Kapitänsfrauen gehören zu den reisigen Leuten, solange es Kapitäns auf der Welt gibt.«
Im Hotel sind die Honoratioren beisammen. Auch eine Reihe Damen ist da. Im Binnenland ist es nicht Mode, daß die Frauen mitessen, hier am Wasser ist man nicht so steifbeinig. Selbstverständlich sind auch die beiden Töchter von Herrn Bardewiek dabei. Eilert Haye sitzt neben seiner Braut, und Anna Bardewiek sitzt ihnen schräg gegenüber. Ein Gespräch über den Tisch hinüber kommt nicht in Gang. Christine ist frisch und munter, hat alle Befangenheit abgestreift und erzählt ihm von zu Hause. Fräulein Bardewiek in ihrer neumodischen pompösen Krinoline findet ihre Bewunderung, doch ihre jüngere Schwester Henny gefällt ihr noch besser, die ist herzlicher und freundlicher, tut nicht so gleichgültig und beobachtet sie auch nicht in einem fort. Sie hat es sofort gemerkt, Anna Bardewiek ist gegen ihren Tischnachbarn ziemlich einsilbig, ei-

nen jungen Mann, der allen Leuten erzählt, daß er ein Hamburger Großkaufmannssohn ist, mustert sie selbst aber jedesmal, wenn sie mit ihrem Bräutigam spricht.
Es gibt verschiedene Trinksprüche. Herr Bardewiek toastet auf den Erbauer des Schiffs und den Schiffsbau an der Unterweser. Der kurzatmige Meister Deetjen erwidert sofort mit einem Spruch auf das Kontor und wünscht allen Parteninhabern viel Freude am Schiff. Manchmal verheddert er sich mit seinen Sätzen, doch sein Sohn sagt ihm leise die Stichworte vor, wenn er steckenbleiben will. Oberamtmann Oeltermann erhebt sich zu einer schwungvollen Rede, widmet auch der jungen Braut ein paar artige Worte und bringt einen Vers aus Wallensteins Lager an, die Worte des Wachtmeisters an den Rekruten:

> Auf der Fortuna ihrem Schiff
> Ist Er zu segeln im Begriff:
> Die Weltkugel liegt vor ihm offen,
> Wer nichts waget, der darf nichts hoffen.

Bei dem Spruch hat jemand seiner Nachbarin tief in die Augen gesehen. Sie stoßen miteinander an, und ihr jungfrisches Gesicht strahlt wie die Sonne.
Nach altem Brauch fällt dem neuen Kapitän nun die Aufgabe zu, der jungen Dame zu gedenken, die seinem Schiff Patendienste geleistet hat. Der Rektor von der Seemannsschule und der Braker Wasserschout haben ihm schon ein paarmal zugeplinkt. Er ist aufgestanden und klopft ans Glas. Seine Braut hält den Atem an. O Gott, ihr kleiner Schonerkapitän und alle die nobeln fremden Herrschaften? Und geredet hat ihr Eilert noch niemals und in seinem ganzen Leben nicht. Sie sieht es wohl, dem blaßgesichtigen Kontormenschen an Fräulein Bardewieks Seite zuckt es um die Lippen, er kneift die Augen ein wenig zu und spielt mit seiner Scrviette.

Haye reckt sich in den Schultern und sieht sich im Kreise um. Gottverdammt, Redenhalten ist keine Sache für einen ehrlichen Seemann, aber was sein muß, soll gemacht werden, und wenn dem Teufel seine Großmutter ihn anfletschte.
Es ist ihm ein nicht geringes Vergnügen, Fräulein Bardewiek für den schönen Taufspruch zu danken. Wenn nur die Hälfte von all den guten Wünschen in Erfüllung geht, die man seinem Schiff heute von allen Seiten dargebracht hat, dann können alle Beteiligten zufrieden sein. Für ihn ist es selbstverständlich, daß Reederei und Schiffsführer denselben Strang ziehen, denn nur auf die Weise kann die Seefahrt gedeihen, und was ihn selbst betrifft, so wird er das auf ihn gesetzte Vertrauen rechtfertigen und seine volle Kraft in den Dienst der Sache stellen.
Er merkt es an sich und den Gesichtern der andern, er spricht viel besser, als er sich's gedacht hat, und zum Schluß sticht ihn der Hafer:
»Die Stadt Elsfleth hat unserer Seemannschaft von jeher freundliche Herberge und tüchtige Hausfrauen geliefert. Ich wünschte, das möge so bleiben, und trinke auf das Wohl der Elsflether Frauen und Jungfrauen, im besonderen auf das von Fräulein Anna Bardewiek!«
Während seiner letzten Worte hat er die ihm Gegenübersitzende fest angesehen. Sie saß anfangs mit flackernden Augen da und lehnte sich steif zurück. Jetzt ist sie aufgestanden und stößt unter förmlichem Kopfneigen mit ihm an, während ihr halb zugepreßter Mund, nur ihm vernehmbar, ihm zuraunt:
»Ich weiß nicht, wie ich das um Sie verdient habe, Eilert Haye!«
Das Festmahl nimmt seinen Verlauf. Eilert Haye versucht unauffällig in Annas Augen zu forschen. Ihr Wort ist ihm ein Rätsel, doch ihn dünkt, nie habe ein

junges Mädchen mit eisigeren Blicken zu Tisch gesessen als sie.
Nach dem Essen begibt sich die ganze Gesellschaft zum Ball der Schiffszimmerleute. Im Goldenen Anker geht es schon lustig her, aber die Schiffszimmerleute halten etwas auf sich und ihre Zunft. Und auf seinen Baas läßt kein Meisterknecht etwas kommen. Sobald die aus dem Hotel abgelegt haben, stellt sich der Altgesell breitbeinig mitten in den Saal, den Bierschoppen zünftig in der Hand, zwei Finger im Henkel und zwei Finger unten. Mit singeriger Stimme, als ob er einem Toten die Litanei hält, tut er seinen Spruch:
»Und denn will ich man wünschen, daß das mit der Schiffahrt nach Wunsch und Geziemen geht. Und was unser Baas ist und dem sein Sohn, und was der Korrespondentreeder ist und alle, die mitreedern, und was der neue Herr Kapitän ist und dem seine Braut, die wollen wir mal alle hochleben lassen. Vivat hoch!«
Und jetzt tanzen sie wieder, die Schiffszimmerleute. Sie tanzen einen Schottischen, einen Rheinländer, eine Polka mazurka. Hallo, die vierschrötigen Kerls mit ihren weiten schwarzsamten Hosen, die unten glockenförmig sind und ihnen um die Fußgelenke schlagen, wie sie drehen und schleifen. Die buntgeblümten Seidenwesten mit den zwei dichten weißen Reihen Perlmuttknöpfen, ihre feierlichen Flatterschlipse, wie staatsch sich das macht. Mehrenteils sind es Leute von Farge oder Rönnebeck, auch einige von der Delmenhorster Geest, schon viele Verheiratete mit glatt rasierten Oberlippen dazwischen, die Sonnabends mit ihrem Segelboot bis Lemwerder und nach Muttern fahren. Mit dem oberländischen Eichenholz wissen die am besten umzugehen. Das kommt in Flößen die Weser herunter, aus dem Sollingwald bei Holzminden oder von der Porta oder von den Bergen bei Hameln.

Es ist keine Tanzmusik, bei der alte Musikanten nur für junges Volk aufspielen, es ist ein ernsthafter Ball, wo alle mittanzen, auch die Honoratioren. Die vier Musikanten arbeiten im Schweiß ihrer Angesichter. Die Baßtrompete hat die Führung, während die zwei Tenorhörner immer nur quinquelieren, beim Schluß der Passagen aber solche Schnedderengs machen, daß man sie für die Macher halten soll. Und der vierte hat die große und die kleine Trommel und stellt den Takt her, wenn die andern zu weit auseinander kommen. Die Baßtrompete von Käseburgersiel kennt alle Melodien, die neuesten und die ältesten, kein Kindersang und kein Volkslied, das sie nicht in einen Hopser oder Schleifer umsetzt, doch das Liebste, was sie spielt, ist jetzt die Melodie Schleswig-Holstein.
Kapitän Haye hat Fräulein Bardewiek zum Ehrentanz aufgefordert, aber sie haben die Runde abgemacht, als wären sie fremd miteinander, und sie sitzt jetzt mit blassem Gesicht und schlägt jeden Tanz aus.
Die Zimmermannsleute rechnen es sich zur Ehre, auch einmal mit den feinen Damen zu tanzen. Die blonde Kapitänsbraut fliegt von einem Arm in den andern, kommt aber bald zu ihrem Verlobten und sagt, sie möchte nach Hause. Auch er hat genug vom Tanzen und den Lebehochs. Wie sie über den Marktplatz gehen, wo die dunkeln alten Giebelhäuser stehen und ihnen aus der Ecke das altertümliche Gebäude zunickt, das mit seinen Luken und Takelrollen einstmals den Weserzoll beherbergte, zieht es ihn an die Kaje und den Strom.
Auf dem Wege überfällt Christine ihn mit einer Frage:
»Eilert, jetzt sag mir, was habt ihr miteinander, du und die Bardewieks Tochter?«
»Wieso, Schatz, wie kommst du auf die Frage?«
»Meinst du, ich hätte keine Augen im Kopf, Eilert Haye?«

Er lacht und zieht sie fester an sich:
»Du brauchst nicht eifersüchtig zu sein, kleine Maus, wir haben uns beide mal gut gekannt, aber das war einmal.«
Sie langt mit der freien Hand um seine Schulter herum und zwickt ihn am Ohrläppchen:
»Du, keine Dummheiten mehr machen, Eilert Haye, hörst du? So etwas ist jetzt vorbei, verstehst du?«
»Ist es auch!« macht er eifrig. Er ist wieder ernsthaft geworden und nimmt ihr Wort von neulich wieder auf:
»Und heute ist unser Schicksalstag.«
Damit ist es abgetan. Christine kennt ihre Seeleute. Die sind flott, manchmal bis zum Leichtsinn, aber für ihren Eilert fängt ein neuer Lebensabschnitt an.
Draußen am Wasser ist es still. Nur ganz gedämpft klingt von fern ein Summen und Schrummen herüber. Weiterhin ist auch das nicht mehr zu vernehmen. Still zieht der weiße Strom seine Bahn. Drüben am andern Ufer, wo der Sand liegt, können sie das Schilf rauschen hören.
Die Linden auf der Kaje stehen noch kahl und haben erst ganz kleine Knospen. Die Aprilnacht ist kalt, und sie schmiegt sich dicht an ihn. Sie sind stehengeblieben und blicken aufs Wasser hinauf. Verloren schimmern hier und da einzelne Lichter, und glitzernde Streifen gleiten übers zitternde Wasser silbrig zu ihnen herüber. Weiter unterhalb schwimmt eine dunkle Masse im Strom, in ungewissen Umrissen, fast wie ein Schatten. Er deutet hinüber, ohne etwas zu sagen. Das ist das Schiff.
Sie wollen das Wort, das heute so oft ausgesprochen ist, nicht noch einmal auf die Lippen nehmen. Zu denen, die viel darüber reden, kommt das Glück nicht, aber zu denen, die sich ihr Lebensglück selber schaffen und es festhalten wollen, da kommt es.

2

Wo die Weser in die Nordsee geht und meilenweite grauweiße Sandbänke nach See zu in spitze Zungen auslaufen, schneidet zwischen die Wattrücken vom Langlütjensand und dem Hohenweg ein langes schmales Fahrwasser ein und setzt hart am Butjadinger Küstendeich hin. An der äußersten Ecke vom Festland liegt Fedderwardersiel. Das ist das kleine Nest, wo Eilert Haye und Christine Ricklefs zu Hause sind. Heute ist erster Mai, und am Siel wehen Hochzeitsfahnen. Die am Mast neben der Schleuse hat Sielwärter Haye seinem Sohn zu Ehren heute morgen geheißt – trotz seines infamigten Gliederreißens. Daß er's auf seine alten Tage noch erlebt, seinen Eilert als richtigen Kapitän zu sehen – kein Küstenklepper, sondern ein seegehendes Schiff von über dreihundert Last –, das ist eine so gewaltige Freude, daß er's nur durch Knurren äußern kann. Und ganz Fedderwarden freut sich mit. Alle die Kähne und Vortoppschoner im Hafen haben Flaggen gesezt, die meisten den blauroten Oldenburger, einige den weißrot gestreiften Bremer Speck oder den preußischen Kuckuck oder den Hamburger Dreiturm, auch ein Hannemann mit seinem Danebrog und ein dickbauchiger rot-weiß-blauer Kaaskopp sind dabei.
Die Fedderwarder Lotsenhäuser sind wohlhäbiger gebaut als die Katen von den Kahnschiffern und Buttfischern. Die salze Luft bläst einen grünlichen Hauch an

die Mauern und macht die rostbraunen Backsteine älter aussehend, um so heller blänkern aber die messingnen Türgriffe und die geputzten Namenschilder, und die rot übermalten Steinpfäde laufen noch sauberer durch den geharkten Vorgarten als anderwärts. Zierliches Schnitzwerk an den Haustüren und in lauter kleine Felder geteilte Fenster mit weißlakkierten Sprossen zeigen es, wer hier wohnt, hat ein besseres Einkommen, dafür aber auch einen gefährlicheren Beruf. Von der Bremerhavener Reede bis zur äußersten Außenweser, wo die Untiefen ein Ende haben und die offene See beginnt, sind es sechsunddreißig Meilen, und wer durch das Geschiebe von den Platen und Sänden hindurch will, nimmt sich am sichersten einen Lotsen. Die kreuzen beim Weser-Feuerschiff vorm Revier, sind mit ihrem Zweimastgaffelschoner manchmal aber auch schon bei Terschelling zu treffen oder vorm englischen Kanal.
In Peter Ricklefs nettem kleinen Giebelhaus, das sich vorm Nordwest hinter den Deich duckt, sitzen sie gemütlich beim Hochzeitskaffee. Es gibt Butterkuchen und Bombeisjes, und die Männer nehmen sich Rotspon oder noch lieber einen Grog. Vormittags sind die Zwei mit den Trauzeugen nach Langwarden zur Kirche gewesen, Pastor Kolbe hat ihnen die Hände ineinandergelegt, und vom efeubewachsenen Glockenturm haben die Glocken geläutet, daß es über den Außendeich weit übers Watt klang und die wiegenden Wellen den Hochzeitsgruß aufnahmen. Zu Mittag sind sie nur mit Sechsen gewesen, die junge Frau als einziges weibliches Wesen, denn ihr Vater und Eilerts Vater sind beides Wittmänner, und die beiden andern waren ihr Bruder Jakob und der lange Mensch mit dem roten Gesicht, der als Steuermann auf die neue Schonerbrigg kommt. Eilert hat ihr schon viel von ihm erzählt, denn die beiden haben auf dem Bremer Vollschiff Aldebaran

zusammen eine Chinareise gemacht. An Land ist Alex Jägersberg ein Windhund sondergleichen, sobald er aber die Decksplanken unter sich hat, der tüchtigste Kerl, der jemals in den Fußpferden hin und her stieg. Die Elsflether jungen Mädchen kennen ihn auch schon, denn er hat ein Jahr nach Eilert in der Steuermannsklasse gesessen.
Heute früh ist er urplötzlich ins Haus hereingeschneit gekommen. Aber das sieht ihm ähnlich, und sie glauben zu wissen, weshalb er seinen Urlaub abgekürzt hat und schon wieder antritt. Es hat in Darmstadt einmal einen langbeinigen Obertertianer gegeben, der ist dem Herrn Lehrer, der ihn zu Unrecht verwamsen wollte, schlankweg auf den Buckel gesprungen, zum brüllenden Gaudium der Klasse, aber ebenso prompt kam dann auch das Gejagtwerden. Und dann auf und davon und dem ersten besten Heuerbaas in die Arme. Hatte das Wasser es dem frischen Jungen nicht längst angetan, sooft er beim Oheim in Mainz war und den grünen Rhein sah und die auf dem Strom von Holland heraufkommenden Schiffe? Der Herr Oberkirchenrat wollte durchaus einen Pfarrer aus ihm machen und hat sich mit seinem Schicksal noch heute nicht abgefunden, darf es auch nicht wissen, daß die Frau Mutter ihrem großen Sorgenkind noch immer heimlich zusteckt. Von den zwanzig Talern, die sie ihm vorige Woche in die Hand drückte, hat ihr Alexander die Hälfte verbraucht, um seinem Kapitän ein feines Fernglas zur Hochzeit zu stiften.
Die beiden Stuben bei Peter Ricklefs sitzen gerappelt voll, und die Mannsleute erzählen von ihren Reisen. Meist alles solche, die ausprobiert haben, daß die Erde rund ist, kaum einer dabei, der nicht schon um Kap Hoorn herum kam. Sielwärter Harm Haye hat sich seinen Brösel voll Shagtobacco gestopft und saugt und pafft, läßt seine Augen von einem zum andern gehen,

freut sich in sich hinein und hat seinen Rheumatismus vergessen. Auch Christines Vater, sonst ziemlich schweigsam und ein bißchen quengelig, stöhnt heute nicht und erzählt Schnurren aus seinem Lotsenleben. Sie hören ihn lächelnd an. Was für ein wunderbares Pidginenglisch der Mann am Leibe hat. Er hat verdammt aufpassen müssen, daß die fremdländischen Janmaaten ihm keinen Kohl am Ruder machten, wenn er mit seinen Kommandos überkam. Aber der Lustigste von allen ist doch der oberländische Steuermann mit dem roten Gesicht, der immerfort lacht und Spaß macht. Daß er ein ziemlicher Buhmann ist, daraus macht er kein Hehl.

»Junge, Junge, so 'ne flotte Deern, die man in den Arm nehmen kann und 'ne Bouteille Wein dazu und so'n bißchen Musik dabei und 'ne piekfeine Zigarre, das ist was für meinen Vater seinen Sohn. Schlimm, daß das Geld so verflucht rund ist und daß ein Steuermann monatlich nicht mehr kriegt als dreißig Taler Gold.«

Christine sieht es wohl, wie den jungen Mädchen die Augen gehen. Die in dem pompösen neumodischen Kleid, die ihr in Elsfleth gegenübersaß, hat nicht so herausfordernd gelacht, aber hat nicht auch in ihren kühlen grauen Augen ein verhaltenes Feuer gesessen, sooft ihre Blicke einen andern gemessen haben und der es nicht merkte? Nur gut, daß ihr Eilert aus der Elsflether Luft heraus ist.

»Passen Sie auf, Kapitän!« ruft er feurig. »Wenn unsere Fortuna erst durch die Atlantik prescht und wir haben raumen Wind und alle Untersegel sind gesetzt und stehen wie steifes Blech und die Schoten und Halsen wie klingendes Glas, so spröde, daß man meint, sie sollen brechen, wenn einer darantippt, und in Luv da knackt und knistert es in den Wanten, und außenbords fiert das kochende Wasser längsseits, und vorn am Bug da stäubt der Schaum und die Seen kommen über und

knallen aufs Deck – passen Sie auf, Käppen Haye, ob das nicht etwas für uns ist. Verdammt noch mal, Schöneres kann ich mir gar nicht ausdenken, etwas Stolzeres gibt's in der ganzen Welt nicht!«
Auch Christine leuchten die Augen. Mag Jägersberg hundertmal ein Windhund sein, mit solchen Leuten an Bord wird ihr Mann die Fortuna schon über die See und in die Häfen und wieder nach Hause bringen. Immer wieder muß sie ihren Eilert ansehen. Auf dem hohen Seedeich hat seine Sehnsucht ihre Heimat, so lange sie ihn kennt. Als kleiner Junge hat er da schon gestanden und bei Ebbezeit über die Sände hinübergesehen, wenn drüben die Wurstenlander Küste mit Kirchtürmen, Häusern und Bäumen verschwammen und draußen wie ein einsamer schwarzer Pfahl der Turm auf dem Hohenweg stand und über Meyers Legde die Jungfernbake und am Dwarsgatt dicht beieinander die drei dunkel warnenden Seezeichen. Schon als halbwüchsiger Knabe hat er alle Platen und Sände draußen bei Namen gekannt. Aber wenn die Flut übers Watt ging, dann wuchs ihm die Sehnsucht ins ungemessene, und er schirmte die Hand über die Augen und blickte nach Norden hinaus, wo weiße Segel in der Sonne dahinzogen, jedes weiße Segel in verlorener Ferne eine weit hinziehende Sehnsucht.
Ihr Bruder Jakob hat sich jetzt an ihres Mannes Freund herangemacht. Ihm lauert der Schelm im Nacken und er möchte auch das Seine tun und die Fröhlichkeit des Tages festhalten, das Auseinandermüssen kommt immer noch früh genug. Seit fünf Jahren ist er Aspirant bei der Lotsengesellschaft, und es kann noch lange Jahre dauern, ehe er in die Zahl der sechzehn ordentlichen Lotsen aufgenommen wird, aber das macht ihm keinen Kummer.
»Steuermann, wenn Sie nun Ihre Hochzeit machen«, fängt er augenzwinkernd an, »dann müssen Sie mich

auch mit einladen, ich meine, wenn Sie nun bald Hochzeit machen, Steuermann?«
Der Lange schneidet ein Gesicht, als sollte er gehängt werden.
»Hochzeit machen? Warum nit gar? Aber ich wart' lieber noch e bißche«, meint er gemütlich. »Hören Sie, lieber Freund, lasse Se uns von was annerem rede.«
Jakob Ricklefs läßt sich aber nicht irre machen.
»Steuermann, wissen Sie, was ich glaube?« tut er harmlos. »Der nächste, der von uns Hochzeit macht, das sind Sie. Mein voller Ernst, Steuermann, Sie sind jetzt an der Reihe. Wollen wir beiden mal 'ne Wette machen?«
Der andere zieht den Rücken zusammen, schlägt aber in die ausgestreckte Hand ein:
»Die Wette ist angenommen!«
Das Kichern der jungen Mädchen scheint sich auf Jakob Ricklefs Seite zu werfen. Der andere soll sich lieber nicht zu stark verschwören.
»Stüermann, hebbt Se Ehrn Kursus up grote Fohrt all achter sick?« fragte einer aus der Ecke heraus, und als Jägersberg verneint, zieht Sielwärter Haye die Augenbrauen noch höher:
»Na, gode Mann, denn seggen Se lewer noch nix. Ick heff man hört, Se wölt na Elsfleth? Wenn Se heel un leddig weller ut'n Dinge rut sünd, denn spräkt wi us weller, eger nich.«
Die andern lachen. Sie wissen Bescheid, Schiffer sind Schiffer. Und wie es in Elsfleth und überall zugeht, wo die Seefahrtsschulen sind, das weiß man schon.
Jakob Ricklefs fängt nun an, von Fedderwarden zu erzählen, ein bißchen drähnig, aber er meint es gut. Das Fedderwarder Fahrwasser ist sein Steckenpferd. Von Nordwesten drückt die Gezeitenflut gegen die seewärts drängende Weser und wäscht die herunterkommenden Sandmassen hin und her, und die Sturmwinde

reißen und mahlen in den Watten, so daß das Fahrwasser sich leicht verschiebt. Das Hauptfahrwasser, das jetzt weiter östlich am Wurster Watt liegt, ist vor Zeiten an der oldenburgischen Seite gewesen. Seit dem vierzehnten Jahrhundert haben die Bremer auf der Weser Tonnen gelegt und Baken gesteckt, und 1664 haben sie eine Tonne mit einem »vergöldeten Schlüssel, den Schiffern und Seefahrenden Leuten zur guten Nachricht« ausgelegt, die heute noch hart nördlich von Wangerooge schaukelt, aber in Fedderwarden haben die ersten Lotsen gewohnt, und ihre Gesellschaft besteht seit achtundachtzig Jahren. Nein, auf sein Fedderwarden läßt er nichts kommen. Und herrscht nicht ein frisches Leben in dem kleinen Sielhafen?
»Dreiundzwanzig Kähne sind hier beheimatet, auch ein Zollamt ist hier und ein Hafenmeisteramt«, erklärt er dem höflich zuhörenden Darmstädter. »Und der Kornhandel blüht, und in unserem Butenland zwischen Weser und Jade wird so viel Weizen gebaut, daß wir nach England ausführen. Haben Sie alle die kleinen Häuser am Deich gesehen? Wegen der vielen fremden Arbeitsleute sitzen die bis unter den Hahnbalken voll, in manch einer Kate zwei, drei Familien, aber das ist Leben und Vorwärts.«
Schwager Jakob ist nun mal in der Fahrt und läßt sich nicht mehr stoppen.
»Wer weiß«, hebt er wieder an, »ob unsere Sände sich nicht noch mal wieder umwerfen. Es braucht nur eine gehörige Sturmnacht zu kommen, und das Fahrwasser liegt wieder an unserer Seite. Dann kommt Fedderwarden mit in die Reihe der großen Hafenplätze, und die Bremer mit ihrem Bremerhaven und die Hannöverschen mit ihrem steifbeinigen Geestemünde können sich einpökeln lassen.«
»Ach was, Zukunftsträume!« kommt es auf einmal rauh aus einer andern Ecke der Stube. »Hänge deine

Hoffnungen man bloß nicht in die Wolken und denke an Brake, Jakob Ricklefs. Wir haben auch mal gehofft und getan und geglaubt, wir kämen voran, und wo sind wir jetzt?«
Der so fragt, hat die ganze Zeit mit einem Gesicht dagesessen, als paßte er nicht recht in die Gesellschaft. Bruder Karl ist ein paar Jahre älter als Eilert und noch einen halben Kopf größer, ein Kerl wie ein Bär, dem ein fuchsroter Bart auf die Brust fällt. Er hat in Brake eine Shipchandlery, wie sie es nennen, ein Ausrüstungsgeschäft für die Schiffe, alles, was der Seemann gebraucht, von der zwölfzölligen Ankerkette bis zum dünnsten Schiemannsgarn, vom Barrel bis zur Spritzdose, alle Sorten Schäkel und Kauschen, Taljen und Blöcke. Aber in Brake sieht es traurig aus.
»Seit drei Jahren«, so geht seine Klage, »haben wir nun den neuen Dockhafen mit der soliden Schleuse, aber was nützen die Anlagen? Die im Königreich Hannover haben sich aufgemacht und graben uns das Wasser ab, und Bremen gibt natürlich seinen Segen dazu. Vor zwei Jahren haben sie die Eisenbahn nach Geestemünde gebaut und unsern englischen Kohlenimport totgemacht. Jetzt geht lauter deutsche Steinkohle nach Bremerhaven, und die neumodischen Lokomotiven schleppen sie direkt bis ans Schiff. Und unser Hafen liegt leer. Wir müssen auch eine Bahn haben, sonst sind wir kaputt.«
Die andern wissen jetzt, weshalb seine kleine schmächtige Gesine, die mit dem dünnen blassen Gesicht, heute nicht mit zur Hochzeit ist.
»Brake steht schwer davor«, sagt einer. »Aber es kann auch noch mal anders kommen, nirgends gibt es solche Umwälzungen wie am Wasser.«
Erst in der Stunde, als sie alle schon ans Auseinandergehen denken, sprechen sie von dem, was in ihnen allen arbeitet und wovon niemand so recht anfangen

wollte – daß die Fortuna übernächste Woche in See muß.
»Eure Flitterwochen werden nicht gerade sehr lang sein«, wirft einer von den Männern hin.
Eilert und Christine lächeln und halten sich bei den Händen.
»Jammern hilft nichts«, erwidert er ruhig. »Wir müssen den Dingen ins Auge sehen.«
Einige von den Frauen möchten sich etwas aus den Augen wischen, doch sie zwingen es nieder. Wozu viele Worte? Es geht allen so, es ist ihnen selber nicht anders gegangen, wer zur See fährt, muß das mit in Kauf nehmen.
Die Männer ständern noch vor der Haustür herum, und Eilert erzählt ihnen, daß in vierzehn Tagen an Bord alles klar ist. Seine Schonerbrigg kommt dann nach Bremerhaven. Sie ist bei Lloyds in London für fünfzehn Jahre mit einem Stern klassifiziert und hat auch beim Germanischen Lloyd auf zwölf Jahre die beste Klasse.
»Proviant ist schon an Bord und die Mannschaft angemustert«, berichtet er. »Dann noch die Segel anschlagen und den Ballast trimmen. Die Orders für die Reise sind noch nicht da, aber Oltmann Bardewiek wird mir schon Bescheid hersteuern. Vielleicht geht es erst nach England, um dort Ladung zu nehmen, aber was weiter passieren soll, weiß noch kein Mensch. Das hängt vom Frachtenmarkt ab. Im übrigen, wie es auch kommt, ich habe weiter keine Sorge, es wird alles schon gut werden.«
Die Männer machen ein gleichmütiges Gesicht. Nur ihre halb zugekniffenen Augen und ein ganz leises Nicken verraten, auch sie sind guten Muts.
Dann schieben auch sie langsam los und lassen die Neuverheirateten für sich allein.

3

Vierzehn Tage später sind Eilert und Christine in Bremerhaven und gehen eiligen Schritts durchs bunte Leben, wo an der Kaimauer die Kräne kreischen und grell bimmelnde Lokomotiven hin und her schieben. In den offenen Hallen Berge von Kokosnüssen und Haufen Bambus und Zuckerrohr, Tonnen mit Palmöl und Melasse, riesige Baumwollballen werden gewälzt und mächtige Tabakfässer gerollt.
Eilert Haye hat vorhin einen Ärger gehabt wie sein Lebtag noch keinen. Von der Reederei ist ein Brief da mit der Segelorder.
»Jetzt weißt du's, wohin ich soll!« schnaubt er wütend. »Nach Tynemouth und Kohlen für die Westküste laden! Die Reise fängt niedlich an. Das Dreckzeug wird mein hagelneues Schiff zu einem Schweinetrog machen. Wenn ich's nicht immer schon geahnt hätte. Daß sich vom Kontor niemand sehen ließ, nicht mal die blaßgesichtige Schreiberseele, kam mir gestern schon höllisch verdächtig vor.«
Christine hat ihn vorhin schon ihres Bedauerns versichert.
»Was hilft's, mein bester Eilert?« sucht sie ihn zu besänftigen. »Aber schließlich gibt es ja noch Sand und Seife, um das Schiff wieder in Ordnung zu bringen.«
Er kann sich noch nicht beruhigen und ist noch immer rot vor Erregung:
»Einerlei, Christine, es bleibt eine Schmiererei. In der

ganzen Welt fahren sie heutzutage Kohlen und immer Kohlen. Das machen die Dampfer, und unsere guten Segelschiffe müssen den verfluchten Kohlenschlukkern dienen. Oltmann Bardewiek schreibt, er hätte beim besten Willen keine andere Ladung kriegen können, aber ich glaube, es steckt der Prokurist dahinter, dem bin ich wohl zu selbstbewußt. Die Leute haben gut Briefe schreiben, die wollen das Schiff genau so rein wiedersehen, wie es heute aus Bremerhaven geht.«
Die junge Frau hält es für besser, kein Wort mehr darüber zu sagen. Auf dem Weg den Alten Hafen entlang wird der Zürnende sich schon ausgrollen. Weiter draußen lärmt der Neue Hafen mit weißen und grauen Segelschiffen und den schwarzen englischen Steamern. Dort qualmt auch einer von den beiden neuen Dampfern, die der Lloyd in Greenock bauen ließ und seit Jahresfrist nach New York schickt. Er äugt nach dem Galionbild hinüber, das dem mächtigen Kasten vorm Steven sitzt.
»Die Bremen«, erklärt er. »Die macht mit ihrer Schraube acht Meilen, und das imponiert sogar dem Yankee.«
Jetzt sind die beiden soweit, daß sie ihr Schiff vor sich haben.
»Ach, die Fortuna!« ruft Christine.
Überraschungsfreude und Wehmut zittern im Wort durcheinander. Das weiße Bild unter dem Bugspriet, die Göttin mit der Krone und dem goldenen Füllhorn, lächelt in der Morgensonne, als winkte es ihr einen Gruß entgegen. Was für ein schmuckes Fahrzeug, ihres Mannes Fortuna, blendend weiß das Kajütshaus auf dem Achterdeck, Masten, Rahen und Stengen alle in frischem Öl glänzend. Wie an der Reling der Messingbeschlag funkelt, wie das Kompaßhaus glitzert und voll blinkender Sonnen sitzt. Vorn am Bug spiegelt das

Hafenwasser sich wider und wirft zitternde Kringel an die Bordwand.
Dem jungen Kapitän ist aller Ärger verflogen. Lächelnd deutet er auf den Namen, der hinten am Heck zwischen goldenen Sternen prangt, darunter der Heimatname Elsfleth, von kleineren Sternen umkränzt.
Die beiden gehen über den Steg. An Bord haben sie es alle wahnsinnig eilig. Auf einem Schiff, das seine Maidentrip macht, ist noch eine halbe Welt in Ordnung zu bringen. Steuermann Jägersberg in seinem blauen Troier springt wie ein Tiger über die Planken. Der Teufel soll den verdammten Uhrmacher holen mitsamt seiner langweiligen Bürgermeister-Smidt-Straße! Logge und Lot, Seekarten und Oktanten, es ist alles an Bord, aber das Chronometer fehlt noch.
»Es ist jetzt halb zehn. Um zwei Uhr ist Hochwasser, da müssen wir draußen auf der Reede sein, der Schleppdampfer ist fest bestellt.«
Der lange Alex hat sich die Nacht um die Ohren geschlagen und Abschied von Bremerhaven gefeiert, zuerst beim berühmten Smurtjen Burry, der in der Kneipe an der Geeststraße allabendlich als Komiker auftritt, dann an der Smidtstraße bei Tante Lohmann und ihren Harfenistinnen, wo *free admittance every night* an jeder Fensterscheibe steht, und die letzten zehn mütterlichen Taler sind auch futsch. Doch jetzt ist er längst wieder kregel, begrüßt die junge Kapitänsfrau mit ritterlicher Verbeugung und heißt sie an Bord willkommen.
»Heute morgen klock vier habe ich ausprobiert«, erzählt er lachend, »ob ich noch Decksnaht laufen konnte. Ging aber noch plenty fein, und da habe ich auf meine Koje verzichtet. Und jetzt will ich dabei und meine zwanzig Speckseiten nachwiegen. Sie wissen wohl, von wegen Speckschneider?«
Christine nickt und lacht auch. Der Steuermann hat

unterwegs den Proviant auszugeben und muß sich von den Leuten den Namen gefallen lassen.
Im Vorbeigehen wird sie mit der Mannschaft bekannt gemacht. Die vier Matrosen und die zwei Leichtmatrosen – fünfzehn Taler Gold monatlich und die beiden andern acht Taler – sind flachshaarige Jungens aus dem Stedinger Land. Ihre Väter sind schon als Robbenschläger zur See gefahren, damals, als noch der Walfischfang blühte. Und dann wird ihr ein wichtiger und vielbegehrter Mann vorgestellt, Schiffszimmermann Wessels aus Rönnebeck bei Vegesack. Der hat auf Deetjen Helgen in Elsfleth gelernt und fährt schon an die zwanzig Jahre. Eilert Haye kennt den Schlag. »Dem sein Vater ist schon dreiundvierzig als Zimmermann mit der Braker Bark Azaria auf Grönland gefahren. So ein Schiffszimmermann macht alles und kann alles, will aber mit Handschuhen angefaßt sein. Lüder Wessels weiß alles dreimal besser, ist aber ein Kerl, auf den Verlaß ist. Sage ich ihm: ›Zimmermann, wir machen das so‹, dann er sofort: ›Nee, Koptein, dat geiht nich.‹ Aber wenn ich ihn frage: ›Meister, wo makt wi dat?‹ dann kommt genau das, was ich haben will.«
Und da steigt ja auch mit seinen kurzen Beinen und dem langen Leib der Segelmacher herum, Segelmacher Rodiek aus Klippkanne bei Brake, den sie Jan Been nennen und von dem sie sagen, er ließe sich seinen Bart immer nur schneiden, wenn er zufällig mal nach San Franzisko käme und zufällig an Land ginge. Jan Rodiek ist sich seines Wertes aber wohl bewußt. Segelschneiden kann nicht jedwederein, dazu gehört Berechnung und mehr noch Gefühl.
»Wat een nich in de Hannen hett, mutt he in'n Bregenkasten hebben«, ist sein Wort. »Woveel Kopteins gifft dat woll, de richtig een Seil snien könnt?«
»Wir dürfen dem seine Snackerei nicht zu tragisch

nehmen«, raunt der Zimmermann der jungen Frau zu. »Jan Been hat 'n littjen Zirß, man die Seilmachers haben das allzusammen. Das kommt, weil daß sie jümmers auf ihren Seiltuch rumprüken tun.«
Und dann klettert auch eine blendend neue Weißmütze aus der Kombüse heraus und grinst und stellt sich vor. Schiffskoch Sören Andresen aus Flensburg. Flensburger sind auf allen Gewässern der Erde zu finden. Smurt Andresen hat heute morgen schon aasig geschimpft, weil er einen Brief bekommen hat und es wahr ist, daß der Preuße die Düppeler Schanzen im Sturm genommen und Alsen erobert und den Dänen hinausgeschmissen hat. Die verfluchten Hungerpreußen! Aber sonst ist er ein biederer Kerl und kann gute Mehlbeutel kochen. Mehlbeutel mit Backbirnen gibt's aber nur sonntags und höchstens noch donnerstags, und den Tag nennen sie dann den Kombüsensonntag.
Der Smutje zählt der lächelnden Kapitänsfrau an den Fingern auf, was es die Woche über bei ihm gibt:
»Zweimal Salzfleisch mit Bohnen oder Sauerkohl, zweimal Erbsen oder Bohnen mit Speck, wohl auch mal Graupen mit Pflaumen, auch wohl mal Klippfisch, auch wohl mal Curry mit Reis, auch wohl mal Apfelreis mit gebratenem Speck, nicht? Und Sonntagabends, da gibt's Labskaus, oha, und der schmeckt auch nicht verkehrt.«
Sie wirft einen neugierigen Blick in die Pantry. Alles blitzblank und wie geleckt. Sie weiß, was in der Pantry vorgeht, wird von der Mannschaft mit Eifer verfolgt. Da steht auch die Tonne mit den Beschietjes, dem Schiffszwieback, doch der ist meist wie Backstein und findet nicht so viel Nachfrage.
»Ist auch eigentlich kein Essen für einen, der an Deck muß«, meint sogar Andresen.
Während sie die Kajütstreppe hinuntersteigen, zeigt

Eilert auf einen großen Kasten, ein ungefüges Ding mit schwerem Hängeschloß:
»Meine Sloppskiste! Seepreise werde ich meiner Crew aber nicht abnehmen.«
»Laß mal sehen, was du eingekauft hast.«
Sie mustert den Vorrat an Zeug, die Troier und Dekken, Halstücher und Leibriemen, Tabak, Seife und dergleichen Kram, den jeder Kapitän auf seinem Schiff hat und mit einem kleinen Nutzen an die Mannschaft abgibt.
Dann treten sie in die Kajüte ein. Der Steuermann hat unauffällig gesorgt, daß sie von niemand gestört werden. Der Junge ist ja zu dösig und muß erst bei den Ohren aus dem Kajütseingang herausgeangelt werden. So ein unbefahrener kleiner Kerl, der von Haus noch die Bettwärme an sich hat, läuft überall dagegen und kann nichts dafür, daß Zimmermann Wessels wegen nach der Tyne müssen in ekliger Laune ist. So 'ne verfluchte Schietenkleieree! Vorhin hat Wessels ihm eine ans Maul gelangt, als er nach Windseite über die Reling spuckte und das Nasse dem braven Zimmermann in den Bart flog.
»Swienegel, wat fallt di in! In Luv utspeen? Büst woll vör din dree Daler Gold noch nich um Kap Hoorn wesen, du Smärlapp?«
– – – Durchs Skylight fällt von oben gedämpftes Licht in den Kajütsraum. Hochatmend sieht Christine sich um. Mit Wonne und doch mit Herzklopfen betrachtet sie alles und probiert, ob die Hängelampe in den Scharnieren auch ordentlich schwingt. Wenn die Fortuna auf See ist und das Schlingern und Stampfen geht los, dann bleibt sie lotrecht zwischen den Messingringen und leuchtet ihrem Mann, wenn er seine Briefe an sie schreibt. Ob die festgeschraubten schweren Drehstühle auch bequem genug sind für ihren Eilert? Und das schwarzlederne Sofa mit den blinkenden Spickern,

an den Wänden die Mahagoniborten mit ihren Flaschen und Gläsern und die eingebauten Schränke betrachtet sie als junge Hausfrau ganz genau.
»Wie mollig ist das alles! Ich wollte, ich könnte mit dir fahren, ganz einerlei wohin, und ging es bis ans Ende der Welt.«
Aber da lacht er und holt die Schlingerleisten und lascht das Tischgerät fest, daß nichts umfallen kann. Jetzt sieht es etwas unbehaglicher aus, doch sie soll nur ruhig sein.
»Das bin ich auch«, erwidert sie. »Ich bin eine Seemannstochter und weiß, was Seefahrt ist.«
Und dann küssen sich die beiden in der dämmerigen Kajüte, und niemand kommt und stört sie.
»So, mein Deern, nun wird es Zeit, daß du von Bord gehst«, erklärt er. »Ich muß jetzt auf meinen Posten.«
Er bringt sie an den Steg. Die von der Mannschaft tun, als sähen sie nichts. Sie wissen wohl, wie einem jungen Ehemann zu Mut ist, der seine Frau zum letzten Mal sieht und in zwei Stunden auf große Fahrt geht. Sie plieren nur mal verloren hin, ob die junge Frau auch weint, aber die hat sich mächtig in der Gewalt.
»Hebbt wi erst weller dat Füer van Uschant to faten«, sagt der eine zu den andern, halb wie mitleidig, halb zum eigenen Trost, »denn sünd wi ut de Bay un hebbt wunnen. Denn noch de Kanal, de is jo ook nich van Papp, man denn kummt bold de Werser, un de Werser schall us nix dohn.«
Jetzt ist sie von Bord, und der Abschied ist überstanden. Kapitän Haye will überall noch einmal nach dem Rechten sehen, doch der Steuermann hat schon alles aufs beste zurecht.
»Alles klar, Herr Kapitän!« kommt es von der Back herunter. »Chronometer ist auch da, die Reise kann losgehn.«
Christine will nicht dabei sein, wenn es durch die

Schleuse geht. Es wäre besser, so hat Eilert geraten, sie stände da nicht auf der Mole und ginge langsam von einem Poller zum andern mit.

So schlendert sie die Häuserreihe am Hafen entlang, an Läden mit rundbogigen großen Fenstern, Geruch von Tauwerk und Ölfarbe aus den offenen Türen, eine Shipchandlery neben der andern, zugleich in großen weißen Buchstaben *grocery and liquor-store* an den Scheiben, hohe schmale Häuser, die sich als *boarding and lodging for sailors* empfehlen oder unter den steif hingemalten Schweden- und Norwegerflaggen ein *udsalg af oil og win* anpreisen. Wo am Ende von der Häuserreihe Post und Hafenamt liegen, ist es stiller. Mit Blechgeschirr und Wolldecken bepackt zieht dort allerlei Volk hin und her, müde Gesichter, seltsames Aussehen und fremde Sprachen. Nahebei steht auf der Karlsburg das große rote Auswandererhaus. Kalifornien, das neuentdeckte Goldland, das Land der Verheißung, lockt in die weite Ferne. Coloradofluß und Sacramento sind Namen, die jedes Kind kennt.

Jenseits der Geeste, wo im funkelneuen Hafen die hydraulischen Kräne in Parade ausgerichtet vor den roten Schuppen stehen, ist es fast noch stiller. Für Christine wollen die zwei Stunden kein Ende nehmen. Sooft sie in Bremerhaven gewesen ist, hat sie an dem Leben ihr Ergötzen gehabt. Heute hat sie kein Ohr für das Getöse, das aus den beiden Drydocks an der Geeste herüberkommt, auch nicht für das Pickern und Hämmern auf Rickmers Werft in Geesthelle, hat auch kein Auge für das neue Vollschiff, das sie dicht bei der Brücke auf John C. Tecklenborgs Helgenplatz bauen.

Auf dem Deich hat sie sich auf einer Bank niedergelassen und läßt ihre Blicke übers grüne Vorland auf das mattblinkende graue Wasser gehen. Leise brandet unten die Flut, und die Wellenköpfe tanzen an der Steinbank entlang. Von Zeit zu Zeit gehen ihre Augen zu den niedrigen Schanzen von Fort Wilhelm hinüber, das neben der alten Hafeneinfahrt träumt. Wo jetzt Hafen und Straßen liegen, hat vor zweihundert Jahren schon einmal eine Stadt gelegen, aber es war nur ein kurzer Traum und ein rasches Ende. Der Schwedenkönig hatte in seiner neuen Festung Straßen und Plätze mit Wohnungen und Packhäusern abgesteckt und den Siedlern in seinem neuen Karlsburg große Privilegien zugesagt. Anderthalb Jahre darauf kamen brandenburgische und holländische Orlogschiffe, bombardierten die Festung und ließen alles schleifen und abbrechen, und vierzig Jahre später kam die große Weihnachtsflut und spülte auch die letzten Spuren hinweg.

Weiter stromabwärts liegt ein riesiges Vollschiff, das im Vortopp den blauen Peter gesetzt hat, das weiße Rechteck im blauen Feld. Die Flagge zeigt, wir sind klar für See. Langgezogen kommt ein Singsang herüber, plärrend, beinahe wie klagend. Oohoo-ohoo-hoo-ohoohoo. Zwischendurch ein anderes Singen, mehr ruckweise und flotter. Die Bluejackets, die drüben ihre Shanties anstimmen, haben den Anker gehievt, andere arbeiten Hand über Hand und holen die Leinen ein.

Sie ist unruhig geworden und von ihrer Bank aufgestanden. Über der Schleuse vom Alten Hafen sieht sie nun auch eine blaue Flagge. Die Fortuna. Jetzt ist das Schiff schon aus dem Vorhafen heraus, und der kleine Schlepper Biene zieht es langsam auf den Strom. Die Fahrzeuge gleiten langsam näher und sind bald ihr gegenüber. Der Schlepper hat die Trosse losgeworfen und dampft wieder der Hafeneinfahrt zu. Auf der Fortuna hört sie die Kette durch die Klüse rasseln und sieht, wie der Anker ins aufspritzende Wasser fällt.

Das Warten will kein Ende nehmen, und sie muß noch Geduld haben. Nach einer halben Stunde gewahrt sie, zwei Mann haben auf dem Schiff am Pumpspill zu tun.

Der schwarze Strich vom Wasser zum Schiff wird zusehends kürzer und der Anker kommt wieder hoch. Sie erkennt, Leute entern die Wanten auf und machen sich in den Rahen zu schaffen. Das Schiff hat sich mittlerweile in den Strom gedreht. Deutlich kann sie das Rillern herüberklingen hören. Jetzt steht ein weißes Dreieck über dem Klüverbaum und jetzt noch ein zweites. Langsam fällt das Schiff ab. Am Fockmast sind nun auch Marssegel und Bramsegel hoch. Der Blexer Kirchturm, soeben noch hinter dem Schiff, wird mehr und mehr frei. Die Segel sind voll geworden, das Schiff ist in Fahrt. Immer rascher gleitet es nach Norden zu.

Sie folgt ihm mit brennenden Augen. Dort drüben wird das Wasser weit und weiter, und ganz hinten liegt Fedderwarden. Sie sieht aber nur undeutlich und wie verschwimmend die letzten Ausläufer von der Küste.

Von dem Schiff erkennt sie nur noch die Segel, und auch die werden immer kleiner. Fast sieht es aus, als will die kleine Schonerbrigg den großen Engländer aufholen. Ob ihr das gelingt? Oder ist es ein anderes Fahrzeug, von dem sie jetzt ganz verdeckt wird?

Der letzte Abschied ist da. Die junge Frau kann sich nicht länger halten und beugt den Kopf nieder und weint auf der Bank wie ein Kind.

4

In Fedderwarden hatten sie auf dem Deich gestanden und gesehen, wie die Fortuna in See ging. Wie Schnee hatten die Segel geleuchtet. Oberlots Frels holte den Kieker, und die beiden Alten standen dabei und ließen sich berichten. Eine ganze Strecke war alles deutlich auszumachen gewesen, aber dann war es ein weißer Fleck geworden und schließlich ein blasser Schein und querab hinterm Hohenweg war auch durchs Glas nichts mehr zu erkennen. Die beiden Stackelbeine kriegen ihre Piepenbrösel wieder heraus und waren der Meinung, die Schonerbrigg täte gute Fahrt machen.
Christine war von Bremerhaven zurück und wohnte im kleinen Haus neben dem Siel. Am übernächsten Morgen las sie unter den Schiffsmeldungen, die Fortuna hätte den Hohewegleuchtturm passiert, aber das hatten ihr auch die Sieler schon erzählt. Bruder Jakob war wieder auf seinem Lotsenkutter und kreuzte irgendwo draußen, denn sein Urlaub war am Tag nach der Hochzeit abgelaufen. Es war ihr jetzt doppelt recht, daß sie nicht ganz allein mit dem immer kröpeliger und mißmutiger werdenden Vater zu hausen brauchte. Oben war eine Grenzaufsehersfamilie mit untergekrochen, die wegen der vielen fremden Leute nirgends eine Wohnung bekommen konnte. Tag für Tag sah sie die Wetterberichte und Schiffsnachrichten durch, doch über die Fortuna war nichts zu lesen. Nach neun Tagen kam Oberlots Frels, der osterseits vom Hafen in dem

äußersten neuen Haus wohnte, mit einem Zeitungsblatt angeschwenkt.
»Meldung aus Shields!« rief er ihr schon im Vorgarten zu. »Ist rasch gegangen, sie müssen guten Wind gehabt haben.«
Ihre Augen flogen über die Zeilen hin. Ja, da stand es: Deutsche Schonerbrigg »Fortuna«, Kapt. E. Haye, in Ballast von Bremerhaven.
Sechs Tage später kam auch ein Brief an. Die Reise war glatt verlaufen, nicht das Geringste vorgefallen. In Shields waren sie sogleich ans Ballastlöschen gegangen. Wenn nur erst die verdammten Steinkohlen übergenommen wären! Das Schiff, so schrieb er, war ein Segler erster Klasse, mit der Mannschaft fahren eine Freude, und einen besseren Steuermann hätte er nicht bekommen können. Schiffsführer sein war eine stolze Sache, und das Wort hatte recht: *à son bord le capitaine le seul maître après Dieu* – use Koptein is de grote Mast, sagten die Janmaaten – aber noch mehr wert war das gute Zusammenarbeiten mit den Leuten. Es ging auch ohne Härte und dummen Zwang, ohne wüstes Schimpfen und rohes Schlagen, das Leben an Bord war sowieso rauh genug.
Anderntags kam wieder ein Brief. Christine sollte sich's überlegen, ob sie nicht nach Shields hinüberfahren wollte. Sie zeigte den Brief den beiden Alten:
»Was meint ihr, soll ich fahren oder nicht?«
»Der nächste Hulldampfer fährt erst Ende nächster Woche«, erklärte ihr Vater. »Wenn's schlumpt, bist du vielleicht noch einen Tag mit ihm zusammen.«
Sielwärter Haye schüttelte den Kopf:
»So was mußt du selber wissen. Es gibt aber Leute, die sparen ihr Geld lieber für andere Zeiten.«
Sie sah es selbst ein, die kurze Zeit des Zusammenseins lohnte die kostspielige Reise nach der Tynemündung nicht. Nur gut, daß sie nicht drauflos gefah-

ren war. Ein dritter Brief meldete, das Übernehmen der Kohlen ginge viel rascher, als er es berechnet hatte. Das Schiff hatte unter ein Kohlentip verholt, eine fünfzig Fuß hohe Laderampe, die Eisenbahnwagen fuhren direkt hinauf und schütteten ihre Ladung mit einem einzigen Kipp durch die Luft in den Raum hinab. Das gab einen Staub wie in der Hölle, aber es schaffte. In wenigen Tagen war der Raum voll, und rein Schiff zu machen war unterwegs Zeit genug.
»Jetzt noch vierundzwanzig Stunden«, schloß der Brief, »dann bin ich aus dem Drecknest heraus, und dann weiter und an die Westküste von Südamerika.«
Das war die letzte Nachricht, die sie aus England bekam. Nun konnte es über ein halbes Jahr dauern, bis sie wieder ein Lebenszeichen in Händen hatte. Da halfen alle Berechnungen und alle Zeitungen nichts. Es sagte auch noch nicht viel, als sie nach einigen Tagen las, daß Lizzard passiert war, aber wenigstens lag der Kanal mit seinen gefährlichen Nebeln hinter ihm. Dann eine Meldung von hoher See. Ein Hamburger Segler hatte die Fortuna gesprochen und an Bord alles wohl gefunden. Sie ließ sich vom Vater den Schiffsort nach Länge und Breite auf der Karte zeigen. Es war die Nähe von den Kapverdischen Inseln.
»Willst Kapitänsfrau spielen und kannst das nicht selber feststellen?« brummte der Alte.
Sie ließ sich das nicht ein zweites Mal sagen. Eine kurze Unterweisung, und sie brauchte niemand wieder zu bitten. Manchmal hatte sie den Eindruck, als machte man von einer alleinstehenden Schiffersfrau nicht viel Wesens, aber sie hatten am Siel ja alle miteinander ihre Sorgen, die Mütter, Väter und Frauen, deren Söhne oder Männer draußen waren. Denen wollte sie zeigen, daß sie die tapferste von allen war. Wahrhaftigen Gottes, es war überflüssig, daß Sielwärter Haye ihr noch mit der Mahnung kam: »Zähne auf-

einanderbeißen, littje Frau!« Der unter seinem Rheumatismus stöhnende und stets verdrossene Alte hatte es eigentlich selber nötig, ihm würde Geduld gepredigt. Und dann sein wunderlicher Rat, sie sollte ihrem Mann nicht so lange Briefe schreiben.
»Ist für Mann und Frau gar nicht gut«, meinte er, »Gibt nur Wehleidigkeit und kostet Geld.«
Da gab Vater, der doch auch genug mit seinen Rückenschmerzen zu tun hatte, ihr doch einen vernünftigeren Rat.
»Gar nicht auf den alten Knurrpeter hinhören«, sagte er. »Der Knasterbart hat's mit der Sparsamkeit und der Eifersucht. Wenn du mal Zeit hast, setze dich ruhig hin und schreib deinem Mann mal einen kleinen Brief.«
Sie mußte im stillen lächeln. Es waren schon drei lange Briefe von ihr über London nach Chile unterwegs.
Der volle Sommer war gekommen. Er blühte und duftete auch bei dem kleinen Haus, wo die Linden vorm Wind nicht recht über den Deich sehen mochten. Wenn es gegen Abend ging, setzte sie sich neben der Haustür auf die Bank und ließ ihre Gedanken in die Ferne fliegen. Doch wie bald, dann hatten die Linden ausgeblüht und der Herbst meldete sich. Im Vorgarten blühten Georginen und Stockrosen, und im Außendeich lauter lilafarbenes Leuchten, die Strandnelken und die runden kleinen Astern, die schon den ganzen Sommer zart geblüht hatten und nun auf langen Stengeln saßen und ihre Köpfchen neigten, weiter draußen die hohen Meldenstauden, alles die Lilafarbe des Herbstes. Im Vorgarten hielt sie es nicht mehr aus. Sie mußte auf den Deich steigen, wo auch eine Bank stand, und aufs Wasser hinaus sehen. Der Flaggenmast neben der Bank sollte flaggen, sobald sie Nachricht hatte, daß ihr Mann glücklich im Hafen angelangt war. Wenn es nur erst soweit wäre! Oft saß sie beim dämmernden Abend, bis es dunkel wurde und der kühle Wind übers

Wasser gestrichen kam und sie erschauern machte und von ihrem Platz vertrieb. Dann noch ein letzter Blick übers Wasser hin. Drüben die drei schwarzen Baken beim Dwarsgatt, die sich vorhin vom Horizont abhoben, waren nicht mehr zu erkennen, aber das Licht vom Turm auf dem unwegsamen endlos weiten Hohenweg zog immer wieder ihre Blicke an und ließ ihre Gedanken in weite Fernen ziehen. Wie mochte es ihrem Eilert ergehen? Winkten auch ihm an den fernen Küsten untrügliche feste Feuer, daß er seine Fortuna wohlbehalten durch die Wasserwüste und die Geheimnisse und Gefahren hindurchführte? Und wie würde es bei Kap Hoorn sein? Sie kannte es aus Dutzenden von Erzählungen. Oft genug hatte ihr Vater seine erste große Reise geschildert. Da kamen riesige weiße Vögel herangeschwebt, zehn Fuß klafternde Flügel, unbeweglich, wie schwimmend. Erst waren es einzelne, dann ganze Schwärme, die in unheimlicher Reglosigkeit hinter dem Schiff her schwebten, bei Tag und bei Nacht, mitten im schwersten Sturm. Wo auf dem weiten Weltmeer längst keine Möwe mehr fliegt, sind sie zu Hause.
»Steuermann, was sind das für Vögel?« hatte der Junge geschrien.
»Albatrosse«, sagte der. »Nun ist Kap Hoorn nicht mehr weit.«
Kap Hoorn – die trostloseste gefährlichste Ecke der Welt. Jetzt herrschte auf der Halbkugel noch der Wintertag, und graue Schneeluft hing über kahlen Klippen und schaurig öden Gestaden. Die stetigen Westwinde bei Sommerszeit als steife brave Winde begrüßt, pfiffen jetzt als eisige Winterstürme an Staten-Island vorbei durch den Kap-Hoorn-Kanal, heulten den Schiffen entgegen und fuhren ihnen mit schwerer Gewalt in die Segel, daß sie Mühe hatten, das Kap zu runden. Wie manches gute Schiff, das an den unwirtlichen Steilkü-

sten zerschellt lag, wie mancher brave Seemann, der in Feuerlands starrender Einöde sein Leben hatte lassen müssen. Doch die Mannschaft auf der Fortuna, Zimmermann Wessels, Segelmacher Rodiek und alle die guten Oldenburger Jungens würden auf dem Posten sein und alle Hände ihrem Eilert helfen, daß er sein Schiff heil ums Kap herum bekam. Und zum Steuermann, und mochte dem hundertmal der Leichtsinn aus dem roten Gesicht lachen, hatte sie das Vertrauen wie ihr Mann.

In Fedderwarden kam nun der Winter über den Deich. Am Siel wurde es ruhig. Im Vorland lagen graue Eisschollen, und das Fahrwasser hatte Not, sich offen zu halten. Auf dem Strom fuhren nur noch die Dampfer, die sich durchs Treibeis hindurchzuarbeiten vermochten, während Flußkähne und Küstenfahrer sich ins Winterquartier gelegt hatten. Christine fing an, die Wochen zu zählen und schließlich die Tage. Kam immer noch keine Meldung von der Fortuna? In den Schiffsnachrichten war nichts zu sehen. Aber es war ja eine weite Reise ums Kap herum nach der Westküste. Immer häufiger wurde sie gefragt, ob ihr Mann noch nichts von sich hätte hören lassen. Teilnahme oder Neugierde oder noch etwas anderes? Die Fragen quälten sie, wenn sie sich's auch nicht anmerken ließ. Dazu ihr Zustand, der sie immer empfindlicher werden ließ und auf die Dauer ungeduldig zu machen drohte. Das Warten, das ewige Warten. Inzwischen wollte es Frühjahr werden und die Schiffahrt wieder aufgehen. Auch die Küstenfahrer, die sich in den ersten Wochen über die gemütliche Zeit gefreut und beim Grog über ihre eigene Faulheit gelacht hatten, hatten es längst mit dem Gähnen und Schimpfen bekommen. Auf der faulen Haut liegen war verdammt nichts für einen Fahrensmann, der mußte unterwegs sein und etwas erleben.

Und als Mitte Februar die Tage heller wurden, wurde im Haus hinterm Deich ein Junge geboren. Nur gut, daß die Grenzaufsehersfrau eine so kluge und ordentliche Person war, die für alles sorgte, denn die beiden Opas steckten sich nur ihre Brösel an und pafften in die blaue Luft und wußten nicht von Tuten noch Blasen. Und Bruder Jakob schwalkte draußen auf seinem Lotsenkutter herum, irgendwo zwischen Kanal und Weser-Feuerschiff, und wäre er zu Hause gewesen, hätte er auch wohl nicht allzuviel geholfen.
Und an dem Tag, als sie zum ersten Mal aufstand, kam endlich auch der Brief an.
Jetzt war alles überstanden und vergessen. Fedderwarden und die ganze Welt hatte mit einem Schlag ein anderes Gesicht. Hafen und Siel und Deich, die Häuser und die Menschen, alles sah sie mit blanken Augen an und grüßte sie wie der frische Weind, der von Süden gegen den Deich wehte, alles lachte ihr zu wie die freundliche Vorfrühlingssonne, die am Deich schon das allererste grüne Gras herauskommen ließ.
Eilerts Brief war vierundzwanzig Seiten lang. Einen solchen Schreibebrief hatte er all sein Lebtag noch nicht vor sich gebracht. Ihre Briefe hatte er alle bekommen und sich gefreut wie ein Kind. Daß sie ihm zu lang wären, davon stand bei ihm kein Wort.
Die Reise war gut gewesen, Wind und Wetter günstig, nur bei Kap Hoorn gab es Stürme und wochenlanges Hinundherkreuzen, ganz nach Süden hinunter bis ans Eismeer hinan. Und jetzt lagen sie im tropischen Iquique und waren schon fleißig beim Löschen, und später sollte in Taltal noch ein Rest Ladung übernommen werden. Taltal war der südlichste Salpeterplatz an der Chileküste und ein noch traurigeres Nest als Iquique, himmelhohe nackte Berge dicht ans Meer heranreichend, nur ein schmaler Sandstreifen, auf dem die Stadt erbaut lag. Sommer und Winter kein Tropfen Regen.

Trinkwasser mit Schiffen von den Plätzen weiter nördlich zu holen, der sogenannte Park einige Dutzend Oleander in Kübeln, die Arbeiter lauter Halbindianer oben aus den Cordilleren, Land und Leute so wild und wüst, daß nach sechs Uhr abends keiner von der Mannschaft an Land gehen durfte.
In Iquique hatte er auch einen Brief von Korrespondentreeder Bardewiek vorgefunden. Der alte Herr hatte ihm freundlich geschrieben und ihm am Schluß mitgeteilt, seine Tochter Anna habe sich mit seinem Prokuristen Stoevesandt verlobt. Auch seine zweite Tochter Henny war Braut, würde übers Jahr Hochzeit machen und einen Kaufmann Suhren bekommen, der in Bremen ein Tabakgeschäft hatte.
Christine runzelte die Stirn. Wozu schrieb Eilert ihr das? Elsfleth war der Heimathafen seines Schiffes, aber sonst ging ihn Elsfleth und die dort wohnten nichts mehr an. Auch nicht die mit den kühlen grauen Augen?
Die ersten Seiten seines Briefes waren in der Weihnachtsnacht geschrieben, noch mitten auf hoher See. Er erzählte ihr, wie sie den heiligen Abend an Bord verlebt hatten. Ohne daß jemand es wußte, hatte Zimmermann Wessels in Bremerhaven für einen Tannenbaum gesorgt und war am Abend mit seinem aufgetakelten Baum übergekommen. Die Zweige hatte er mit einer selbsterfundenen geheimnisvollen Salbe eingeschmiert, so daß noch einige Nadeln daran saßen. Sie hatten die Lichter angesteckt und miteinander gesungen: »O Tannebaum, o Tannebaum, wie grün sind deine Blätter.« Das einzige Lied, das jeder einigermaßen auswendig konnte. Auch die oben an Deck waren, kamen herunter und wurden für eine Stunde von der Freiwache abgelöst, so daß jeder sein Teil Weihnachten abbekam. Steuermann Jägersberg holte dann seine Violine und zwei Matrosen ihre

Handharmonika, und sie hatten »Stille Nacht, heilige Nacht« vorgetragen, und dem Jungen waren die dicken Tränen über die Backe gelaufen. Dann hatte der Steuermann die Geschenke verteilt, für jeden etwas. Auch die Sloppskiste hatte hergehalten und Rauchtabak, Schnupftabak und Priem herausgegeben. Im ganzen Logis ein wunderbarer Geruch. Smutje Andresen hatte einen Mehlbeutel gekocht, so steif mit Rosinen und so dick von Speck, daß jeder nach einer halben Stunde drei Pfund mehr wog und anderntags den meisten ihre Rippen weh getan hatten.

Nachher hatte Eilert mitten in der Nacht auf Deck gestanden und zum Sternhimmel hinaufgesehen und das südliche Kreuz betrachtet und dabei nach Hause gedacht. Er schrieb ihr, ob sie nächste Weihnachten, wenn er wieder unterwegs war, es nicht auch so machen und den Orion sehen und dabei an ihn denken wollte.

5

Als der Frühling den Sieg hatte und überm Groden die Lerchen jubilierten und zwischen dem kurzen Stachelgras die ersten Strandastern ihre Augen zur Sonne aufschlugen, fuhr Christine mit den beiden Großvätern nach Langwarden und ließ ihren Knaben taufen. Die beiden Alten hatten trotz ihrer Kröpeligkeit durchaus mitgewollt. Von dem Tage an trug der kleine Schreihals nach ihnen den Namen Hermann Peter Haye.
Für den Alten vom Siel sollte die Tauffahrt die letzte Fahrt sein. Er war so schwach geworden, daß er sich hinlegte und nicht wieder aufstand. Vierzehn Tage später standen die Sieler um ein offenes Grab herum. Auf den hellgrauen Tuffsteinen der Langwarder Kirche lag freundliche Sonne, und der im Talar hielt eine freundliche Rede. Auch Bruder Karl war von Brake gekommen, diesmal auch seine Gesine. Die schmächtige kleine Frau weinte, und das Gesicht des Riesen war noch bedrückter als damals.
»Brake liegt tot, und wir zehren von dem, was wir in anderen Jahren zurückgelegt haben. Sollen wir ein anderes Bahntje anfangen, oder was sollen wir tun?«
Christine schüttelte den Kopf:
»Tue das nicht, Schwager, sieh zu, daß du dir durch die Zeit hilfst, wir haben ja alle unsern Packen zu tragen. Laß meinen Mann nur erst wieder zurück sein, der verdient gut und wird Rat schaffen.«

Nachmittags gab sie den beiden eine Strecke das Geleit. Mit schmerzlichen Blicken sah sie den Davonhastenden nach. Wäre ihr Eilert nur erst wieder da!
Als sie ins Haus zurückkam, fand sie ein Telegramm vor:
Wohlbehalten Rotterdam angekommen. Erwarte dich bestimmt.   Eilert Haye.
Das war eine helle Aufregung. Sie sofort zu ihrem Vater:
»O Gott, jetzt mit dem Kind? Oder soll ich es oben bei der Frau im Hause lassen?«
Peter Ricklefs hatte schon seine Mütze vom Haken genommen: »Ist nichts zu überlegen, du mußt fahren. Ist bei den heutigen vervollkommneten Reiseverhältnissen eine Kleinigkeit, in vier oder fünf Tagen bist du in Rotterdam. Und den Bengel nimmst du mit. Wozu haben wir denn Sommertag? Packe nur deine Sachen, ich gehe hin und gebe die Depesche auf.«
Sie sofort ans Werk. Der Alte hatte recht. Auch ihr Mann hatte damals beim Stapellauf zu ihr gesagt, Kapitänsfrauen gehörten mit zum reisigen Volk. Solange es Postkutschen auf der Welt gab, waren die Frauen ihren Männern in die fremden Häfen nachgereist. Und daß sie nicht in Trauerkleidern auf die Reise sollte, war auch ein vernünftiges Wort vom Vater.
Am nächsten Tag war alles soweit, daß sie reisen konnte. Wo es jetzt die schnellen Eisenbahnen gab, war das Reisen eine wahre Freude. Mit dem Dampfschiff bis Bremen hinauf war ein Kinderspiel, dann über Altenbeken an die Köln–Mindener Bahn, und von Köln brachte sie dann der Rheindampfer in zwanzig Stunden über Nymwegen ans Ziel.
Und es ging alles, wie ihr Vater es für sie erfragt und aufgeschrieben hatte. Die Last mit dem sechzehn Wochen alten Kind nahm sie mit Freuden auf sich. Es gab überall freundliche Leute, von denen sie gefragt

wurde, wohin die Reise gehen sollte, und die ihr dann behilflich waren.
Ein frischer Junimorgen, als der Dampfer von der Nederlands Stoomschipmaatschappij in Rotterdam an der Osterkade festmachte. Auf dem Bollwerk stand jemand und schwenkte den Hut. Sein braunrotes Kupfergesicht schien noch dunkler und sein flachsheller Krausbart noch eine Handbreit länger geworden zu sein. Christine meinte, er sähe magerer aus als vor einem Jahr, doch mit Ausnahme von dem Braker waren die Hayes ja alle ein langer hagerer Schlag. Sie stand vorn im Schiff und hielt den Kleinen hoch. Seine Augen leuchteten, und er nickte immer nur, aber schließlich konnte er das umständliche Festmachen nicht abwarten und sprang herüber, sobald das Schiff dicht genug heran war. Und jetzt war er bei ihr und hatte sie umarmt und geküßt und nahm den Jungen auf seinen Arm und sah ihm in die Augen, doch das Kind schrie, als es dicht über sich das dunkelbraune Gesicht sah.
»Frau, nimm ihn rasch wieder hin«, sagte er lachend. »Der Schlingel hat sich seinen Alten anders vorgestellt.«
Als sie an Land waren, half aber alles nichts, er mußte den Jungen wiederhaben. Sie hängte sich in seinen andern Arm, und einer von den Matrosen schleppte mit dem Gepäck hinterher. Was hatten sie sich alles zu erzählen. Was war in den langen zwölf Monaten daheim und draußen alles vorgefallen. Ach, sein guter alter Vater! Und das so kurz vor der Heimkehr der Fortuna? Wie hätte der sich gefreut, hätte er's noch erlebt, seinen Sohn von der ersten Kapitänsreise zurückkehren zu sehen. – Und dann die Sorgen der Braker. Umsatteln und etwas anderes anfangen?
Sie machte ihm einen Vorschlag, und er war auf der Stelle einverstanden:

»Recht so, mein Deern, wir wollen das so machen. Die Reederei kehrt mir soviel aus, daß du ihnen erst mal hundert Taler schicken kannst, ohne daß wir beiden uns weh tun.«
Und nun hatte auch er eine Neuigkeit:
»Denke dir, Oltmann Bardewiek und seine beiden Töchter sind seit gestern in Rotterdam. Morgen früh wollen sie nach Antwerpen weiter, wo auch eins von ihren Schiffen liegt. Sie waren schon gestern bei mir an Bord und kommen heute nachmittag wieder.«
Sie war zusammengezuckt.
»Weiß sie, daß ich auch in Rotterdam bin?« fragte sie hastig.
»Überrascht dich das so, daß dir der Schreck in die Knochen fährt?« gab er neckend zur Antwort. »Christine, sag mir, wen meinst du eigentlich mit dieser ›sie‹? Ach herrje, meine kleine Frau ist wahrhaftig noch eifersüchtig auf das, was einmal gewesen ist? Habe ich dir nicht geschrieben, daß diese Anna Bardewiek längst glückliche Braut ist? Fürchtest du, sie könnte deinem Eilert noch einmal den Kopf verdrehn?«
Sie lächelte gezwungen. Fast hätte sie sich über sich selbst geärgert. Nein, es war wirklich nicht nötig, sich noch Gedanken zu machen, und morgen reisten die Elsflether wieder ab.
»Eilert, sag mir lieber, wo dein Schiff liegt«, lenkte sie ab. »Haben wir noch weit zu gehen?«
»Es liegt da drüben an den Boompjes«, bedeutete er ihr. »Aber du wirst es von hier wohl noch nicht erkennen können.«
Er zeigte die Maas abwärts, wo eine Unmenge Fahrzeuge mitten im Strom an den Bojen vertäut waren oder an den Kaden lagen. Sie mußte erst eine Zeit suchen, bis sie es unter den großen Vollschiffen und Barken herausfand.

»Sie kommt dir wohl etwas winzig vor?« glaubte er ihre Gedanken zu erraten. »Ich brauche mich aber nicht zu verkriechen, meine Fortuna segelt dir trotz so einem englischen Teeklipper.«
Mittlerweile waren sie am Oudehaven und an den rundgegiebelten altertümlichen Häusern der Gelderschen Kade vorüber ins Hafengewühl geraten. Haringsvliet und Neuerhafen taten sich vor ihnen auf, alles gedrängt voll Schiffe, und immer noch andere Häfen, überall Mastenspitzen, die über die Häuserreihen herübersahen. Und was für ein buntes Durcheinander auf den Straßen, die vielen Juden, die Weiber, die ihre Kalkpfeifen rauchten, die Bauernmädchen mit ihren Goldhauben. Immer von neuem mußte sie ihren Mann bewundern. Wie gut er Bescheid wußte, wie behutsam er das Kind durchs Gedränge trug, wie sicher er sie durchs Gewirr der Straßen und Brücken und Grachten hindurchbugsierte. Sich so frei und sicher in einem fremden Hafen bewegen, das konnte nur ein Kapitän.
Jetzt waren sie am Boompjeskai und dem Liegeplatz seines Schiffes. Gerade als sie an Bord gehen wollten, schoben sich zwei halbwüchsige Burschen die Kade entlang. Die Hände in den weiten Hosentaschen, waren sie beim Schiff stehengeblieben, musterten es von oben bis unten und sahen nach dem Heimatnamen.
»Elsfleth? Waar liggt dat?« fragte der eine.
»Kent je Elsvliet niet?« kam es zurück. »Een kleen dorpje nabij Bremen. Er word daar heel goede schepen gebouwd.«
Eilert fragte Christine, ob sie die Worte verstanden habe, und sie bejahte mit einem Stolz, als habe das Lob, das die zwei holzschuhklappernden Hafenstreicher dem Schiff zollten, auch ihrem Mann gegolten.
An Bord wußten sie alle Bescheid, wer erwartet wurde.

Segelmacher Rodiek hatte ein wunderbares Transparent zurechtgemacht, und überm Kajütseingang prangte der Vers:
>   Wir grüßen Ihnen an ferner Küste,
>   und wünschen Ihnen das Allerbeste,
>   auf allen ihren Wegen,
>   da gibt Fortuna Segen!

Das Transparent hatten sich die Leute schon den ganzen Morgen gezeigt und ihre Bemerkungen gemacht.
»Oha, was steife Riemels!« meinte Schiffskoch Andresen. »Dar sitzt nich genug Swung in.«
»De Seilmakers hebbt all so 'n littjen Zirß, man use hett den grötsten«, erklärte Zimmermann Wessels und ging hin, um dem guten Jan Been eins anzukratzen:
»Seilmaker, du büst jo woll unner de Dichters gahn. De Dichters seggt awers to jedereen van du un du schriffst dor van Se? Oder büst du mit dein scheewe Ortjegrafie nien richtigen Dichter, wat? Man eenerlei, dat gifft vielseitige Minschen.«
Der Angegriffene setzte sich mit einer Anspielung auf den Wesselschen Zimmermannsblaustift zur Wehr:
»Dat gifft Minschen, de heet in de heele Welt nich anners as van Jan Blau un hebbt blots düsse eenzigste Kulör. Ich kann mich nich helfen, Timmermann, ich muß das auch 'n büschen einseitig finden.«
Doch nun hatten sie sich längst beruhigt und begrüßten die junge Kapitänsfrau auf das herzhafteste. Nur mit dem blauäugigen kleinen Wesen konnten sie nichts Rechts anfangen und begnügten sich damit, es aus achtungsvoller Entfernung ein niedliches Wurm zu nennen.
Gleich nach Mittag erschien der Reeder mit seinen beiden Töchtern. Als sie gestern an Bord kamen, hatte die Älteste die Augenbrauen hochgezogen und gemeint, alles wäre so blendend sauber, daß man auf den

Decksplanken ein Stück Fleisch zerschneiden könnte. Der lange Steuermann hatte vielsagend gelächelt. Jawohl, jede freie Stunde an Land und nichts anbrennen lassen, und dabei das ganze Schiff im Trimm wie ein neues, das sollte ihm einmal einer nachmachen. Das war freilich nur möglich, wo es ein nettes Zusammenarbeiten gab, und das war das Verdienst seines Alten, der scharf darauf hielt, daß jeder seine Pflicht tat, aber auch sein Recht bekam.
Heute sah es womöglich noch geleckter aus, denn die Frau vom Herrn Kapitän war an Bord. Oltmann Bardewiek begab sich mit Haye sogleich in die Kajüte hinunter, um Geschäftliches zu erledigen. Währenddem ließen sich die Töchter vom Steuermann, der den liebenswürdigen Schwerenöter herauskehrte, durch alle Räume führen und alles zeigen. Christine hielt sich im Hintergrund, aber doch so, daß sie nicht übersehen werden konnte. Es kam ihr vor, als legten die beiden Reederstöchter sich ihr gegenüber eine leise Zurückhaltung auf. Besonders die Älteste in ihrem taubengrauen Reisekleid tat ein wenig gemessen, während die andere sie sogleich begrüßte und sich nach dem Kind erkundige. Schließlich fühlte sich auch Fräulein Anna bewogen, an sie heranzutreten und ihr einige Worte zu sagen:
»Schönen guten Tag, Frau Haye, wie gefällt es Ihnen in Rotterdam?«
»Ich danke für die Nachfrage«, entgegnete sie, »aber ich habe mir noch kein Urteil bilden können. Ich bin erst seit heute morgen hier und war noch nicht in der Stadt.«
»Nun, ich denke, Ihr Mann wird Ihnen den Aufenthalt schon so angenehm wie möglich machen.«
So leicht die Worte auch hingeworfen waren, für Christines Ohr hatte aus ihnen etwas herausgeklungen, das sich wie mitleidige oder auch spöttische Überle-

genheit anhörte. Sie atmete auf, als die andere nach ein paar nichtssagenden Sätzen übers Wetter und die Reise mit den Worten abbrach:
»Ich möchte Sie nun nicht länger aufhalten, Frau Haye, Sie werden nach Ihrer Reise wohl die Ruhe nötig haben.«
Was sollte sie der gönnerhaften Reederstochter für eine Antwort geben? Wie gerufen, daß in dem Augenblick Herr Bardewiek und ihr Mann die Treppe wieder heraufkamen. Aber was war denn passiert? Weshalb zeigte der freundliche alte Herr ein so ernstes Gesicht?
»Wir haben soeben etwas abgemacht«, trat er an sie heran, »was für Sie schmerzlich sein wird, aber ich weiß, liebe Frau Haye, Sie sind stark. Die Reise geht nämlich noch einmal nach der Westküste.«
»Nach der Westküste?« kam es von ihren Lippen. Beinahe hätte sie aufgeschrien, doch sie bezwang sich.
»Ja, das ist Seemannslos«, erklärte sie dumpf, »ich muß mich hineinfügen.«
Hatte ihr Gesicht und ihre tonlosen Worte das Zusammenkrampfen ihres Herzens nicht zu verbergen vermocht? Ihr Mann legte ihr mit einemmal die Hand auf den Arm.
»Diesmal wird's sogar noch etwas länger, mein Schatz«, kam seine feste Stimme. »Wir müssen diesmal ganz bis San Franzisko hinauf. Nun heißt es, die Zähne aufeinanderbeißen.«
»Aber Sie haben jetzt ja das niedliche Kindchen, das da unten in der Kajüte schlummert«, tröstete der alte Herr. »Das wird Ihnen die Trennungszeit ein klein wenig leichter machen.«
Es war Zeit geworden, daß Bardewieks das Schiff wieder verließen. Sie hatten ihren Plan geändert und wollten heute schon nach Antwerpen fahren. Auch die

Töchter verabschiedeten sich. So viel Zeit mußte aber noch dasein, daß Oltmann Bardewiek einem jeden von der Mannschaft bis zum Jungen Handschlag und freundliches Wort gab. Und eine Extragratifikation sollten sie auch alle bekommen. Die Fortuna trug ihren Namen mit Recht. Nicht der kleinste Unfall war auf der langen Reise vorgekommen. Kein einziger, der in Rotterdam abmusterte, außer dem Steuermann, der seine fünfundvierzig Monate vor dem Mast längst herum hatte und dem es niemand verdenken konnte, daß er nun nach Elsfleth auf die Schifferschule und den Kursus für große Fahrt machen wollte. Zum Schluß ein kurzes Wort Bardewieks für sie alle:
»Hallo, Jungens, haltet euch hart, es geht wieder nach der Westküste und dann auch noch nach Frisko. Aber das nächste Mal geht's mit eurer Fortuna nach Muttern zu. – Un unnerwiel gah ick hen un gröt de Werser van jo.«
Er war bereits auf dem Steg, doch der jungen Kapitänsfrau mußte er noch einen letzten Gruß zuwinken:
»Nützen Sie die Zeit hier nur gehörig aus, Frau Kapitän. Und damit Gott befohlen, Sie mitsamt Ihrem Kind!«
Dann ließ er sich von den Töchtern unterhaken und war alsbald im Menschengewühl der Kade verschwunden.
»Einen bessern Reeder könnten wir uns nicht wünschen als den«, meinte Steuermann Jägersberg, als er am Spätnachmittag von den Kapitänsleuten zum Kaffee in die Kajüte gebeten war.
»Leider Gottes haben wir ihn heute wohl zum letzten Mal gesehen«, bemerkte Haye. »Daß er seine Töchter mit unterwegs genommen hat, ist nicht von ungefähr. Schwere Adernverkalkung! Und was dann kommt, wenn er nicht mehr da ist, das wissen wir nicht.«
»Ist seine Älteste eine von der energischen Sorte oder

tut sie nur so?« warf der Steuermann die Frage auf.
Haye rückte unruhig in seinem Sessel:
»Wenn das Hamburger Blaßgesicht, dieser Kontorist Stoevesandt, die heiratet, passen Sie auf, Steuermann, dann pfeift für die Fortuna ein anderer Wind. Dann kommen Leute ans Ruder, die sehen in uns Kapitänen und Steuerleuten nur Angestellte der Reederei und weiter nichts.«
Christine hörte ihnen schweigend zu. Um des Vaters willen mochte sie keine Anklagen gegen die Tochter vorbringen. Möglich auch, daß sie selbst zu gereizt und empfindlich war und zu schwarz sah. Aber sollten auch ihrem Eilert Gedanken kommen, dann mußte sie ihm die von der Stirn streicheln.
Sie blieb noch vierzehn Tage an Bord. Eine solch schöne Zeit hatte sie noch nicht erlebt. Von Tag zu Tag gewann ihr Mann in ihren Augen an Größe. Was hatte ein Schiffskapitän zwischen Einklarieren und Ausklarieren bei den Zollämtern, den Maklern und Stauern und Gott wußte bei wem, alles zu belaufen und besorgen. Doch sobald er Zeit hatte, ging er mit ihr in die Stadt und zeigte ihr, was sie sehen wollte, die Börse mit ihren Galerien, am Käsemarkt das Rathaus mit dem Portikus und dem Zwölfsäulenturm, die Laurenskirche mit ihrer Riesenorgel, das Standbild des Erasmus auf dem großen Markt, das Leben auf der Hoogstraat und die bunten Läden. Und dann das Treiben, wenn sie an den Hafenkaden und den alten Kontorhäusern entlanggingen, die Grachten mit ihren Kähnen und Klappbrücken, auf dem breiten Maasstrom die Rheinaaken und die britischen Dampfboote, die dreimal die Woche nach Harwich fuhren.
Einmal zeigte er über den Strom nach der Maasinsel Feijenoord hinüber:
»Da drüben wollen sie noch drei Häfen mitten ins Land hineinbauen. Antwerpen will Holland nicht

hochkommen lassen. Aber die Kaasköpfe sind zähe Kerls und werden's am Ende doch noch gegen den Belgier und seine Schelde zwingen.«
In der Stadt war es eng und dumpfig, zwischen den hohen dunkeln Häusern Wolken von Kornstaub hinschwadend, dazu von den Rollwagen und Frachtkarren ein Getöse, daß sie ihre eigenen Worte nicht verstanden. Doch wenn sie aus den Toren hinausgingen, kam ihnen das grüne Polderland fast wie die Gegend vor, in der sie beide zu Hause waren, nur daß hier die vielen großen Windmühlen standen, manchmal fünf oder sechs dicht beieinander. Draußen atmete sie freier und fand die fremde bunte Welt wunderschön, am allerschönsten war es aber doch an Bord. Da schaltete sie in der molligen Kajüte als Hausmutter und betreute den Kleinen, während ihr Mann an seinem Tisch saß und in seinen Papieren schrieb. Und das Essen, was sie ihm kochte, mundete ihm doch noch anders als was Smutje Sören Andresen bei all seiner handfesten Kunst zuwege brachte. Schließlich, wie kam es, blieb sie am liebsten auf dem Schiff und verspürte kaum noch Lust, mit ihm die fremde Stadt zu durchstreifen.
Und dann kam der Tag, da war das Laden beendet und sie mußte wieder nach Hause. Wie gern wäre sie ganz an Bord geblieben und hätte die Reise mitgemacht, aber ein altes Seemannswort brummte, Weiberröcke auf See brächten kein Glück.
Der Steuermann hatte nicht eher von Bord gehen wollen als bis das Laden fertig war.
»Schade, daß er uns verläßt«, bedauerte Haye. »Er war immer der Tüchtigste, aber auch der Verwegenste. Dem fiel es nicht ein, wenn er in den Fußpferden stand, ein Armstropp anzufassen oder mit dem Fuß unterzuhaken, der ritt wie ein Kunstreiter bis an die Nock von der Royalrahe.«

Jägersberg hatte sich erboten, die Frau Kapitän mit ihrem Kind wieder in die Heimat zu bringen.

»Wollen Sie unterwegs nicht noch bei Ihren Eltern vorsprechen?« fragte Christine ihn. »Darmstadt liegt ja fast auf dem Weg.«

»Diesmal nicht«, sagte er kurz, und es lief etwas wie ein Schatten über sein rotes lachendes Gesicht.

Sie sah ihn fragend an. Den zog es nicht in die Heimat? Ein heimatloser Mann?

Dann kam die Rückreise. Sie hatte es nie für möglich gehalten, daß der wilde Durchbrenner so ritterlich um eine Frau bemüht und so rührend für ein kleines Kind besorgt sein konnte. Je länger sie mit ihm zusammen fuhr, desto klarer glaubte sie ihm auf den Grund seiner Seele zu schauen. Der grüne Rhein, die lachenden Rebengelände, die lustigen lebensfrohen Menschen – und da unten die graue Weser und rauhe Winde und Menschen, die anders sprachen und härter waren als in seiner Heimat. Auch wenn er es nicht aussprach, sie fühlte es heraus, es kam ihn manchmal ein Schaudern an. Doch ein Zurück gab es nicht. Der schulverlaufene Obertertianer hatte den Beruf einmal erwählt und wollte ihm treu bleiben. Ganz leise kam ihr die Frage, ob das mühselige Seemannsleben – Tag und Nacht umschichtig vier Stunden Wache und vier Stunden Freizeit –, ob das trotz seiner wilden Lustigkeit dem Sohn aus feiner Familie restlos das Herz erfüllte. Auch die rauhen harten Männer von der Wasserkante nannten es eine Bauernnacht, wenn sie im Hafen einmal eine ganze Nacht ausschlafen konnten.

6

Jetzt saß sie wieder in Fedderwarden, und die Wochen in der fremden fernen Stadt kamen ihr wie ein Traum vor. Ihr Mann war mit dem Schiff längst unterwegs. Seine Reise sollte ihn von San Franzisko noch quer über den Großen Ozean nach China führen. Mit einer Schonerbrigg eine solche Fahrt? Aber es war von jeher sein brennender Wunsch gewesen, einmal eine Weltumseglung zu machen und um die beiden Kaps von Amerika und Afrika herum zu kommen.
Vier Wochen kamen und gingen, aus den Wochen wurden Monate, und an die Monate schoben sich neue an. Es war längst Winter geworden. Manchmal stieg sie auf den Deich und blickte aufs Wasser hinaus. Nicht mehr die schmerzlich wühlende Sehnsucht. Sie hatte ihren Mann gesehen und war die schönen Wochen mit ihm zusammengewesen, und dafür war sie dankbar. Wenn die erste leise Abenddämmerung einsetzte und grau übers Wasser schlich, kam es ihr vor, als wäre das weiße Licht vom Hohenweg, das draußen zu glitzern begann, ein heller freundlicher Stern überm Meer, eine feste Hoffnungsgewißheit, er werde gesund und wohlbehalten heimkehren.
Als es gegen das Frühjahr ging, erhielt sie ein Telegramm aus Elsfleth:
Wette verloren und mit Fräulein Adelheid Schumacher dahier verlobt, sonst aber wohlbehalten.
Alex Jägersberg.

Sie lachte hell auf. Was würde Eilert für Augen machen, wenn er das in ihrem nächsten Brief zu lesen bekam. Wo waren Jägersbergs große Schwüre geblieben? Das war derselbe lange Alex, der in seiner blutjungen Verliebtheit in Boston einmal einer Stevedorstochter einen Kuß geraubt hatte. Dear Daddy war darübergekommen und hatte ihn beim Jackenkragen festhalten wollen. Goddam, die Lady war bloßgestellt, Anschauungen und Gesetze in den Unionsstaaten waren strenge, und die Richter kannten verdammt keinen Spaß. Heiraten, junger Mann, heiraten oder soundsoviel Dollars Buße!! Zum ersten Mal in seinem Leben hatte Matrose Jägersberg es mit der Angst gekriegt und seine langen Beine genommen, um bei Nacht und Nebel auf dem ersten besten Schiff zu verschwinden. Und jetzt hatte ihn sein Schicksal in Elsfleth an der Weser erreicht.
Zweimal im Jahr passierte ein Schwarm junger Leute durchs Städtchen. Paßt auf, Mädchen, und ihr Mütter, macht es ihnen so mollig, daß sie sich wie im Himmel vorkommen! Junge Hechte, bislang zwischen Wachen und Freiwachen hin und her gerissen und außer Zusammenhang mit dem bürgerlichen Tag, geraten nach jahrelangen Reisen und frauenlosem Bordleben zum ersten Mal in eine Häuslichkeit hinein und haben jeden Maßstab verloren. Die sitzen bald an der Angel fest, jedes weibliche Wesen erscheint ihnen als holde Fee. Was hatten junge Seeleute denn unterwegs an Weiblichkeit kennengelernt? Doch nicht viel mehr als die Mädels in den Hafenkneipen und die geschminkten Dirnen in den Lokalen. Da brauchten die jungen Damen in den Städtchen, wo die Steuermannsschulen waren, noch gar nicht besonders kokett zu tun und lange zu girren. Es gab Ruderbootfahrten nach Lemwerder oder Segelpartien nach Brake – Elsfletherinnen wußten auch mit Riemen und Fockschot umzuge-

hen –, es gab kleine Tanzereien, ein bißchen Musik, einen Punsch, auch vor einem flotten Kognak liefen sie nicht gleich weg, und so hatte nach wohlbestandenem Kapitänsexamen sich auch der liebebedürftige Geheimratssohn aus Darmstadt mit der Tochter einer Kapitänswitwe verlobt. Überall saßen die Schumachers am Weserdeich und waren ein guter Schlag.

Christine lebte in Fedderwarden für ihr Kind. Das wuchs und gedieh und wurde ein kräftiger Junge. Bald war es soweit, dann hatte sie noch für ein zweites zu sorgen. Darauf freute sie sich. Je mehr sie unter der Hand hatte, desto besser ging es ihr.

Doch nun war der Vater immer hinfälliger geworden. Es ging reißend bergab mit dem hilflosen alten Mann. Der Rheumatismus von seinem Lotsenberuf her wurde zur Nervenentzündung. Der Burhaver Doktor wurde geholt, kam aber schon zu spät. An demselben Tage, da im Häuschen hinterm Deich ein Knabe geboren wurde, wurde der Alte auf dem Langwarder Kirchhof zur letzten Ruhe gebracht. Christine war jedoch kräftig genug, alle die Aufregung zu überstehen, und der Neugeborene, den sie an der Brust hatte, war ein gesundes Wesen. Von nun an zwei kleine Kerlchen zu betreuen haben, das füllte ihr Leben mit immer vollerem Inhalt aus. Bislang hatte es ihr manchmal ein wenig leer vorkommen wollen.

Aus den Monaten war inzwischen ein Jahr geworden. Der Krieg oben in Schleswig hatte einen neuen Krieg geboren. Die Preußen gingen gegen Österreich. Auf dem rechten Weserufer hatten die Hannoveraner das Fort Wilhelm mit siebenundvierzig Kanonen bestückt, die drohend zur Butjadinger Küste hinüberstarrten, doch das kleine Kanonenboot Arminius kam gefahren und nahm das Fort ohne Schwertstreich. Wenige Wochen, und das Königreich hatte aufgehört zu bestehen und Geestemünde war eine preußische Hafenstadt. Ob der stramme dienstliche Kuckuck den Hafen wohl besser zu heben verstünde als das springende welfische Pferd, fragten die Bremerhavener. Im Lande Oldenburg waren sie nicht so kritisch. Sie hatten die Hannöverschen mit ihrer Neidpolitik nie gern gehabt und es lieber mit den Preußen gehalten, hatten ihnen auch die Ecke an der Jade abgetreten, wo in Heppens ein Kriegshafen gebaut werden sollte. Das große Deutschland sollte es sein.

Als der Krieg zu Ende war und Handel und Schiffahrt wieder die alten Bahnen zogen, kam Eilerts Bruder Karl nach Fedderwarden. In Brake war die Lage noch trauriger geworden.

»Die Bremer wollen uns kleinkriegen«, sagte er. »Sie haben eine neue Löschordnung erlassen. Alle nach Bremen bestimmten Schiffe dürfen während der vier Wintermonate Brake nicht mehr anlaufen. Sonst kam durch die Schiffe noch immer ein wenig Leben zu uns, jetzt ist auch das wenige vorbei.«

Aber der große Mann mit dem roten Bart und den Bärenschultern, der damals so mißmutig und bedrückt gewesen war, war gar nicht wiederzuerkennen.

»Sie wollen Brake tot machen?« knallte er mit der Faust auf den Tisch. »Holt stopp, nu erst recht nich! Kommen schlechte Zeiten, kommen auch wieder bessere, nur dürfen wir die Arme nicht am Leib runterhängen lassen.«

Christine sah dem Davonstampfenden diesmal mit hellen Augen nach. Ihr nächster Brief nach San Franzisco sollte ihrem Mann sagen, es gab in Brake einen, der wußte, was er zu tun hatte, und mochten alle andern verstört sein. Auch von Steuermann Jägersberg wollte sie ihm erzählen. Er hatte in Elsfleth Hochzeit gemacht und war mit seiner Adelheid nach Darmstadt gewesen, und der Herr Oberkirchenrat hatte die junge

Schwiegertochter umarmt und auf die Stirn geküßt. Zugleich noch eine andere Neuigkeit. Auf den Rat seiner Eltern und das Drängen seiner Frau war Jägersberg zum Bremer Lloyd gegangen, fuhr jetzt als dritter Offizier auf der Amerika und wußte seine Chance nicht genug zu rühmen. Hurra, alle paar Wochen zu Hause zu seiner Frau in Bremerhaven! Sollte sie ihrem Mann schreiben, sie wäre beinahe neidisch auf die beiden? Sie wollte ihm lieber über die Reederei berichten. Oltmann Bardewiek hatte dies Frühjahr das Zeitliche gesegnet. Nur gut, daß der freundliche alte Herr mit seiner Adernverkalkung nicht noch lange hatte auszuhalten brauchen. Wie es nun mit der Firma werden sollte, hatte sie noch nicht erfahren.
Sie war viel ruhiger geworden, seit das zweite Kind da war. Ach, hätte sie nur erst den Gleichmut, den Bruder Jakob an sich hatte! Der pflügte mit seinem Kutter das Wasser und ließ sich's nicht verdrießen, daß er noch lange Jahre warten konnte, bis er an die Reihe kam und unter die ordentlichen Lotsen aufgenommen wurde, machte sich auch keine Gedanken, daß es nun einmal der Welt Lauf war, wenn der eine auf den Abgang des andern wartete. Mitunter kamen noch Abende, da zog es sie hinaus und oben auf den Deich hin, wo sie das aufgeregte Schreien der Seevögel vernahm, wenn die Flut übers Watt kam. Dann wurde auch sie wieder unruhig, und gewahrte sie fern hinziehende weiße Segel, so überkam sie weiche Sehnsucht, doch sie hielt sich und blieb tapfer. Bald würde die Fortuna heimkommen. Sie hatte es in der Zeitung gelesen, Ouessant hatte das Schiff schon gemeldet. Und nach einigen Tagen meldete auch St. Catherines Point: Deutscher Segler Fortuna ostwärts steuernd. Das war die Spitze von Wight und die Mitte der englischen Küste. Frohe Erwartung stieg in ihr auf. Sie wollte nicht zuviel hoffen, es sah aber danach aus, als käme die Fortuna dies-

mal in einen deutschen Hafen. Jetzt meldete Dungeneß bei Dover.
»Sie haben den Kanal zu fassen«, erklärte Oberlots Frels. »Aber diesseits liegen noch Antwerpen und Rotterdam, und auch noch London. Das soll mich wahrhaftig mal wundern.«
Zwei volle Tage hört sie nichts, da kommt über Norderney die Meldung, die Fortuna ist nach der Weser bestimmt. In der Nacht bekommt sie kein Auge mehr zu. Beim Morgengrauen klopft jemand ans Fenster. Der weißhaarige Frels steht im Vorgarten und hat ein Diensttelegramm in der Hand:
»Fortuna diese Nacht angekommen! Meine Lotsen haben sie hereingebracht.«
Jetzt hält sie es nicht länger aus am Siel. Sie macht sich zurecht und eilt nach Bremerhaven. Unterwegs auf dem Blexer Fährboot hört sie es schon, das Schiff liegt wieder im Alten Hafen.
Eine Stunde später, und die beiden sind beieinander. Er hält sie mit seinen starken Armen von sich, reißt sie an seine Brust und hält sie wieder von sich, um ihr in die Augen zu blicken. Es sind anderthalb Jahre, die sie sich nicht gesehen haben.
»Diesmal gibt's eine längere Zeit, daß wir zusammen sein können«, verkündet er ihr strahlend. »Sobald wir unsern Tee gelöscht haben, verholen wir ins Trockendock. Das Schiff muß gründlich nachgesehen werden, solche Reisen greifen auch das allerbeste Schiff an.«
Bruder Jakob ist noch an Bord und erzählt, wie er die Fortuna hereingeholt hat. Wegen der Konkurrenz sind sie mal wieder ganz bei Terschelling gewesen. Er hatte es längst ausgemacht, was da mit halbem Wind und alles Zeug auf angepreschtkam. Die andern Lotsen hatten noch nichts erkannt, und die hatten doch auch keine schlechten Augen im Kopf. Einige von den Älteren knurrten, weil gerade zwei andere Fahrzeuge auf-

kamen, die mehr Last maßen und höheres Lotsgeld brachten, aber er hatte sich nicht an sie gekehrt.
»Junge, und nun das Hallo, als meine Jolle längsseits kam! Alle Mann liegen sie über der Reling und glotzen wie die Seehunde. Nur mein Herr Kapitän spaziert mit einer Seelenruhe auf dem Achterdeck herum, als hätte er einen Sonntagsnachmittagsspritzer gemacht und nicht eine Reise um die Welt. Und einer von unsern Maaten spielt ›Heil dir, o Oldenburg‹ auf seiner Handharmonika und dann das Schleswig-Holstein-Lied.«
»Das hat natürlich der Segelmacher angestiftet und den Smutje geärgert, weil der aus Flensburg und ein Hannemann ist«, erklärt Haye belustigt. »Und vorhin hat Andresen mir angesagt, er will heute noch abmustern.«
Aber jetzt liegen sie wohlbehalten im Hafen, und jeder freut sich, daß er wieder deutsche Erde zu fassen hat. Unter der Back, wo sie bei der Ausreise das fette Schwein und die Hühner gehabt haben, die niemals auch nur ein einziges Ei gelegt haben, wimmelt es von Getier, Käfige mit Affen und ein Kasten mit einer Riesenschlange.
»Und für meine Frau habe ich schönes Seidenzeug mitgebracht«, flüstert er ihr auf der Kajütstreppe zu. »Wir haben gute Fracht gemacht, nach meinem Überschlag entfallen über hundertfünfzig Taler auf jedes Part. Da wird auch für Brake noch etwas übrig sein.«
»Ach ja, die Braker«, sagt sie gedankenvoll und erzählt ihm, sein Bruder Karl hat seinen Mann gestanden wie nur einer. Er ist immer mit vornean gewesen, wenn die Deputationen nach Oldenburg gingen, Brake müßte eine Eisenbahn haben. Aber die hohen Herren hatten die Achsel gezuckt. Das Land war klein und eine Eisenbahn ein teures Ding, und man wußte nicht, ob sichs rentieren würde. Zwecklos, gegen das große Bre-

men konkurrieren zu wollen. Da hatten sie den Lloyd, der schickte jede Woche einen Dampfer nach New York und hatte auch schon eine Linie nach Baltimore und gab zwanzig Prozent Dividende. Aber der Schiffsbau an der Unterweser ginge doch flott und man müßte sich vorläufig damit zufrieden geben. »Unsinn, damit können wir uns nicht zufriedengeben!« hatte Karl Haye aufgetrumpft. »Wir müssen auch mit unserm Braker Hafen vorwärts, Stillstand ist Rückschritt.« Aber die Herren hatten nur höflich über die groben Braker gelächelt, und alle die Abordnungen waren unverrichteter Sache zurückgekommen.
Eilert Haye schüttelte den Kopf.
»Die klugen Bremer spannen ihre gutmütigen Nachbarn vor«, erklärte er, »wenn es ihnen so paßt, und lassen uns kleine Schleppdampfer bleiben, statt daß wir selbständig fahren. Wie ist es da drüben bei Nordenhamm? Soll da nichts geschehen? In der Ecke liegt Zukunft, das Fahrwasser setzt dicht am Ufer hin und bleibt im Winter eisfrei.«
Sie hatten kaum in der Kajüte Platz genommen, da kam es mit schweren Schritten die Treppe heruntergetrampt. Der Steuermann, der in Rotterdam für den langen Alex an Bord gekommen war und der jetzt seine Papiere verlangte. Er wollte nach Hamburg auf die Schifferschule und seinen Kursus auf große Fahrt machen, aber das hatte er schon ein Dutzend Male vorgehabt. Ein echter Hamburger, eine tüchtige Portion Mutterwitz und nicht aufs Maul gefallen, aber Haye war mit Hein Asbahr nicht recht zufrieden gewesen, ein muckscher Kerl, der bald hinter den Leuten herstand, bald dem Kapitän in den Ohren lag und allerlei Ideen im Kopfe hatte. Kapitän und Steuerleute wären die Offiziere und müßten gegen die andern zusammenhalten. Er hatte seine Reden nicht anhören wollen. Wenn alle Leute anständig behandelt wurden und

es ohne Prügeln und überflüssiges Schimpfen ging, dann gab es kein Für und kein Gegen, sondern nur ein Miteinander, einer für alle und alle für einen. Steuermann Asbahr hatte flusohrig gelächelt:
»Das mag für die Zeiten gestimmt haben, als die Arche Noah auf dem Wasser rumlavierte, aber heute paßt's nur für Fahrzeuge unter muffrikanischer Flagge, in Hamburg sind jedenfalls größere Verhältnisse.«
Heute mußte Hein Asbahr zum Abschied noch einmal mit einem anzüglichen Vergleich überkommen:
»Die Weser bei Bremerhaven und die Elbe bei Cuxhaven? Och, du leewe Tid! Und auch bei der Lühe, da ist sie noch fix breit, nicht? Aber dies hier? Goh mi af, ick mag nu ni länger in seaun lütt Bremer Püttenwoter rümklein.«
Damit trampte er wieder auf Deck. Haye schmunzelte:
»An der Weser die Jans und an der Elbe die Heins. Nur gut, daß der alte Knasterbart nicht mit noch schlimmeren Reden davongeschwebt ist.«
Kurz vor Mittag lief das Passagierboot Roland in die Geeste ein und brachte aus Elsfleth den Mann mit, der jetzt die Reederei vertrat. Haye und Frau hatten seinem Kommen mit Spannung entgegengesehen. Würde der ehemalige Prokurist sich nunmehr als Machthaber aufspielen? Der Erwartete kam und die Art, wie er sie beide begrüßte, ließ an Höflichkeit nichts vermissen. War es dann aber die Unsicherheit eines neuen Herrn, die den alten herzlichen Ton des seligen Bardewiek nicht sogleich zu finden vermochte, oder sonst eine Befangenheit, der Blaßgesichtige beachtete die Mannschaft kaum, sah sich oben nur flüchtig um und strebte sogleich der Kajüte zu.
Sie warf ihrem Mann einen Blick zu. Sollte sie gehen und die beiden allein lassen? Ohne daß Eilert ein Wort zu sagen brauchte, hatte sie das Gefühl, sie sollte blei-

ben. Zu Oltmann Bardewieks Zeiten war es Stil gewesen, daß auch geschäftliche Dinge in Gegenwart der Kapitänsfrauen verhandelt wurden, und es war allemal selbstverständlich, daß der Reeder beim Kapitän zum Frühstück blieb, auf jeden Fall seinen Teller Labskaus abbekam und mit Begeisterung begrüßte. Stoevesandt dankte von vornherein für alles. Verbindlich lächelnd, doch mit halb zugekniffenen Augen hatte er im Sessel Platz genommen. Christines Verbleiben schien ihm nicht ohne weiteres recht zu sein.
»Sie wissen, Herr Kapitän Haye«, begann er zögernd, »daß ich nach dem Tode meines Schwiegervaters die Reederei übernommen habe. Schon die Jahre vorher, als der alte Herr nicht mehr recht konnte und die Übersicht zu verlieren drohte, habe ich die Geschäfte geführt und bin es auch gewesen, der die Firma größer werden ließ.«
Haye nickte. Außer seiner Fortuna waren es jetzt noch die Industrie, die Merkur, die Felizitas und die Viktoria, alles große Schonerbriggs vom Typ der Fortuna, die unter der Kontorflagge mit dem blauen Fünfstern fuhren.
»Wissen Sie auch«, kam es dann, »daß die beiden letzten Fahrzeuge nicht mehr im Partenbetrieb gereedert werden, sondern auf meine alleinige Rechnung?«
Er bejahte. Er war der letzte, der der Firma den Unternehmungsgeist absprechen wollte.
»Sie wissen auch«, fuhr Stoevesandt fort, »daß ich Hamburger Kaufmannssohn bin? Vielleicht ist die Zeit nicht mehr fern, dann soll das Kontor ganz nach Hamburg verlegt werden.«
»So einschneidend das für Elsfleth und die Partenreeder auch sein wird, ich kann das verstehen«, pflichtete er ihm bei. »In der großen Stadt sind die Geschäfte besser zu übersehen als im abgelegenen kleinen Nest.«
»Es freut mich, daß Sie mir grundsätzlich recht ge-

ben«, erklärte der andere verbindlich. »Wenn ich mit anderen Firmen konkurrieren will, darf ich nicht altmodisch bleiben. Die Firma war tatsächlich in Gefahr, rückständig zu werden.«
Haye sah ihn fragend an. Wie meinte sein Gegenüber das? Was sollte da anders werden und was war da rückständig gewesen?
»Daß Sie mit Ihrer Mannschaft so vorzüglich auskommen«, hob Stoevesandt wieder an, »ist mir eine Genugtuung. Um so mehr leid tut mir's mit dem Steuermann Asbahr. Ich höre, der Mann will von Bord gehen?«
Er setzte ihm die Gründe auseinander, und daß er selbst froh war, ihn los zu sein.
»Ich würde meinem Landsmann nicht so ohne weiteres den Laufpaß geben«, bemerkte der andere. »Solche angejahrten Knaben sind brauchbares Menschenmaterial und müßten besser ausgenutzt werden. Und wenn er gelegentlich mal ein bißchen Stank gemacht hat, wie Sie das nennen, du liebe Zeit, was ist viel dabei? Und wenn er hundertmal auf die Schifferschule möchte, man hält ihn fest und behält das Personal so lange, bis es vor Alter nichts mehr leistet. Ich möchte Sie im Interesse der Reederei fragen, Herr Kapitän, können Sie das mit dem Steuermann nicht rückgängig machen?«
Haye lehnte sich stirnrunzelnd in seinen Sessel zurück. Das waren Dinge, in die er sich als Kapitän von niemand hineinreden lassen wollte, auch vom Reeder nicht. Stoevesandt mochte ihm seine Gedanken vom Gesicht abgelesen haben, brach mit einem Mal ab und erhob sich.
»Wenn es Ihnen recht ist«, erklärte er kühl, »möchte ich das Schiff mal kennenlernen.«
Der Rundgang dehnte sich auf fast eine Stunde aus. Stoevesandts Augen blieben auf jeder Einzelheit haf-

ten und stachen in alles und jedes hinein, doch da war nichts, wo er mit einem Tadel oder auch nur einem Änderungsvorschlag einhaken konnte. Höflich, wie er gekommen war, empfahl er sich wieder.
»Nun ist mein schönes Mittagessen darüber wie Eis geworden«, klagte Christine, als sie wieder allein in der Kajüte saßen.
Er hatte seine behagliche Laune schon wiedergewonnen.
»Ist noch kein Unglück, mein Kind«, sagte er händereibend. »Dienst ist Dienst und geht vor. Freuen tut's mich aber, daß das Schreibergesicht mir nichts auf mein Schiff sagen konnte. Der hätte mir mal kommen sollen! Und den Stänker von Steuermann an Bord behalten? Da hätte er mir mit der Zeit einen netten Aufpasser auf die Nase gesetzt. Es tut mir leid, daß ich dem Musje Stoevesandt nicht von vornherein schärfer die Zähne gezeigt habe.«
»Laß es gut sein, mein Eilert«, sagte sie. »Der Mann kennt dich schon. Ich habe mir den neuen Mann übrigens anders vorgestellt. Daß er selbstbewußt auftritt, ist doch kein Fehler? Und er ist doch immer der höfliche Herr geblieben?«
»Warte nur ab, er wird seine Krallen schon eines Tages aus den Sammetpfoten herausstrecken.«
»Ob die beiden wohl glücklich miteinander sind, deine Anna Bardewiek und dieser Herr Theodor Stoevesandt?« kam unvermittelt die Frage.
Er hob den Kopf:
»Wie kommst du auf den Gedanken? Die beiden? Du, das sind beide ein paar gute Mackers. Zweifelst du noch, daß das Wetter umschlägt? Paß up, littje Deern, dat gifft schralende Wind!«
»Laß den Wind wehen, wie er will, du bist Manns genug ihn abzuwettern, und wirst klug genug sein, auch gegen konträren Wind vorwärts zu kommen.«

Die beiden saßen eine Weile in Gedanken nebeneinander. Er hatte ihr den Arm um die Schulter gelegt und strich ihr übers Blondhaar. Dann stand er auf:
»Nun komm, Christine, es ist alles im Lot. Wir wollen lieber die paar Wochen genießen, die wir beiden miteinander zusammen sind. Und morgen früh fährst du hin und holst mir die beiden Jungens herüber.«

7

Wie bald, dann waren auch die Wochen in Bremerhaven wieder vorbei. Das Schiff war aus dem Dock und ging wieder auf Fahrt, um Palmöl für Hamburg vom La Plata zu holen. Schiffskoch Andresen hatte sich stillkens wieder anmustern lassen. Dann nochmals eine Reise nach Buenos Aires und von da über England nach Kopenhagen. Auch diesmal eine lange Zeit, die er nicht nach Hause kam. Um so größer die Freude, wenn er daheim war. Daß er während der Tage auch noch nach Bremerhaven und Brake hinüberflitzte, nahm sie ohne Murren mit in den Kauf. Seeleute waren unruhiges Volk, das nicht lange auf dem Stuhl festsaß und die Reisetasche immer zur Hand hatte.
Die Kinder wurden größer, spielten mit den andern Kindern am Deich oder Hafen und wuchsen zu fixen kräftigen Jungen heran, an denen sie ihre Freude hatte. Bald war aber die Zeit da, daß der Älteste in die Schule mußte. Mitunter kam Hermann ihr schon mit seltsamen Fragen, und Gerhard schloß sich ihm an. »Warum ist unser Vater immer so lange weg und so kurze Zeit bei uns?« wollten sie wissen. »Mag er nicht in Fedderwarden sein? Die andern Väter sind viel öfter hier.«
Sie klärte die Plagegeister mit heiteren Worten auf, aber innerlich gab es ihr doch einen Stich. Schifferkinder hatten das Schicksal, allermeist nur unter Mutters Augen groß zu werden. In den wenigen Tagen, die der Vater daheim war, vermochte der sie nicht zu erziehen,

konnte höchstens um Rat gefragt oder zu Hilfe gerufen werden, wenn es sein mußte. Kinder erziehen war langsame stetige Arbeit und konnte nicht im Vorbeilaufen getan werden. Aber sie wußte, ihr Mann war ihr dankbar für ihre Geduld, und sie sah es seinen Augen an, sie machte es nach seinem Wunsch.

Und sie selbst? Immer fester hatte sie sich in das Leben einer Seemannsfrau hineingefunden, die ihren Mann, wenn es hoch kam, nur ein paar kurze Wochen im ganzen langen Jahre Auge in Auge zu sehen bekam. Es war alles ein Kommen und Gehen, Wiedersehen und Auseinandermüssen auf der Reise durchs Leben. Darüber gingen auch für sie die Jahre hin, doch sie blieb jung mit den Kindern, und ihre Welt am Siel blieb unverändert die alte.

Doch dann zogen plötzlich gewitterschwüle Julitage herauf und brachten ungeheure Aufregung in den kleinen Sielort. An der Ecke, wo der Deich zum Hafen einbog, standen Palisaden aufgerichtet und Kanonen dahinter. Die Flinten geschultert, eine weiße Binde um den Arm und das Fernrohr in der Hand, gingen Tag und Nacht Patrouillen über den Deich und spähten nach Norden hinüber. Draußen alles wie ausgestorben. Die Wesermündung war blockiert. Ausgediente Grönlandfahrer waren voll Steine gepackt und im Fahrwasser versenkt, querab von Brinkamahof eine doppelte Reihe Torpedominen, vor der Sperrlinie Fischkutter, die als Wachtschiffe kreuzten.

Es war wieder einmal Kriegszeit geworden. In Bremerhaven liefen sie unruhig auf den Molen hin und her. Unter Helgoland sollte sich ein starkes feindliches Geschwader gezeigt haben. Alle Augenblicke hieß es, die Manowars* kommen die Weser herauf! Ob der Franzmann es wagen würde, über die Watten herüber

---

* man-of-war = Kriegsschiff

zu kommen und eine Landung zu versuchen? In Heppens war noch nicht allzuviel vom neuen Kriegshafen fertig, doch das wußte der Feind nicht. In Fort Wilhelm hinterm Bremerhavener Deich lag eine starke Besatzung der freiwilligen Seewehr. Er sollte nur herkommen, es würden ihm Granaten zwischen die Rippen gepfeffert werden. An der Ecke von Markt und Fährstraße klebten Zettel mit Telegrammen, und in den Wirtschaften saßen sie zu singen: Lieb Vaterland, magst ruhig sein! Der Erbfeind sollte schon auf Grund gekriegt werden, wenn die andern die Deutschen nur gewähren ließen. Und England hatte auf dem Wasser und überall das entscheidende Wort und verhielt sich neutral. Das war eine wichtige Sache.
Als der Krieg einige Wochen gedauert hatte und ein Sieg nach dem andern kam, wurden die Leute ruhiger und die alte Spaßmacherei kam wieder hoch. Ein verwegener Jan van Moor war mit seinem Kahn übers Watt gesegelt und einer Torpedomine zu nahe gekommen. Bei Langlütjensand flog der Kahn in die Luft, Menschenleben waren nicht zu beklagen. Man machte schon Verse auf den heldenhaften Gerd Snute von der Wümme.
Christine konnte das Gesinge und Großsprechen nicht mitmachen. Wo war ihr Eilert? Einige Wochen vor Kriegsausbruch war er nach Galveston abgesegelt, um Baumwolle zu laden. Seitdem hatte sie nichts von ihm gehört. Nach ihrer Berechnung mußte er Anfang August ungefähr am Bestimmungsort angelangt sein.
Endlich kam ein Brief. Die Fortuna lag mit vielen anderen deutschen Schiffen wohlbehalten an der Texasküste und mußte da das Ende des Krieges abwarten. Sie fühlte es ihrem Mann nach, wie schmerzlich es ihm war, nicht mit dabei sein zu können, wenn sie daheim fürs Vaterland auszogen.

Nach neun Monaten war der Feldzug zu Ende. Als die Nachricht von Sedan kam, hatte am Siel zum ersten Mal eine schwarz-weiß-rote Fahne geweht. Die Frau von Oberlots Frels suchte aus ihrer Truhe altes Zeug her und nähte es mit heißer Nadel zusammen. Hermann und Gerhard sprangen wie außer sich auf dem Deich herum, solch eine Flagge hatten sie noch nicht gesehen. Als das Telegramm von Versailles da war, machte auch ihre Mutter ein Tuch und hißte es am Mast neben der Deichbank. An dem Tage wehten am Siel schon acht schwarz-weiß-rote Flaggen.

Und die Soldaten und die Mariner, die wieder nach Hause kamen, brachten das Deutsche Reich mit. Heppens hieß Wilhelmshaven, und es gab wieder eine Reichskriegsflotte. Sie war noch bescheiden, doch sie wollte wachsen und groß werden. Und die alten Leute nickten und meinten, für die Deutschen käme jetzt eine neue schöne Zeit, in der nicht mehr so viel junge Leute auszuwandern brauchten.

Die Blockade auf der Weser war schon gegen Weihnachten zu Ende gewesen. Auch am Wasser sah alles nach einer andern Zeit aus. Überall in den Häfen viel Leben, auch der kleine Siel lag voll wie kaum zuvor. Der Bremer Lloyd hatte schon Anfang Oktober die Amerikafahrten wiederaufgenommen. Mit abgeblendeten Lichtern verließen die Dampfer die Weser und gingen nördlich um Schottland herum, und die Engländer freuten sich, daß sie nicht gekapert wurden.

Nach dem langen Aufliegen fingen jetzt auch die Segelschiffe wieder an. Auch die Fortuna kam nach Deutschland zurück und ging die Elbe hinauf. Es war so gekommen, wie Stoevesandt angedeutet hatte, die Reederei war nach Hamburg verlegt, und Theodor Stoevesandt war alleiniger Vertreter der Firma Bardewiek.

Christine hielt es nicht länger in Fedderwarden aus, sie

mußte Menschen sehen und ihren Eilert und sein Schiff begrüßen. Die Knaben waren beide schon so groß, daß sie mitreisen konnten. Ihr Vater kannte sie kaum wieder, so groß waren sie in der Zeit geworden. Wie die beiden auf dem ganzen Schiff herumjumpten und taten, als ob ihnen alles gehörte. Hast du nicht gesehen, da saß der Älteste schon oben in den Wanten und wollte gerade die Püttings hinauf, um sich die Welt von oben anzusehen, und der andere Schlingel natürlich hinterher gekrabbelt. Die Mutter schalt. Das kam davon, wenn Onkel Zimmermann sie verwöhnte und Jan Been seine verrückten Späße mit ihnen vorhatte.

Die Fortuna lag an den Vorsetzen, dicht bei der englischen Kirche an der Spitze vom Johannisbollwerk. An den Dalben in dichten Reihen Schiff neben Schiff, ein unentwirrbares Durcheinander von Stengen und Masten, Rahen und Tauwerk, dazwischen die Schuten, Kähne, Jollen und Ewer, überall ein Lärmen und Rufen, Schieben, Drängen, Rollen, daß einem Hören und Sehen verging, dazu das bunte Leben auf dem Strom, die kleinen Fahrzeuge, die aus dem Binnenhafen und den Fleeten kamen und durchs aufgepeitschte Wasser gestakt wurden, die hin- und herfahrenden aufgeregt tutenden Schleppdampfer, das Gewimmel der drüben von Steinwärder kommenden Fährboote.

Die Knaben hatten zuerst nur Augen für das Ufer, ließen ihre Blicke die endlosen Reihen der Giebelhäuser entlang gehen, wo von oben bis unten Fenster an Fenster klebte, oder staunten zu den gewaltigen Türmen hinüber, die überm Lärm und Dunst in die Luft hinaufwuchsen. Dicht vor ihnen die grünen Anhöhen hatten es ihnen besonders angetan, der von Pappeln gekrönte Stintfang, der runde Hügel, auf dem das Seemannshaus winkte, weiterhin Wiezels Hotel mit wehenden bunten Fahnen.

»Vater, sind das wirkliche Berge, kann man da raufklettern?« fragte Hermann mit angehaltenem Atem.
»Lauf doch hin und probier's aus, dummer Junge!« gab er lachend zur Antwort.
Nun sieh einer an, hatte nicht auch Gerhard sich schon fertig gemacht?
»Harm, kumm gau, denn harr ick ook woll Mood!«
Wahrhaftigen Gotts, die Bengels wären losgeklettert, hätte ihre Mutter sie nicht beim Schlafittchen gekriegt.
»Ich gehe vielleicht noch mal mit solchen Treibern auf Reisen, mein lieber Eilert Haye?«
Christine zog es mehr zur Alster mit ihren Schwänen, den weißen Segeln und den niedlichen Dampfschiffen. Stundenlang konnte sie bei der Lombardsbrücke sitzen und übers glitzernde Wasser hinüberträumen, wo weithin zu beiden Seiten die weißen Häuser schimmerten. Auch ihr Mann fand das wunderschön, aber daß eine neue vorwärts drängende Zeit durch die Welt ging, gewahrte er nirgends so wie an der Elbe. Da war der neue große Sandtorhafen, in dem die fremdländischen Dampfer dicht am Kai löschten und luden, vornean über dem gewaltigen Kaiserkaispeicher wie ein roter Burgturm das Wahrzeichen des Hafens. Und nebenan wurde auf dem Grasbrook schon ein zweiter Hafen gebaut. Das alte Hamburg reckte und dehnte sich wie ein junger Riese. Wo blieben Bremerhaven oder gar Brake? Doch saßen sie beide, müde vom vielen Sehen, des Abends in ihrer Kajüte, dann ging es ihnen fast wie damals in Rotterdam.
»Hamburg ist schön«, versicherte sie, »aber am schönsten ist's doch bei dir auf deiner Fortuna.«
Eines Tages kam unerwarteter Besuch. Sie saß gerade im Hauskleid vor der Kajütstreppe und besserte Zeug aus, als Herr und Frau Stoevesandt erschienen. O Gott, die vornehme Hamburger Kaufmannsfrau! Und sie

selbst mit der blauen Schürze? Doch die andere schien das zu übersehen.
»Ich möchte gern mal ein Stück Elsfleth wiedersehen«, sagte sie freundlich und ließ sich von den Knaben die Hand geben. »Würden Sie mir nicht das Schiff zeigen wollen, während unsere Männer ihre Geschäfte besprechen?«
Christine war sogleich bereit. Die Herren waren schon nach unten gegangen, und man trat einen Rundgang übers Verdeck an.
»Alle unsere Kapitäne haben mir ihre Fahrzeuge gezeigt, nur Ihr Mann scheint ein bißchen eifersüchtig auf sein Schiff zu sein«, warf die andere lächelnd hin. »Oder ist er es mehr auf anders jemand?«
Christine wehrte eifrig ab. War sie rot geworden? Es war ihr, als würde sie von der selbstsicheren Dame neben ihr mit Blicken gestreift, die sagen sollten: Dein Mann? Nun, wenn eine andere gewollt hätte ––!
Sie mußte der Besucherin über die Heimat berichten. Um ein Besichtigen des Schiffes schien es ihr nicht recht zu tun zu sein, denn sie sah alles nur oberflächlich an. Auf einmal ließ sie den Plauderton fallen.
»Die Herren sehen es eigentlich nicht gern«, wurde sie ernster, »wenn ihre Frauen sie auf Geschäftsgängen begleiten, aber ich habe diesmal meine Gründe gehabt.«
Christine sah sie fragend an. Sie ahnte, es konnte sich nur um das Verhältnis ihres Mannes zur Reederei handeln.
»Ich bin eine Kaufmannsfrau und denke im großen und ganzen wie mein Mann«, begann die andere mit gesenkter Stimme. »Sollte aber einmal eine Zeit kommen, daß unsere Männer sich nicht mehr verstehen, dann soll Ihr Mann nicht vergessen, es ist noch jemand da, die könnte ihm vielleicht helfen.«
Christine drückte ihr die Hand.

»Mißverständnisse sind immer möglich«, sagte sie herzlich. »Es sollte mich freuen, wenn Ihre Teilnahme dazu beitragen könnte, Gegensätze auszugleichen oder aufkommende Schärfen zu mildern.«
In dem Augenblick hörten sie hinter sich ein Geräusch und sahen sich um. Wie, hatten die Herren ihre Unterredung schon so rasch beendet? Christine gewahrte es sofort, auf Stoevesandts Stirn lagen Schatten und auch in ihres Mannes Augen saß ein verdächtiges Funkeln. O weh, zu spät, die beiden hatten bereits einen Zusammenstoß gehabt! Zugleich ein anderer Gedanke, der ihr durch den Kopf schoß. Es mochte jemand um die Jugendliebelei wissen, die einmal zwischen der gewesen war, die jetzt seine Frau war, und einem, dem er nunmehr als Reeder gegenüberstand.
Ein unbefangenes Gespräch unter den Vieren wollte nicht mehr aufkommen. Ein paar gleichgültige Redewendungen, und die Stoevesandts empfahlen sich wieder.
Sobald sie von Bord waren, brach Haye los:
»Zum Teufel noch mal, da wollte mir einer ans Rudergeschirr, aber der soll mir noch mal kommen!«
»Was hast du mit ihm gehabt?«
»Was ich gehabt habe?« wiederholte er. »Musje Stoevesandt sitzt im Sessel und spielt mit seinen spitzen Fingern und dann geht's los. Das lange Aufliegen des Schiffes hätte ihm starke Einbußen gebracht, die er wieder einholen müßte, es müßten bessere Frachten gemacht und aus dem Schiff herausgeholt werden, was nur herauszuholen wäre.
»Und was hast du dem Mann geantwortet?« fragte sie.
»Ich habe gesagt, mein Schiff wäre ein Segelschiff und kein Dampfer, und Segelschiffe wären von Wind und Wetter abhängig, und meine Leute täten, was sie könnten.«

»Du hast ihm eine gute Antwort gegeben«, erklärte sie ruhig.
»Aber dann hat er mir etwas gesagt, da bin ich grob geworden.«
»Was hat er von dir gewollt, lieber Eilert?«
»Ich sollte ihm nichts für ungut nehmen, hat er gesagt, aber mit der alten Gemütlichkeit wäre es nicht mehr getan. Donner, da habe ich mit der Faust auf den Tisch geknallt: Mann, was fällt Ihnen ein? Wir plagen und schuften uns ab, und Sie kommen herspaziert und nennen das Gemütlichkeit? Das Papiergesicht hat getan, als müßte es sich die Ohren zuhalten, und ist die Treppe hinauf.«
Sie erzählte ihm jetzt von den Andeutungen der Reedersfrau.
»Seltsam, seltsam!« murmelte er erstaunt. »Die verbündet sich mit dir gegen ihren Mann? Fühlt sie sich nicht glücklich mit dem, oder was ist? Aber ich kann mir selber helfen und brauche keine fremde Hilfe. Laß die Kontormenschen nur kommen mit ihren Zahlen, hier ist einer, der steht für seine Leute und für sein Schiff!«
Einige Tage darauf bekam er eine Aufforderung, gelegentlich im Geschäftshaus der Firma vorzusprechen.
»Paß auf, Christine, es gibt wieder einen Tanz! Der Mann fühlt sich in seiner Schreibstube sicherer als auf meinen Schiffsplanken.«
»Sieh nur zu, bester Eilert«, beschwor sie ihn, »daß du nicht zu schroff wirst. Vergiß nicht, es gibt genug jüntere Leute, die würden lieber heute als morgen Kapitän auf einem Schiff wie deiner Fortuna.«
Er machte sich sogleich auf den Weg. Das Kontor war nicht weit vom Liegeplatz seines Schiffes. Er brauchte vom Baumwall nur über die Brücke zum Kehrwieder zu gehen und eine Reihe enger Straßen und dunstiger Gänge zu durchqueren, dann war er am Alten Wand-

rahm, der Straße mit den Rokokohäusern, auf der noch knorrige alte Linden in der Mitte standen. In einem Eckhaus, wo der dreifach gekuppelte grüne Katharinenturm auf das Durcheinander von Fleeten, Brücken und verräucherten windschiefen Häusern heraufsah, befand sich zwei Treppen hoch das Kontor. Von einem dunklen Flur brachten ihn gasbeleuchtete Stiegen vor eine Glastür, in deren Scheiben zwischen von Schiffstauen umschlungenen Ankern das *O B* der Firma eingeätzt stand. Er nannte einem Schreiberjüngling seinen Namen. Der junge Mensch musterte ihn flüchtig und brachte ihn in ein Hinterzimmer.
Auf Stoevesandts Gesicht lag eisige Zurückhaltung. Gemessen lud er ihn zum Platznehmen ein und kam sogleich auf das Gespräch von neulich zurück:
»Ich bin der letzte, Kapitän Haye, der Ihnen und Ihrer Mannschaft einen Vorwurf machen möchte, bitte jedoch zu bedenken, die wachsende Konkurrenz, namentlich durch die Dampfer, die steigenden Löhne und die Lage des Weltmarktes machen größere Anstrengungen nötig. Und nun ist noch der Suezkanal gekommen und kürzt die Dampferwege ab und drückt die Frachten noch tiefer. Es geht nicht anders, wir müssen uns den Verhältnissen anpassen, und ich wiederhole, auch Ihr Schiff muß von jetzt an bessere Frachten machen.«
»Soweit die Sicherheit von Schiff und Mannschaft es zulassen«, erklärte Haye, »will ich gern das Meinige tun.«
»Das ist stillschweigende Voraussetzung!« entgegnete der andere mit Nachdruck. »Für diese Dinge sind Sie der verantwortliche Schiffsführer.«
»Dann darf der Kapitän auch erwarten«, erwiderte Haye, »daß die Reederei ihm beim Beladen die freie Hand läßt, die er bislang gehabt hat.«
Der Kaufmann spielte mit seinem Bleistift, lehnte sich

zurück und sah zur Decke hinauf. Die Art, wie er die Schultern hob, verriet, daß er ein weiteres Gespräch über den Punkt für aussichtslos hielt. Dann nahm er wieder das Wort, lauter wohlüberlegte, bedächtige Sätze: »Und nun noch eins, Kapitän Haye, weshalb ich Sie hierher gebeten habe. In der Reederei stehen Änderungen bevor. Meine Firma steht vor der Frage, ob wir die Partenreederei beibehalten dürfen oder besser ein Aktienunternehmen daraus machen.«
»Sie werden Gründe haben, die für Sie zwingende sind, Herr Stoevesandt«, bemerkte Haye unsicher.
»Die moderne Zeit erfordert moderne Betriebe. Die Partenreederei ist nicht mehr zeitgemäß, darüber kann kein Zweifel sein. Kommen einmal schwere Zeiten, dann können die kleinen Schultern die Last nicht mehr tragen. Also sozusagen auch eine Pflicht wohlverstandener Nächstenliebe, Kapitän Haye, wenn wir die kleinen Teilhaber nicht in Gefahr bringen und die Lasten auf stärkere Schultern legen.«
»Das heißt also für mich«, fragte Haye ironisch, »unsereiner soll mit seinen kleinen Parten ausgekauft und abgefunden werden?«
»Es wäre mir lieb«, kam die Antwort, »wenn Sie das in Ruhe überlegen würden. Die Firma würde es sehr bedauern, wenn verdiente Kapitäne wie Sie die Zeit nicht verstünden und ausscheiden müßten.«
Jetzt hatte Haye genug gehört. Er war aufgesprungen und stand unten auf dem Flur, ehe er sich dessen bewußt war. Mit hochrotem Kopf begab er sich zurück und berichtete seiner Frau.
»Jawohl, eine verdammt schöne neue Zeit«, schloß er bitter. »Sie rollt vorwärts und wir müssen mit. Eine Aktienreederei? Ich kann das nicht in genaue Worte bringen, aber ich habe das verfluchte Gefühl, hier ist etwas, das will uns kleinen Partenleuten die Luft zum Atmen nehmen.«

Christine hatte ihn noch nie so erregt gesehen. Sie sagte ihm, er sähe zu schwarz und urteilte vorschnell, doch er schüttelte immer nur heftig den Kopf. Als er nach einer Stunde mit einem Vorschlag kam, war sie freudig einverstanden.
»Komm, Frau, wir wollen mal nach Blankenese und uns die Gedanken vertreiben, aber die Jungens lassen wir hier, denen kann ihr Onkel Zimmermann eine Windmühle zurechtklütern, sie haben ihn schon immer geplagt.«
So fuhren sie auf einem kleinen Dampfer von der Pauli-Landungsbrücke das Elbufer entlang, wo hoch oben die weißen Landhäuser prunkten und die königlichen Kaufleute ihre Schlösser hatten.
Nach einer Stunde kam Blankenese in Sicht, die Höhen von oben bis unten in strahlendem Sonnenschein, ein weißes Haus über dem andern, alles fröhlich lachend und festlich bunt, hoch oben der Süllberg mit dem Aussichtsturm.
»Littje Fro ut Fedderwardersiel, wat seggst du nu?«
Christine war stumm vor Entzücken. Sie gingen an Land und stiegen die steilen Wege und schmalen Treppen hinauf. Alle die netten sauberen Häuschen von den Fischern und Schiffern, alle die Vorgärten mit den blänkernden Glaskugeln und den zierlichen Muscheln. Oben vom Berg sahen sie weit übers blache Land hinüber, unter ihnen der weiße Strom mit den Schiffen, schweigend und feierlich drüben das Alte Land mit seinen Kirchtürmen, weit jenseits sanfte Höhen mit blaudunkeln Wäldern.
Doch als sie hinabstiegen und wieder zwischen den Häusern waren, kam bei ihnen wieder anderes hoch. Das Kontor am Wandrahm meldete sich. Aber hatte Bruder Karl in Brake nicht auch mit schweren Zeiten zu kämpfen? Die Bemühungen um die Eisenbahn alle erfolglos, das Geschäft immer weiter zurückgehend,

die Rücklagen aus früheren Jahren aufgezehrt. Doch Karl Haye war nicht der Mann, der sich umwerfen ließ. Kurz entschlossen hatte er das Geschäft seiner Frau überlassen. So schmächtig sie war, sie hatte Courage und wollte den Kram schon allein an die paar Fahrensleute verkaufen. Und er selbst ging nach Bremerhaven zu einem andern Shipchandler und wurde, was sie da einen Kaper nannten. Sobald ein aufkommendes Schiff gemeldet war, ein halb Dutzend ungedeckte Zweimastkutter von der Hafenschleuse losgemacht und nach See zu. Aufträge für ihr Geschäft hereinholen! Wer zuerst kam, mahlte zuerst. Eine mühselige und gefährliche Jagd. Oft mußten sie Tag und Nacht beim Hohenwegturm kreuzen und kamen nicht aus dem Ölzeug heraus. Und die Kapitäne waren auch nicht immer sofort bereit, das Fallreep herunterzulassen, und hatten ihre Sloppskisten im Kopf. Aber Karl Haye hätte kein Fedderwarder Junge sein müssen, wenn er nicht das Segeln verstand und mit seinem Kaperboot immer zuerst längsseits kam.
Christine hatte manchmal ihre Bedenken gehabt. Es gehörten Nerven und ein eisenfester Körper zu dem wilden Leben. Während ihr Eilert wie ein Junggeselle lebte und alles allein beschickte, war ihr Schwager von seiner Gesine, die ihm die Morgenschuhe holte und die Wärmekruke ins Bett legte, ein wenig verwöhnt. Aber der große Kerl, der mit seinem breiten roten Bart wie ein Seeräuber aussah, hatte sich durchgesetzt. Kam er sonntags mit dem Dampfschiff nach Brake hinauf, brachte er seiner Frau schon so viel mit, daß sie sich über Wasser halten konnten. Und wenn der Bruder zähe blieb und sich nicht umwerfen ließ, dann mußte es ihrem Eilert erst recht gelingen.

8

Die Fortuna war längst wieder auf Reisen. Die Reederei war nach Hamburg verlegt, aber Elsfleth blieb Heimathafen und damit blieb auch die Ehre dort. Stand der kleine Ort in der Reihe der deutschen Reederstädte nicht an fünfter Stelle? Land Oldenburg hatte an die vierzig Dreimastschiffe und über sechzig auf Brasilien und Westindien fahrende Schonerbriggs, alle so groß und schön wie die Fortuna und der Stolz ihrer Kapitäne. Und dann die weit über hundert kleinen Zweimaster, die trotz der holländischen Konkurrenz die Küstenfahrt hielten.
Christine saß mit ihren Kindern in Fedderwarden. Manchmal ging ihr durch den Kopf, was ihrem Mann am Alten Wandrahm auf den Weg gegeben war. Wenn einer gute Frachten machte, dann war er es. Seine Parten hatte er zu gutem Kurs ausbezahlt erhalten, doch wenn jemand meinte, er würde nun nicht mehr mit ganzer Seele dabei sein und auf gut Glück über den Daumen peilen, der hatte sich getäuscht. Kurs halten, den nächsten geraden Weg nehmen und abschneiden, wo nur abzuschneiden war, das war die Kunst der Seefahrt, denn nirgends setzte sich der Begriff Zeit so greifbar in Geld um wie im Weltverkehr. Und was für kostbare Ladung, die er jetzt fuhr, bald Palmöl von Westindien, bald Virginiatabak von Baltimore, bald Brasilkaffee aus Santos. Nur daß die Partenreedereien immer mehr eingingen und Aktiengesellschaften dar-

aus wurden, das war ein Jammer. Da saßen hinten im Reich irgendwelche unbekannten Aktionäre, die ihr Lebetag noch kein seegehendes Schiff mit Augen gesehen hatte, aber mitzuregieren haben und vor allem Profit machen wollten. Und irgendwo hockte ein Aufsichtsrat, Berliner Geldleute und Frankfurter Bankiers, der sich ums Schiff und die Besatzung nicht kümmerte, aber das große Wort hatte und in alles hineinredete. Bei der Partenreederei galten noch persönliche Gemütswerte und die meisten Schwierigkeiten ließen sich Auge in Auge beheben, die Allerweltsaktie kannte nichts als die unbestimmte unkontrollierbare Gewalt des Kapitals. Doch was nützten Klagen? Er mußte sein Schiff fahren und seine Pflicht tun.
Als er von einer Westindienreise zurückkam, war im Häuschen neben dem Siel eine Tochter angekommen. Bei Vater und Mutter war das Glück gleich groß. Natürlich, Christine hatte recht, das Kind sollte nach ihrer früh verstorbenen Mutter den Namen Helene bekommen. Voll herzlicher Freude begleitete er seine Frau auf dem Taufgang zur Langwarder Kirche. Endlich einmal ein Familienfesttag, den sie beide miteinander daheim feiern konnten.
Dann ging es wieder frisch weiter. Er wollte sich nicht über die Briefe ärgern, die das Kontor ihm schickte. In Habana hatte er das letzte Mal eine Mahnung bekommen, den Laderaum vorteilhafter auszunutzen. Stoevesandt hatte gut Schreibebriefe schreiben. Wenn er an Stauhölzern sparte und den Garniermatten, die zwischen Ladung und Schiffswand gelegt wurden, konnte er zur Not einige Fässer mehr unterbringen, aber er mußte acht haben, daß die Ladung gut getrimmt blieb und vorn und hinten gleichmäßig verteilt wurde, sonst segelte das Schiff schwer und lag mit der Nase im Wasser. Er hatte sich auf nichts eingelassen und den unverschämten Kerl von Stevedore, der mit hundert über-

zähligen Fässern angerollt kam und das Wiederabrollen doppelt bezahlt haben wollte, kurzhändig von Deck gejagt.
In Santos ging's nun noch schlimmer. Wieder war ein Brief vom Kontor da. Die Reederei machte die ihr unterstellten Schiffsführer darauf aufmerksam, daß nur da Gewinne zu erzielen wären, wo Einsätze gewagt würden, und bei dem immer schärfer einsetzenden Wettbewerb dürfte es keine Kapitäne mehr geben, die noch der alten Gemütlichkeit und dem altväterischen Schlendrian das Wort redeten.
Bevor er das Schreiben in Fetzen zerriß, zeigte er's seinem Steuermann. Das war ein ruhiger Mensch von der Rasteder Geest, der gut mit der Mannschaft konnte und auch seinen Kapitän verstand.
»Lesen Sie mal den Wisch, Steuermann. Glauben Sie, das Kontor wird die ihm unterstellten Schiffsführer – schön gesagt, nicht? – mürbe kriegen? Mich nicht! Ich lasse mich nicht aus dem Tempo bringen, und wenn die Hamburger grob werden, werde ich noch zehnmal gröber.«
Steuermann Oeltjen deutete über die Schulter nach der Ladebrücke hin, wo eine hochbepackte Maultierkarre hinter der andern an den Holzschuppen stand:
»Drüben steht ein Herr Rivadavia und hat sich als den Verfrachter vorgestellt. Der Schweinigel muß vom Agenten geheime Abmachungen bekommen haben, denn er kommt mit fünfhundert Sack mehr angefahren als wir bergen können.«
Haye warf einen Blick in den Raum. Ein pockennarbiges Stevedorsgesicht war wahrhaftig schon munter dabei, die obersten Stauhölzer und Matten wieder herauszureißen. Wie dumm sich das Mischblut von Indianer und Portugiese mit einmal stellte und kein Englisch noch Deutsch, noch Spanisch verstand. Er war nur der Stauer und hatte zu tun, was Señor Rivadavia

befohlen hatte. Und die fünfhundert Sack müßten noch mit in den Raum.
Haye fuchtelte dem Ehrenmann von Señor unter seinen breitkrempigen Strohhut!
»Zum Donnerwetter, Herr, bin ich für Ladung und Schiff verantwortlich oder Sie? Glauben Sie, ich will mir mein Schiff so beladen lassen, daß die Ladung beim nächsten Sturm übergeht? Zuerst die Sicherheit, dann das Verdienen!«
»Bueno, Señor Kapitano, serr guut!« machte der Strohhut mit unterwürfigem Grinsen. »Aber hier ist meine Anweisung, Señor Kapitano.«
Haye sah seinen Steuermann fragend an. Oeltjen zuckte die Achseln.
»Wir könnten ja mal einen Versuch machen, Kapitän«, meinte er. »Das Schiff ist fest und gut und wird wegen der einen Überladung wohl nicht absaufen. Wenn den verdammten Hamburgern die Augen aufgehen, daß sie an Zeit verlieren, was sie an Fracht gewinnen, werden sie uns dann ja wohl zufrieden lassen.«
»Na, denn in Gottes Namen!« entschied er grimmig. »Daß wir nur aus diesem muddigen Hafenloch herauskommen, ehe uns das gelbe Fieber an den Hals fliegt. Immer los, unser Schiff heißt das Glücksschiff und dem Mutigen hilft das Glück.«
Merkwürdig, wie rasch das pockennarbige Halbblut auf einmal Deutsch konnte und dabei war, daß die Säcke verstaut wurden.
Vierundzwanzig Stunden später verließ die Fortuna die Santosbai, setzte bei Fort Barra Grande den Lotsen ab und steuerte mit ihrer Ladung in den Atlantik. Es wehten gute Winde, und die Fahrt ging glatt. Aber dann kam der englische Kanal. Die Flachküste von Dungeneß, das alte Nebelloch, war kaum in Sicht, da wurde die Luft unsichtig. Keine fünf Minuten, da schwadet es von allen Seiten übers Wasser heran, alles

ein einziger klebrig dicker Nebel. An Bord fluchen sie wie die Höllenhunde. Sakrament, daß wir bloß keine Kollision kriegen, und daß wir nicht aufzusitzen kommen! Auf der Back klappert der Junge mit der Glocke, und achtern steht einer mit dem Nebelhorn zu tuten. Von allen Seiten hören sie Geläute und Geblase, dazwischen auch die Heulpfeifen von Dampfern. Der Teufel soll bei dem Nebel das Navigieren holen. Kein Wind mehr, das Schiff verliert immer mehr die Fahrt. Das Bramsegel wird gesetzt, um wieder etwas in Schuß zu kommen. Das hilft ein klein wenig, vorm Bug hört man es wieder gurgeln. Der Segelmacher mit den kurzen Beinen und dem langen Leib macht schon wieder Spaß.
»Jan Blau, spee mol öwer de Reling, of wi ook Fohrt hebbt«, ruft er dem einen zu. »Oder blifft din Spucke längssied?«
»Lat din Narreree, du met din scheew Unnergestell«, brummt der Zimmermann. »T' is upstunns nien Tid vör sowat.«
Verdammt, sie bleiben immer noch hilflos. Wo sind sie eigentlich? Sie müssen unter Dover vorbei sein, vielleicht schon hart vor South Foreland. Und gleich dahinter kommen die Goodwinsände. Da – ein Schrammen. Ruder hart Steuerbord! Gott sei Dank, das Schiff fällt nach Süden ab. Es stößt und schurrt noch einmal, aber dann sind sie frei.
Der Kapitän atmet auf. Sofort soll nachgesehen werden, ob dem Schiff etwas passiert ist. Zimmermann Wessels peilt und meldet, es steht Wasser im Raum, aber nicht viel. Wenn gepumpt wird, kann es bewältigt werden.
»Gut, alle Hånds, die frei sind, an die Pumpen!«
Das Wetter klart plötzlich auf, der Nebel ist wie weggeblasen, drüben liegt die weiße Küste. Auch das Barometer geht hoch, und der Wind frischt wieder auf.

Wenn es so bleibt, kann er in wenigen Tagen auf der Elbe sein.
Ganz entfernt kommt ihm der Gedanke, ob er doch nicht lieber einen Nothafen anlaufen soll. Ist wirklich ein Schaden entstanden, dann gibt das nach altem Seerecht eine große Haverei. Es gibt Kapitäne, die machen das aus jeder Kleinigkeit, wenn sie's eben können. Er bespricht sich mit Steuermann Oeltjen, doch der lächelt nur:
»Große Haverei? Ach was, das Schiff ist nicht in Gefahr, und das bißchen Wasser können wir durchs Pumpen wohl niederhalten.«
»Aber die Ladung?«
Wessels muß auch seinen Senf dazugeben.
»Och, Koptein«, meint er seelenruhig, »das läuft sich allens zurecht. Dann müssen unsere Kaffeeswestern mal 'n paar Koppjes weniger trinken.«
»Ich mein's auch so«, entscheidet der Kapitän. »Laßt uns nur machen, daß wir nach der Elbe kommen.«
Alles geht gut, es wird fleißig gepumpt, und sie kommen mit gutem Wind vor die Elbe. Doch was ist das mit einemmal bei Westertill, wo es langgezogen huuh-huuh geht und sie nicht ausmachen können, woher das unheimliche Heulen eigentlich kommt. Es muß die Heultonne norderseits von den Nordergründen sein, die vorm Scharhörnriff warnt, auf dem schon der Kadaver von manch einem guten Schiff die Rippen gegen den Himmel streckt. Der Wind ist zum Südweststurm geworden. Sie müssen mit kleinen Schlägen aufkreuzen, und das ist eine böse Quälerei. Jetzt geht es nicht mehr, daß von der Freiwache alle Mann an den Pumpen bleiben, es müssen Segel geborgen werden und alles zur Hand sein, wenn sie über Stag gehen. Der Zimmermann ist alle Viertelstunde beim Peilen. Fürs Schiff ist noch keine Gefahr, es ist dicht und hält sich gut. Die Ladung ganz unten im Raum

wird wohl ein wenig havariert sein, aber das ist nicht zu vermeiden. Einer von den Cuxhavener Lotsen, der einen Dampfer nach Hamburg hinaufbringt, hat schon einen Zettel mitbekommen.

Nach drei Tagen lag die Fortuna im Sandtorhafen. Es war nicht einmal ein kleiner Kontorstift erschienen, um sie zu begrüßen. Was war denn los? Eine Stunde später stand Haye im Eckhaus vom Wandrahm an der Kontortür. Die übernächtigen Sankt Pauli-Gesichter, die in den Vorderzimmern über den Büchern brüteten, warfen sich vielsagende Blicke zu, als er in aufrechter Haltung hindurchschritt.
Stoevesandt lud ihn mit einer Handbewegung zum Platznehmen ein, zog seine Schultern zusammen und war sichtlich bemüht, seine Erregung zu meistern. Zunächst ließ er sich den Vorfall auf den Goodwins noch einmal erklären und tat einige Zwischenfragen. Haye ließ sich nicht aus der Fassung bringen und erstattete seinen Bericht, während der andere mit zusammengekniffenen Lippen dasaß.
»Ich sehe es Ihrem Gesicht an«, nahm der Reeder jetzt das Wort, »daß Sie ein ehrlicher Mann sind, kann mich aber nicht dem Eindruck verschließen, daß Sie das Interesse der Reederei nicht genügend gewahrt haben. Das Schiff muß ins Dock und nachgesehen werden. Das kostet ein schmähliches Geld, und wir verlieren eine Menge Zeit. Die untersten Lagen von der Ladung sind jedenfalls beschädigt, und wer weiß, ob das Kontor nicht auch noch diesen Ausfall an die Assekuranz zu zahlen hat. Nein, Kapitän Haye, das hätten Sie uns ersparen müssen.«
Haye rückte unruhig an seinem Stuhl.
»Was hätte ich Ihnen ersparen müssen?« fragte er scharf. »Ich bitte, mir das zu erklären.«
Stoevesandt zog die Augenbrauen hoch: »Hören Sie

mich bitte ruhig an, Kapitän. Hätten Sie sich als geschäftskundiger Mann gezeigt, dann hätten Sie bei der wertvollen Ladung große Haverei machen müssen, jawohl, große Haverei! Dann hätten der Verfrachter, der Ladungsbeteiligte und die Reederei den Schaden gemeinsam getragen. Jetzt bleibe ich allein übrig und darf den Krempel aus meiner eigenen Tasche bezahlen. Sie werden mir nachfühlen, es kann mir nicht gleichgültig bleiben, wenn meine Kapitäne günstige Gelegenheiten verpassen und nicht smart genug handeln.«
Haye hatte seinen Unmut nur mit Gewalt zurückgedrängt und fuhr jetzt in die Höhe:
»Sie werfen mir da schöne Dinge an den Kopf, lieber Herr! Ich habe gedacht, ich hätte meine Pflicht und Schuldigkeit getan, und Sie kommen mir so? Wäre das Schiff nicht bis an die Speigatten beladen gewesen, wäre das auf den Goodwins wohl gekommen? Wer hat denn die Schuld an der Überbeladung, he?«
Das blasse Gesicht seines Gegenüber war noch blasser geworden.
»Anstatt jetzt in unschicklichem Ton überflüssige Fragen zu stellen«, kam es eisig, »hätten Sie im Kanal nur anders handeln sollen. Sie hätten gar nicht so übermäßig eifrig pumpen zu lassen brauchen. Wozu sich so haargenau um jeden halben Zoll Wasser kümmern?«
»Und das Schiff spielt wohl keine Rolle?« kam es zurück.
Jetzt konnte auch Stoevesandt seine Erregung nicht länger verbergen:
»Gehen Sie zum Teufel mit Ihren Sentimentalitäten! Mit dergleichen Kram können wir Kaufleute keine Geschäfte machen, verstehen Sie? Das sogenannte schöne Schiff? Und wenn Sie den alten Kasten auf Strand gejagt hätten, zum Henker, was wäre viel dabei verloren gewesen?«

»Meine Schonerbrigg ist kein alter Kasten!« betonte Haye. »Die Fortuna ist eins von den besten Schiffen, die je von der Weser fuhren.«
»Es freut mich, daß Sie so stolz auf Ihr Fahrzeug und Ihre Weser sind«, entgegnete der andere spöttisch, »aber ich glaube, Sie sind reichlich verliebt in Ihren Kahn. Für mich kommt es darauf an, daß die bei mir angestellten Kapitäne sich nach den Wünschen der Firma richten und nicht auf eigene Faust eine Art Segelsport treiben, wir lassen unsere Schiffe nicht zum Vergnügen fahren.«
Dem andern schwollen die Stirnadern.
»Jetzt ist's genug, Herr Stoevesandt!« brauste er auf. »Alle Wetter, Sie haben mir heute die Augen aufgemacht. Ist das die neue Zeit, die Sie meinen, dann bedanke ich mich für mein Teil.«
Auch Stoevesandt war aufgefahren, nahm aber seinen Platz wieder ein. Er mochte zu weit gegangen sein. Mit einem mißbilligenden Blick auf die Zwischentür zwang er sich zu einem scherzhaften Ton:
»Es hat keinen Zweck, Sie alter Seebär, daß wir beiden uns hier anbrüllen. Sie scheinen an das, was ich Ihnen damals in Bremerhaven sagte, noch immer nicht recht glauben zu wollen, und es sollte mir leid tun, wenn Sie auf die Dauer unbelehrbar blieben. Seien Sie überzeugt, Herr Kapitän, es kommen noch ganz andere Zeiten, als die wir heute erleben, noch viel größere und schönere. Wir haben ein neues Deutschland und müssen alles daransetzen, nun auch ein großes Deutschland zu bekommen.«
Haye schwieg und machte ein finsteres Gesicht. Hatte der Mann, der ihm gegenüber saß, einzig die Vaterlandsliebe gepachtet? Und wurde er selbst für so beschränkt gehalten, als könnte er nicht auch an ein großes deutsches Vaterland glauben?«
»Es ist auch früher möglich gewesen«, brach er

schließlich das Schweigen, »daß das Kontor dem Kapitän freie Hand ließ, und das Geschäft ging trotzdem und blühte. Sollte das heutzutage nicht mehr möglich sein? Natürlich, Geschäft bleibt Geschäft, das sehen auch wir unterstellten Schiffsführer ein.«
»Sobald Sie das nicht mehr ironisch aufzufassen belieben wie in diesem Augenblick, Herr Kapitän Haye«, erklärte der Kaufmann mit gemessener Verbeugung, »würde ich mich freuen, und Ihr heutiger Besuch bei mir wäre nicht vergeblich gewesen.«
Damit hatte Haye das Gespräch als beendet zu betrachten und ging. In ihm wühlten bittere Gedanken. Er war schroff gegen den andern geworden, sogar grob, aber wer konnte aus seiner Haut? Es fehlte zwischen Reeder und Kapitän am gegenseitigen Vertrauen. Wie ganz anders war das bei dem alten Herrn Bardewiek gewesen. Und dann hatten ihm die kalten drohenden Augen Stoevesandts deutlich ein anderes gesagt. Noch einmal ein solcher Zusammenstoß, und er ––. Kapitäne gab es genug auf der Welt, und mehr noch solche, die es gern geworden wären.
Auf der Treppe verdichteten sich seine Gedanken zu einem Entschluß.
»So, Eilert Haye, jetzt weißt du, was du zu tun hast!« murmelte er vor sich hin und reckte sich in den Schultern. »Suche dir ein anderes Schiff, ehe man dich eines Tages aufs Trockene setzt.«
Auf dem halbdunkeln Hausflur begegnete ihm eine Dame. Er erkannte sie auf den ersten Blick. Die Frau von seinem Freund und Gönner da oben. Ihm war weiß Gott nicht danach zumute, alte Bekanntschaften zu erneuern, doch jetzt war sie stehengeblieben, und er hatte den Eindruck, sie habe das Zusammentreffen gesucht. Er hatte sie in den letzten vier Jahren nicht mehr gesehen, sie war ein blühendes stattliches Weib geworden.

Er begrüßte sie mit Zurückhaltung, während sie sich unbefangen freundlich gab. War das noch die spröde Elsflether Reederstochter von damals? Ihr Lächeln mochte natürliche weibliche Koketterie sein, doch hinter der Sicherheit der vornehmen Kaufmannsfrau verbarg sich noch etwas anderes. Was wollte sie von ihm?
»Sie haben soeben eine Auseinandersetzung mit meinem Mann gehabt?« fragte sie. »Ich habe es kommen sehen. Weshalb haben Sie mich nicht gerufen?«
»Wie hätte ich das können?« verwahrte er sich. »Dazu fehlte die Gelegenheit und auch wohl die Notwendigkeit. Und jetzt ist es zu spät.«
»Ich verstehe Sie nicht«, kam es hastig. »Wie meinen Sie das?«
»Ich bin die längste Zeit Kapitän von der Fortuna gewesen«, erklärte er gepreßt.
»O nein, sagen Sie das nicht, Kapitän Haye, sagen Sie mir lieber, was zu tun ist, damit diese unglücklichen Mißverständnisse aus der Welt geschafft werden.«
Sie war leidenschaftlich geworden, dämpfte aber plötzlich die Stimme, wie über sich selbst erschrocken: »Nein, ich kenne euch Männer – ich kenne auch Sie, Eilert Haye!«
Sie stand dicht vor ihm, so dicht, daß ihr Duft ihn umhauchte und er in dem ungewissen Dämmer das Flimmern ihrer Augen gewahrte. Die jetzt so verführerisch vor ihm stand, hatte einmal Anna Bardewiek geheißen. Er wäre kein Mann gewesen, wäre es nicht heiß in ihm aufgestiegen.
»Ich weiß es nicht«, stieß er verwirrt heraus. »Ich weiß nur, ich kann nicht anders und muß meinen Weg gehen.«
Wieder ihr halbes Flüstern, ihre schmeichelnde, fast girrende Stimme. Er hätte wild werden und sie an sich reißen können.

»Eilert Haye, warum sagen Sie mir auch heute noch immer nichts? Sie gehören doch sonst nicht zu den Menschen, die ohne Kampf das Feld räumen?«
»Ich habe einmal ohne Kampf das Feld geräumt, aber wir waren beide noch sehr junge Leute«, entgegnete er und sah ihr ernst in die Augen. »Und jetzt? Was haben Sie mit mir vor, Anna? Lassen Sie sich sagen, Sie sind nicht glücklich, o nein, Sie sind es nicht, sonst würden Sie nicht so mit mir sprechen!«
Sie war zurückgetreten, und ihre Stimme bekam auf einmal einen anderen Ton:
»Ich bitte Sie, Herr Kapitän Haye, wer sagt Ihnen das? Aber lassen wir das. Ich habe Ihnen nur andeuten wollen, daß andere Herren, die bei uns als Kapitäne fahren, sich mit den Verhältnissen abfinden. Aber schließlich muß das ja ein jeder selbst verantworten. Nur Ihre kleine Frau täte mir leid, Sie Starrkopf.«
Es durchzuckte ihn heftig. Hatte er an eine wunde Stelle gerührt? Aber kein Zweifel, die Frau vor ihm war nicht glücklich. Und doch in ihrem ganzen Gebahren ein Rätsel. Wie, wenn sie nur ein berechnendes Gaukelspiel trieb und tat, als würde sie von unterdrückten Leidenschaften hin und her gerissen und müßte zu ihm flüchten, ihre Minen letzten Endes aber nur zu dem Zweck springen ließ, um ihn vorm Wagen ihres Mannes eingespannt zu halten?
Auch er war auf einmal viel ruhiger geworden.
»Anna, wir wollen uns doch nichts vormachen«, sagte er. »Ihr Mann ist Kaufmann und hat seine Interessen zu vertreten. Er tut es einseitig auf Kosten derer, die seine Mitarbeiter sind, aber das ist nun einmal der Fluch der Kaufmannschaft. Ich bitte nun aber auch mich zu verstehen, wenn ich als Kapitän meine Interessen wahren möchte. Und hinter mir stehen ja auch noch andere bis zum jüngsten kleinen Schiffsjungen hin.«

»Wollen Sie mir wenigstens versprechen«, hob sie wieder an, »keine voreiligen Schritte zu tun? Noch gebe ich die Hoffnung nicht auf, daß noch alles wieder gut werden kann. Versprechen Sie einer alten Freundin dies eine, ich bitte Sie darum.«
Sie hielt ihm die Hand entgegengestreckt. Er zögerte eine Sekunde, schlug dann aber ein.
»Ich danke Ihnen«, sagte sie rasch. »Ein Mann, ein Wort!«
Sie lächelte ihm noch einmal zu, war schon um die Ecke und rauschte die Treppe hinauf.
Er ging langsam zum Hafen zurück. Er war unzufrieden mit sich und fing an, sich über sich selbst zu ärgern. Diese widerspruchsvolle Frau, die so schmiegsam tat und alles gewähren zu wollen schien, hatte sich nicht das geringste vergeben. Und er selbst ein verliebter Narr, der leichten Kaufs die Sachlichkeit seines Entschlusses und die Freiheit seines Handelns dahingegeben hatte. Und durfte er seiner Christine davon sagen, daß schöne Augen ihr Spiel gehabt und ihn in seiner Festigkeit wankend gemacht hatten?
Sein Aufenthalt in Fedderwarden war nur kurz. Das Schiff kam nach dem Entlöschen ins Dock, wurde nachgesehen und war nach kurzer Zeit wieder segelfertig.
Die wenigen Tage in der Heimat genügten nicht, ihm seine Selbstzufriedenheit wiederzugeben. Er berichtete seiner Frau von der Auseinandersetzung mit Stoevesandt, aber nicht vom Gespräch mit der Frau. Es stach ihn, als sie ihm Recht gab und ihn lobte.
»Du hast deine Pflicht getan, und jetzt laß das andere an dich herankommen«, sagte sie. »Nicht alles mögliche machen oder mitmachen wollen, aber was einer anpackt, das soll er so gut machen, wie er's nur kann.«
Was für ein tapferes Weib war sie doch, eine ruhige

wegsichere Seemannsfrau, die auch ihren Packen zu tragen hatte, aber niemals eine Klage laut werden ließ.
»Haben wir nicht alle zu kämpfen?« fragte sie ihn. »Denke an deinen Bruder Karl, von meinem Bruder Jakob will ich gar nicht sprechen.«
Er sagte nichts und nickte nur. Karl hatte seinen mühseligen Beruf als Kapersmann aufgegeben und war wieder nach Brake gegangen. Von Monat zu Monat hatte ihm seine Frau günstigere Briefe geschrieben. Es wurde Zeit, daß er sich seines wiederauflebenden Geschäfts annahm. Endlich hatten die Braker ihren Willen durchgesetzt und eine Eisenbahn bekommen. Seit dem ersten Januar fuhr eine Zweigbahn über Elsfleth, nur eine Nebenbahn und die Lokomotiven mit Torf geheizt, aber doch ein Anschluß an den Verkehr. Seit die Züge pfiffen und durchs grüne Marschland rollten, hatte sich in Brake der Schiffsverkehr gewaltig gehoben. Gleich im ersten Jahr kamen doppelt so viele als das Jahr vorher, so daß sie einen Hafenkanal bauen und Liegeplätze schaffen mußten. Sofort wuchsen größere Pläne. Der alte Kriegshafen von Anno fünfzig, in dem einst die Korvette Erzherzog Johann gelegen, wurde instand gesetzt und aus dem Bretterloch ein neuzeitliches Trockendock gemacht. Und wie die ganze Stadt wieder voll Zuversicht und Leben war und am Weserdeich Schiffbau, Segelmacherei und Reepschlägerei in Blüte standen, so trug sich auch Karl Haye mit Plänen. Vom Schwarzen Meer kamen immer mehr Dampfer, die in Brake löschten, und er wollte mächtige Getreidespeicher aufsetzen.

9

Es schob sich ein volles Jahr dazwischen, ehe Eilert Haye Fedderwarden und die Heimat wieder zu sehen bekam. Die Jungens waren in die Höhe geschossen wie die Pappeln. Bald war es soweit, dann hing auch die kleine Helene der Mutter nicht mehr an der Schürze. Christine hielt sich frisch und gesund, wenn sie es auch nicht so machen konnte, wie so manch eine von den Seemannsfrauen, die in ihren Häusern herumwühlten oder auf Kaffeevisite gingen und nur dann auf andere Gedanken kamen, wenn die Zeit nahte, daß ihre Männer heimkehrten. Waren die Kinder zu Bett, dann langte sie sich manchmal eins von den Büchern herunter, die ihr Mann auf dem Bord stehen hatte, am liebsten eine Weltbeschreibung, in der sie über fremde Völker und Länder nachlesen konnte. Sie malte sich aus, wie er sich in den fremden Häfen mit den halbwilden Gesellen herumschlug, den verschmitzten Maklern und gerissenen Stauern, die ihn im Norden auf englisch und im Süden auf spanisch übers Ohr hauen wollten. Zuweilen ging sie auch wohl mit den Knaben zu Oberlots Frels, der an der Osterseite vom Hafen wohnte, in dem weißen Haus mit der aufgetreppten Tür, das ihnen wie ein schönes Schloß vorkam. Frels rollte dann die großen grauen Seekarten auseinander.

»Wenn ihr was nicht versteht, Jungens«, sagte er, »den Schnabel aufgesperrt! Und die Augen auf und tüchtig

gelernt, dann könnt ihr was und steht auf den Beinen. Anners bliewt ji arme Sluckers, met de fromde Lüe ehr Spillwark hebbt.«
Onkel Frels hatte eine bullerballerige Stimme, aber Hermann und Gerhard gingen jedesmal gern zu ihm.
Das nächste Mal war ihrem Vater der Urlaub genauso bewilligt, wie er ihn erbeten hatte. Christine frohlockte:
»Ein Glück, daß sie im Kontor nicht mehr so knickerig sind und dir die Zeit unter allerlei fadenscheinigen Vorwänden beschneiden. Siehst du, Eilert, das kommt davon, daß du ihnen mal die Zähne gezeigt hast.«
Er vernahm das mit geteilten Gefühlen. Seine gute Christine ahnte nichts von einem Einfluß, der jetzt seine Wirkung übte. Und daß die Briefe, die er von der Firma erhielt, nicht mehr so drängend und unhöflich waren, erschien auch nicht von ungefähr.
»Zuckerbrot und weiter nichts«, erklärte er ausweichend. »Sie wollen unsereinen mit Nebensachen ködern, aber man soll sich nicht irre machen lassen, die Hauptsache bleibt das Fahren. Es ist nicht schön, von persönlichem Wohlwollen abhängig zu sein.«
»Ich verstehe dich nicht ganz«, entgegnete sie arglos. »Ist es bei Oltmann Bardewiek nicht auch das gemütliche persönliche Verhältnis gewesen? Jedenfalls werden sie dich von nun an zufrieden lassen und dir nicht mehr mit ihrem ewigen Mehrverdienenwollen auf den Hacken sitzen.«
Er erwiderte nichts. Mochte sie sein befangenes Lächeln für Zustimmung halten. Nur gut, daß ihre Gedanken noch am selben Tag in eine andere Richtung gebracht wurden. Schwager Jakob kam mit seinem Kleidersack auch in Urlaub angereist und brachte eine Überraschung mit. Er war in eine freigewordene Lotsenstelle eingerückt. Es war ein endloses Warten gewesen, aber jetzt war es soweit, er konnte ans Heiraten

denken. Christine wußte ihm sofort die und jene zu nennen, bei der er anklopfen sollte.
»Allerbesten Dank«, winkte er pfiffig ab, »aber ich habe schon eine, die einen alten Knaben noch immer gern hat.«
Seine Schwester schlug die Hände über dem Kopf zusammen: »Junge, du mußt es ja mächtig heimlich gehabt haben! Sag bloß, wer ist es?«
Er deutete schmunzelnd über den Deich hinüber:
»Meint ihr denn, es gäbe da an der jeverschen Küste keine netten Mädchen, die mal ein Dutzend Jahre warten können, wenn sie ihren Lotsenaspiranten liebhaben, so zum Beispiel in Horumersiel? —— So, und jetzt soll Hochzeit gemacht werden! Meta und ich wollen nun nicht länger mehr warten. Verdammt noch mal, so durch die Jahre, das strengt an!«
Eilert und Christine hatten herzliches Verständnis für den guten Jungen. So zäh und geduldig wie der war nicht jedermann.
Aber was sollten ihre beiden Söhne werden? Gerhard mit seinen elf Jahren war dreister, als der sinnige und langsamere Hermann, aber Schlingels waren die Flachsköpfe alle zwei und strotzten von Leben.
»Was wollt ihr beiden Kandidaten eigentlich werden?« fragte er sie. »Professor oder Kaufmann oder Schreiber? Oder was wollt ihr werden?«
»Wir wollen Proprietär spielen«, erklärte der Jüngere übermütig. »Aber vorher da wollen wir etwas werden, das kannst du überhaupt nicht raten.«
»Will ich auch nicht«, versetzte er augenzwinkernd. Er wußte längst, was sie vorhatten. Und Christine? So vernünftig sie in allem auch war, mit den Knaben war sie ihm zu ängstlich. Sie sollte sie nur ruhig gewähren lassen, es waren handfeste Burschen, die die Jolle zu handhaben verstanden und auch schon ein Segel setzen konnten. Und schwimmen taten sie wie die

Hechte, ganz bis zur ersten Tonne im Fahrwasser hinaus. Und wenn sie mit den Fischern mal auf den Langlütjensand hinausgingen oder auf dem Hohenweg Butt fingen, sollte ihnen das nicht schlecht bekommen. Die Fischer waren ruhige Leute und paßten schon auf, wenn Nebel übers Watt kam und der Kompaß herausgeholt werden mußte. Und daß sie sich auf dem alten Helgenplatz, der seit dem Krieg unbenutzt lag, ein Boot zurechtzimmerten und mit einem Schmacksegel losfuhren, war auch noch kein Unglück.

»Laß sie selbständige Menschen werden, die sich im Leben helfen können«, meinte er. »Eine Glucke hat ihre Piepküken auch nur die allerersten Tage dicht bei sich.«

Als sie draußen im Fahrwasser eine Aalschnur auslegten, war ihnen ein Torfschiffer begegnet, der mit seinem leeren Dielenschiff wieder nach seinem Teufelsmoor wollte, wo jeder sein nettes Mastkalb hinter der Tür stehen hatte und es nach Bremen verkaufte. Welcher richtige Weserjunge, oben von der Bremer Schlachte an bis zum Siel herunter, hätte sich eine teilnahmsvolle Anfrage versagt, sobald er einen zu sehen kriegte, der seinen Torfkahn achtern mit dem langen Riemen übers Wasser trieb. Im Boot standen sie schon auf den Duchten.

»Jan van Moor, wat makt dat Kalw?«

Und nun ein zweites Mal eine tiefere Stimme durch die hohle Hand: »Jan van Moor, wat makt dat Kalw?«

Es sah aus, als sollte ihnen das elend bekommen, denn der Moorkersmann kam ihnen nachgesetzt.

»Töw, ji Dunnersläge, ick will jo dat Nafragen aflehrn! Nu heff ick endlich mol wekke van de Slöpendriewers bi'n Kanthaken.«

Oberlots Frels stand bei seinem Haus und sah der Jagd zu. Kriegte der Mann die beiden zu fassen, würde er sie kopfüber ins Wasser schmeißen. So einer von der

Wümme lag sein halbes Leben auf dem Wasser und wußte mit seinem Ruder umzugehen wie ein Hecht mit der Hinterflosse. Doch, was war das? Hast du nicht gesehen, wriggten die beiden ihre Jolle auf die nächste Tonne zu, doch der andere nicht faul und nur eine knappe Bootslänge hinterher. Aber sie jetzt fix auf die andere Seite von der Tonne, bald wriggend, bald den Riemen streichend, und so dreimal dicht um das schwarze Ding herum und der andere immer dicht hinterher. Hart an der Tonne setzte ein Wirbelstrom, das flache Dielenschiff konnte nicht so schnell mit, und die Jungens sich immer genau auf der andern Seite gehalten. Es half nichts, schließlich hatte der krebsrote Kerl die Jagd aufgegeben.
Christine schalt, als Frels ihr's erzählte.
»Und seine beste Mütze hat der Gerd auch verloren«, jammerte sie.
»Dann kauf ich ihm eine neue«, sagte der Vater lachend. »Oder wäre dir's lieber gewesen, deine Husaren hätten sich beim Karussellfahren kriegen lassen?«
Ihre Entrüstung war schon wieder verflogen.
»Ich weiß nicht, was mit den Schlingeln los ist«, stimmte sie in sein Lachen ein. »Wenn du auf See bist, dann geht es, dann sind sie ziemlich artig. Aber sobald sie ihren Alten an Land haben, sind sie nicht zu steuern, der eine immer noch wilder als der andere. Unser lieber Herrgott mag wissen, was aus ihnen noch mal werden soll.«
»Was aus ihnen werden soll?« nahm er die Frage auf. »Mutter, merkst du nichts von dem Blut, das in den beiden sitzt?«
Über deren Zukunft brauchte ihm niemand etwas zu sagen. Die rief das volle vorwärts drängende Leben von selbst an ihren Platz.
Als er wieder zu seinem Schiff reiste und durch Nordenhamm kam, stieg da einer mit langen Beinen auf

den Brücken herum und sah sich die neue Welt an, die hier beim alten Atenser Siel und den zwei Bauernhöfen entstand, die Piers mit den großen Seglern, die Petroleum von Amerika brachten, und die weithin über die Weser leuchtenden weißen Schuppen. Die Braker Bahn war bis hierher vorgerückt, und auf dem Deich erhob sich ein neuer roter Bahnhof.

Der Langbeinige mit dem lachenden Gesicht hatte auch ihn schon erkannt.

»Hallo, alter Junge!« scholl es herüber. »Woher und wohin?«

Das gab ein gehöriges Händeschütteln und Schulterklopfen. Wieviel Jahre waren es eigentlich her, daß sie sich zuletzt gesehen hatten? Es fiel ihnen in dem Augenblick gar nicht ein, daß sie damals steifdrähtig Sie zueinander gesagt hatten, als Jägersberg noch als Steuermann auf der Fortuna fuhr.

»Ich komme von Elsfleth und habe das Grab meiner lieben Adelheid besucht«, begann der Lange. »Du hast es wohl gehört, wie mir's ergangen ist? Meine Adelheid und ich kamen uns beide wie im Paradies vor, unser Glück war aber wohl allzu schön, um länger als zwei Jahre dauern zu können.«

Haye drückte ihm noch einmal die Hand. Er wußte es schon, die Frau war im Wochenbett gestorben, ohne ihm ein lebensfähiges Kind geschenkt zu haben.

»Und wie bist du sonst mit dir zufrieden?« wollte er wissen.

»Schlecht und recht, ich laviere wieder als Junggeselle durchs Leben«, gab der andere leichthin zur Antwort. »Sind aber ein teures Vergnügen, diese vielen kleinen Bekanntschaften.«

»Du solltest dir wieder eine Frau nehmen«, riet er ihm kopfschüttelnd. Er konnte es sich schon denken, Jägersberg war wieder der Alte geworden, an Land ein Sausewind und Schürzenjäger, aber der solideste Kerl,

sobald er die Decksplanken unter sich hatte und der Maschinentelegraph sein erstes Klingkling machte.
»Ich fahre jetzt als erster Offizier beim Lloyd«, nahm der andere das Wort. »Es geht freilich verteufelt langsam, bis unsereiner aufrückt und Kapitän wird.«
»Du hast einmal glühend für die Segelschiffahrt geschwärmt, alter Bursche?« berief Haye ihn. »Warum bist du dem weißen Segel untreu geworden und auf den schwarzen Dampfer gegangen?«
»Lloydschicksal ist auch mein Schicksal«, gab er Bescheid. »Die tagenbaren Bremer da oben reden von ihrem alten Hanseatengeist. Sollten wir Bremerhavener nichts davon abbekommen haben? Wir lassen uns auch nicht unterkriegen.«
»Du bist wohl ein echter Bremerhavener geworden?« fragte er lächelnd und deutete auf das neue Nordenhamm hin. »Ihr macht ja gern eure Witze über die Oldenburger Füße, sie könnten euch eines Tages aber doch mal auf die Hacken treten?«
»Laß sie nur kommen«, lachte der andere. »Wenn einer mit der Zeit geht und vornean bleibt, dann sind wir es. Wer nicht mitgeht, kommt unter die Räder.«
Haye nickte. In Bremerhaven hatten sie ein drittes großes Hafenbecken angelegt, das den stolzen Namen Kaiserhafen trug, auch ein großes Trockendock für den Lloyd, das ihn von Hamburg und England unabhängig machte, und jetzt sollten neue Dampfer daher, die statt zwölf Meilen achtzehn machten.
Er hätte seinem alten Schiffskameraden noch gern von sich selbst erzählt, doch die Bahnglocke läutete zum zweiten Mal, und sie mußten nach entgegengesetzten Richtungen auseinander.
Das Zusammentreffen mit dem Darmstädter hatte ihn nachdenklich und doch wieder zukunftsfroh gestimmt. Überall an der Unterweser gab es jetzt ein frisches Vorwärts. Was für ein Leben auf all den Werften

den Deich entlang bis nach Elsfleth hinauf. Wenn mittags und abends die Helgenpingel ging, zogen schwarze Scharen von Zimmerleuten die Deichstraße entlang, jeder sein Klafter Brennholz auf dem Nacken. Hoch über den Deich ragten die Neubauten hinüber. Ihr Segelmacher und Reepschläger, habt ihr auch Zeit, alle die Aufträge zu bewältigen? Holt euch noch fix Gesellen heran! Ein halbes Hundert Dreimastschiffe sind schon da, es sollen aber immer noch mehr gebaut werden, solide hölzerne Vollschiffe und Barken, die ordentlich Fracht in ihren Bäuchen lassen, Schiffe so groß, wie wir sie nur eben bauen können.

Aber der Unermüdlichste von allen ist Anton Wilhelm Deetjen junior. Nach dem Tode des Alten hat er das Geschäft übernommen. Er glüht wie das helle Feuer und hat keine Zeit, sich um blitzende Weiberaugen zu kümmern. Wie soll er's auch, wo an die dreißig Kalfaterpriemen auf seinem Helgenplatz pickern. Alle Hands an die Arbeit! Da krachen die Äxte und die Beile schlagen Funken und die Hobeln jagen, daß die Späne fliegen. Haltet euch ran, Jungs, wir wollen die verfluchten Steamers, diese gottverdammten Seeräuber, schon niederhalten und wieder kleinkriegen!

Und die Jahre kamen und gingen, und Eilert Haye machte unverdrossen eine Reise nach der andern. Bald wurden es vierzehn Jahre, die er mit der Fortuna unterwegs war. Die Zeit mit ihrer beständigen Unruhe und der immerwährenden großen Verantwortung fing bei kleinem an, haarfeine Risse auf seiner Stirn einzuritzen und seinen Blondbart ein ganz klein wenig zu bleichen, doch seine hohe Gestalt hatte sie straff und fest lassen müssen. Aber der Urlaub im stillen kleinen Fedderwarden brachte immer herrlichere Zeiten. Blanke Augen und frisches Heranblühen ließen ihm die Tage goldig glänzend vorkommen. Klein Lenchen, sein blauäugiger Flachskopf, war sechs Jahre geworden

und sollte in die Schule. Der Stolz, als ihre Mutter ihr zum erstenmal eine große schwarze Schleife in den Zopf flocht, und nun das wichtige Gesicht, als sie die hagelneue Schiefertafel mit dem Schwamm und dem bunten Griffelkasten unter den Arm bekam und der Vater sie bei der Hand nahm und bis vors Haus brachte, wo der Meister schon zu warten stand. Und littje Lena war kein bißchen bange und lachte ihm mit ihren blauen Strahlaugen ins Gesicht und gab ihm die Patschhand:
»Onkel, ich weiß wohl, du tust mir nichts.«
Alles war schön, und das Leben nickte ihm freundlich zu, nur die Briefe, die er vom Kontor bekam, hätten nicht sein müssen. Am Wandrahm in Hamburg wehte wieder ein anderer Wind. Ein weiblicher Einfluß, wenn er überhaupt je gewesen war, wahr wohl auf die Dauer ermattet oder ausgeschaltet. Er hatte die rätselhafte Frau seitdem noch nicht wiedergesehen.
In jedem Hafen erwartete ihn ein Schreiben mit einer unleserlichen Unterschrift. Die Aktiengesellschaft Bardewiek & Co. dehnte ihre Geschäfte immer weiter aus und ließ auch schon einige Dampfer fahren. Herr Stoevesandt hatte wohl nicht mehr die Zeit, persönlich an seine Kapitäne zu schreiben, und überließ das seinen Prokuristen. Die saßen auf ihren Kontorböcken wie auf hohen Pferden, verfaßten ihre Briefe im Wir-Stil und bemerkten, die Segelfahrzeuge müßten mit der immer unangenehmer werdenden Dampferkonkurrenz besser Schritt halten. Die Wirs schrieben und gaben dringend anheim, mehr Ladung an Bord zu nehmen. Sie legten Wert darauf, daß das Laden und Löschen noch rascher vor sich ginge, denn Zeit sei Geld. Die Wirs machten erneut darauf aufmerksam, die Fahrzeuge der Firma dürften nicht so lange in den Häfen liegen, sonst würden sie sich zu Maßregeln gezwungen sehen.

Sobald die Fortuna wieder nach Hamburg kam, stieg er die beiden Treppen zum Kontor hinauf, doch Stoevesandt war verreist und kam erst in drei Wochen zurück. So hatte er mit einem von den Prokuristen zu verhandeln.

»Zum Donnerwetter, Herr!« fuhr er ihn an. »Wissen Sie denn nicht, daß Hasten und Überstürzen nirgends so gefährlich ist wie bei der Seefahrt? Wie die Ladung getrimmt ist, so segelt das Schiff. Täusche ich mich? Ich habe den fatalen Eindruck, man will mich auf die Weise von meinem Posten wegärgern?«

Der schwarze Spitzbart blätterte nachlässig in seinen Papieren. »Wenn es Ihnen bei uns nicht mehr gefällt«, sagte er achselzuckend, »müssen Sie sich wohl eine andere Kompagnie suchen. Ich darf Ihnen verraten, unser Chef trägt Ihnen die Geschichte auf den Goodwins noch immer nach, wenigstens hat er mehrmals die Bemerkung fallen lassen, Schiffsführer, von denen gute Gelegenheiten verpaßt würden, gehörten nicht mehr in die Zeit.«

Er fuhr in die Höhe. Was hatte der lange Jägersberg in Nordenhamm noch zu ihm gesagt? Wer nicht mit der Zeit geht, kommt unter die Räder.

Sein wetterbraunes Gesicht war dunkelrot verfärbt, und seine Stimme zitterte ein wenig.

»Ist das der Dank für alle Leistungen«, fragte er bitter, »daß man einen Dreiundvierzigjährigen kaltlächelnd auf die Straße jagt?«

Der Prokurist ließ sich nicht aus seiner Ruhe bringen. Er kniff die Lippen zusammen und wiegte leise den Kopf. »Sehen Sie zu, Käppen Haye«, erklärte er dann in gleichmütigem Ton, aber mit einem vielsagenden Blick, »daß Sie von nun an bessere Fracht machen. Ihr Schiff hat einen besonderen Namen. Eine einzige glückliche Reise reißt vielleicht alles andere wieder heraus. Eine einzige glückliche Reise!«

10

Die Fortuna hat vorn und achtern alle Segel gerefft und hält östlichen Kurs auf die Wesermündung. Es steht ein Südwestwind mit Stärke sieben oder acht, aber die Luft ist diesig. Das Drehfeuer von Wangerooge, das alle zwei Minuten sichtbar werden soll, ist vor Dunst kaum auszumachen. Alles ringsum eine einzige unsichere Linie, grauschwarz in grauschwarz verschwimmend. Seit ehegestern sind Kapitän und Mannschaft nicht mehr aus dem Ölzeug heraus.
Schon die ganze letzte Woche hat es nicht besonders gut ausgesehen. Am südlichen Horizont nichts zu erkennen, was nach Sonne aussah, ein Aufmachen des Bestecks unmöglich, so daß der Schiffsort nach Logge und Koppelkurs nur annähernd bestimmt werden konnte. Überhaupt hat das Schiff, das mit Baumwolle von der Floridaküste kommt, nicht die glatte Reise gehabt, die es sonst immer machte. Seit der farbige Lotse ihn aus der Bai von Pensacola herausbrachte und bei der Düneninsel Santa Rosa mit einem hundsgemeinen Grinsen von Bord gegangen ist, hat Haye ein ungemütliches Gefühl nicht loswerden können. Hat das damit zu tun, daß das Schiff überbeladen ist? Als ob da auf der Tarragona-Brücke der Teufel los gewesen wäre, so haben die Stauerleute von Pensacola, alles schwarze Wollköpfe, mit den Baumwollballen herumgewürgt und dabei in einem fort geplärrt: »*Hurry up, hurry up, time is money, hurry up!*« Schließlich hat auch er den

verrückten Singsang mitgesummt und sich seinen Text dazu gemacht: »Glücksfahrt, Glücksfahrt, eine einzige Glücksfahrt reißt alles heraus.« Es ist ja knapp Zeit gewesen, vorher noch eine ordentliche Ladung von schwarzem Nußbaumholz unten im Raum als Schwergut zu verstauen.

Und in der Biskaya ist es stürmisch gewesen, jeden Tag steifer Wind aus Nordwest, aber sie sind doch noch heil an der Spitze von der Bretagne vorbeigekommen, und das Feuer auf der Insel Ouessant hat ihnen freundlich gewinkt.

»Uschant!« hat einer von den Matrosen gerufen. »Nu hebbt wi ook bold de Werser to faten.«

Über die eckigen Stirnen von den andern ist etwas Weiches gelaufen. Allmählich sind neue Gesichter im Lauf der Jahre an Bord gekommen, doch ein alter Stamm ist noch da, zwei von den Matrosen, dann noch Zimmermann Wessels und Segelmacher Rodiek, den sie Jan Been nennen, auch noch der Smutje aus Flensburg, der die guten Mehlbeutel macht. Ohne sie hätte Kapitän Haye seine Reisen nicht so gern gemacht, wie er es immer getan hat, er hat ein merkwürdiges Vertrauen zu den schrappenpüsterigen alten Kerls.

Der Wind wird besser und raumt zwei Strich auf Südwest zu West. Soll er draußen auf offener See bleiben und nicht ins Revier einsegeln? Aber wenn der Wind so bleibt, kann er die Schlüsseltonne und das Weserfeuerschiff ohne allzugroße Schwierigkeit ansegeln und morgen vormittag in Bremerhaven sein. Und dazu liegt unten ein Schwerkranker in der Koje. Es ist der Steuermann. Sein guter Hinrich Oeltjen, der von der Rasteder Geest, hat sich in dem verruchten Sumpfloch das gelbe Fieber geholt, hat in St. Anthonys Hospital müssen und liegt auf dem Kirchhof von Pensacola begraben. In der Not hat Haye den Unglücksraben aufgesammelt der jetzt unter Deck liegt und ein Muttergot-

tesbild aus Goldpapier an die Brust drückt. Das ist einer da oben von der litauischen Küste, große Worte und nichts dahinter, Grog gesoffen wie Wasser, aber Arbeit, die kennt er nicht. »Er kann sein' eigen Schweiß nich gut riechen«, hat Wessels gemeint. Auf der ganzen Reise hat Haye mit dem Stanislaus Szametat seinen Krieg gehabt. Der hat den Schneidigen herausgebissen und kommandieren wollen, hat auch den Jungen unnötig verprügelt und von der neunschwänzigen Katze geredet und anderm dummen Kram, was nur in Indianerbüchern vorkommt.
»Lassen Sie die ewige Anschnauzerei nur unterwegs, Steuermann«, hatte er ihm bedeutet. »Die Leute wissen von selber, was sie zu tun und zu lassen haben. Überflüssige Schikaniererei macht sie nur rebellisch, das Leben auf den Schiffen ist sowieso hart genug.«
Die Fortuna hat vor der Weser keinen Lotsen bekommen können. Bei Terschelling haben sie lange gekreuzt, ehe sie den Kutter mit dem großen schwarzen W im Segel getroffen haben, doch die See ging so hoch, daß drüben kein Boot ausgesetzt werden konnte. Langes Warten hatte auch keinen Zweck, und so ist er weitergefahren. Er weiß Bescheid hier draußen und kennt das Fahrwasser und die Sandbänke und Platen wie seine eigene Kajüte. Und der kranke Steuermann wimmert und stöhnt und möchte so rasch wie möglich nach Bremerhaven ins Krankenhaus.
Es ist gut, er bespricht sich mal mit dem Schiffszimmermann. Der ist ein bedächtiger Mann und wird seine Meinung sagen.
»Sollen wir wahrhaftig noch ein, zwei Tage hier draußen herumlaweien, oder was ist zu tun?« fragt er.
»Augenblicklich kommt uns der Wind zupaß.«
Wessels weiß schon, worauf er hinaus will.
»Van wegen den Specksnieder, Koptein, de dor unnen liggt un us den Puckel todreiht un sin bunt Bild in de

Hannen hett? Wat deiht so'n Jammerlapp äwerall up de Atlantik un de Nordsee? De harr up sin Haff bliewen schullt un dor Flundern rökern. Van wegen so een noch Umstänne maken? Man well weet, wo dat den annern Dag hier buten utsehn deiht – un 'n Minsk is 'n Minsk.«
»Jawohl, kranke Schneidergesellen sind auch Menschen«, sagt Haye grimmig. »Aber es ist vielleicht noch etwas anderes zu bedenken.«
Wessels weiß Bescheid.
»Och, von wegen das Kontor?« fragt er breitmäulig. »Sie schreiben ja woll immer aus Hamburg, Zeit ist Geld? Aber Sie müssen das selber wissen, Kapitän, an Bord ist niemand anders verantwortlich als Sie.«
Auf das Wort hat er gerade gewartet. Der verhexte Niggersong da hinten an der Pier von Pensacola leiert ihm noch in den Ohren.
»Denn man los! Dann wollen wir segeln, wer nicht wagt, der nicht gewinnt«, ruft er laut und gibt sein Kommando:
»Kurs bibeholn – Werserfüerschipp!«
Es wird magnetischer Kurs nach dem Kompaß gesteuert. Die Luft ist noch viel unsichtiger geworden, doch der Wind steht noch in derselben Richtung. Vorn auf der Back hockt einer von den Matrosen und hat den Ausguck. Ein Ding wie das Feuerschiff Weser, auf dem mittelsten von den drei kahlen Masten ein rotes Licht und bei gutem Wetter zehn Meilen sichtbar, müßte auch bei dem schlechten Wetter auszumachen sein, aber die Luft ist heillos unsichtig, und der Wind geht stoßweise. Und jetzt gibt's Regenböen, eine nach der andern, und das ist hier zwischen Rotersand und Rotergrund nichts Genaues. Schließlich bekommt der Matrose am Ausguck aber doch etwas zu sehen und singt aus:
»Füer Stüerbord vörut!«

Sie halten jetzt, immer nach dem Kompaß, auf Hohewegfeuer zu und müssen in dem Fahrwasser zwischen Mellumsand und der Tegelerplate sein, die sich langgestreckt bis ganz vors Dwarsgatt hinlegt. Donnerwetter noch mal, jetzt geht der Wind noch weiter nach Süden um und steht Südwest zu Süd. Dabei balkendüstere Nacht, und die Regenböen immer dichter und dichter. Waagerecht kommen sie übers Wasser gefegt und prasseln ihnen gegen Südwester und Ölrock. Der Kapitän hat beide Wachen an Deck beordert. Der am Ausguck hat etwas wie einen schwachen Lichtschein gesehen. »Füer Backbord vörut!« singt er aus, aber der Matte Schein ist schon wieder verschwunden. Es muß das Feuer von Hoheweg gewesen sein, zwischen den jagenden Böen ist es aber nur eine Sekunde sichtbar geworden. Ringsum alles wieder dunkel, nur schwer rollende Seen und schmutziggelbe Kämme, der Horizont nach allen Seiten wie von schwarzen Tüchern verhängt. Und der Wind immer stärker. Das ist kein Wind mehr, das ist Sturm mit Stärke elf oder zwölf, ein einziges Heulen und Brüllen.
»Auf offener See wäre das schon abzuwettern«, murmelt einer halblaut vor sich in. »Aber zwischen den Sänden? An Umkehren nicht zu denken!«
Während er eine halbe Sekunde die Augen schließt, ist ihm, als sähe er vor sich etwas Helles wie ein Gesicht. Anna Bardewieks Augen – lächelnd und lockend? — — Oder ist es Christines todernstes Gesicht gewesen?
Aber jetzt ist der Spuk verschwunden, und er steht breitbeinig achtern auf der Poop und ruft seine Kommandos dem nächsten Mann zu. Bei der Finsternis kann er kaum noch erkennen, wenn Gestalten in ihren schweren Seestiefeln über die nassen Decksplanken stampfen. Vorn auf der Back steht der Zimmermann, vor ihm der Matrose, der ins Dunkel hinausspäht. Auch Jan Rodiek mit seinem schiefen Untergestell

steht wie ein Baum und rührt sich nicht vom Fleck. Die Segel sind alle weggenommen, es steht vorn nur ein kleines Schratsegel und achtern das große Sturmgroßsegel, um das Schiff im Steuer zu halten. Die Leute am Ruder haben sich festgelascht und krallen ihre Fäuste um die Spaken, daß die Fingernägel rot unterlaufen.
Das Schiff arbeitet immer schwerer gegen den Sturm. Wenn er nur wüßte, wo sie eigentlich sind. Am Ende sind sie schon vorm Dwarsgatt, vor der verteufelt engen Ecke, wo das Fahrwasser eine harte Drehung macht und von Osten nach Westen setzt. Beim Dwarsgatt liegen die Seezeichen dicht beieinander. Doppelte Adlertonne und Kreuztonne und wie sie heißen, auf Steuerbordseite die große Reedetonne, die ein rotes Licht zeigen soll, doch es ist nichts zu erkennen. Wo hinüber mögen die drei Baken von Eversand liegen? Dem Teufel seine Großmutter mag im Dwarsgatt die christliche Seefahrt hochhalten.
»Jungs, wir müssen uns hart ranhalten!« ruft er dem einen und andern zu.
Die Leute nicken und kneifen die Lippen zusammen, die einen haben sture Augen und stoßen mit den Schultern, als wollten sie etwas abschütteln, aber alle haben sie vierkantige Backen. In einer Viertelstunde kann es mit ihnen vorbei sein, das wissen sie, aber sie tun ihre Pflicht. Der einzige, der etwas sagt, ist der Junge. Der hat mit seiner Knabenstimme »Schietenkleieree« gerufen, aber nicht so laut, daß der Alte es hört. Er ist schon mit um Kap Hoorn gewesen und darf wohl mal ein forsches Wort sagen.
Der Sturm rast und tost. Jetzt kommen Seen über, eine nach der andern, Schlag auf Schlag, eine immer noch klotziger als die vorige. Jetzt will eine herüberkommen, so hoch und bleiern schwer, wie noch keine da war. In der Kuhle zwischen den Masten steht der Segelmacher mit seinen Leuten. Jan Rodiek, von dem sie

sagen, daß er abergläubisch wäre und einen littjen Zirß hätte, will die andern durch einen Janmaatenschnack beruhigen, gerade als ob nur ein harmloser Spritzer angepitscht käme:
»Wahr di, Raßmus kummt!«
Schon kracht es über die Reling und pulscht übers Verdeck hin, daß sie alle bis an den Hals im Wasser sitzen. Sie haben den Nacken eingezogen und ducken sich, aber im selben Augenblick kommt eine zweite See übers Deck gedonnert. Der Platz, wo der Segelmacher soeben noch gerufen hat, ist leer, auch zwei von den Matrosen sind nicht mehr da. Auch das große Boot, das auf dem Logisdach liegt, ist mit weggerissen.
»Mann über Bord!« geht ein Schrei.
Die Worte sind kaum aus dem Mund – da, ein Stoß, daß alle umfliegen, und sofort ein zweiter Stoß. Herr des Lebens, was ist passiert? Und im Vorschiff das Knallen und Knacken, was ist das gewesen? Auf Luvseite sind die Pardunen und Stags vom Fockmast gerissen. Wie sprödes Glas sind sie dicht über dem Taljereep auseinandergesprungen. Und jetzt fängt der Mast an zu wackeln.
Da – ein dritter Stoß, ein Schurren und Schrammen. Das Schiff ist auf Grund fest und liegt nach wenigen Minuten schief auf der Seite. Über ihren Köpfen kracht und prasselt es. Die oberen Teile vom Mast kippen über und kommen herunter, die Rahen mitsamt den schweren zusammengerollten Segeln, die Stengen, das ganze Takelwerk kommt herunter, schlägt auf die Reling auf und hängt sich außenbords bis ins Wasser. Und die See reißt die schweren Hölzer hin und her und stößt sie gegen die Schiffswand. Das geht alles so ungeheuer plötzlich, daß sie auf dem Achterdeck es noch gar nicht wissen, es sind auch drei oder vier Mann mit über Bord gekommen. Von den baumschweren Rundhölzern sind sie zu Boden geschlagen, und das Tau-

werk hat sie mit ins Wasser gerissen. Aber keine Zeit, an sie zu denken. Die Trümmer vom Mast rammen gegen die Schiffswand, und ehe die Taue gekappt sind, sind schon große Löcher da.
Hui, jetzt kommen aber Seen über und rollen übers Verdeck hin, ein Querschlag nach dem andern! Das Schiff rutscht noch mehr auf die Seite und macht einen heftigen Ruck. Jetzt ist alles verloren. Abandonnieren! Hat er es laut gerufen oder hat er es nur gedacht? Er weiß es selbst nicht. Er stürzt los, so weit er kommen kann. Er braucht es niemand ansagen zu lassen, die noch da sind, wissen Bescheid. Wer versuchen will, sein Leben zu retten, muß von Bord. Keine Minute, die zu verlieren ist.
Der Zimmermann und Koch Andresen haben das andere Leifboot klargemacht.
»Wo ist der Junge geblieben?« fragt der Kapitän. Niemand hat ihn gesehen. Unten kann er nicht sein, denn das Logis steht schon halb voll Wasser. Und der Bordhund, die schwarze Jolly, ist auch weg. Aber Steuermann Szametat steht auf einmal zähneklappernd mit oben und hat seinen großen Kleidersack auf dem Nakken. An den Kerl hat in den letzten Stunden kein Mensch mehr gedacht, aber mitgenommen muß er werden.
Das kleine Beiboot wird aufs Wasser hinausgeschoben. Der Alte hat noch rasch die Schiffspapiere aus der Kajüte geholt und in einer Wachstuchtasche verstaut. Als alle im Boot sind, springt auch er hinein.
»Los! Aufpassen, daß wir vom Schiff freikommen!«
Sie sind mit sechs Mann und legen sich in die Riemen und rudern in die schwarze Nacht und die schwer rollende See hinaus. Der Herrgott mag den Seeleuten gnädig sein, die sie hinter sich zurücklassen müssen. Ein Glück, daß Flut ist und der Ebbstrom ihnen nicht auch noch beschwerlich wird. Die Tide kann ihnen

noch zwei Stunden helfen, und bis dahin kann es Tag werden.
Beim Morgengrauen wird die Luft bunt, und als aus dem Osten eine ungewisse Helligkeit übers Wasser kommt, setzt auch die Tide um, und der Sturm flaut ein wenig ab. Geradeaus auf Süden sehen sie vor sich das weiße Feuer vom Hohewegturm und rudern darauf zu. Es geht noch immer eine grobe stoßende See, und sie müssen sich hart ranhalten. Aber kommt dort nicht etwas wie ein Boot auf sie zu? Eine kleine weiße Flagge flattert wie ein Taschentuch, der steife Wind hat die Hälfte schon weggerissen, doch der Rest von einem roten Kreuz ist noch zu erkennen. Das kann nur das Rettungsboot von Fedderwardersiel sein. Jetzt sieht der Kapitän einen weißhaarigen Mann, der ihnen zuwinkt. Jawohl, das ist Oberlots Frels aus Fedderwardersiel. Seit gestern mittag sind die Fedderwarder unterwegs. Auf dem Hohenweg hat ein Ewerkahn festgesessen und Notsignale gezeigt. Sie sind gerade noch rechtzeitig gekommen, um den Schiffer aus dem Mast zu holen, der Bestmann war schon ertrunken. Die Nacht haben sie mit dem Geretteten auf dem Leuchtturm zugebracht. Dorthin wollen sie nun auch die Fortunaleute bringen.
Sobald sie dicht beieinander sind, gibt es ein großes Hallo. Oberlots Frels klettert zu ihnen herüber, und seine Leute nehmen das Fortunaboot ins Schlepp, denn die Schiffbrüchigen sind vom Rudern und allem ganz benaut und fallen schlaff über die Duchten, sobald sie sich in Sicherheit fühlen.
Der erste, der einigermaßen Rede und Antwort steht, ist der Kapitän. »Habt ihr denn keinen Lotsen gehabt?« fragt der Weißhaarige mit zusammengezogenen Augenbrauen.
Der Gefragte setzt ihm auseinander, weshalb sie die Fahrt ohne Lotsen fortgesetzt haben.

Der Alte sitzt ihm mit finsterem Stirnrunzeln gegenüber:
»Mann, bi de Wind sünd ji in de Werser inseilt? Worum sünd ji nich buten blewen?«
Haye deutet auf den Steuermann. Der liegt unter den Duchten auf seinem nassen Kleidersack und stöhnt vor sich hin.
Frels schüttelt den Kopf und zieht seine Stirn noch krauser:
»Ihre littje Frau wird sich höllisch verfiern, daß ihr Mann auf diese Art wieder an Land kommt.«
Nach einer langen Pause fängt er wieder an, aber seine Stimme klingt nicht mehr so hart:
»Ihre Kinder sind gut zuwege. Hermann und Gerhard sind vorgestern noch bei mir gewesen und haben nachgefragt, ob das Schiff noch nicht fällig wäre. Sind fixe Jungens, alle beide, das will ich meinen, ganz fixe Jungens.«
In dem Augenblick fällt Haye etwas ein, an das er gestern gar nicht gedacht hat. Gestern war der zwölfte März, und sein Zweiter ist gestern dreizehn Jahre geworden. Den Geburtstag wird er in seinem Leben kein zweites Mal wieder vergessen.
Haye und seine Leute werden nach dem Leuchtturm gebracht und da verpflegt, und die Fedderwarder fahren wieder zu ihrem Siel. Am folgenden Tag kommt ein Schlepper und holt die Schiffbrüchigen nach Bremerhaven. Steuermann Szametat scheint die Krise überstanden zu haben, muß aber ins Krankenhaus. Von Bremerhaven will Haye sogleich nach Brake und vor dem Seeamt Verklarung ablegen. Von da will er nach Hamburg fahren und seinem Kontor Bericht abstatten.

11

Am Alten Wandrahm gab es entsetzte Gesichter. Stoevesandt war außer sich. Keine Spur mehr von einem Bemühen, die verbindliche Form zu wahren.
»Kapitän Haye, sind Sie verrückt geworden, oder sind Sie in der Unglücksnacht betrunken gewesen? Die Fortuna? Unser allerbestes Schiff!«
»So, nun ist es auf einmal Ihr bestes Schiff?« kam es zurück. »Wer ist es gewesen, der mir immer zugesetzt hat, ich müßte bessere Frachten machen? Und die famosen Schreibebriefe, in denen zu lesen stand, daß Zeit Geld wäre? Und sind etwa die Herren Rivadavia und Konsorten schuld, wenn das Schiff überladen wurde oder sonst jemand?«
»Das hat gar nichts mit dem zu tun«, wehrte der andere heftig ab, »daß Sie das Schiff haben stranden lassen. Ich soll Ihnen am Ende wohl noch die Hand drücken und Sie bedauern? Nein, Kapitän Haye, der verantwortliche Mann sind und bleiben Sie und niemand anders. Und was Sie mir da von dem kranken Steuermann erzählen, ach, du liebe Zeit, den hätten Sie ruhig in seiner Koje verrecken lassen sollen, wegen eines einzigen Menschen setzt man nicht ein ganzes Schiff in Gefahr.«
Haye zwang die in ihm aufsteigende Hitze mit Gewalt nieder.
»Sie haben hinterher gut reden, Herr Stoevesandt!« sagte er mit scharfer Betonung. »Ich weiß nicht, wie

nahe Ihnen der Verlust des Schiffes geht, aber ich weiß, daß Sie durch die Versicherung von Schiff und Ladung gedeckt sind. Aber wo bleibe ich? Ich frage, wo bleibe ich?«
Der andere hielt es für angebracht, einen höflicheren Ton anzuschlagen. »Für Sie kommt es darauf an«, wand er sich hin und her, »wie das Seeamt sich zu der Sache stellen wird, Herr Kapitän. Mir persönlich würde es ungeheuer leid tun, aber nach dem allen, was zwischen Ihnen und der Firma vorgefallen ist, fürchte ich, daß wir, das heißt die Firma Bardewiek, es uns sehr überlegen müssen, ob wir Ihnen noch einmal ein zweites von unseren Fahrzeugen anvertrauen können. Ich hoffe, das wird auch Ihnen einleuchten.«
»Ha, was Sie sagen!« brach Haye los. »Wie kommen Sie dazu, heute schon endgültige Urteile zu fällen, bevor das Seeamt gesprochen hat? Es sieht verdammt danach aus, als hätten Sie nur darauf gelauert, mich auf diese Weise loszuwerden. Glauben Sie, ich wäre der Mann, der sich so ohne weiteres abschieben läßt?«
Der Reeder hatte sich wieder zu seiner kühlen, ein wenig spöttischen Geschäftsmäßigkeit zurückgefunden.
»Ihre aufgebrachten Worte möchte ich lieber Ihrer mir übrigens völlig begreiflichen Erregung zugute halten«, kam es von oben herab. »Wenn es Ihnen so beliebt, gut, dann ist es auch mir recht und wir warten ab. Die Seeamtsverhandlung wird ja alles Nötige aufklären. Im übrigen haben Sie mich einigermaßen gespannt gemacht, was Sie wohl gegen uns unternehmen würden, wenn wir – nochmals sei es betont, zu meinem allergrößten persönlichen Bedauern! – wenn wir auf Ihre ferneren Dienste verzichten müßten!«
Er sah unmißverständlich nach der Uhr. Eine gemessene Verneigung und eine Handbewegung. Es war Börsenzeit, er mußte zur Börse.

Haye stieg die gasbeleuchteten Treppen wieder hinunter. Waren das die ersten Stufen, die abwärts zu jener Welt von Stellensuchenden und Arbeitslosen führten, die da weiterhin in dunkeln Scharen am Baumwall herumlungerten oder bei den Vorsetzen übers Geländer lehnten und die Fäuste in den Hosentaschen vergruben?
Er begab sich geradenwegs die kurze Strecke zum Pariser Bahnhof zurück. Es war noch viel Zeit bis zum Bremer Zuge, doch von Hamburg mochte er nichts mehr sehen.
Nicht weit vom Hauptzollamt, wo die engen alten Straßen mit ihrem Speisendunst aufhörten und ihn über den Brooktorhafen herüber ein frischer Hauch von Teer und Wasser anwehte, kamen ihm zwei Damen entgegen, bei ihnen eine Jungfer mit einem hübschen vier- oder fünfjährigen Kind an der Hand. Es waren Anna Bardewiek und ihre jüngere Schwester, die jetzt als Frau eines Kaufmanns Suhren in Bremen wohnte. Ein seltsames Zusammentreffen in dieser Gegend von Bahngeleisen und Brücken. Er wollte an ihnen vorüber, doch die beiden traten auf ihn zu, und die Älteste streckte ihm die Hand entgegen:
»Was für ein entsetzliches Unglück mit der Fortuna! Ach, die armen ertrunkenen Leute! Und die armen unglücklichen Hinterbliebenen!«
»Haben Sie es schon gehört?« fragte die andere. »Wenigstens ist der kleine Schiffsjunge noch gerettet. Andern Tags haben sie ihn mit einem großen Hund auf einer Kiste treibend gefunden, beide wie halb tot, und ein Fischer hat sie mit nach Cuxhaven gebracht.«
Die Ältere nahm wieder das Wort:
»Sagen Sie, Herr Haye«, fragte sie hastig, »vielleicht können wir etwas für die Hinterbliebenen tun?«
»Sie sind sehr gütig«, gab er zur Antwort. »Ich werde Ihnen die Adressen der Frauen zustellen.«

»Und Sie selbst, Herr Haye, was haben Sie vor? Vielleicht könnte ich Ihnen irgendwie helfen. So sprechen Sie doch!«
»Ich fürchte«, entgegnete er tonlos, »mir kann niemand helfen. Für mich hängt alles von dem ab, was das Seeamt sagen wird.«
»Warum sind Sie so abweisend gegen mich?«
»Wenn jemand allein die Verantwortung zu tragen hat«, versetzte er, »dann muß er auch zusehen, daß er allein mit sich fertig wird.«
Sie gab sich mit seiner Antwort nicht zufrieden.
»Eilert Haye, sprechen Sie jetzt nicht so herbe«, verwies sie ihn sanft. »Weisen Sie keinen Menschen zurück, der es gut mit Ihnen meint. Sie wissen es selbst, es ist jetzt nicht einerlei, was für ein Zeugnis die Reederei – ich will lieber sagen, mein Mann, über Sie ausstellen wird?«
Er hob mit einer raschen Bewegung den Kopf. Erst jetzt gewahrte er, Anna und er gingen allein nebeneinanderher. Die andere war mit der Wärterin und dem Kind etwas zurückgeblieben.
Als ob sie seine Gedanken erraten hätte, gab sie ihm eine Erklärung: »Meine kleine Martha weiß ich in guter Hut, und meine Schwester ist meine beste Vertraute. – Aber ich bin wohl zu aufdringlich und nehme Ihnen Ihre Zeit weg, nicht wahr?«
»O nein, mein Zug fährt erst in einer Stunde«, sagte er rasch. »Ich gehöre nicht zu denen, die sich gern bemitleiden lassen, aber eine Teilnahme wie die Ihre tut mir wohl, denn ich weiß, sie kommt von Herzen.«
»Wie bin ich dem Zufall dankbar«, begann sie, daß ich Sie hier getroffen habe. Ich kann es Ihnen jetzt ruhig verraten, Sie ahnen es nicht, mit welch brennendem Interesse ich alle Reisen Ihres Schiffes verfolgt habe, alle die fünfzehn Jahre. Ihre eigene Frau wird es kaum so getan haben wie ich.«

»Sie haben bei meinem Schiff Gevatter gestanden und ihm den Namen gegeben«, erklärte er ausweichend. »Das ist es wohl gewesen.«
»Sie mögen recht haben, möglicherweise war es aber noch –.« Sie brach ab und fuhr in verändertem Ton fort: »Ich habe später kein zweites Schiff mehr getauft. Mein Vater hat es mir mehrere Male angetragen, später auch noch mein Mann, aber ich konnte es nicht. Es war mir immer, als könnte es nur das eine Mal gewesen sein, als gäbe es nur dies eine Schiff, sozusagen nur eine einzige Fortuna.«
Er vernahm das mit wehem und doch wieder frohlockendem Herzen. Jetzt war es klar, es war nicht die Liebe zum leblosen Schiff, hier waren lebende Wesen im Spiel, Menschen mit Fleisch und Blut. Aber sie sollte nicht weiter davon sprechen. Und doch, wie kam's, unversehens entfuhr ihm die Frage:
»Anna, wie ist es mit Ihnen? Sind Sie zufrieden mit Ihrem Schicksal? Sie wissen, ich habe Sie schon einmal gefragt?«
Sie zuckte zusammen. Ein leichter Schleier lag über ihrer Stimme: »Zufrieden? Ja, wer ist zufrieden? Ich habe mich damit abzufinden, daß es Männer gibt, die nur an sich denken und nichts als ihr eigenes kleines Ich kennen. Aber sprechen wir nicht davon, jeder muß sein Schicksal tragen, und wenn jemand das ernstlich will und auch vor sich selber nicht bange ist, sehen Sie, dann geht es auch. Es muß gehen, wenn man auch ein paar Jährchen älter darüber wird.«
Er sah die neben ihm Gehende verwundert an. War sie nicht noch immer eine stattliche und begehrenswerte Frau? Und was sie ihm sagte, war ohne Weichlichkeit, kaum mit einem Unterton von entsagender Wehmut über ihre Lippen bekommen.
»Aber um mich handelt es sich nicht, es geht jetzt um Sie und Ihre Zukunft«, nahm sie wieder das Wort. »Es

gab einmal eine Zeit, da habe ich Sie in Ihrem Nest da unten an der Weser beneidet, trotz meines glänzenden Hamburgs, doch jetzt gibt es Menschen, die sind noch weniger glücklich.«
Er schwieg. Gedanken, die ihn beengten. Sie wurde dringlicher:
»Eilert Haye, ich weiß«, sagte sie herzlich, »Sie sind ein tapferer Mann, und ich brauche Ihnen nicht noch das Rückgrat zu steifen. Aber vergessen Sie nicht bei dem Schweren, das Ihnen bevorsteht, daß Sie eine Frau und drei liebe Kinder zu Hause haben.«
Er hob die Schultern und gab ihr mit herzhaftem Druck die Hand.
»Ich danke Ihnen«, sagte er hochatmend. »Sie haben mir wieder etwas Mut zum Leben gemacht. Das ist die beste Hilfe, die Sie mir geben konnten, und ich brauche keine andere. Was auch kommen mag, ich werde es auf mich nehmen.«
Sie waren beide stehengeblieben. Sie ließ ihre Hand einen Augenblick in der seinen und sah ihm voll in die Augen.
»Ob ich Ihnen wirklich in der Weise helfen kann, wie ich es mir vorhin noch gedacht habe, ist mir allerdings nachgerade zweifelhaft geworden. Mein Einfluß auf meinen Mann ist nicht immer so, wie ich es wünschte. –– Und nun lassen Sie uns als gute Freunde auseinandergehen. Ob wir uns je wiedersehen werden, weiß ich nicht. Sie sollen aber wissen, es ist außer Ihren nächsten Angehörigen noch jemand anders in der Welt da, die auch an Sie denkt und Ihnen alles Gute wünscht.«
»Ja, es ist besser, wir beiden sehen uns nicht wieder«, sagte er langsam. »Und sollte es einmal soweit sein, daß ich sagen muß: ›Fertig mit dem Wandrahm‹, dann werde ich doch niemals vergessen, daß die Firma Ihren Namen trägt. Leben Sie wohl, Anna!«
Damit gingen sie auseinander.

Am nächsten Tage langte er in Fedderwarden an – ein Kapitän an Land, ein aus seinem Element gerissener und auf den trockenen Sand geworfener Fisch.
»Vorläufig bleibt mir nichts übrig«, sagte er zu Christine, »als daß ich mich hier bei dir verkrieche und die Entscheidung des Seeamts abwarte. Darüber kann der ganze Sommer vergehen. Von meinen als Zeugen geladenen Leuten haben die meisten sogleich auf anderen Schiffen angemustert und müssen erst wieder zurück sein.«
»Wir Kapitänsfrauen haben ja das Warten gelernt«, sagte sie mit mattem Lächeln. »Den Kopf werden sie dir schon nicht abschlagen, lieber Eilert.«
Das Frühjahr verging und der Sommer kam.
Ein stumpfes Warten und dumpfes Brüten, eine freudlose und lichtleere Zeit. Wie würde es werden? Von dem, was in ihm wühlte und sich immer wieder vor ihn hinstellte, sprach auch Christine kein Wort. Auch er zwang sich zur Ruhe. Tat nicht die neben ihm sich tapfer Gewalt an? Es war fast wie eine Abmachung, als wollte sie ihm das Herz nicht noch schwerer machen.
Er arbeitete im Hause herum, nahm die Uhren auseinander, reinigte sie und setzte sie wieder zusammen, half ihr im Garten und nahm dies und das vor, doch das war alles keine Arbeit, war nur eine Beschäftigung und nichts, was seine Kraft ausfüllte.
Alles war zur Not zu ertragen, nur seine beiden Knaben hätten nicht sein müssen. Wo der Vater war, da waren auch sie und wollten ihm helfen und zur Hand sein. Über die Strandung verloren die beiden kein Wort. Keine Frage, die ihnen über die Lippen kam. Das kam ihm unheimlich vor. Hatte Oberlots Frels ihnen etwas gesagt? Der Älteste hatte das Bild von der Fortuna, das in der Wohnstube hing, eines Tages stillschweigend weggenommen. Ihre Bereitwilligkeit, ihm bei seinen Klütereien zu helfen, hatte fast etwas

Aufdringliches, beinahe, als bedauerten sie ihn. Das konnte er nicht ertragen, er mußte sie manchmal unter einem Vorwand entfernen und mit kleinen Aufträgen von sich fortschicken. Es tat ihm doppelt weh, wenn dabei gereizte Worte fielen, doch die Knaben blieben freundlich gelassen. Das war für ihn fast noch unheimlicher. Ein Glück, daß seine Jüngste, die siebenjährige Lena, noch nichts von allem ahnte. Die spielte am Deich mit ihren Puppen, erzählte ihm ihren munteren Schnickschnack vor und gab freudestrahlend allen Leuten bekannt, ihr Vater hätte diesmal einen tüchtigen Urlaub und einen solchen langen hätte er noch niemals gehabt. Wenn der das hörte, bückte er sich im Garten noch tiefer auf seine Beete hinunter.
Endlich war es so weit, daß vom Seeamt in Brake die Hauptverhandlung anberaumt wurde.
An einem heißen Augusttag machte er sich auf den Weg. Christine brachte ihn vor die Gartenpforte und gab ihm einen Kuß:
»Komm gut wieder an Land, mein bester Eilert!«
Dann ging sie rasch wieder hinein. Die Knaben und die Kleine wollten es sich nicht nehmen lassen, ihren Vater noch auf die Straße zu bringen. Seeleute marschierten nicht gern zu Fuß, und es kam ihnen fast wie ein Abenteuer vor, daß er zu Fuß ganz bis nach Nordenhamm wollte.
»Wenn unser Vater sich bei der Hitze bloß nichts wegholt«, meinte klein Lenchen bedenklich.
Eine knappe Viertelstunde vorm Termin kam er in Brake an. Das weißgetünchte nüchterne Haus, das an der Breitenstraße Amt und Amtsgericht beherbergte, sah ihn an wie eine Frage ohne Antwort. Wenn du wieder zur Tür herauskommst, wirst du mehr wissen, Eilert Haye. Auch das große Zimmer mit dem freundlichen Bild vom Großherzog Peter und in der Ecke der Tisch mit den Blattgewächsen machten sich trotz der

aufgehängten Seekarten und Pläne nicht dienstlich genug, als daß Menschenschicksale in ihm entschieden werden sollten.
Im Verhandlungsraum nur ein kleiner Kreis von Zuhörern, einige pensionierte Schiffskapitäne, vielleicht auch ein Berichterstatter für die Zeitungen. Hochsommerliches Fliegensummen und unterdrücktes Geflüster. Daß auch Bruder Karl mit stillem Gesicht auf der Bank saß und sich seinen großen roten Bart strich, hatte er nicht anders erwartet.
Die vier Beisitzer traten herein, meist alte Fahrensleute, dann der protokollierende Auditor, zuletzt der Oberamtsrichter, der die Verhandlung zu leiten hatte, gleichzeitig mit ihm ein energisch blickender ordensgeschmückter Herr. Achtung, der Kaiserliche Reichskommissar, ein Korvettenkapitän außer Dienst, der eine Art von Staatsanwalt vorstellte. Als Zeugen waren Zimmermann Wessels, Koch Andresen und die drei überlebenden Matrosen erschienen. Steuermann Szametat war nicht zur Stelle. Nach Genesung von seiner Lugenentzündung war er auf einen Hamburger Dampfer gegangen und nach Ostindien unterwegs.
Nach Erledigung der Formalien hatte Haye als erster seine Aussagen zu machen. Sie waren nur eine Wiederholung dessen, was er schon bei der ersten Verklarung zu Protokoll gegeben hatte. Wessels, der Koch und die Matrosen sagten übereinstimmend aus, das Wetter sei völlig unsichtig gewesen und es habe starker Sturm geherrscht. Auf Veranlassung des Korvettenkapitäns wurde die kommissarische Aussage des Steuermanns verlesen. Szametat hatte bekundet, die Anordnungen des Kapitäns seien während der ganzen Reise nicht schneidig und die Zucht an Bord nicht straff genug gewesen. Auf den Punkt schien der Reichskommissar ganz besonders Gewicht zu legen. Er sah den Verhandlungsleiter an und wünschte, es

möchte auch das Zeugnis verlesen werden, das die Reederei ihrem Kapitän ausgestellt hatte. Es geschah. Lauter sorgfältig gesetzte und vorsichtig gehaltene Worte, die nicht warm und nicht kalt waren. Die geschraubten Redewendungen konnte nur Stoevesandt diktiert haben.
»Und wie war das mit dem erkrankten Steuermann?« kam jetzt in scharfem Akzent seine Frage.
Haye mußte es noch einmal eingehend erörtern. Der Offizier lehnte sich zurück und zog mit den Zähnen die Oberlippe ein. Die sogenannte Menschlichkeit durfte hier keine Rolle spielen. Was hatte er vorhin dem Oberamtsrichter noch gesagt? Der schludrige Kahnschifferbetrieb der alten Schule war mit den Anforderungen der Neuzeit nicht mehr vereinbar.
Damit war die Beweisaufnahme geschlossen. Der Reichskommissar erhielt jetzt das Wort zu seiner Zusammenfassung und schloß mit dem Satz:
»Ich habe auf Grund des Ergebnisses der Verhandlung den Antrag zu stellen, dem Schiffer Haye die Befugnis zur Ausübung seines Gewerbes als Schiffer auf großer Fahrt zu entziehen.«
Das Gericht zog sich zu geheimer Beratung zurück. Eilert Haye fingen die Füße an kalt wie Eis zu werden. Hinter sich hörte er ein erregtes Gemurmel der alten Kapitäne. Eine drähnige Stimme quarkte gegen die andern. Warum hat er übermäßig Ladung genommen und das Schiff in Gefahr gebracht? Er ist verantwortlich und nicht die Reederei. Und wenn das Kontor hundertmal kommt und mir schreibt, Zeit ist Geld, mir hätte so was nicht passieren können.
Die andern zischelten, er sollte kein dummes Zeug reden. Es war klar, die Reederei hatte ihn fallenlassen, und es sah ganz danach aus, auch der Reichskommissar wollte ihn zu Fall bringen, aber was verstand so ein wichtiger Marineoffizier von den Nöten der Handels-

schiffahrt? Was verstand so ein Mittelwesen zwischen Soldat und Seemann überhaupt von der christlichen Seefahrt und nun gar von den Segelschiffen! Aber da waren ja Gott sei Dank noch die Beisitzer. Die hatten vorhin schon auf Hayes Vorleben und seine tadellose Führung hingewiesen, wenn sie auch nicht so schneidig reden konnten wie andere. Hoffentlich blieben sie fest, bei ihnen lag die Entscheidung.
Es dauerte anderthalb Stunden, ehe die Herren mit roten Köpfen wieder hereinkamen und an ihrem Tisch Platz nahmen. Der Wahrspruch, den der Amtsrichter nun vorlas, gipfelte in den Worten:
»Die Strandung ist zurückzuführen auf das unsichtige Wetter, das die Navigierung erschwerte, sowie auf den herrschenden Sturm, hauptsächlich aber auf die starke Abtrift, hervorgerufen durch Stromversetzung infolge eines lange stehenden Südwestwindes, der plötzlich nach Süden drehte, als das Fahrzeug sich bereits innerhalb der Sandbänke befand. Die Schiffsbücher und sonstigen Verhältnisse an Bord waren in Ordnung. Die zur Rettung der überlebenden Mannschaft getroffenen Maßnahmen entsprachen den Verhältnissen. Die Schiffsführung trifft insofern ein Verschulden, als wegen des Fehlens eines Steuermanns – der an Bord befindliche lag schwer erkrankt – ein Einsegeln in die Wesermündung hätte vermieden werden müssen. Aus dem Grunde kann das Seeamt nicht umhin, dem Schiffer Eilert Gerhard Haye einen Verweis zu erteilen.«
Als Haye mit schwerem Schritt aus dem Amtshaus trat, stand Bruder Karl vor der Tür. Auch dem ging die Brust so schwer, daß der lange rote Bart auf und nieder wippte. Ein Druck mit der Bärentatze, als wollte er ihm die Hand zerbrechen:
»Ich hätte es nicht gedacht, lieber Junge, daß es so auslaufen würde, aber laß dich's nicht ankommen.«

»Es wäre besser gewesen«, kam es dumpf zurück, »es wäre mir ergangen wie Jan Been und den andern. Die haben wenigstens einen ehrlichen Seemannstod gefunden. Aber ich? Davongejagt wie ein räudiger Hund!«
Der Große wollte den Jüngeren trösten, doch das war ein schweres Ding, das ihm nicht lag, so sehr er sich auch Mühe gab, seine Stimme zärtlich klingen zu lassen. »Snack man nich so'n dumm Tüg, min beste Broer. Paß up, dat loppt sick noch allens weller torecht. Man blots nich den Kopp hangen laten, 't kamt ook noch mol annere Tiden.«
»Ach was, andere Zeiten!« stieß der andere heraus. »Glaubst du denn, es gibt irgendwo einen Reeder, der mich jetzt als Kapitän annimmt? — — Korl, segg mi, glöwst du dat würklich?«
Der mit der breiten Brust stöhnte. Er glaubte ja selber nicht recht an seine Worte. Ein Schiff führen, das war etwas so Empfindliches, daß es auch nicht den einfachen Verweis ertrug. Ein einziger winzigster Fleck, der auf die lichtempfindliche Platte kam, und die Platte war verdorben.
»Du mußt Berufung beim Oberseeamt in Berlin einlegen«, warf er gepreßt hin.
»Fällt mir nicht ein«, wehrte der andere rauh ab. »Das macht die Sache nur noch schlimmer.«
Sie gingen planlos durch die Straßen bis an die Kaje, wo noch das wunderliche Gebäude stand, das die Braker den Telegraph nannten, das rote Haus von der Amtsschließerei, dem ein ungefüger viereckiger Turm aus dem Dach wuchs. In den vierziger Jahren, als es noch keine elektrischen Telegraphen gab, hatte auf dem Turm ein Signalmast gestanden und mit seinen hölzernen Armen nach Dedesdorf und weseraufwärts nach Neuenkirchen hinübergewinkt und die hatten die Zeichen dann weitergegeben.

Schweigend gingen sie wieder die Straße hinunter. Wozu viele Worte? Jeder wußte vom andern, wie der andere litt. Dem Jüngern war nicht danach zumute, noch bei seiner Schwägerin Gesine vorzusprechen.
»Ich bin müde und mich friert«, sagte er. »Ich will lieber sogleich wieder nach Hause fahren.«
Auf den Straßen beim Hafen war Gelaufe. Eine Menge Menschen, die wie von einem Magnet gezogen nach derselben Richtung strebten. Auf Oltmanns Helgen sollte heute mittag ein großes Vollschiff vom Stapel gelassen werden, ein mächtiger Kasten, wie in Brake noch keiner gebaut war. Die halbe Stadt wollte dabei sein, wo bunte Fahnen wehten und rauschende Musik klang.
In Eilert Haye arbeiteten die Gedanken. Zwei Stunden weiter aufwärts am Strom, wo die Linden rauschten, da hatten auch ihn einmal fröhliche Flaggen gegrüßt, und seine Augen waren liebkosend über ein neues Schiff gegangen. Das war vor fünfzehn Jahren gewesen. Und des Abends war er mit der einen den Deich entlanggegangen, und sie hatten auf den Strom hinaufgesehen und auf die Lichter, die breite zitternde Streifen übers Wasser warfen, und drüben hatte es sich in dunkeln Umrissen aus dem Wasser gehoben. Und das Schiff war seine Freude und Stolz gewesen, seine Hoffnung und sein Glück. Und jetzt alles vorbei – alles nur ein Traum, ein vom Sturm auf den Sand geschleudertes und von den Wellen zerschlagenes Glück. Fortuna, du ungewisses Schicksal, bist du Glück oder bist du Unglück?«
Als die Brüder auseinandergingen, drückte der Große dem andern noch einmal die Hand:
»Wenn ich dir helfen kann, lieber Junge – du weißt, wo Brake liegt. Und mit meiner Frau habe ich auch schon gesprochen.«

12

Am Siel gab es wieder ungemütlich brütende Wochen. Er arbeitete im Garten herum und tat gelassen, aber Christine sah es wohl, wie es in ihm wühlte. Es würde noch lange dauern, bis er mit sich selbst fertig war. Gewähren lassen und die Geduld nicht verlieren. Es ging sie das alles so nahe an wie ihn, aber sie fühlte, sie würde es besser ertragen.

Littje Lena kam eines Mittags bitterlich weinend nach Haus:

»Die großen Jungens aus der Oberklasse haben mir eine Zeitung gezeigt: kiek, hier steiht wat van din Vadder!«

Der Vater hatte es bald heraus. Sie hatten ihr den Bericht über die Seeamtsverhandlung Wort für Wort vorbuchstabiert. Sie hätten es wohl nicht gewagt, wenn Lenchens Brüder nicht schon nach Hause gegangen wären.

»Vater, ist das wirklich wahr, was die Jungens mir vorgelesen haben?« fragte sie mit tränenüberströmtem Gesicht. »Und weißt du, was sie mir nachgeschrien haben? O, ich mag es dir gar nicht sagen!«

»Sag es deinem Vater ruhig, mein liebes Kind!«

»Koptein to Foot – das haben sie gerufen. Koptein to Foot!«

Er faßte die Kleine unters Kinn und zog sie an sich. Eine erste goldene Kindheit, die in der Stunde zu Ende gekommen war.

Als er's Christine erzählte, mußte sie an sich halten, um nicht laut heraus zu weinen.
»Stimmt das etwa nicht, Kapitän zu Fuß?« fragte er verbissen. »Und wenn sie morgen aus Brake telegraphieren, ich sollte als Kapitän auf das neue Vollschiff, was da vom Helgen gekommen ist, ich bedanke mich, ich nehme nicht an.«
Halb verloren klang eines Tages herüber, draußen auf der Tegeler Plate wären sie dabei und machten den Versuch, das Wrack von der Fortuna abzudichten und leerzupumpen, und wenn es glückte, sollte es abgeschleppt und nach Hamburg gebracht werden. Ein schwieriges Unternehmen. Wenn das Wetter günstig blieb, war ein Gelingen aber nicht unmöglich. Ihn rührte das kaum. Was ging ihn das Schiff noch an? Es gab keine Fäden mehr, die einen wracken Mann mit dem schwarzen Wrack da draußen verbanden.
Inzwischen war der Herbst gekommen und brachte in den Außendeich, der sonst das ganze Jahr still und verlassen lag, lautes Leben hinein. Das Andelgras wurde gemäht. Ein Leiterwagen nach dem andern ratterte über den Deich und holte das halbtrockene Salzheu herein. Auf dem Deich stand Hocken neben Hokken, und ein herber Geruch zog durch die Luft. Überall auf den kleinen Placken im Groden arbeiteten sie mit Forke und Harke und riefen sich lustige Worte zu, denn das Wetter war sonnig und der Andel trocknete rasch.
Bald kam auch der Tag, auf den Christine gewartet hatte und von dem sie wußte, er würde kommen.
Die letzten Tage hatte Eilert auf der Bank vorm Haus gesessen und eine Kalkpfeife nach der andern in Stücke geschlagen.
»Pfui Teufel, der swatte Kruse schmeckt mir nicht!« schalt er. »Meine Zähne sind wohl schon zu weich für das harte Zeug.«

Als es gegen Abend ging, kam er zu ihr:
»Mir ist heute alles zu dumpfig«, begann er. »Möchtest du mal ein kleines Ende mit mir übern Deich gehen?«
Sie war in fünf Minuten ausgehfertig. Seit Monaten hatte er mit ihr keinen Gang über den Deich gemacht. Wasser und Deich waren für ihn in letzter Zeit nicht mehr da gewesen.
Es war Ebbezeit. Draußen auf den grauschwarzen Wattgründen ein weißes Glitzern, schillernde Bänder, die in stetiger unruhiger Bewegung waren. Langsam kamen die weißen Streifen näher, über ihnen dünne Wolken, die wie feiner Staub aufflogen und wieder verschwanden. Jetzt war auch schon aufgeregtes Kreischen zu vernehmen, zehntausend Stimmen wie von ungezogenen kleinen Kindern. Die Möwen, die auf dem Hohenweg fischten und sich vor der aufkommenden Flut ans Land heranzogen.
Er war stehengeblieben und schaute übers Watt hinüber. Drüben an der Wurster Seite verlor sich die Küste, weiterhin nur noch einzelne undeutlich auftauchende Abschnitte, die äußersten Enden wie ferne dunkle Inseln verschwimmend. Querab von ihnen war der Turm von Imsum zu erkennen, den die Sage den Ochsenturm nannte, der einsame graue Turm, der ohne Kirche verlassen hinterm Deich stand und den Schiffern eine Landmarke war.
Sie sah ihm besorgt nach den Augen. Vermied er es noch, nach dem unseligen Dwarsgatt hinüberzuspähen, wo in weiter Ferne und von ihnen nicht zu erkennen ein Wrack auf dem kahlen Sand sitzen mußte? Nur die drei Eversandbaken, Windmühle, Jungfer und Becher, hoben sich gespenstisch aus den Gründen heraus. Aber der Leuchtturm auf dem Hohenweg stand noch rot in der Sonne. In der Ferne quirlte etwas wie ein riesenhafter Baum überm Horizont hoch, eine steil em-

porwachsende Wolke, weißlich gelb von der Sonne beschienen.
»Das ist noch hinter dem Rotensand«, sagte er unvermittelt. »Mich dünkt, der Dampfer will nach der Elbe. Der muß sich hart ranhalten, wenn er noch mit gutem Wasser nach Hamburg hinauf will.«
Sie hörte seine Worte mit aufquellender Hoffnung. Er hatte die letzte Zeit nichts mehr von Schiffen hören und sehen wollen, hatte auch den Namen der Stadt niemals über die Lippen gebracht. Sie gingen eine gute Strecke über den Deich hin, wo nach Langwarden zu eine kleine Mühle stand und auf Wind wartete und landeinwärts unter hohen alten Bäumen das Kirchdorf auf seiner Wurt lag. Von der Betglocke klangen neun Schläge herüber und zitterten durch die weiche stille Abendluft. Sie waren wieder stehengeblieben und sahen nach der Jade hin. Ein Fischermann kam von drüben her, das braunrote Sprietsegel immer hart am Wind, zog sein Schleppnetz hinter sich her und fing langsam an zu kreuzen.
»Der trawlt noch auf Granat«, bemerkte er. »Bei dem Wetter wollen die Fische aber nicht laufen. Nein, Fischermann möchte ich nicht werden, Christine.«
Sie antwortete nichts. Geduld haben! Was in ihm bohrte und wühlte, wollte Zeit haben, bis es hoch kam.
Die Flut war jetzt da und bedeckte das Watt bis vorn an den Groden. Vor ihnen der Horizont lag wie ein blanker weißlicher Streifen, der Turm auf dem Hohenweg im grauen Dunst nur noch undeutlich zu erkennen. Über der jeverschen Küste standen Abendwolken, zartes Graublau, das bis aufs weißblanke Wasser herabhing, lockere violette Ballen darüber, die nach oben hin dunkler wurden und in schwarzblaue und grünlich getönte Streifen ausliefen, hinter ihnen hier und da der lichtblaue Himmelsgrund.

»Morgen ist gutes Wetter«, warf er hin. »Komm, laß uns umkehren, Christine.«
Sie sagte immer noch nichts und nickte nur. Seine Stimme hatte heller und farbiger geklungen als jemals in der letzten Zeit.
So gingen sie langsam zurück. Der Abend kam. Aus den Böschungen vom Deich burrten Grauammern auf und flatterten in Scharen in den Außendeich. Die Möwen waren hereingekommen und hockten binnendeichs auf den Äckern, um auszuruhen und von neuem über den Deich zu fliegen und ihren Fischgründen zuzusegeln, wenn die Ebbe einsetzte und das Wasser zurückging. Aus den reithgedeckten Katen hinterm Deich kamen Männer gegangen, jeder mit zwei Eimern am Jück, abgerackerte Großväter mit krummen Rücken, die bedächtig ins Vorland hinunterstiegen, um den Kühen und Schafen frisches Wasser zu bringen und dann zu melken. Die Hauskatze lief hinterher, blieb oben neben den Andelhaufen sitzen und wartete, bis Opa zurückkam. Dann in langen Sätzen mit steil aufgerichtetem Schwanz voraus und ins Haus hinein. Puskatt war am Ende die erste, die von der frischen süßen Milch abbekam.
Die beiden waren wieder beim Siel angelangt und standen an der Stelle, wo der Deich nach Südosten drehte, vor ihnen weiß und breit der Weserstrom bis dort hinauf, wo er nochmals umbog und die Ufer sich in eins zusammenschoben, als hätte die Wasserwelt dort ein Ende. Blexens spitziger Kirchturm schon zwischen Busch und Baum verdämmernd, aber gegenüber in Bremerhaven stand noch eine schwarze Nadel gegen den Abendhimmel.
Er hatte seiner Frau die Hand auf den Arm gelegt. Sein Atem ging in Stößen, doch seine Stimme klang fest.
»Hast du's schon gehört, Christine?« fing er an. »Unsere Lotsengesellschaft wird von hier verlegt und soll

nach Blexen kommen. Das Fahrwasser wird immer geringer. Und unser kleines Fedderwarden?«
Er deutete auf den kleinen Hafen, die wenigen Kähne, die an der Kaje lagen, und die zwei Reihen Dalben, die leer im Wasser standen.
»Oder glaubst du«, fuhr er fort, »hier wäre noch Zukunft? Ich fürchte, Fedderwarden wird aussterben.«
»Und Bruder Jakob?« sagte sie. »Der hat immer die größten Stücke auf sein kleines Nest gehalten.«
Er zuckte die Achseln.
»Ich mag nicht länger im Garten herumwühlen und Steckrüben hacken«, stieß er plötzlich heraus.
»Nein, du bist kein Bauer und hast Schifferblut in den Adern«, faßte sie jetzt herzhaft zu. »Für einen, der sich bewegen und unter Menschen kommen muß, ist unser Fedderwarden doch wohl zu eng.«
»Mich von den Leuten ansehen und bedauern lassen und Kapitän an Land spielen? Nein, Christine, das halte ich auf die Dauer nicht aus.«
»Und unsere drei Kinder?« fragte sie mit vorauseilenden Gedanken.
»Gerade wegen der Kinder!« betonte er. »Die müssen etwas Tüchtiges lernen, daß sie in der Welt vorankommen. Je weiter ihre Welt ist, desto eher lernen sie auf eigenen Beinen gehen.«
»Also was hast du vor, bester Eilert?« kam nun ihre Frage.
»Höre zu, Christine, laß uns nach Bremerhaven ziehen. Was meinst du zu dem Vorschlag?«
Jetzt war sie aber doch zusammengefahren.
»Nach Bremerhaven? Wie kommst du auf Bremerhaven? Warum nicht Brake oder Elsfleth oder sonst irgendwo, wo es ruhiger ist?«
In dem Augenblick hörte sie neben sich einen wilden Aufschrei: »Der fileinige Hund! Hat uns auch noch aus der Heimat vertrieben!«

Mit erhobener Faust hatte er übers Wasser hinüber gedroht. Jetzt wußte sie, woran sie war, und es gab keine Frage noch Zweifel mehr. Nur eine neue Stadt konnte ihnen und den Kindern neues Glück bringen. Die ausgedienten Bremer Schiffskapitäne pflegten das stille Vegesack als letzten Ruhehafen zu wählen, aber das waren alte Leute, die nicht viel mehr vom Leben wollten. Der neben ihr war kaum vierundvierzig Jahre alt.
Sie legte ihm sanft die Hand auf die Schulter:
»In der Bibel steht, wo du hingehst, da will ich auch hingehen, und wo du bleibst, da bleibe ich auch. Das gilt auch für mich, lieber Eilert.«
Die Sonne war untergegangen. Jenseits hatte sich über der Jadeküste noch einmal ein blutroter Ball über dem verschwimmenden Horizont erhoben und war dann als blasse Scheibe in wenigen Minuten versunken. Im Außendeich war es leer geworden, alles ruhig und friedlich. Binnendeichs über den Äckern braute der Nebel, das Land wie mit Milch übergossen, die Häuser hoch und schwarz daraus hervorragend, hier und da auf den Weiden die dunkeln Rücken von einem Tier. Jedes Geräusch, das übers Wasser klang, war deutlich zu vernehmen. Drüben kam etwas die Wesermündung herauf. Sie hörten das Stampfen von der Maschine und das dumpfe Aufschlagen der Radschaufeln.
»Die Cyclop«, warf er gelassen hin. »Sie kommt von Hamburg und hat Leichterkähne im Schlepp. Bei gutem Wetter ist es keine Hexerei, Seemann spielen – aber, aber, bei Südweststurm und dann im Dwarsgatt! Und trotzdem immer noch tausendmal besser als ein Kapitän zu Fuß.«
Sie schmiegte sich an ihn und ergriff seine Hand. Wer das bitterböse Wort so wiedergab, wie er es soeben getan hatte, den stach und verwundete es nicht mehr.

»Es ist gut so, Eilert«, sagte sie hochatmend. »Wir ziehen miteinander nach Bremerhaven.«
Bevor sie vom Deich hinabstieg, sah sie noch einmal nach draußen hinüber. Wie ein heller schöner Stern flimmerte es über dem dunkeln Wasser. Das ruhige feste Licht vom Turm auf dem Hohenweg.

13

So bedrückt sie beim Umzug auch waren, über die Jungens mußten sie lachen.
»Wie seht ihr Donnerschläge denn aus?« fragte er sie.
»Was habt ihr bloß mit euch angestellt?«
Um sich für die Stadt nobel zu machen, hatten sie sich in allerletzter Stunde hinten in ihre Laube verzogen und sich mit einer alten Zeugschere gegenseitig das Haar bearbeitet. Das erste in Bremerhaven war, daß sie zu einem Haarschneider mußten, der ihnen die Treppen und Zacken abnahm und ihnen die Schädel rattenkahl schor.
»Jetzt sehen sie erst recht wie Zwillinge aus«, stellte klein Lenchen mißbilligend fest. Sie hatte schon immer behauptet, Hermann und Gerhard hätten genau die gleiche Größe, doch die Mutter hatte das nie recht zugeben wollen.
Sie wohnten jetzt drei Treppen hoch an der Keilstraße. Von den Häfen herüber klang das Rattern der Dampfwinden, das Pfeifen und Rollen der Rangierzüge, alle halben Stunden auch das Glasen von den Schiffen, das wie kurzes Aufläuten von Bord zu Bord sprang. Und wenn punkt zwölf auf der Leuchtturmmole der Zeitball niederfiel, heulte langgezogen die Sirene vom Lloyddock über Schuppen und Häuser hin und ganz Bremerhaven wußte, es war Mittagszeit. Mit der Keilstraße war die Stadt zu Ende, doch unfertige Straßenzüge weiter nordwärts und da und dort einzelne Häu-

sergruppen ließen erkennen, eine kleine Stadt, die niemals eine Kleinstadt gewesen war, wollte größer und immer größer werden.
Die Jungens hatten sich sofort eingelebt. Sie brauchten nur ein paar Schritte die Straße entlang zu springen, dann waren sie an der Geeste und konnten ihre selbstgebauten Schiffe wettsegeln lassen, die merkwürdigerweise alle als Schonerbriggs getakelt waren. Den Schlick an Stiefeln und Hosen kratzte ihnen die Mutter unverdrossen immer wieder ab.
Eines Tages kamen sie mit zornroten Köpfen nach Hause.
»Die Bremerhavener Jungens haben uns beleidigt«, berichtete Hermann. »Die Oldenburger hätten so große Füße, daß sie im Stehen schlafen könnten, haben sie uns hinterhergeschrien.«
»Aber wir haben die Buttjer nicht schlecht vertobackt«, ergänzte der Zweite. »Sie werden uns wohl so bald nicht wiederkommen.«
»Recht so, Jungens«, entschied der Vater. »Zehnmal besser als daß ihr bei eurer Mutter angeheult gekommen wäret.«
Er kannte die Art Foppereien. Olnborger Föet un Pariser Stebels paßt nich tosam, war ein alter Schnack auf den Schiffen, und die Steckrüben gingen unter dem Namen Oldenburger Südfrüchte, und den hochstrunkigen Kohl nannten sie Palmen.
Auch Helenchen freute sich, daß sie in einer Stadt wohnten und sie nicht mehr von den Flegeln aus der Oberklasse gequält wurde.
»Unser lieber Vater ist schwer krank gewesen, ganz schwer krank«, flüsterte sie mit altkluger Wichtigkeit. »Aber nun soll er hier in Bremerhaven wohl bald wieder besser werden.«
Christine mußte oft an ihr Fedderwarden zurückdenken, an den kleinen Sielhafen mit den zwei Reihen

Dalben, an die braunroten Giebelhäuser und den netten Vorgarten und die Bank auf dem Deich. Hinterm grünen Deich lebte sich's gemütlicher als in der neuen Stadt, wo alles Pflasterstein und abgegrenzter Steig war.
Und das teure Leben, jede Handvoll Suppenkraut mit barem Geld aufzuwiegen. Und was für eine Engigkeit auf der Etage hocken und erst drei Treppen hinunter, ehe sie ins Freie kam, und die Leute im Haus ohne Gruß aneinander vorbei, draußen auf den schnurgeraden Straßen nichts als fremde gleichgültige Gesichter und auf der Bürgermeister-Smidt-Straße, die erst halb ausgebaut lag und gradenwegs in die Endlosigkeit hineinführte, kein Mensch, der auch nur ein bißchen Zeit hatte.
»An jeder Straßenecke haben sie hier eine Kneipe«, klagte sie. »Morgens um sieben wimmert schon die Ziehharmonika aus der Tür heraus.«
»Das sieht unsolider aus als es wirklich ist«, beruhigte er sie. »Die Schiffe laden und löschen in Tag- und Nachtgängen, und die frühmorgens Appetit auf Musik haben, haben schon die Nachtarbeit hinter sich. Bei dem immerwährenden Kommen und Gehen von Reisenden und fremden Seeleuten ist für Spießbürgerei natürlich nicht viel Platz.«
»Ich weiß es«, gab sie zu. »Die Leute sind hier ganz anders als bei uns, auch wohl noch anders als in Bremen und Brake?«
Er bejahte. Seit die Mutterstadt Bremen den Auswandererverkehr an sich gezogen hatte und das große rote Haus auf der Karlsburg als Kaserne eingerichtet stand, mußte Bremerhaven scharf auf dem Posten sein, wollte es nicht zurückgehen.
»Auch Bremerhaven fühlt sich als selbständige Geschäftsstadt«, erklärte er. »Es ist jung und flott, der Groschen wird nicht zwischen den Fingern gedreht,

und hier haben noch nicht die alten Leute das Regier wie in den Binnenlandstädten.«
Sie verstand, was er damit sagen wollte. Bremerhaven nannte sich mit seinen neumodischen Einrichtungen gern eine Vorstadt von New York. Das war Übertreibung, aber es war eine neue Hafenstadt und die Bewohner von überallher zusammengewürfelt, die meisten mit einem Schuß Abenteurerblut in den Adern, und ein feinerer Mittelstand erst noch im Entstehen.
»Du wirst dich schon eingewöhnen, liebe Christine«, tröstete er sie. »Kopf hoch und den Nacken steif, du willst dir deine blanken Augen doch nicht stumpf werden lassen? Sieh deinen Mann an, liebe Deern, wir beiden wollen die Tauenden schon spleißen, so schwer ist das nicht.«
Sie unterdrückte einen Seufzer. Ach du lieber Gott, sie sah es ja, auch ihr Eilert hatte sich das Umsiedeln in die Stadt leichter gedacht, aber er riß sich zusammen und tat zuversichtlich lächelnd, obwohl ihm ganz anders zumute war. Eine heillos schwere Sache, eine Stellung zu finden, irgend etwas, wo er für die erste Zeit unterkriechen konnte. Alle die Wege, die er machen mußte, alle die Antworten, die er einzustecken hatte. Abend für Abend dasselbe Bild, wenn er sich auf den Stuhl zurückfallen ließ:
»Es ging heute wieder wie gestern und vorgestern: Wären Sie nur ein paar Tage eher gekommen, Käppen Haye, gerade ein Posten besetzt, der etwas für Sie gewesen wäre, wenn aber mal wieder was frei ist, wollen wir gern an Sie denken.«
Er suchte und suchte und stellte sich vor und reiste nach Bremen und fuhr nach Brake und fuhr nach Elsfleth, aber er fand nichts. Alles vergeblich, alles besetzt.
»Wo sind sie, die Leute, die einen abgehalfterten Kapi-

tän gebrauchen können?« fragte er immer verbitterter.
Ein paar Wochen, und die Knaben hatten ganz Bremerhaven entdeckt, von der weißen Stadt mit den tausend Blitzableitern, die sich mit ihren Petroleumschuppen den Leher Schlafdeich entlang dehnte, bis zur Geeste hinunter, wo neben der Brücke die Helgoländer Schaluppen und die Norderneyer Fischerschmacks lagen. Bald wußten sie auch in Geestemünde Bescheid, und drüben der alte Marktflecken Bremerlehe barg auch keine Geheimnisse mehr für sie. Kein halbes Jahr, und sie kannten jeden Lotsen, der von der Weser fuhr, und jeden Wärter, der an den Schleusen die Fluttüren aufdrehte. Der Schiffer vom Schlepper Ajax, der die schlickgefüllten Baggerprähme auf den Strom zog und das Baggergut draußen fallen ließ, nahm die braungebrannten Hafenstreicher manchmal schon mit und wurde von ihnen Onkel genannt, so daß Onkel Oberlots vom Siel schon fast vergessen war.
»Was sollen die beiden Stromer eigentlich werden?« fragte Christine ihren Mann.
»Frag lieber, was sie nicht werden sollen!« knurrte er. »Daß wir ihnen nur ja nicht den Glücksbeutel um den Hals hängen, aus dem ihr Vater mal eine große Handvoll herausholen wollte.«
»Für unsern Ältesten wird es trotzdem Zeit«, ließ sie sich nicht abweisen, »daß wir darüber nachdenken, welchen Beruf er ergreifen soll.«
»Ich habe unsern Kindern schon manchmal gewünscht«, erwiderte er finster, »sie hätten eine geringere Portion Aufgewecktheit mitbekommen, dann würden sie glücklicher durchs Leben gelangen.«
»Lieber Eilert, das verstehe ich nicht«, sagte sie.
Er machte eine unwillige Bewegung:
»Die sogenannten klugen Menschen, die sich mit großen Gedanken quälen und schwere Probleme wälzen

und die Welt kritisieren, – ich frage dich, Christine, haben die wirklich das, was man Glück nennt? Aber der Einfältige, der hat es, das ist der Hans im Glück. Vielleicht ist er vorsichtiger und mißtrauischer als andere, oder er nimmt sich nicht zuviel vor und genießt das Leben ohne viel Nachdenken, kurzum, so eine rechte handfeste Dummheit ist ein wahres Gnadengeschenk Gottes. Ein Unglück, daß unsere Jungens die nicht mit in den Schoß bekommen haben.«
Christine hatte Not, ihre Tränen zurück zu halten. Wie zerknittert mußte sein ganzes Innere sein, daß ihm solche gallenbitteren Worte entfuhren. Wie lange sollte es noch dauern, bis ihr armer Mann endlich etwas Passendes bekam? Allmählich fing er an, bei dem Laufen und Fragen müde und gleichgültig zu werden. Wie mochte es in Zukunft noch werden, und wie wäre es ihnen erst ergangen, wären Brake und Bruder Karl nicht gewesen.
Eines Mittags kamen die Knaben in höchster Aufregung die Treppe heraufgestürmt:
»Vater, wir haben deine Fortuna gesehen! Sie liegt im Geestemünder Holzhafen.«
»Meine Fortuna?« kam es rauh zurück. »Ich kenne keine Fortuna.«
»Ganz gewiß, sie ist es!« versicherten sie atemlos. »Aber sie hat jetzt einen andern Namen und fährt unter schwedischer Flagge. Komm nur gleich mit, wir wollen sie dir zeigen.«
Er war zusammengefahren. Er hatte es schon gehört, es war geglückt, das Wrack zu dichten und abzuschleppen, und das Fahrzeug sollte dann ins Ausland verkauft sein. Und jetzt war es plötzlich wieder ganz nahe bei ihm – von den Toten wiedergekommen, um ihn zu verfolgen?
»Laßt das Schiff liegen, wo es liegt!« sagte er heftig.
»Was da im Holzhafen einmal einen andern Namen

gehabt hat, ich weiß gar nicht mehr, welchen – Albernheiten, ein ganz fremdes Schiff, das uns nichts angeht.«

Die beiden sahen sich an und zogen dann kleinlaut wieder ab. Wie konnte ihr Vater sie nur so barsch anfahren? Ganz gewiß, sie hatten ihm nicht wehe tun wollen.

Seit er wußte, das Schiff war da, arbeitete in ihm eine Unruhe, die immer noch wuchs. Wenn es nur erst wieder aus dem Hafen wäre! Um den Holzhafen, wo weiterhin als unfertig gebliebener Stumpf der Geestendorfer Kirchturm herüberschaute, ging er in weitem Bogen herum.

Doch wer konnte seinem Schicksal entgehen? Eines Morgens mußte er vom Geestemünder Marktplatz zum Bahnhof und fand die Kanalbrücke aufgedreht. Er brauchte nicht lange hinzusehen. Was da hinter dem Schlepper langsam herankam, die blaue Flagge mit dem gelben Kreuz an der Gaffel, ja, das war sie, die Fortuna, mit Glück und Unglück ein Stück seines Lebens.

Er wollte umkehren, war aber doch stehen geblieben. Und jetzt zog das Schiff seiner ganzen Länge nach an ihm vorüber. Es hatte sich wenig verändert. Nur das weiße Galionbild, die schöne lächelnde Göttin mit der goldenen Krone war verschwunden und dafür ein anderes angebracht, und am Bug stand ein fremder Name Elfdalen? Wohl irgendeine unbekannte Ortschaft da oben in Schweden. Die Windmühle zum Lenzpumpen, die vorm Achterdeck stand, war neu, auch das Dach vom Kajütsroof war verändert, sonst alles wie früher. Am Heck sah er noch die fünf Sterne von ehedem, nur in frischer Vergoldung, zwischen ihnen der fremde Name und darunter der Heimathafen Sundsvall. Er war viel ruhiger geworden, als es vorüber war und er seinen Weg fortsetzen konnte.

»Ich habe das Schiff gesehen«, berichtete er zu Hause. »Ich will ihm nur wünschen, daß es bessere Fahrten macht, als es unter meiner Führung getan hat. Untergehen kann es nun nicht mehr, wenn ihm etwas zustößt, wird es auf seiner Holzladung treiben.«
»O Gott, du hast deine Fortuna wirklich gesehen?« fragte Christine erschrocken.
»Es gibt keine Fortuna mehr«, verbesserte er sie. »Das Schiff heißt jetzt Elfdalen.«
»Der Name macht es nicht aus«, entgegnete sie leise. »Für uns bleibt sie nun doch einmal die Fortuna. Auch die Kinder nennen sie niemals anders.«
»Nun ja, Fortuna hin, Fortuna her«, sagte er. »Mag sie fortan glücklich von Hafen zu Hafen segeln und von Sundsvall Holz holen und ihre Fahrten bis in alle Ewigkeit fortsetzen, in Gottes Namen, mich geht sie nichts mehr an.«
Christine preßte die Lippen aufeinander. Sie mußte es fortan vermeiden, mit ihm über etwas zu sprechen, was als abgetane Vergangenheit gelten sollte und doch nicht abgetan war.

Sie wohnten nun schon fast ein Jahr in Bremerhaven.
»Unser Hermann wird jetzt bald fünfzehn«, gab sie zu bedenken. »Was soll mit ihm werden, lieber Eilert? Du müßtest dich nun wohl bald entscheiden.«
Er zog die Stirn kraus:
»Du willst mir die Entscheidung zuschieben, Frau, und weißt doch ganz gut, wohin dem Jungen der Sinn steht, und daß Gerhard genauso denkt. Aber Schiffer? Nein und nochmals nein! Haben die Burschen keine Augen im Kopf, daß sie nicht sehen, wie es ihrem Vater geht?«
Ein paar Tage später kamen die beiden voll Stolz mit einer fertigen Kunst über. Auf einem englischen Baumwolldampfer hatten sie den Yankee-Doodle ge-

lernt, stellten sich nebeneinander hin und machten ihm ihren Trampeltanz vor. Sie konnten es fix.
»Mit den Hacken aneinander klappern, ist das die Hauptsache für einen Seemann?« fragte er sie streng.
Sie sagten nichts, hatten es aber mächtig heimlich mit einem alten Blockmachergesellen, der an der Thulesiusstraße wohnte, wo noch die einstöckigen Häuser vom ältesten Bremerhaven standen. Nach einigen Tagen eine neue Überraschung. Ein Griff, der ihre Ärmel bis über die Ellbogen hochstreifte.
»Was sagst du nun, Vater? Das sitzt für Lebenszeit.«
Unterarme und Oberarme waren mit Nadelstichen vollgeprickt und Blaufarbe in die frischen Blutstellen eingeätzt. Die prächtigste Tätowierung. Anker und Ruderrad und die Anfangsbuchstaben ihrer Namen.
Er schalt gewaltig, aber die Schlingel lachten ihn an:
»Trägst du's nicht genauso, Vater, und Onkel Jakob und alle, die zur See gehen?«
Er knurrte. Was half es, er mußte mit Christine einmal ernstlich sprechen: »Ist die Seemannschaft wirklich etwas für unsere Macker? Ihre Lust ist riesengroß, doch mit der Begeisterung ist's noch nicht getan. Wer es einmal anfängt, muß bei der Stange bleiben, Umsatteln ist später eine schlimme Sache.«
»Ich werde ihnen sagen«, versetzte sie, »sie müßten als Schifferkinder längst wissen, daß die Wirklichkeit mit ihren Enttäuschungen und Entbehrungen ganz anders aussieht, als romantische junge Leute es sich vorstellen. Die schwärmen von herrlichem Dahingleiten über blaue Meereswogen, von unbekannten fernen Gestaden, fremden Völkern und dergleichen schönen Dingen.«
»Unsere Jungens sind aber keine jungen Mädchen und sind auch keine Träumer«, erwiderte er. »Bei denen sitzt es tiefer, die lockt das wilde abenteuerliche Leben.«

»Dann bist du der Mann, der ihnen die Köpfe zurecht setzen muß«, sagte sie.
Er sah sie unsicher an.
»Nirgends gilt das ›Selbst ist der Mann‹ so wie auf dem Schiff«, erklärte er. »Wer da nicht zu den Allertüchtigsten gehört, bleibt sein Lebetag ein Jan Kabelgarn.«
Seine Stimme hatte auf einmal einen merkwürdigen Klang. Es gab keinen zweiten Beruf, der sich wie durch eine Art Zuchtwahl fortwährend selber siebte und nur die Tüchtigsten und Unermüdlichsten aufwärts gelangen ließ.
»Aber wie sind die Aussichten auf Selbständigkeit und Vorwärtskommen, wo heute immer mehr Dampfer aufkommen und die Segelschiffe verdrängen?« fragte sie. »Und dann ist's doch auch nicht von ungefähr, daß die meisten Kapitäne sich mit fünfzig Jahren zur Ruhe setzen und bis dahin soviel zusammen haben müssen?«
»Die Jahre auf See sind wie Kriegsjahre und zählen doppelt«, sagte er nur.
Sie schwieg bedrückt. Sie hatte es deutlich genug herausgehört. So sprach nur einer, der zwischen seiner alten Liebe und seinen bitteren Erfahrungen hin und her gerissen wurde. Und war nicht auch sie selbst schwankend geworden? Ihren Bruder Jakob brauchte sie allerdings nicht zu fragen, der redete wie die Knaben und ging mit ihnen durch dick und dünn. Und dann war noch Schwager Karl da, doch auch der riet nicht ohne weiteres ab.
»Wenn Hermann durchaus zur See will«, meinte er, »so wären die fünfhundert Mark für die erste Ausrüstung selbstverständlich meine Sache, und niemand soll mir mit Dankreden ins Gesicht springen. Richtiger ist aber, die Bengels kommen bei mir ins Geschäft. Ich gebrauche händige junge Leute, die Verstand und

klare Augen haben und bei denen auch die Zunge auf dem rechten Fleck sitzt.«
Sofort teilte sie Hermann das Anerbieten seines Oheims mit, aber der verzog den Mund:
»Kontorschreiber mag ich nicht spielen. Was ich werden möchte, wißt ihr längst.«
Vater Haye kraute sich immer nachdenklicher den Bart.
»Ich weiß wahrhaftig nicht, was ich tun soll«, stöhnte er. »Es soll niemand zu einem Beruf gezwungen werden, es soll aber auch keiner von einem Beruf ferngehalten werden, den er gern mag.«
An einem glühend heißen Sommermittag begegnete ihm bei der Geestefähre ein alter Freund, den er von Elsfleth her kannte, aber seitdem kaum wiedergesehen hatte. Beide Hände tief in den Jackentaschen, ein dickes weißes Halstuch untergeknöpft, kam ein backsteinrotes Gesicht auf ihn zugeschaukelt. Das war Kapitän Siebelt Remmers aus dem Jeverland, offenherzig bis zur Grobheit und neugierig wie eine Kaffeeschwester, aber eine biedere Haut.
»Hallo, old boy, wie geht's?« kam sogleich seine Frage. »Malör gehabt mit deinem Klapperkahn? Jawohl, das verfluchte Dwarsgatt, ich kenne das Loch. Und das Kontor natürlich seine Kapitäns gehetzt, daß sie wie unklug drauflos fahren, und wenn's schief geht, schmeißt man sie an Land. Ich sage immer, Minsch, arger di nich!«
Haye mußte mit dem Redseligen vorm Langeschen Werfthaus auf und ab gehen, vor dem kahlen roten Gebäude mit den viereckigen kleinen Fenstern, in dem die Schiffszimmerleute hausten. Die Mauerwand strahlte eine unbarmherzige Hitze aus, das Klinkerpflaster brannte unter den Füßen und von der Geeste kam stickiger Schlickdunst herauf, aber der kurze Dicke mit dem Judasbart schien unempfindlich zu sein.

»Du hattest damals in Elsfleth eine Liebschaft?« fing er an. »Bist ja immer ein Kerl gewesen, dem die Weiber nachgelaufen sind, und sie war ja auch eine hübsche Krabbe. Ist etwas aus euch beiden geworden, und wieviel Kinder habt ihr?«
Er erzählte ihm lächelnd, er hätte in einer anderen eine tüchtige Lebensgefährtin gefunden und seine Christine hätte ihm drei gesunde Kinder geschenkt.
Merkwürdig, wie zum Greifen deutlich stellte sich dabei die Gestalt jener Ersten vor ihn hin. Das war nun schon über ein Jahr, damals, als sie auf der Erikusbrücke in Hamburg mit ihm sprach. Es war, als klänge ihr letztes Wort noch in seinen Ohren. Er sollte es nicht vergessen, außer seinen nächsten Angehörigen war noch anders jemand in der Welt da, die dachte an ihn und wünschte ihm alles Gute.
Remmers ließ sich jetzt alle Einzelheiten der Strandung berichten.
»Hm, hm!« machte er und kniff die Augen zusammen. »In hundert Fällen geht's gut, wie du es gemacht hast, aber beim hundertundeinten Mal kommt der Satan und speit in die Back und der Kram läuft verdwars. Und nun sollen deine zwei Söhne wohl keine Fahrensleute werden, was? Die Frau Gemahlin ist natürlich dagegen, nicht wahr?«
Er bejahte und verschwieg ihm auch seine eigenen Bedenken nicht.
»Unfug, da ist nichts zu bedenken!« rief der andere. »Du läßt deinen Jungens den Willen, verstehst du? Man bloß nicht immer ängstlich bevormunden und Menschenschicksale von vornherein in bestimmte Formen zwängen wollen. Aber laß sie nicht auf die Dampfer gehen, da lernen sie nichts. Seeleute, die Art haben, wachsen nur auf Segelschiffsplanken, da werden die Seehelden geboren und die Führernaturen groß gemacht, aber nicht auf den blödsinnigen Steamern.

Glaubst du denn, daß Dampfer richtige Schiffe sind? Nee, littje Mann, das sind Enten, die mit den Flunken übers Wasser rudern. Un achtern an'n Steert dor hebbt se so'n Dreihdings van Propeller sitten, un de Lüe up so'ne Steamers sünd nien Schippers, dat sünd Fabrikarbeiters.«

Remmers hatte sich in Eifer geredet und wurde noch hitziger:

»Wenn einer Seemann wird, soll er mit Leib und Seele dabei sein, sonst ist es maller Kram. Seemann das ist keine Tätigkeit und keine Fertigkeit und kein Geschäft, das ist ein Beruf, verstehst du das? Mensch, es sollten eigentlich nur unsere Schwarzbrotesser von der Wasserkante zur See gehen, die taugen dazu.

Der kurze Dicke kniff die Augen noch dichter zusammen.

»Wenn deine Jungens nicht auf dem Segelschiff bleiben wollen«, fing er wieder an, »sollen sie die Hände von der ganzen Kunst lassen. Es geht nichts über das Segelschiff. Ich heiße Siebelt Remmers und stehe und falle mit der Segelschiffahrt!«

Haye war nicht ohne weiteres überzeugt. Er dachte an den langen Darmstädter, den Alex Jägersberg, der beim Lloyd war und bald Kapitän zu werden hoffte. Konnte man das Aufkommen der Dampfer nicht als einen Fortschritt der Menschlichkeit begrüßen? Der Seemann blieb nicht mehr so endlos von Haus und Heimat fort und kam regelmäßig in kürzeren Zwischenräumen zu seiner Familie. Der Segelschiffsmann war wie das eingespannte Tier, das sich in den Sielen totquälte, bis dann die Maschine kam und Mensch und Tier das Schwerste abnahm.

»Jedenfalls sind hier Probleme«, so schloß er.

Remmers schüttelte den Kopf:

»Goddam, dann sollen die Seeleute sich nicht verheiraten, ich bin auch Junggeselle geblieben.«

Haye lachte: »Du bist ein bißchen einseitig, lieber Kerl, du hättest doch lieber heiraten sollen.«
Der andere überhörte das und trat dichter an ihn heran:
»Hauptsache ist, wenn deine Jungens Lust haben und zur See wollen, dann sollen sie von den Alten nicht gehindert werden. Ein jeder ist seines Glückes Schmied. — — Und nun komm her, alter Junge, wir lassen uns für zwei Pfennige über die Geeste setzen und wollen im Hotel Hannover mal einen Grog vermöbeln. Wie wäre es mit 'nem Eisbrecher? Ein Halbscheid Rum, ein Halbscheid Arrak, dazu einen Schuß Rotwein und eine Idee Zitrone. Ordentlich heiß gekocht ist das ein schierer Kram und gut gegen Erkältung. Kommst du mit?«
Haye dankte. Mit einem mitleidigen »Minsch, arger di nich!« hatte der andere seine Hände wieder in die Jakkentaschen geschoben und schaukelte zur Geeste hinunter. Er sah ihm lächelnd nach. Ein Gummiball, der auf seinen federnden Beinchen durch die Welt kugelte. Die Güter, die der mit seiner Dreimastbark aus dem Mittelmeer holte, waren Frachten, die keine Überhaftung bedingten. Solange er seinen Apfelsinenkahn fuhr, und das waren schon lange Jahre, war der gute Siebelt Remmers noch nie über zwanzig Wochen von Hause weggewesen. Dabei konnte man freilich ein gemütlicher Junggeselle bleiben.
Als er nach Hause kam, machte er seiner Frau einen Vorschlag:
»Hermann soll seinen Weg selbst suchen und sich entscheiden. Was sagst du dazu, Christine?«
Sie sah ihn eine lange Weile fragend an.
»Du mußt es wissen, und Hermann muß es wissen«, erklärte sie schließlich.
Gleich am selben Tag stellte er seine Frage: »Was hast du vor, Hermann, was möchtest du werden?«

»Ich will zur See, Vater.«
»Na, denn komm mit, Junge!«
Der erste Weg war zum Heuerbaas. Der Heuerbaas wußte schon eine gute Chance:
»Anfang nächster Woche geht das Bremer Vollschiff Meta nach Ostindien. Einverstanden, Käppen Haye?«
»Einverstanden! Den Kapitän Bargmann von der Meta kenne ich, einer von der Sorte, dem ich meinen Ältesten anvertrauen kann.«
Aber nun die Vorbereitung und die Ausrüstung, Herr des Lebens, die Ausrüstung!
»Kinners, man immer sinnig!« predigte er des Tages wohl ein Dutzend Male, aber wahrhaftig, eine Ausrüstung beschaffen war keine Kleinigkeit. Eine endlose Liste, bis alles komplett war, von den schweren Seestiefeln bis zum Nähfaden. Doch der Vater wußte Bescheid, und wo es noch fehlte, da half eine, die mit glühendem Kopf bis in die Nacht hinein kramte und packte, stopfte und flickte. Was an alter Kleidung, Strümpfen, Wollzeug und Handschuhen nur aufzutreiben war, immer mit hinein in die Schiffskiste und den Kleidersack. Es war kaum zu glauben, in welch kurzer Zeit unterwegs auch das dickste Zeug zerriß oder durchscheuerte.
Dann kam der Abreisetag.
Auch die Mutter ließ es sich nicht nehmen, ihren Ältesten mit an Bord zu bringen. Sie hielt sich tapfer, und es gelang ihr auch, ihre Bewegung zurückzudrängen, bis sie wieder ihre drei Treppen hoch an der Keilstraße saß.
Gerhard und Helene waren draußen auf der Mole beim Zeitball geblieben und winkten mit den Tüchern, was sie nur winken konnten. Ein anderer hatte sich eher still davongemacht, um seine Frau in der Stunde nicht allein zu lassen.
Es dauerte nicht lange, da vernahmen sie das kurze

Aufheulen der Dampfpfeife vom Schlepper. Jetzt war es soweit, das Schiff verholte durch die Schleuse.
»Mutter, es ist ein bißchen Hals über Kopf gegangen mit dem Jungen«, sagte er und streichelte ihr über die nassen Backen. »Aber glaube mir, es ist besser so. Und der Bengel hat gestrahlt, ich sage dir, als sollte er direkt in das Glücksland fahren.«

14

Am nächsten Tag kam das unter die Jacke geknotete weiße Halstuch die Treppen heraufgekeucht. Kapitän Remmers liebte die langen Vorreden nicht.
»Höre zu, alter Junge, du sollst bei mir als mein erster Steuermann an Bord, verstehst du? Ist noch kein Himmelreich, was ich dir bringe, ist aber immer noch besser als nichts. Mein Kontor ist vernünftig und keine Hetzkompagnie und nimmt seinen Kapitäns die meisten Scherereien ab. Also was sagst du zu meinem Vorschlag?«
Er mußte Christine aus der Küche herbeirufen.
»Reden Sie Ihrem Alten nur zu, Frau Haye«, meinte Remmers gemütlich. »Er soll es bei seinem alten Freunde gut haben, den Vorgesetzten wird der nicht herausbeißen. Er braucht sich ja nicht gleich auf hundert Jahre zu verpflichten und kann erst mal ausprobieren, ob wir beiden noch zueinander passen.«
Christine mußte sich vor freudigem Schreck erst einmal auf einem Stuhl niederlassen:
»Gott sei Preis und Dank! Dann hätte das Stillesitzen und Lauern, das ewige Herumlaufen und Suchen nun doch ein Ende?«
»Goddam, Hand her und eingeschlagen!« kam es knurrig.
Eilert Haye besann sich schon längst nicht mehr. Ein Sperling in der Hand war besser als zehn Tauben auf dem Dach.

Fünf Tage darauf ging die Hamburger Bark Atalanta mit Stückgütern in See, um Südfrüchte zu holen. Die Apfelsinen, die in Messina geladen werden sollten, kamen grün an Bord und reiften erst während der Reise. Auch die andere Fracht, die im Mittelmeer übernommen wurde, Korkholz von Spanien und den nordafrikanischen Häfen, Wein von den griechischen Inseln und Feigen aus der Levante, waren alles keine Eilgüter.

Nach dem langen Stillsitzen kam ihm das Fahren wie neues Leben vor. Das helle Feuer von Ouessant grüßte ihn wieder und die Berge der spanischen Küste, wo die ungeheure Brandung stand und auf sechs Meilen als weißer Streifen zu erkennen war, von Kap São Vicente an eine ihm unbekannte Welt. Punta Marroqui kam, wo das Schiff in dem durch die Meerenge setzenden Strom auf einmal drei Meilen mehr Fahrt machte, die hellen Häuser von Tanger winkten herüber, der Gibraltarfelsen mit seiner Betonfüllung wie ein ungeheurer plombierter Zahn, die Eisgipfel von der Sierra Nevada wie weiße hoch in der Luft schwimmende Wolken, bei Sizilien dann die kleinen kahlen Inseln, bunte Städte an heißen Berghängen klebend, formenschön der Kegel des Stromboli mit schwärzlicher Rauchwolke darüber, an der Messinastraße lachende Ortschaften und graugrüne Mandelwälder, ernst und schwer der Riese Ätna mit vier Rauchquellen am Gipfel, bei Nacht noch weit hinter Kalabrien als rote Feuerflecken zu sehen, an der apulischen Küste Sonntagsfeuerwerk und Raketen, die Insel Korfu blaute herüber, das einsame Licht von Pelagosa strahlte auf, die blaue Adria lockte, wo das Barometer plötzlich stieg und das Thermometer fiel und achtundvierzig Stunden lang eine wütende Bora gerast kam – wie das Meer, so waren hier auch die Menschen, im Nu aufbrausend und dann wieder spiegelglatt strahlend –, bis

sie in Triest vor Anker lagen, wo deutsche und welsche Laute sich mischten.
An Bord von der Atalanta war es gemütlich, die Verpflegung hamburgisch deftig und das Zusammenarbeiten mit Remmers ein freundschaftliches. Nur in einem hätte er sich seinen kurzen dicken Kapitän anders gewünscht. Auf seinen Planken ein ganzer Kerl, dem niemand das Wasser reichte, aber was für ein Leisetreter, sobald sie in die Häfen kamen. Wie kam er dazu, hinter den Shippingclerks herumzudienern und es sich gefallen zu lassen, daß schnöselige Federfuchser und aufgeblasene Schreiberseelen ihn von oben herab behandelten und immer anmaßender wurden, je unterwürfiger er sich benahm? Brauchten sich ehrliche alte Seebären vor diesen glatt redenden Blaßgesichtern so unsicher zu fühlen? Er mußte es dem Freund bei Gelegenheit andeuten.
»Ich weiß doch nicht«, begann er, »ob unsereiner sich für gewisse Neuerungen begeistern soll oder nicht. Es hat eben jedes Ding seine zwei Seiten.«
»Drücke dich deutlich aus, Mensch, und rede nicht um den Brei herum. Was ist los?«
Ich meine die Agenturen, die jetzt von den Reedereien in allen Plätzen eingerichtet werden. Für den Kapitän mag's ja bequemer sein, wenn ihm die Plackereien mit Fracht und Ladung aus der Hand genommen werden, aber ich fürchte, unsere alte Selbständigkeit geht dabei zum Teufel. Ich will mich lieber ein bißchen mehr abplagen, dafür aber ein unabhängiger Kerl bleiben.«
»Ach was, Blödsinn!« polterte der andere. »Du siehst Gespenster. Man bloß nicht immer so mißtrauisch gegen moderne Einrichtungen. Du sagst ja selber, jedes Ding hat seine zwei Seiten. Ob's besser ist, sich das Leben etwas gemütlicher einrichten, oder deine gepriesene Unabhängigkeit, he?«

Haye sah, alle weiteren Versuche würden zwecklos sein, und sprach nicht wieder darüber.
Die nächste Reise ging die Algierküste entlang. In Oran ein hitziges, aufgeregt zappelndes Südlandtempo. Zuck, zuck, wie die sechs hintereinander gespannten schellenklingelnden Maultiere die hochrädrigen Karren mit den schweren Weinfässern den Berg hinanzogen. Was für ein Leben an den Dampfern, die ihre Kohlenladung übernahmen, hundert Neger und Inder hin und her rennend, die einen mit der vollen Bastmatte auf dem Kopf die Trampline hinauf, ein Schwung, und die Kohle flog in die Bunkerluke, die andern mit der leeren Matte wieder heruntergetrabt. Die Hafengegend lauter blauschwarzes, spanisches Volk, dunkle Häuser voll atembeklemmender Düfte, schwere schläfrige Augenlider, schwüles Fächerwedeln, bunte Tücher, Puderstaub und Stöckelschuhe. Weiter oben die französische Stadt und die Eingeborenenkasba durcheinander, gravitätische Beduinen in weißen Burnussen, wulstlippige schwarze Stiefelputzjungen, schlendernde rothosige Turkos und blökende Zeitungsverkäufer. Dann kam der Hafen von Algier. Die Stadt wie ein Amphitheater überm Meer an die Berge hingebaut, die weißen Bögen vom Viadukt hoch überm Hafen – Paris d'Afrique, die werdende Fremdenstadt mit alten Moscheen und neuen Großstadthäusern, wo der Franke den Muselmann mit pikanter Kultur umschmeichelte und ihm süßes Gift einträufelte, in den engen dunklen Gängen der Eingeborenenstadt ein heimliches Nachtleben, hoch oben auf den Dächern der siebenstöckigen Häuser funkelnde Lichter.
Sollte er sich darüber ärgern, daß sein Kapitän in den fremden Häfen nur ja nicht irgendwo verkehrte, wo es nach feinerer Lebensart aussah? Ging er an Land, dann steuerte er mit tödlicher Sicherheit immer nur dort-

hin, wo irgendein hängengebliebener Steward oder ehemaliger Schiffskoch sein »Bierkonvent« oder sein »Zum vollen Seidel« oder sonst ein Schild angebracht hatte, das eine Kneipe für Landsleute verriet. Ungezählte deutsche Kapitäne, Steuerleute und Maschinisten, die es nicht anders machten. Die Kaffeehäuser und die eleganten Restaurants, in denen Engländer, Franzosen und Italiener saßen?
»Wat doh ick met den nobeln Schietkram?« sagte er. »Ick gah dorhen, wo ick min Gemütlichkeit heff und mol 'n arig Snut vull Platt snacken kann.«
Haye meinte, dem deutschen Ansehen wäre das nicht zuträglich. Es kamen immer mehr deutsche Schiffe in die fremden Häfen, und die andern Nationen saßen mit stechenden Augen und warfen sich hämische Worte über die Tische zu. Die Deutschen waren die unangenehmen Emporkömmlinge, die mit ihrem schlechten Gewissen für sich allein bleiben wollten, wunderliche Neulinge, die entweder zu ungeschickt waren und sich nicht sicher fühlten, oder Leute, die nur so weltfremd taten und sich im Grunde für besser als andere hielten.
Hermann war bereits ein Jahr unterwegs. Jetzt war auch für den Zweiten die Zeit gekommen, daß er aufs Schiff wollte. Das war so selbstverständlich, daß kaum darüber gesprochen wurde. Onkel Jakob, der mit seiner Lotsengesellschaft in Blexen wohnte, war der rechte Mann, um in Vaters Abwesenheit für alles zu sorgen. Gerhard war schon von jeher sein Vorzug und er selbst hatte erst kleine Kinder, hatte sich auch damit abgefunden, daß sein kleines Fedderwarden immer stiller wurde. Das bißchen Kornhandel, das sich noch gehalten hatte, war nun auch verschwunden, da Nordbutjadingen nicht mehr soviel Weizen und Gerste wie ehedem baute und das meiste Ackerland in Weide gelegt war. Nur ein schwacher Ersatz, daß der kleine Fähr-

dampfer Else eine Verbindung mit Bremerhaven aufrecht zu halten suchte und mit Mühe und Not durch die immer mehr zuschlickende Fahrrinne bugsierte. Polarstern hieß das funkelneue Bremer Vollschiff, mit dem Gerhard fort sollte. Dicht bei der Geestebrücke war es gebaut, wo sie Tecklenborgs Werft auf die andere Seite verlegt hatten und frisch dabei waren, große eiserne Dampfer und Segler zu bauen. Auch in Bremerhaven rührte sich's immer kräftiger. Die Bürgermeister-Smidt-Straße stand nach Norden hin vollgebaut, die meisten Häuser mit säulengetragenen Glasdächern über dem Fußsteig, ganz wie in amerikanischen Städten, und nach Lehe führte die neue mit Bäumen bestandene Lloydstraße hinüber.
Wieder kam ein Abreisetag. Dem Flachskopf blitzten die Augen.
»Na, littje Gerd?« zupfte Onkel Jakob ihn am Ohr.
»Nu heet dat de Bramrah brassen un de Seils bargen. Full and bye – rund de Hoorn!«
»Hast du's gehört, Mutter!« jubelte der Junge. »Hurra, gleich die erste Reise rund um Kap Hoorn! Das nenne ich noch ein Glück.«
Die Mutter schrak zusammen. O weh, Kap Hoorn – voll Unfall und voll Herzeleid! Jetzt war es dort noch schauriger und unwirtlicher, seit die Dampfer den Weg abkürzten und den Feuerland-Kanal nahmen, die uralte Straße des Franz Magalhaes, in der grünlich-weiße Gletscher von den Tausendmeterbergen ins Wasser hingen. Aber die Segelschiffe mußten draußen ums Kap herum, um die gefährlichste Ecke der Welt. Doch sie durfte sich nichts merken lassen. Zähne aufeinander, Christine Haye, du bist eine Schiffersfrau und eine zweifache Schiffersmutter – und im übrigen alles dem lieben Gott anbefohlen.
Gerhards Schiff war in See gegangen, und sie saß mit Helene allein an der Keilstraße. Manchmal kam es ihr

wie ein Traum vor. War es wirklich schon so weit, daß alle drei, der Vater und die zwei Söhne, ihre nassen Bahnen segelten? Der eine war ihr so lieb wie der andere, doch an den Jüngsten mußte sie ganz besonders denken. Das kam wohl, weil der dieselbe Strecke fuhr, die vor langen Jahren auch ihr Eilert gefahren war, damals, als sie beide noch jung waren.

Und ihr Allerjüngstes, ihr Küken, ihr Lenchen? Die war doppelt betulich und ging ihr zur Hand und half ihr im Haushalt, aber was war da groß zu tun, wo sie nur mit zwei Menschenkindern waren. Aber littje Lena wollte sie nicht mehr heißen. Schade, daß sie ihre schönen blonden Zöpfe nicht mehr tragen wollte, aber die Bremerhavener Mädels trugen in dem Alter keinen Zopf mehr und wollten mit zehn Jahren schon kleine Damen vorstellen.

Der Älteste war wohlbehalten von seiner Reise heimgekehrt, war nur einige Tage zu Hause gewesen und dann auf die zweite Reise gegangen. Auch der Vater war zwischen seinen Midlandsfahrten ab und an ein paar Tage nach Bremerhaven gekommen.

Nur von Gerhard war noch immer keine Nachricht da. Jetzt wurden es vier Monate, daß er in See gegangen war. Christine schrieb an die Reederei, an die Frau vom Kapitän, an alle, von denen sie Angehörige an Bord wußte. Keiner, der eine Auskunft geben konnte oder ein Lebenszeichen vom Schiff erhalten hatte. Alle waren sie in derselben Sorge. Das Schiff war zuletzt gesprochen auf achtundvierzig Grad südlicher Breite. Das war nördlich von den Falklandinseln und nicht weit von Kap Hoorn. Seitdem war jede Spur vom Polarstern verloren.

Eine Woche reihte sich an die andere, und immer noch keine Nachricht. Längst war schlimmes Ahnen in ihr aufgestiegen. Sah sie das unruhige Zucken in ihres Bruders Gesicht, dann wollte ihr das Herz brechen.

»Wir müssen Geduld haben, er kommt ganz gewiß wieder«, versicherte Jakob jedesmal, doch sie wußte, er glaubte es selber nicht mehr. Er selbst hatte es doch auch schon aufgegeben, auf den Schiffen herumzuhorchen, die von der Westküste kamen.
Jetzt war das Schiff über sechs Wochen an der Westküste überfällig. Brief über Brief, den sie und der Bruder in die Welt hinaus schickten, Anfrage auf Anfrage. Ihr Ahnen war zur furchtbaren Gewißheit geworden. Ein stolzer Junge war in die weite Welt gefahren, lachend und voll Übermut war er hinausgefahren, aber das leere endlose Weltmeer hatte ihn behalten und gab ihn nicht wieder her. Erst nach langen Monaten kam etwas wie eine unsichere Bestätigung, nur eine halbe Nachricht. Über Punta Arenas, die südlichste Stadt der Welt, kam eine unklare Meldung aus dem patagonischen Feuerland. Man hatte bei Staten Island ein großes deutsches Vollschiff im schwersten Sturm nach Süden abtreiben sehen. Kein Zweifel, das war der Polarstern gewesen.
Wochen bitterster Qual, ehe ihr Mann von seiner nächsten Reise zurück kam. Als er endlich da war, war sie viel gefaßter, als sie sich's zugetraut hatte. Und auch er tat, als sähe er es nicht, wie ihr blondes Haar verdächtig heller geworden war, alle die weißen Fäden, die sich die Schläfen hinaufzogen, und die graue Strähne, die sie sorgfältig zu verstecken suchte.
»Vater, es geht uns beide hart an, daß er nicht wiederkommen soll«, sagte sie. »Er war der fixeste Junge in der Stadt. Was wäre der für ein Kapitän geworden.«
Er saß am Fenster und starrte mit leeren Augen nach der Hafengegend hinüber, wo die Dampfwinden ihr rasselndes Arbeitslied sangen und die Drehkräne schwarze gierige Arme durch die Luft langten und alle halben Stunden das Glasen von den Schiffsglocken erklang. Sie mußte den brütend Dasitzenden noch ein-

mal aufrütteln: »Vater, hörst du denn gar nicht? Noch ein paar Tage, und unser Hermann ist wieder bei uns!«
»Hermann?« fragte er tonlos. »So, kommt der wirklich wieder?«
»Wenn er wieder da ist«, fuhr sie fort, »dann werde ich ihm sagen, er soll nicht wieder zur See. Er soll an Land bleiben. Kann er nicht auch an Land ein tüchtiger Mensch werden, der dir und mir Ehre macht?«
Er hatte sein zerknittertes Gesicht zu ihr hingewendet und schüttelte langsam den Kopf:
»Mutter, wir Seeleute sterben alle nicht in den Betten. Auch mit deinem Mann wird es einmal nicht anders sein.«
»Nein, nein, um Gottes Willen nicht!« beschwor sie ihn. »Hermann soll nicht wieder aufs Wasser. Das leide ich nicht.«
Er hatte sich erhoben. Seine Stimme war nicht mehr so heiser wie soeben.
»Liebe Christine, ich möchte dir einen Vorschlag machen«, sagte er. »Wir wollen den Jungen selber fragen, was er will. Er soll sich selbst entscheiden, und dann soll es uns beiden recht sein, was er vorhat.«
»Wenn du es meinst, Vater, wird es so wohl das Beste sein«, antwortete sie aufseufzend und ging langsam hinaus. Er sah ihr mit unruhigen Augen nach. Es kam ihm vor, als wäre ihr Gang nicht mehr ganz so aufrecht wie früher.
Hermann kam nach einigen Tagen und blieb zwei Wochen bei ihnen. Seine zweite große Reise lag hinter ihm. Ein gutes Zusammentreffen, daß Vater und Sohn gleichzeitig in der Heimat sein konnten. So kurze Zeit der Urlaub auch währte, es war doch, als würde die stille Freude ihres Beieinanderseins durch den Schmerz um den nicht Wiedergekommenen noch verklärt.

Hermann war zum stattlichen Jungkerl herangewachsen. Was für eisenharte Fäuste, und seine Armmuskeln, und der mächtige Brustkasten! Nun noch eine dritte und vierte Reise, dann waren die fünfundvierzig Monate vor dem Mast herum und er konnte zur Steuermannsschule.

Gleich am Tag seiner Ankunft brachte er eine Neuigkeit mit ins Haus: »Hast du sie schon gesehen, Vater? Die Fortuna liegt wieder im Holzhafen.«

Haye vernahm das fast ohne Erregung. Die Fortuna? Für ihn war sie kein Stück seines eigenen Lebens mehr und nur noch die Schonerbrigg Elfdalen aus Sundsvall. Er kannte höheres Glück und kannte auch größeres Unglück. Und würde er in Geestemünde zu tun haben, dann würde er nicht mehr einen Bogen um den Holzhafen machen und konnte den halb ausgedienten Invaliden mit der Klappermühle auf dem Verdeck ruhig dort liegen sehen.

Er wollte sich Zeit lassen, ehe er die entscheidende Frage an Hermann stellte, und erst seine stillen Beobachtungen machen. Da lag hinter Lehe das kleine Gehölz Speckenbüttel, wohin die Bremerhavener des Sonntags mit Begeisterung pilgerten.

»Möchtest du nicht mal mit deinen Eltern und deiner Schwester nach Speckenbüttel hinaus?« schlug er ihm vor. »Oder sonst eine Waldgegend, wo es schön ist?«

»Eure Geest ist mir zu langweilig«, gab er zur Antwort. »Laßt mich nur hier unten am Wasser bleiben. Hier ist es für mich am schönsten, ich habe Wind und Wolken besser im Auge als da oben zwischen den Bäumen.«

Christine war ungehalten.

»Der Junge hat unterwegs den Familiensinn verloren«, klagte sie. »Und sein Naturgefühl ist auch nur mangelhaft. Es wird hohe Zeit, daß er an Land kommt.«

»Abwarten, liebe Christine«, beschwichtigte er sie.
»Merkst du noch nicht, wie der Hase läuft? Und sein Naturgefühl? Ich meine, man kann von uns kein großes Naturgefühl verlangen, dazu sind wir zuviel unterwegs.«
Sie verstand nicht ganz, was er meinte. Seeleute bekamen die Heimat immer nur in abgerissenen Bruchstücken zu sehen, wurden übergangslos zwischen den schärfsten Gegensätzen von Klima und Vegetation hin und her geworfen und genossen nirgends das langsame geheimnisvolle Kommen und Gehen des Lebens in der Natur. Am Tag vor des Vaters Abreise stellten sie ihn vor die große Frage. Die Antwort fiel, wie der Vater es vorausgesehen hatte.
»Ich will auf See bleiben«, erklärte er ohne Besinnen. »Nirgends anders als auf See.«
Die Mutter faßte ihn beim Handgelenk:
»Willst du dann nicht wenigstens auf einen Dampfer gehen, mein lieber Junge?« fragte sie mit zuckenden Lippen.
Er sah ihr überrascht ins Gesicht und verstand sie mit einemmal. Die Dampfer gingen ungefährdet durch die Magalhaesstraße und wurden nicht draußen von den Kap-Hoorn-Stürmen auf die Felsen geworfen.
Er streichelte ihr zärtlich über die Backe:
»Habe ich meine Steuermannsprüfung bestanden, liebes Mütterchen, dann werde ich mir's überlegen, ob ich nicht zum Norddeutschen Lloyd gehe.«
In ihren Augen leuchtete es auf.
»Ich danke dir, Hermann«, sagte sie bewegt. »Jawohl, geh du zum Lloyd, da bist du dann noch am besten aufgehoben.«
Sie saßen alle drei einen Augenblick in Gedanken. Ja, der Lloyd. Der blühte von Jahr zu Jahr kräftiger auf, und alle jungen Seeleute drängten dorthin, wo die gekreuzten Anker und Schlüssel auf seinen weißen Flag-

gen standen. Seitdem die Elbe als erster großer Schnelldampfer in Dienst gestellt war, lagen sie alle im Kaiserhafen, die stolzen Ozeanriesen mit den vier Masten und den zwei Schornsteinen, Werra, Fulda, Eider und wie sie alle hießen und noch heißen würden. Die Bremerhavener behaupteten schon, die Überfahrt nach New York wäre nicht viel mehr als eine große Fähre.

Der Vater glaubte noch einen andern Vorschlag anbringen zu sollen.

»Oder möchtest du lieber zu den Kaiserlichen?« fragte er. »Von der Jade weht immer mehr Marinewind zu uns herüber. Soll unser Deutschland groß und stark bleiben, dann muß sein Handel geschützt werden.«

Der Gefragte warf den Kopf hin und her. Nach Lehe war eine Abteilung Matrosenartillerie gekommen, und draußen bei Brinkamahof und auf dem Langlütjensand lagen die starken Weserforts.

»Ich glaube«, erwiderte er nach kurzem Besinnen, »ich laufe dem preußischen Kuckuck noch immer früh genug zwischen die Fänge.«

»Nun denn, in Gottes Namen zum Lloyd!« rief der Vater. »Was wird aber mein guter Siebelt Remmers dazu sagen? Der steht und fällt mit seiner Segelschiffahrt.«

Der folgende Morgen brachte das Auseinandergehen. Der Vater war der erste, der Abschied nahm. Er mußte nach Hamburg fahren.

Die Reisen mit der Atalanta gingen wieder an die Küsten von Syrien und Kleinasien, Algier und Marokko. Allerwärts buntes Leben und schillernder Glanz, doch in den Häfen ein Herumschlagen mit einem Mischmasch aller Rassen, einem bettelhaften und gierigen Gaunervolk, dem das Übervorteilen in den Augen und das Betrügen in den Fingern saß. Ein Grieche betrog zehn Juden, und ein Armenier haute zehn Griechen übers Ohr.

Und trotz weicher Luft und blauer See auf die Dauer dasselbe Bild, überall malerische Formen, aber schließlich die eine Insel wie die andere, die letzte Hafenstadt mit ihrem Zwiebelgestank genauso schmutzig wie die nächste mit ihrem widerlich süßen, alles durchdringenden Absinthgeruch. Eilert Haye sehnte sich nach Veränderung. Er mußte eine Stellung haben, in der er größere Selbständigkeit hatte.

Auch der biedere Siebelt Remmers hatte seinen Verdruß. Die Shippingclerks waren ihm auf die Dauer doch zu unverschämt geworden, und das Kontor stellte sich nicht entschieden genug auf seine Seite. Dazu kam die Konkurrenz von den Dampfern und drückte die Frachten immer mehr. Die Oldenburger hatten eine Linie nach Portugal und Marokko gegründet. So klein das Unternehmen auch noch war, der Segelschiffahrt tat es sofort Abbruch. Die verdammte Besenstielkompagnie! Buntgekringte Schornsteine, die wie die amerikanischen Besenstiele aussähen, schimpfte er. Und von Hamburg sollte demnächst auch noch eine Linie nach der Levante eingerichtet werden.

»Ist nichts mehr mit den Midlands«, erklärte er eines Tages. »Ich habe das Fahren satt, ich will ausscheiden und mich zur Ruhe setzen.«

Haye war überrascht und verstimmt. Hier gab einer kampflos etwas auf, um das er weiter kämpfen sollte. Aber der kurze Dicke war alles andere nur keine Kampfnatur. Und er selbst. Wenn er nicht sein Nachfolger auf der Atalanta werden konnte, und dazu war wohl kaum eine Aussicht, dann wurde es auch für ihn Zeit, sich nach etwas anderem umzusehen. Er konnte es leider Gottes nicht so machen, wie der gute Siebelt. Der war Junggeselle und hatte genug zurückgelegt, um fortan an Land leben zu können.

15

Aus der Geeste lief zum ersten Mal ein kleiner Dampfer Sagitta aus, der ausschließlich für Fischfang eingerichtet war. Schellfisch mit Dampf fangen? Die Hafenbuttjer an der Kaje grinsten, als ihnen gesagt wurde, Fische wären nicht bloß Fastenspeise für die im Rheinland und müßten ein Volksnahrungsmittel werden. Im Binnenland wuchs ein immer dichter werdendes Volk herauf und richtete seine hungrigen Augen auch auf die See.

Der Fischfang mit Dampfern lohnte sich. Seebecks Werft am Geestemünder Querkanal mußte bald neue bauen. Sie lagen in der Geeste zwischen den Helgoländer Schaluppen und Norderneyer Schmacks und verholten auch in den Alten Hafen, wenn die Geeste voll lag. Dort war jetzt Platz genug. Zweimastsegler gab es nicht viele mehr, es lag da nur noch kleines Kroppzeug, auch wohl mal ein Feuerschiff, das ins Dock sollte.

Eilert Haye fuhr auch einen Fischdampfer. Er hieß Janbaas und hatte am Bug ein großes weißes *PG 8* stehen. Es war harte Arbeit und ging Tag und Nacht, doch was sollte er machen? Er mußte irgendwo unterkommen und sein Brot verdienen. Zuerst ging es auf die Gründe nördlich Borkum und Norderney, bald auch bis auf die Doggerbank. Vom Baum wurde das Schleppnetz ausgeworfen und acht Stunden langsam über die Grund gezogen, und war es aufgehievt und der Segen lag auf Deck, dann hieß es, die Fische ausnehmen, sortieren und auf Eis in den Raum packen. Und kam er wieder in die Geeste, wurde schleunigst ausgeladen und wieder Kohle und Eis übernommen. Und während die Körbe mit Fisch in den niedrigen schwarzen Schuppen zur Auktion standen und zum Geestemünder Bahnhof gefahren wurden, lag der Janbaas schon wieder reisefertig.

Es war nicht schön an Bord, alles eng und knapp mit steilen eisernen Leitern und tiefen Schächten, das Kompart achtern, das als Messe diente, nur ein schmaler Raum mit den Kojen für Kapitän, Steuermann und die zwei Maschinisten. Und draußen auf See und geheim im Hafen ein schweres Schuften, und der Ton ein ganz anderer, als er ihn gewohnt war. Nur der Steuermann war gelernter Schiffer, die andern meist von dem Schlag, den Siebelt Remmers Fabrikarbeiter nannte, mürrische Gesellen und verbissene kohlenstaubige Gesichter. Die zwei Kölnischen Jungens, das Maul immer voll dummer Schnäcke, waren noch Gold gegen den Oberschlesinger Szigalla und den Heizer Käsewieter aus dem Harz. Er hörte es bald aus ihrem Geflüster heraus, sie nahmen hinten in Geestendorf an den Zusammenkünften teil, bei denen Zigarrenmacher Schmalfeld seine Brandreden hielt. Der Quesenkopf aus Zorge schien der größte Hetzer zu sein, war aber ein intelligenter Kerl. Was da auf lateinisch am Portal vom Haus Seefahrt in Bremen zu lesen stände – Seefahrt ist Not, Leben ist nicht Not – wäre ein Wort, das die Kapitalisten gebrauchten, damit andere Menschen für ihren Geldsack das Leben riskierten und elend absöffen. Er tat, als hörte er die Reden nicht. Sollte er hingehen und ihnen das Schimpfwort Sozialdemokrat entgegendonnern, das man unzufriedenen Nörglern und unruhigen Köpfen anhängt, die sich erdreisteten, an den bestehenden Zuständen Kritik zu üben?

Aber das Fahren selbst machte ihm Freude. Weiß Gott,

es war ihm nicht ums Kommandieren zu tun, aber wer nahm nicht Schmutz, Gestank und Kohlenstiem mit in den Kauf, wenn er nur selbständig sein konnte. Wenn es mit dem vollen Fang, was hast du, was kannst du, nach Hause ging und als erster Gruß von der Weser der funkelneue Turm aus den Wellen stieg, den die Bremer mitten ins Wasser hineingebaut hatten, schlank und stolz mit seinen weißen und roten Streifen aus schwarzem Sockel herauswachsend, dann war alles Ärgern und Quälen vergessen. Sie hatten schon einmal einen gewaltigen Senkkasten herausgeschleppt und mit Beton gefüllt, doch der Sturm hatte alles weggerissen. Aber jetzt stand er fest, sein Fuß noch tiefer unter Wasser und Sand verankert als die freie sichtbare Höhe. Wer ein Bild von Bremerhaven und der Unterweser malte, brachte den Rotesandturm an. Sein helles elektrisches Licht hatte den alten Turm auf dem Hohenweg in den Schatten gebracht. Rasche Scheinwerferblitze schossen übers Wasser hin, Sektoren mit blendenden Lichtkegeln strahlten auf, und der Schiffer peilte nicht mehr nach Bruchteilen von Strichen, sondern nach genauesten Graden. Es mußte alles schärfer sein, wollte die Schiffahrt den Wettbewerb mit andern Nationen aufrecht halten.

Christine hatte ihren Schmerz um den nicht Wiedergekommenen schon ein wenig verwunden. Nur ihr Blondhaar war bleicher und ihr Gang ein klein wenig schwerfälliger geworden. Als er eines Morgens von einer Fangreise zurückkam, hatte sie eine Überraschung für ihn:

»Ein alter Bekannter, den du schon immer gern mal wiedergesehen hättest, ist hier gewesen, rate mal, wer?«

»Natürlich mein alter Steuermann Jägersberg. Was macht er denn? Noch immer der alte Windhund mit dem roten lachenden Gesicht?«

»Er ist gesetzter, ich möchte fast sagen würdevoller geworden, seit er Kapitän ist«, gab sie zur Antwort. »Er fährt auf der neuen Reichspostdampferlinie nach Ostasien und Australien, hofft aber stark auf den nächsten großen New Yorker Schnelldampfer. Eilert, ich denke an unsern Hermann. Er soll zusehen, daß er zum Lloyd kommt!«
»Ja, der Norddeutsche Lloyd«, sagte er gedankenvoll. Der macht es, der spannt seine Netze immer dichter um den Erdball.«
»Aber nun rätst du sicherlich nicht, wer zugleich mit Herrn Jägersberg bei mir war«, nahm sie wieder das Wort.
»Wie soll ich das raten?«
»Denke dir, er hat auch wieder geheiratet und seine Frau mit hierhergebracht. Eine Australierin aus Brisbane.«
»Eine Engländerin?« fragte er. »Wohl wieder eine Verplemperung wie damals in Elsfleth?«
»Sie ist eine Witwe und wohl nicht viel jünger als ich, vielleicht keine drei Jahre«, sagte sie. »Sie war schon zweimal bei mir, denn ihr Mann ist wieder nach Ostasien unterwegs, und da haben wir beiden dann einen langen Spaziergang gemacht.«
»Dann freut's mich doppelt, daß der gute Alex aus seinen Sausejahren heraus ist. Und ihr beiden Frauen könnt als Freundinnen zusammenhalten, derweilen eure Männer unterwegs sind.«
»Vorläufig gefällt sie mir noch nicht recht«, gestand Christine. »Ich hatte zuerst den Eindruck, welch eine herablassende Gnade, daß die Dame überhaupt zu uns nach Deutschland gekommen ist. Verzeih mir, aber sie erinnert mich an deine Anna Bardewiek, dieselben kühlen, etwas hochmütigen Augen.«
Er stutzte einen Augenblick. Ach ja, Anna Bardewiek. Deren Bild war in der Zeit bei ihm so blaß geworden,

daß er nur noch undeutliche Umrisse sah. – Es war einmal gewesen, und es lag alles weit hinter ihm.
»Ob Frau Jägersberg eine kluge Frau ist, wage ich nicht zu entscheiden«, fuhr sie fort. »Jedenfalls ist sie viel gereist und kennt Amerika und England, und das nicht bloß von den Häfen her, wie dein biederer Freund Remmers. Sie war in Frankreich und Belgien, ist auch schon mal längere Zeit in Deutschland gewesen und spricht fließend deutsch.«
»Eine Engländerin und doch wieder keine Engländerin? Ob sie sich in Bremerhaven eingewöhnen wird?« zweifelte er.
»Sie klagt übers Klima, es wäre ihr hier zu kalt, und doktert mit allerlei Pillen und Salzen herum.«
»Das tun alle Engländerinnen«, klärte er sie auf. »Ob's hilft oder nicht hilft, *that's for indigestion*. Aber du bist eine verständige Frau, Christine, und ich brauche dich nicht zu bitten, der Frau meines alten Freundes ein bißchen mit auf den Weg zu helfen.«
»Vorausgesetzt«, gab sie zu bedenken, »daß sie sich überhaupt helfen lassen will. Sie ist mir mit einem Urteil ins Gesicht gesprungen, daß mich befremdet hat. Ihr Deutschen seid ein fleißiges Volk, sagt sie, aber ich kann euch nicht bewundern, es wäre besser, ihr arbeitet mit dreiviertel Kraft.«
»Das hat sie gesagt?« rief er überrascht. »Du hast mich auf die Bekanntschaft mir ihr wahrhaftig neugierig gemacht. Schade, daß unsereiner immer nur so kurze Zeit hier an Land sein kann.«
»Er fuhr wieder seinen Dampftrawler Janbaas. Schiffe, die sich auf hoher See begegneten und grüßend dreimal die Heckflagge dippten, einander mit bunten Flaggen glückliche Reise zusignalisierten oder bei Nacht Bluelights gaben, hochbordige, elegante Passagierboote mit blendend weißen Decksbauten, tiefliegende schwarze Frachtkolosse, die das Wasser pflüg-

ten, und er mitten zwischen ihnen mit seinem flinken steilmastigen qualmenden Fischermann – ein immerwährendes Eingespanntsein. Kaum, daß der Fang in die Geeste gebracht war, ging es schon wieder für zehn bis zwölf Tage hinaus. Fischfang war Jagd und ging hart gegen hart. Und trotzdem, war es eine Hetze, so hatte sie wenigstens einen Sinn. Die leicht verderbende Fracht mußte rasch auf den Markt gebracht und rasch neue Ladung geholt werden, denn der Bedarf war ungeheuer und wuchs von Jahr zu Jahr.
Auf See war der Horizont unbegrenzt, da weitete sich auch das Herz. Vergangenes hatte nicht die unmittelbare Gewalt wie an Land. Eines Juliabends holte er vorm Rotensand ein Segelfahrzeug auf. Er brauchte nicht lange hinzusehen, es war die Elfdalen, die da bei schwachem Wind mit Bram- und Untermarssegeln die Weser ansteuerte. Keine halbe Stunde, und er war mit seinem Janbaas auf gleicher Höhe. Aber was war denn mit dem Fahrzeug los? Der Wind wurde schralend, und der Mann am Ruder hatte es so weit kommen lassen, daß das Schiff durch den Wind drehte und die Fahrt verlor. Und nun wurde achtern vierkant gebraßt und eine halbe Stunde herumgewürgt, ehe sie das Schiff über den Achtersteven wieder in den alten Kurs brachten. Was für ein Anblick für ein Seemannsauge, die flackernden und rückwärts schlagenden Segel und das durchgedrehte, wie ein hilfloser Käfer auf dem Wasser treibende Schiff.
»Schlag mich der Donner!« rief er erbost seinem Steuermann zu. »Die Schlafmütze am Ruder und wer da die Wache hat, sollte man an der obersten Rahnock aufknüpfen, an dem Ehrenplatz für chinesische Piraten!«
Sollte er seinem Steuermann auch noch bedeuten, die Schonerbrigg hinter ihnen wäre einmal sein eigenes Schiff gewesen und hätte einen stolzen Namen geführt? Beinahe hätte er auf seinem kleinen schwarzen

Fischermann etwas wie ein Gefühl mitleidiger Überlegenheit bekommen. Nur ein Mittelding zwischen Seeschlepper und kleinem Frachtfahrer, aber eine Maschine von dreihundert Pferdekräften.
Gleich nach der Rückkehr lernte er Frau Jägersberg kennen. Wie kam es, er hatte sich auf eine zimperliche Bluestocking oder exzentrische Gouvernante oder auch eine muskulöse Sportlady gefaßt gemacht, aber da war eine Dame, die wie eine bürgerliche Durchschnittsfrau aussah, mit ihren kühlen grauen Augen klar in die Welt blickte und alle Dinge beim rechten Namen nannte. Gleich ihre ersten Worte nahmen für sie ein.
»Bitte, nennen Sie mich nicht Frau Kapitän, nennen Sie mich Mistreß Jägersberg«, bat sie. »Wozu die Titelei, zumal, wenn es kein echter Titel ist? Das erschwert nur das Menschsein unter Menschen.«
Sobald er einen halben Nachmittag erübrigen konnte, gingen Christine und er mit ihr spazieren. An einem Sonntag schloß sich sogar Hermann ihnen an. Der besuchte die Steuermannsschule in Bremen und war für den Tag herübergekommen. Fremdländische Damen waren in Bremerhaven nichts Auffallendes, wie mancher Seemann, der sich seine Frau aus dem Ausland geholt hatte, manch eine dunkelhäutige pikante Halfcast dazwischen, aber diese Frau zog ihn besonders an. Ihre singende Sprechweise wollte ans Londoner Cockney erinnern, dort nahe der Bow-church, wo ihre Vorfahren in den dunkelsten Gassen der City gehaust haben mochten. Australien war einmal ein Deportationsland gewesen.
Ihre Wanderung ging den Deich entlang bis über Fort Brinkamahof hinaus, wo die Weser sich weitete, die Küste gegenüber undeutlich wurde und die offene Nordsee grüßte. Den Weg flußaufwärts hatte sie nicht einschlagen wollen. Die vielen roten Dienstgebäude

Geestemündes atmeten ihr zuviel Beamtenluft aus und die könnte sie nicht ertragen, hatte sie gemeint.
»Hier auf eurem grünen Seedeich ist es am freiesten«, erklärte sie. »Hier ist der beste Übergang zwischen dem, was ich verlassen habe, und dem, in was ich mich einleben will.«
»Sie haben Heimweh, Mistreß Jägersberg?« fragte Haye. »Und nun senden Sie Ihre Gedanken übers Wasser hin und geben den Schiffen Ihre Grüße mit?«
»O nein, ich bin nicht sentimental«, verwahrte sie sich. »Ich habe einen Mann geheiratet, den ich liebe, und dem ich hierher gefolgt bin. Aber es ist ein anderes Land, und wenn ich hier glücklich sein soll, muß ich alles verstehen, was hier anders ist, und weshalb es anders ist. Ich suche den Weg zu diesem Land und zu seinem Herzen, und das wird mir nicht leicht.«
Die andern schwiegen. Wie sollten sie ihr helfen? Mitunter fielen blitzartig Urteile, die sie stutzig machten und verwirrten. Christine schüttelte den Kopf, während ihr Mann immer gespannter aufhorchte. Wenn das Gespräch auf gewisse Dinge kam, konnte die sonst so ruhige Frau eifrig werden.
»Warum ist hier bei euch in Deutschland alles verboten?« wollte sie wissen. »Überall, in der Eisenbahn, an den Hafenkais, an jedem Weg stehen Tafeln mit Verboten. Ich frage mich manchmal, was ist hier denn eigentlich noch erlaubt?«
»Wir Deutschen sind ein Volk der Ordnung«, wollte Christine zur Verteidigung sagen.
»Wer macht hier die Ordnung? Ich bewundere eure militärische Strammheit, aber manches sieht mir allzu militärisch aus.«
»Auf unser deutsches Militär lassen wir nichts kommen«, mischte Hermann sich ein. »Das macht uns kein Volk der Welt nach.«
Auch sie war erregter geworden.

»Well, dann will ich euch lieber ein Polizeivolk nennen«, sagte sie. »Ein kleines Beispiel, das auch die Deutschen kennen. In England dürfen die Rasenflächen in den Parks von jedermann betreten werden, kein Mensch denkt daran, sie zu beschädigen. Warum ist das hier nicht möglich?«
»Wir werden auch noch einmal dahin kommen, daß es möglich ist«, erklärte Haye ruhig.
»Nicht eher als bis euer Volk anders erzogen sein wird«, versicherte sie. »Solange ihr auf Schritt und Tritt von oben bevormundet werdet, werdet ihr kein wirklich freies Volk sein. Nicht der Respekt vor der Obrigkeit, sondern vor der Ordnung. Nicht die Polizeifurcht, sondern eine Selbständigkeit, die sich überall mitverantwortlich weiß und die Rücksicht auf die Mitmenschen nicht der Obrigkeit überläßt.«
Haye mußte sie von der Seite ansehen. So konnte nur eine sprechen, die zum geborenen Herrenvolk der Welt gehörte und maßlos stolz war, eine Engländerin zu sein. Auch Hermann ging ähnliche Gedanken.
»Wir nennen uns eure Vettern und möchten auch einmal ein Volk werden, das nicht als Kellner oder Musikant oder Barbier bei andern Nationen zu Gast geht, sondern etwas in der Welt zu bedeuten hat!« rief er mit blitzenden Augen. »Wir sind stolz auf unsere Art, oder besser, unsere werdende Art, auch wenn sie eine andere ist als die englische. Sehen Sie unsern Lloyd an, Mistreß Jägersberg! Die viertgrößte Dampferlinie der Welt!«
Die Fremde sah verloren übers Wasser hin. Hier waren Saiten angeschlagen, die in ihrem Innern anders klangen. »Oh yes, ich weiß«, machte sie gedehnt. »Die Deutschen wollen auch so groß werden wie wir? Well, wir wollen es abwarten. Ich bin noch nicht lange genug hier, um alles genauso zu sehen, wie es gesehen werden muß.«

Sie hatten ihren Spaziergang beendet. Beim Auseinandergehen gab sich jeder die größte Mühe, dem andern höflich und freundlich seine Hochachtung zu versichern.
»Wie kann die Frau sich solche Urteile erlauben?« fragte Christine unwillig, als sie wieder daheim an der Keilstraße waren.
»Sie ist eine Engländerin und hochmütig bis zum Spleen«, erklärte Hermann. »In Nebensachen mochte sie nicht ganz unrecht haben, aber das meiste war Übertreibung und blasser Neid.«
»Sie hat immerhin etwas, was mir gefällt«, sagte der Vater. »Hat sie als die Frau vom großen Lloydkapitän den Weg zu uns kleinen Fischdampfersleuten gefunden, so wird sie sich mit ihrer Art auch wohl noch an die Deutschen gewöhnen. Und wir selbst könnten am Ende auch wohl noch das eine oder andere von ihr lernen?«
Die beiden wollten das nicht gelten lassen. Hermann hätte noch gern über das alles gesprochen, doch er mußte wieder nach Bremen abreisen. Schwesterlein Helene, die von einem Ausflug nach Speckenbüttel zurückkam, ließ es sich nicht nehmen, den Bruder noch zum Bahnhof zu bringen. Jetzt hielt die Mutter den Zeitpunkt für gekommen, ihren nachdenklich dasitzenden Mann vor eine Frage zu stellen.
»Ihr Fahrensleute müßt wohl alle immer etwas Besonderes zum Liebhaben haben?« begann sie in neckendem Ton. »Außer euren Frauen natürlich!«
»Ich habe dich bis jetzt noch nicht eifersüchtig gesehen, liebe Christine«, setzte er sich zur Wehr. »Also was hast du auf dem Herzen?«
»Ich meine deinen Fischdampfer. Mit dem bist du ja rein wie närrisch. Wie lange willst du den schmutzigen alten Kasten noch fahren? Weißt du noch, du hast einmal gesagt, Fischermann möchte ich nicht werden?

Und nun sind es schon bald drei Jahre, daß du von einer Fangreise auf die andere fährst.«
»Es ist nicht das schöne Äußere, in das ich verliebt bin«, entgegnete er ernst. »Das war einmal bei einem anderen Schiff. Auf dem Janbaas ist es etwas anderes was mich hält.«
Sollte er ihr schon heute davon erzählen? Das Gespräch mit der Engländerin hatte ihn in seinem Entschluß nur noch bestärkt. Auch auf dem wüsten tranriechenden Fischermann war Aufgabe und Schule und Kunst und nicht immer alles nur Geschäft und Geldverdienen. Seit der faule freche Heizer aus Zabrze nicht mehr an Bord war, war es mit der Mannschaft besser geworden. Auch die Hannes und Tünnes aus Köln und der Harzer Hüttenmannssohn entpuppten sich als brauchbare und umgängliche Menschen. Wenn die Leute nicht planmäßig verhetzt wurden und er ihnen stillschweigend zeigte, daß die Welt auch für ihn nicht aus zwei Klassen Menschen bestand, dann waren es ehrliche Deutsche, die willig mit ihm zusammenarbeiteten. Der Fritz Käsewieter mochte mit seinem Schelten damals nicht ganz unrecht gehabt haben. Aber was sich Arbeiterbewegung nannte, von den einen geflissentlich übersehen, von den andern nicht ernstgenommen, von den dritten gewaltsam verfolgt, war mehr als eine bloße Lohnfrage. Auch der Lohn spielte eine gewaltige Rolle, und durch niedrige Löhne wurde Aufstrebendes niedergehalten, aber es war doch noch etwas anderes dabei. Wer die Leute anständig behandelte, auf ihre Wünsche einging, sie nicht bärbeißig von vornherein vor den Kopf stieß und auch für ihre kleinen, manchmal recht törichten und beinahe kindischen Angelegenheiten ein wohlwollendes Verständnis zeigte, der hatte gewonnen und wurde als Mensch unter Menschen geachtet. Poltern und schneidiges Vonobenherab verziehen die Leute aus

dem Volke meist viel schwerer als brutale Profitsucht und Ausbeuterei. Und dann war auch ein Weg offen, sie zum selbständigen Handeln zu erziehen, ohne daß sie es merkten, und das war die Hauptsache.

Ob ihm das wohl gelingen würde und er eines Tages vor Christine und seinen Sohn hintreten konnte und ihnen sagen: »Jetzt wißt ihr, weshalb ich auf meinem kleinen Janbaas geblieben bin?«

16

Sie wohnten jetzt über fünf Jahre an der Keilstraße. Helene war der Schule entwachsen und ein Bremerhavener Backfisch geworden, schlank und rank wie eine Heidebirke und Augen im Kopf, so grall wie die Scheinwerfer von den Feuertürmen.
»Littje Lena scheint aber ein wenig flatterbusig zu werden«, brummte der Vater. »Segelt sie über die Smidtstraße, so hat sie steuerbords und backbords einen von den jungen Lloydoffizieren längsseits. Das Kind ist kaum sechzehn.«
»Laß sie gewähren, Vater, es sind alles Freunde von unserm Hermann«, beschwichtigte Christine. »Du sagst ja selbst, der Mensch soll nicht zuviel gegängelt werden. Sie wird schon aufpassen, daß sie keine Haverei macht.«
Er ließ sich beruhigen. Solange sie am liebsten mit Hermann über die Straße stolzierte, wenn der auf Urlaub in Bremerhaven war, hatte es noch keine Gefahr.
Wo war einer so stattlich wie ihr Bruder, und wem saß die kurze blaue Jacke so schmuck und prall. Und nun, wenn er erst vierter Offizier beim Lloyd war, auf einem von den großen Schnelldampfern, die nach New York fuhren, eine doppelte Reihe goldener Knöpfe am blauen Rock, funkelnde Tressen auf den Ärmeln und eine Schirmmütze mit Kokarde ganz ähnlich wie die Marineleutnants.

Hermann hatte seine Steuermannsprüfung bestanden und diente sein Jahr bei der Marine. Er hatte nirgend anders eintreten wollen als nur auf einem Torpedoboot und fuhr mit seiner Schuldivision die Küsten der Ostsee entlang, Fahrtübungen und Übungen mit Torpedos, Minen und Schnellfeuerkanonen.

»Ihr Teufelsmariner solltet lieber die Nordsee nehmen«, meinte der Vater. »Die ist mit Kimmung, Wind und Strom verdammt viel schwieriger, aber die blaue Ostsee ist natürlich eleganter. Sage deinen Admiralen das mal, den Herren mit den langen Paraderöcken und den goldbetreßten Zweimastern.«

»Vater, auf meine Marine lasse ich nichts kommen, die hat Zukunft«, setzte er sich zur Wehr. »Es ist etwas Großes um unsere Armee, aber unsere Flotte will noch viel größer werden. Die paar Kähne, die wir jetzt haben, sind Lapperei. Wir sind kaiserliche Marine und wissen, was wir wollen. Denk' an England, Vater, denk' an Mistreß Jägersberg!«

»Ohne eine starke Flotte können wir keinen Handel treiben«, gab er ihm zu. »Nur soll das Wachstum nicht allzu rasch gehen und sich nicht überstürzen. Was im Treibhaus wächst, hat keinen Kern.«

Der Sohn war anderer Meinung:

»Warum soll das deutsche Reich und seine Marine nicht so rasch wie möglich groß und stark werden?«

Er wollte seinem Vater nichts Unehrbietiges ins Gesicht sagen. Bedächtigkeiten, die hinter der Zeit zurückblieben, hatten gottlob nicht den Ausschlag zu geben. Und daß die neuen weißen Lloyddampfer für den Reichsdienst nicht mehr in England gebaut wurden und in Deutschland hergestellt sein mußten, wenn das Reich seinen Zuschuß geben sollte, war auch eine große vaterländische Sache. Stettiner Vulkan, Blohm und Voß in Hamburg, Schichau in Danzig und wie sie hießen, waren leistungsfähig genug und

brauchten sich vor den Werften an Tyne und Clyde nicht mehr zu verkriechen.
Ein junges Ding wie Helene machte sich über dergleichen noch keine Sorgen. Mitte August war Bremerhavener Freimarkt, und dann kam auch Bruder Hermann wieder auf Urlaub. Freimarkt in Bremerhaven war noch toller als das Treiben in Bremen, ein verrücktes Kopfstehen, erwachsene Leute unklug wie die kleinen Kinder, die halbe Stadt des Nachts in Bewegung, die Fährstraße an der Geeste, wo in den Tingeltangeln die Matrosen grölten, ein Hamburger Sankt Pauli im kleinen, die Wirtschaften an der Smidtstraße und die Cafés an der Lloydallee gerappelt voll Menschen, die ausgelassen von einem Lokal zum andern zogen. Am letzten Marktmittag war großer Kehraus, im Volksgarten sämtliche Orgeldreher und Musikanten zum Massenkonzert angetreten, wohl an die hundert Mann, jeder mit seinem Instrument und seinem Stück, alle auf einmal und eine halbe Stunde lang. Wer den Ohrenschmaus genießen wollte, mußte fünf Groschen für die Armen bezahlen. So etwas wäre auch nur in Bremerhaven möglich, sagten die Geestemünder.
Hermann hatte sich mit einigen Freunden den Spektakel angehört. Sie hatten auch Helene mitgenommen.
»Bremerhavener Kinder!« klagte die Mutter. »Das Mädel hat ihr ganzes Geld auf dem Karussell verjubelt. Wo soll das hinaus?«
»Mein braver Janbaas hat dreimal hintereinander den besten Fang nach Hause gebracht«, gab der Vater augenzwinkernd zur Antwort. »Da juckte michs in den Fingern, und ich dachte, der Mensch kann nicht früh genug lernen mit Geld umzugehen, und Bremerhavener Freimarkt wäre Bremerhavener Freimarkt.«
Sie erwiderte nichts. Sollte ein anderer allzu nachsichtig werden, so hatte eine Mutter ihre Augen um so mehr offen zu halten.

Am Tag nach dem Markt traf er seinen alten Freund. Kapitän Remmers hatte seinen Vorsatz ausgeführt und sich in Bremerhaven zur Ruhe gesetzt. Er schien aber schlechter Laune und behauptete, erkältet zu sein.

»Dir steckt wohl noch Freimarkt in den Knochen?« fragte Haye ihn mit einem Blick auf sein dickes Halstuch.

»Bremerhaven soll mir den Buckel raufrutschen!« kam es unwirsch. »Ist es hier zu lebhaft oder zu langweilig, ich weiß es nicht. Jedenfalls bekommt das Nest ein ganz anderes Gesicht, und das machen die Hundsfötter von Dampfern und der famose Zollanschluß.«

Haye vermochte ihm seinen Ärger nachzufühlen. Draußen fast bis Brinkamahof nichts als ungeheure schwarze Schachtkuhlen und Feldbahngeleise. Der Kaiserhafen sollte erweitert werden, und die Stadt selbst war dem Zollverein angeschlossen. Nur das Hafengelände bestand noch als Freibezirk und war durch endlose hohe Gitter von der Welt abgeschlossen. Auch in Hamburg und überall in den Hafenstädten hatte sich das Bild am Wasser verändert, überall langgestreckte Schuppen und an ihnen entlang tote langweilige Straßen.

»Du hast recht, es wird ungemütlicher«, sagte er. »Was für eine schöne Zeit, als unsere Frauen alle die ausländischen Sachen noch nicht zu verzollen brauchten und man sein Viertelpfund frei über die Grenze brachte und gelegentlich auch wohl mal ein Lot mehr mit durchgeschlüpft ist. Aber wir müssen dem großen Ganzen das Opfer bringen, bevorzugte Deutsche gibt es nicht mehr, das ist die neue Zeit.«

»Neue Zeit? Minsch, arger di nich!« war die höhnische Entgegnung. »Die heutige Generation ist mir zu weichlich geworden. Früher war das anders, da war ein Segelschiffskapitän ein ganzer Kerl, der alles besorgte

und alles beschickte, halb Kaufmann, halb Schiffer, aber heutzutage predigen sie ja wohl das Evangelium von der Arbeitsteilung?«
Er sah den kurzen Dicken erstaunt an. Wer war es denn gewesen, der den Agenten und den Shippingclerks soviel Spielraum eingeräumt hatte?
»Und nun diese Kapitänsfrauen von heutzutage«, fuhr der andere gallig fort. »Jammern hinter ihren Männern her und zupfen sie am Rockschlippen. An Land bleiben, Männe, nicht wieder auf See gehen, eine Stellung an Land suchen, bester Mann, am liebsten da, wo meine liebe Mama wohnt! Haben alle diese Weiber einen Seemann geheiratet, um ihn seinem Beruf abspenstig zu machen? Nein, ich bleibe dabei, ein Seemann soll nicht heiraten.«
Haye ließ das nicht gelten. Sollten es alles Fanatiker und Zeloten sein, die Seeleute wurden? Das Familienleben eines Seefahrers war sicher kein ungetrübter Sonnenschein, lag deswegen aber noch nicht außerhalb des Berufs.
»Wo ein Familienleben verkümmert und die Gründe nicht in ihm selbst liegen«, so schloß er, »da ist etwas anderes faul, da stimmt es nicht im Beruf oder im Verhältnis zwischen Reeder und Schiffer.«
»Schafskopf, du bist Partei und verstehst das nicht!« erklärte der Judasbart grob, schob seine Hände wieder in die Jackentaschen und schaukelte weiter. Er sah ihm kopfschüttelnd nach. Einer, der dem Neuen noch mißtrauischer entgegensah als er selbst. Im tiefsten Grund seiner Seele fühlte Siebelt Remmers wohl noch kein rechtes Bedürfnis nach Ruhe, und unbewußt wühlte in ihm der Neid auf einen, der noch rüstig im Gange war und gute Aufgaben vor sich sah. Vielleicht auch die zunehmende Einsamkeit des alternden Junggesellen, die ihn mit grimmigen Worten um sich werfen ließ. Sogar Café Bismarck neben der großen Kirche, wo die

vergnügten alten Kapitäne ihr Seidel Bier tranken, machte dem Unzufriedenen keinen Spaß mehr.
Ein paar Wochen später bekam er aus Hamburg die Nachricht, daß sein früherer Reeder Stoevesandt plötzlich gestorben war. Undeutlich hörte er etwas von einem Vermögensverfall. Die Firma Bardewiek hatte mit ihren Segelschiffen immer weniger Glück gehabt und auch ihre Dampferkapitäne hatten versagt. Drüben schien sich etwas gerächt zu haben. Wie mochte es jetzt mit Frau Anna bestellt sein? Ihrer in Bremen wohnenden Schwester sollte es nach wie vor gut gehen. Die Suhrens hatten ein solides Geschäft und gehörten nicht zu den Leuten, die nur Jagen und Hetzen kannten.
Als der Herbst kam, war das untergeknotete weiße Halstuch unversehens aus Bremerhaven verschwunden. Er bedauerte das. Noch mehr tat es ihm leid, daß auch Frau Jägersberg nicht mehr da war. Christine war noch mehrmals mit ihr zusammengewesen, doch die andere war mit ihren Urteilen immer zurückhaltender geworden. Und jetzt war die rätselhafte Frau wieder auf Reisen gegangen. Die Hoffnungen ihres Mannes, einen von den großen Schnelldampfern zu bekommen, hatten sich noch nicht verwirklicht, der lange Alex war noch immer in der Ostasienfahrt, und sie wollte wieder nach Brisbane ziehen, um ihm näher zu sein.
Siebelt Remmers hatte sich in der Nähe von Elsfleth ein kleines Anwesen gekauft, nicht weit von dem zweistöckigen weißen Haus am Deich, in dem Schiffsbaumeister Deetjen wohnte. Aber wo ehedem der Helgenplatz gewesen und noch das schräg zur Weser abfallende Gelände zu sehen war, lag jetzt ein Krautgarten mit Stachelbeersträuchern.
Der Holzschiffbau zwischen Brake und Elsfleth hatte aufgehört, die Helgenglocken klangen nicht mehr, das Klopfen und Hämmern verstummt, alles still und tot.

Die letzten mit großen Hoffnungen unternommenen Anstrengungen waren vergeblich gewesen. Die vielfrachtenden Segelschiffe hatten noch eine Zeitlang Massengüter befördert, aber dann hatte auch das aufgehört. Der Sieg des Dampfers war da. Der flinke und pünktliche schwarze Delphin hatte den stolzen weißen Schwan vom Wasser verjagt.

»Dampfer, nichts als Dampfer«, sagte Deetjen kopfschüttelnd zu seinem neuen Nachbar. »Und nun kommt noch die Weserkorrektion, die wird auch das andere umstürzen, was hier noch besteht.«

»Stromschicksal, Stadtschicksal, Menschenschicksal«, philosophierte der Dicke. Als hätte er sich bei etwas ertappt, was einem alten Fahrensmann nicht anstand, änderte er seinen Ton:

»Un ick segg Ehnen, Meister Deetjen, männigmol krieg ick dat met dat Gräsen. Wo schall dat allens noch utloopen?«

»Früher machten meine Schiffszimmerleute sich des Sonntags nobel, eine schwere Uhrkette mit goldenem Winkel vor ihrer geblümten Weste, setzten sich ihren hohen Hut auf und gingen mit Frau und Kindern spazieren«, bemerkte Anton Wilhelm. »Heute stehen sie ja wohl in einem großen Saal und haben das Redenhalten gelernt.«

Mit untergeschlagenen Armen saßen die beiden alten Knaben, beide unverheiratet Gebliebene, vor Deetjens Haus und erzählten sich von der guten alten Zeit, plierten die Deichstraße entlang, wo an den Böschungen die Ziegen grasten, oder blinzelten über den weißen Strom hinüber. Irgendwo auf dem Wasser ein Aufblänkern, nur ein Hundertstel von einer Sekunde, dann noch ein zweites Mal. Sie sahen kaum hin. Im Sonnenglast war es nicht auszumachen, wer da mit seiner Jolle nach der andern Seite wollte. Es war wieder Sommer geworden. Drüben am Ufer standen die Kühe bis an den Bauch im stumpf schimmernden Wasser, weißbunt spiegelte es sich unten wieder, das graue stille Schilf wogte im leisen Wind hin und her. Aber auf dem Strom war reges Leben. Kleine Dampfer mit weißrotem Kring um den Schornstein, die geschäftig auf und nieder fuhren. Hinterm Elsflether Sand brummten riesenhafte Bagger und polterten mit ihren Eimern. Die ganze Weser entlang waren sie dabei, Leitdämme zu ziehen, weiterhin hatten sie schon Durchstiche durch die Platen gemacht. Der Huntemündung gegenüber standen neue weiße Türme, hochbeinige Eisengerüste, die die Leitfeuer bergen sollten. Bei Nacht war alles ein rotes und weißes Blitzen und Aufleuchten. Die Weserkorrektion! Die Bremer hatten sich ans Werk gemacht, die Fahrrinne auf große Tiefe zu bringen, und zwängten den Strom durch Damm und Begradigung ein. Ein Werk von über vierzig Millionen, aber sie bekamen den Schiffsverkehr ganz bis an ihre Stadt, und unterhalb vom Weserbahnhof wurde ein gewaltiger Hafen gebaut.

»Und wo bleiben Bremerhaven und Brake?« fragte Remmers. »Wird das alles aussterben? Die Nordenhammer Strecke haben sie schon zur Sekundärbahn gemacht, und auf den Piers wächst das grüne Gras.«

»Ich weiß es auch nicht, Nachbar«, gab der andere tonlos zur Antwort.

Er war aufgestanden und deutete mit müder Handbewegung auf einen neuen Turm am Nordende vom Elsflether Sand hin: »Daß nur ja niemand an unserer Seite entlang steuert! Wenn die Korrektion fertig ist, wird unser gutes altes Elsfleth statt an der Weser an der kleinen Hunte liegen.«

Mit bedrückten Gesichtern gingen sie auseinander. Der eine klagte über sein Gallenleiden, und der mit dem ziegelroten Kopf schalt, er könnte seine Erkältung nicht wieder loswerden.

Haye hörte von ihrem Mißmut. Man sollte nicht über ihre Klagen lächeln. Er war ja auch im Herzen ein Selgelschiffsmann geblieben und nur durch die Not auf eine andere Stelle geworfen. Noch während seiner vorigen Reise war ihm auf hoher See eine Rickmersche Bark begegnet, die frisch von der Werft kam und nach Ostindien wollte, am Großtopp die Kontorflagge mit den Helgoländer Farben. Leicht auf der Seite liegend, kam die Andree Rickmers dahergerauscht, vorm Bug eine hohe Schaumkrone und die Staubwolken bis über die Ankerklüsen aufsprühend, die blendend weißen Segel bis oben hinauf alle gesetzt, alles ein Leuchten und stolzes Schimmern. Donnerwetter, das war doch noch etwas anderes als sein Qualmsteamer Janbaas, und es war ihm wehmütig und sehnsüchtig ums Herz geworden. Aber das *Te deum laudamus* hatte er ihnen doch noch hinübersignalisiert, ein rot-weiß-blaues, blauweißes und schwarzgelbes Geflagge und buntes Gewimpel. Glückliche Reise!
»Am liebsten würde ich mich hinsetzen und den beiden Püsteronkeln am Deich einen deutlichen Brief schreiben«, sagte er zu Christine. »Sie sollen sich von der Zeit nicht umwerfen lassen und mehr Geduld und Vertrauen haben. Auch das Neue wird sein Gutes haben, nur daß man es noch nicht von vornherein erkennen kann. Sie sollten sich an den Brakern ein Beispiel nehmen. Alle Wetter, mein Bruder Karl, was sagen sie denn zu dem?«
Auch in Brake, das über fünfzig Jahre Freihafen gewesen war, sah es nach dem Zollanschluß anders aus. Die Ausmaße der Schiffe waren so groß geworden, daß das alte Hafenbecken nicht mehr genügte. Doch die Braker ließen sich nicht unterkriegen, hatten von Nordenhamm gelernt und bauten eine lange Pier hart am Strom ins Fahrwasser hinein. Und Karl Haye betrieb die Schiffsausrüstung im großen, hatte zwei eigene

Schleppdampfer auf der Weser fahren und in Nordenhamm Getreidespeicher aufgesetzt. Was aus einem Fedderwarder Sielwärterjungen alles werden konnte. Und niemand freute sich mehr als seine rasch gealterte, schmächtige Gesine, daß sie nicht mehr das offene Ladengeschäft hatten. Sich regen brachte Segen, und ihr Karl war robust genug, um das Hin und Her zwischen Brake und Nordenhamm auszuhalten.

Aber nun wollte auch noch Eilerts eigener Sohn mit Befürchtungen kommen?

»Ist es wirklich an dem«, fragte Hermann, »daß die Bremer uns tot machen müssen, um ihre Stadt in die Höhe zu bringen? Sie sind doch bisher noch immer großzügige Leute gewesen?«

»Kaufleute sind Kaufleute«, erwiderte er ihm, »und ein Herr Theodor Stoevesandt ist auch ein Kaufmann gewesen. Wir dürfen aber nicht maulend auf dem Deich sitzen, sondern müssen etwas anderes ersinnen. Bremerhaven hat es noch niemals leicht gehabt, solange es steht, aber es ist jung und wird etwas Neues suchen. Wirklich alt geworden ist nur, wer sich nicht mehr in Neues hineinfinden kann.«

17

Hermann Haye trug seit einigen Tagen einen schmalen Goldstreifen auf dem Unterarm und war mit monatlich hundert Mark wohlbestallter vierter Offizier auf dem Schnelldampfer Pleiße. Er war praktisch gewesen, auf seine Einjährigenzeit sogleich seine Achtwochenübung als Bootmannsmaat folgen zu lassen. Ohne den Offiziersaspirantenschein in der Tasche wäre er bei dem Andrang schwerlich so glatt beim Lloyd angekommen.
Seine Schwester strahlte.
»Dienst du einer großen Gesellschaft mit glänzendem Namen«, beglückwünschte sie ihn, »so fällt auch auf dich von dem Glanz ab.«
»Gewiß, ich bin lieber Bürger eines großen Landes als eines kleinen Püttjerstaates«, stimmte er ihr stolz zu.
Und das Schönste war, er kam auf einen Dampfer, dessen Kapitän Vaters alter Freund Jägersberg war. Dem war es doch noch endlich gelungen, seinen Ostasiendampfer abzugeben und den neuen beim Stettiner Vulkan erbauten Dampfer zu bekommen. Der Vater hatte seinen ehemaligen Steuermann lange Jahre nicht mehr gesehen. Ob der lange Alex wohl noch der Alte geblieben war?
Vater und Sohn gingen sogleich an Bord. Sie mußten erst eine halbe Stunde warten, ehe sie den Vielbeschäftigten zu fassen bekamen und von einem Quartermeister ins Navigationszimmer gelotst wurden.

Haye stellte ihm den Sohn vor:
»Hier bringe ich dir dein jüngstes Greenhorn. Nimm das Küken mit unter deine Flügel!«
Liebenswürdig gab Jägersberg den beiden die Hand. Noch immer die lustig flackernden kohlschwarzen Augen von ehedem und die gewinnende Baßstimme mit dem süddeutsch gemütlichen Anklang, doch auf seiner Stirn etwas, was den bläulichen Schatten seiner glattrasierten Lippen ähnelte und nicht mehr ganz die frühere Herzlichkeit war. Verstohlen mußte Haye den alten Freund immer wieder mustern. Das war allerdings nicht mehr das lachende rote Gesicht von früher, das die Welt manchmal nur durch einen Whiskyschleier gesehen hatte. Wie seine äußere Erscheinung die Gesetztheit reiferer Jahre verriet, so mochten seine kurz angebundenen Bewegungen und das nachlässige Vonobenherab seiner Kopfhaltungen ihm durch den Dienst und seine Kapitänsstellung von außen angeflogen sein, zugleich hatte aber auch die tief furchende Zeit mit ihren Enttäuschungen und dem langen vergeblichen Warten das Ihre getan.
»Nehmt e bissele Platz«, kam es mit gemütlicher Handbewegung, dann aber sofort eine Frage an Hermann:
»Sie sind doch Reserveoffizier?«
»Noch nicht«, gab er zur Antwort. »Aber meine zweite Achtwochenübung als Vizesteuermann wird mir den Leutnant schon bringen.«
»Recht so«, nickte der andere. »Wir älteren Seeleute haben das ja nicht mehr nötig, aber für unsere jüngeren Herren ist es wünschenswert. Es ist nun einmal nicht anders, Sie kommen besser vorwärts.«
Dann wandte er sich wieder an den Vater:
»Dein Filius wird sich bei uns langsam hinaufdienen müssen, aber du weißt ja, wie es hier zugeht.«
»Lust bringt er genügend mit«, erklärte Haye. »So

wird's ihm hoffentlich auch am weiteren nicht fehlen.«

»Und daß er bei uns vorwärts kommt«, fuhr Jägersberg fort, »liegt an niemand als ihm selber. Gilt das schon auf Segelschiffen, so dreimal mehr auf einem Dampfer. Sich melden und sich zeigen lassen, wenn einer was lernen will!«

»Ein Dampfer wie deiner ist ja eine kleine schwimmende Stadt«, warf der Vater hin.

»Er ist noch mehr!« betonte der andere. »Ein Ausschnitt aus der Großstadt. Wenn der einzelne nicht aufpaßt, geht er unter.«

Er hatte eine Kopfbewegung gemacht, als hielte er das Gespräch schon für beendet. Haye sah, er war maßlos beschäftigt. Draußen warteten schon der Arzt und ein Proviantmeister mit ihren Listen. Ohne ein Wort persönlichen Wiederanknüpfens wollte er jedoch nicht von Bord gehen.

»Was macht deine Frau?« erkundigte er sich. »Wie geht's ihr und wo steckt sie eigentlich?«

»Jo, ho, was soll se mache?« kam es freundlich. »Die sitzt zunächst mal wieder in ihrem Brisbane, aber sie wird wohl bald wieder auf Reisen gehen, vielleicht nach Deutschland, vielleicht nach New York. Sie ist Australierin, und drüben sind die Damen selbständiger als bei uns.«

»Seeleute sind ein reisiges Volk und ihre Frauen sind es auch«, bemerkte Haye lächelnd.

Der Kapitän hatte die beiden bis an die Brückentreppe gebracht.

»Ich bin euch dankbar«, sagte er und klopfte den Freund auf die Schulter, »daß ihr euch in Bremerhaven meiner Lizzie so nett angenommen habt. Sie hat mir viel von euch erzählt, und das will bei ihr etwas heißen.«

Die Besucher waren schon die Treppe hinab, als es von

oben noch einmal herunterscholl: »Auf Wiedersehen, lieber Haye, und grüße mir auch deine Frau!«
Zugleich kam auch ein Auftrag für den Sohn:
»Melden Sie sich bitte morgen früh um fünf bei meinem Ersten! Wenn Sie noch ein paar Minuten eher antreten könnten – es ist noch viel zu tun vor der Abfahrt. Morgen nachmittag um zwei geht es los.«
Hermann legte grüßend die Hand an die Mütze, und der Kapitän oben tat ein gleiches.
»So, Junge, jetzt bist du Norddeutscher Lloydoffizier und hast gleich deinen ersten Segen gekriegt«, meinte der Vater auf dem Nachhauseweg. »Glück damit, und sieh zu, daß du weiter kommst, und vergiß nicht, aller Anfang ist schwer.«
Pünktlich um vier Uhr trat Hermann am nächsten Morgen seinen Dienst an. Außer ihm war noch ein anderer Vierter Offizier eingestellt, gleich ihm an die vierundzwanzig Jahre alt, und beide waren sie dem Ersten Offizier zugeteilt. Herr Röwekamp mit seinen drei Tressen am Arm war ein straffer Herr, dem an der Instandhaltung und Sauberkeit des Schiffes mehr gelegen war als seinen beiden Adjutanten mitunter lieb war. War er es doch, der für die Ordnung an Bord verantwortlich war und den inneren Dienst regelte, das Journal führte und die Laternen unter sich hatte und nächst dem Kapitän die Disziplinargewalt über alles Bordpersonal besaß. Für den, der bisher nur auf Segelschiffen gefahren war, war der Dampfer eine neue Welt. Die Maschinen und Hilfsmaschinen nahmen manche Arbeit ab, die auf Seglern von Menschenhand getan wurde, dafür gab es aber anderes, und der Dienst klirrte wie eine Kette Tag und Nacht übers Verdeck und durch die Räume hin.
Kurze vier Wochen, und er hatte die erste New York-Reise hinter sich, fast wie einen Traum, so rasch war alles gegangen. Verworren wie im Nebel der gewaltige

Hafen drüben, die Freiheitsstatue auf ihrer Insel nur noch in undeutlichen Umrissen, ihr weißes Licht oben in der Fackel über einem Gewirr von Schiffen, zwischen denen sein großer in Bremerhaven bestaunter Dampfer verschwinden wollte, hinten über dem East River wie ein dünnes Band die Brooklynbrücke zwischen den im Dunst verblassenden Pfeilertürmen, an der Battery die dunkel in die Luft ragenden Wolkenkratzer, dann zu beiden Seiten vom Hudson der fabelhafte Lärm der zweihundert Piers, an den Häuserreihen von Jersey City vorüber, dann ganz oben in Hoboken die Lloydpiers. Er war nur einen einzigen Abend an Land gewesen mit dem Ferryboot nach Manhattan hinüber, ließ sich mit dem Menschenstrom die nächsten Straßen entlangziehen und war sich in der neuen Welt ganz klein und unbedeutend vorgekommen. Hier imponierte nichts, hier war alles vorwärtsstürmende Bewegung und massenhaftes Dahinfluten, ganz anders als in Deutschland.

Und die Kette des Borddienstes klirrte endlos weiter. Im Hafen waren die Deckarbeiten zu beaufsichtigen, die laufenden schriftlichen Arbeiten zu machen, Bootslisten und Feuerrollen zu führen, auch für das Löschen und Laden war mit zu sorgen. Und auf See ein Hin und Her zwischen vier Stunden Wache auf der Brücke und der Freiwache, er jedesmal müde wie ein Hund und nach den vier Stunden kaum aus seiner Koje zu rütteln. Mit den Reisenden kam er wenig in Berührung. Gelegentlich die neugierige Frage einer Dame nach diesem oder jenem, bei schwerem Wetter die hilflose Bitte eines Kranken, viel mehr war es nicht. Wenn er mit den andern Offizieren in der Messe speiste, waren dort auch die aus der Maschine, Obermaschinist, Maschinisten und Assistenten, die den Neuling steif begrüßten und ihn mit kalten Blicken musterten.

»Von den Leuten müssen Sie sich zurückhalten«, wurde ihm von seinen Kameraden bedeutet. »Die sind mit ihren Heizern und Kohlenziehern eine Welt für sich, kommen sich auf jeden Fall zurückgesetzt vor und nennen uns nur die Leutnants.«
»Warum sind sie eine Welt für sich?«
Der andere war ein Spottvogel:
»Das hat der liebe Gott so eingerichtet. Ich gebe zu, die Ingenieure leisten auf ihre Art ebensoviel wie wir und haben so gute Vorbildung wie andere, aber es ist nun mal so, wir stehen oben auf der Brücke und sie schuften in ihrer Unterwelt.«
Mit seinem Kapitän kam er kaum in Berührung. Der hatte zu allem andern noch eine Menge Pflichten in der ersten Kajüte. Es war nur eine Stimme an Bord, Kapitän Jägersberg war ein hervorragender Schiffsführer und ein ritterlicher Gesellschafter. Und daß er gegen seine Leute bis zur Rücksichtslosigkeit schneidig werden konnte, nun, einen großen Schnelldampfer führen war eine verantwortliche Sache.
Haye hatte seine Schlafstelle mit drei Kameraden im leerstehenden Hospital eingerichtet. Ihre Kabinen hatten sie an Passagiere vermietet. Das taten sie alle, denn mit dem Monatsgehalt konnte niemand auskommen. Der Lloyd wußte das, war weitherzig und hinderte niemand am Nebenverdienst. Auch der Spottvogel wohnte mit ihm zusammen. Hans Schnaars aus Hannover war trotz seiner großen Worte ein guter Junge, der nur reichlich hohe Stehkragen trug.
»Mir ist der Kapitän zu stark über alle erhoben«, sagte Haye gelegentlich zu ihm. »Er thront unnahbar wie ein Gott über dem Ganzen. Ich finde darin eine Übertreibung. Muß das sein?«
»Jawohl, das muß so sein, das ist göttliche Weltordnung, sie lächerlicher Zweifelsfritze«, belehrte der an-

dere ihn. »Die Engländer nennen das *splendid isolation*.«
Er blieb hartnäckig bei seiner Ansicht:
»Es kommt mir wunderlich vor, daß auch der Alte seine Kabinen an die Nabobs vermietet. Der hat seine drei Räume, Wohnzimmer, Schlafkabine und Baderaum, vermietet auch noch seine Reservezimmer und kriecht im Raum unterm Kartenzimmer unter?«
»Wissen Sie als Bremerhavener nicht«, kam die Gegenfrage, daß jeder Kapitän das tut und mitnimmt, was er kriegen kann? Machen wir's nicht alle so? Wenn der Kahn voll ist und hier im Hospital liegen Kranke, dann krabbelt man einfach ins Zwischendeck, meinetwegen auch unter die Bilge, wo sich das Schweißwasser sammelt.«
Er schüttelte den Kopf.
»Hier stimmt etwas nicht«, sagte er. »Von uns will ich nicht sprechen, – goldene Tressen und nichts zu fressen, heißt es in einem Lied. Aber ein Halbgott soll so gestellt sein, daß sein Tagesglanz mit seinem nächtlichen Dasein übereinstimmt.«
»Und ich sage Ihnen, Abstand halten ist die Hauptsache«, erklärte Schnaars ärgerlich. »Wie das gemacht wird, ist einerlei. Es gibt anscheinend Leute, denen hat unser lieber Herrgott sein Sechstagewerk immer noch nicht gut genug gemacht. In der Bibel steht doch, daß Gott alles ansah und siehe da, es war sehr gut?«
Haye entgegnete nichts. Der patente Stehkragen sah ihn seitdem ein wenig mitleidig an. Ihn kümmerte das nicht, er ging seinen Weg weiter. Es war ja noch Gottfried Suhren da, ein feiner, ruhiger, nur reichlich zurückhaltender Mensch, der bereits ein halbes Dutzend New York-Reisen auf der Werra gemacht hatte und auf der Pleiße als Dritter fuhr, eigentlich aber noch Vierter war. Mit dem hätte er gern Kameradschaft geschlossen, und er merkte, auch der andere suchte Annähe-

rung, doch sie waren durch ihren Dienst und den Wachgang auf der Brücke auseinandergerissen und bekamen sich wenig zu sehen. Gleich seine ersten Worte hatten ihn angeregt.

»Auf solchen Großbetriebsdampfern gefällt mir manches nicht recht«, hatte Suhren gemeint. »Ich werde später auf einen Tramp gehen, das ist nicht so einseitig wie das feste Linienfahren, aber vorläufig halte ich aus, weil dies ein Bremer Schiff ist und ich ein Bremer bin.«

Fast noch mehr gefiel ihm, der andere machte kein Hehl aus seiner religiösen Überzeugung und tat es, ohne sich aufzudrängen oder andere beeinflussen zu wollen.

»Meine Leute zu Hause halten etwas von heiligen Dingen und ich mag die Reden von dem Schnaars manchmal nicht hören«, vertraute er sich ihm an. »Aber ich selbst bin noch immer ein Suchender. Als Matrose bin ich in den Auslandshäfen viel in die Häuser gegangen, an denen mit großen Buchstaben Seemannsmission steht. Ich habe da Frauen gefunden, die sich meiner Wäsche annahmen und mir die Hosen flickten, auch manchen gemütlichen Hausvater, der mir Bücher zu lesen gab und meine ersparte Heuer nach Bremen geschickt hat, aber im Hintergrund war allemal etwas dabei, das kam mir zu absichtlich vor, zu eng und zu kleinkreisig. Schade um das Ganze, aber der Zuschnitt paßt nicht für jedermann, am wenigsten für weltoffene junge Janmaaten.«

Hermann pflichtete ihm bei. Schon der Name haute daneben und roch nach Bekehrenwollen, und es war nicht von ungefähr, daß die Seeleute die Herren Pastoren Seligmachersmaate nannten.

Er horchte auf, als sich herausstellte, Gottfrieds Vater war der Inhaber einer Tabakfirma John C. Suhren in Bremen. Den Namen hatte er zu Hause schon nennen

hören. Er fragte, ob seine Mutter eine geborene Bardewiek aus Elsfleth wäre.
»Ich kenne Sie auch schon längst«, gab der andere freundlich zur Antwort. »Ich habe Sie schon oft mit einer hübschen jungen Dame zusammen gesehen, zuletzt bei dem verrückten Freimarktskonzert im Bremerhavener Volksgarten. Es ist wohl Ihre Schwester, nicht wahr?«
Hermann bejahte, und Suhren machte ein Gesicht, als habe er etwas auf dem Herzen. Erst am letzten Reisetag kam er mit seinem Anliegen heraus:
»Würden Sie mich Ihrem Fräulein Schwester wohl mal vorstellen, wenn es sich so macht?« fragte er.
Hermann versprach ihm das arglos. Ihm wurde aber doch beklommen, als er gewahrte, wie rot der andere geworden war. So gern ich ihn mag – dachte er bei sich – aber für Helene ist er nichts. Die beiden passen so wenig wie das stille Bremen zum lauten Bremerhaven, sie zu flott und er zu besinnlich, zu ernst, fast allzu solide. Und was würde der Vater wohl sagen? Am besten, sie erfuhren zu Hause noch nichts davon.
Auf die erste Reise folgte bald eine zweite. Was war auf einem solchen Schiff alles zu besorgen und zu belaufen, ehe es die Trossen loswerfen konnte. Wie schön, daß die Eltern in Bremerhaven wohnten und er die paar kurzen Urlaubsstunden bei ihnen verleben konnte.
Jetzt war es wieder soweit, die Pleiße konnte nach New York abfahren. Nachts um zwölf kam von Bremen der Zug mit den Zwischendeckern, dann sollte das Schiff durch die Schleuse und wegen des Niedrigwassers noch bis Weddewarden hinunter. Dort sollten die Anker fallen, und morgen früh brachten die Tender Lloyd und Willkommen noch die Post und die Kajütspassagiere an Bord.
Vierter Offizier Haye hatte dafür zu sorgen, daß die

Komparts im Zwischendeck bis zwölf Uhr in Ordnung waren. Die Räume lagen von der letzten Reise noch voll Unrat und mußten gesäubert werden, dann waren Strohsäcke und Wolldecken zurechtzulegen und Mugs, Messer und Gabeln zu verteilen. Herr Röwekamp hatte schon zweimal nachgefragt, ob die Komparts noch immer nicht klar wären, doch der Gang Arbeitsleute, der das besorgen sollte, war noch nicht zu sehen. Haye hatte es schon gehört, er würde mit ihnen und ihrem Vormann sein Tun haben.

»Lauter abgewrackte Janmaaten«, sagte Schnaars, »die sich kaum noch an ihren Besenstielen festhalten können.«

Endlich kam die Gesellschaft angerückt, voran Obmann Bullerdiek, und begann mit Schaufeln und Schrubbern loszuarbeiten, aber das ging so verzweifelt langsam, daß er von einem Bein auf das andere trat. Der Vormann hatte sich an einen Tisch gelehnt und schien erst einmal einen gesunden Schlaf halten zu wollen. Er zu ihm hin und ihn an den Arm gefaßt:

»Man to, Meistersmann, 't ward Tid, dat Twüschendeck schall noch in Ordnung.«

»Ward allens klar, H'uffssier«, hujahnte Bullerdiek und fiel wieder in seinen Stehschlaf.

Er wollte energischer werden, doch der Anblick des alten Mannes entwaffnete ihn. Schief und mit vornübergefallenem Kopf stand er am Tisch und schnarchte, daß die Bullaugen klirrten. Es war aber doch ratsam, ihn nach einiger Zeit noch einmal anzustoßen:

»Nu ward hog Tid, Baas Bullerdiek, dat gansse Twüschendeck schall noch in 'ne Reeg!«

Es kam nur ein undeutliches Murmeln:

»Ward allens klar, Stüermann.«

Er wollte aus der Haut fahren, doch er mußte Geduld behalten. Und siehe da, als es zwölf schlug und Hans

Schnaars die Nase neugierig durch den Spalt von der Schiebetür steckte, hatte Baas Bullerdiek recht behalten, die Komparts und alles war fix und fertig.
»Ob ich mit schneidigem Anschnauzen wohl eher fertig geworden wäre?« raunte er dem an der Tür zu.
Auch die zweite Reise nach New York verlief wie die erste und dann auch eine dritte. Er sah es schon vor sich, seine Laufbahn beim Lloyd würde ein langsames und mühseliges Hinaufdienen werden, nicht viel anders als beim Militär, eine endlose Reihe, Vordermann hinter Vordermann, nur ganz vereinzelt solche, die aus der Reihe ausschieden oder oben am Ende einen Platz frei machten. Aber dann gab es noch Unvorhergesehenes. Deutschland wuchs, und mit ihm wuchs der Lloyd, und der frische Hans Schnaars hatte recht, wenn er fragte:
»Kamerad, wir wollen doch alle einmal Kapitäne werden, nicht wahr? So einer wie unser Alter, der lange Alex!«
Nach ihrer nächsten Reise lief die Pleiße nicht in Bremerhaven ein, fuhr an der Stadt vorbei und machte an der Pier von Nordenhamm fest. Die großen Schnelldampfer auf der anderen Seite im Oldenburgischen? In Bremerhaven gab es besorgte Gesichter. Sie wußten, das brachte die Erweiterung des Kaiserhafens mit sich, aber wie lange sollte das dauern? Über den Hafenumbau konnte ein Jahrzehnt vergehen, und was inzwischen eintreten konnte, vermochte kein Mensch zu sagen.
Aber Nordenhamm war über Nacht in die Reihe der Welthäfen eingerückt. Als sie den Bahnhof großmächtig oben auf den Deich setzten und das eine alte Bauernhaus zum Hotel umbauten, hatte es aus ganzen drei Häusern bestanden. Auch später hatten halbfertige Straßenzüge und wie Pilze aufschießende Häuser und Bretterbuden immer nur an einen Platz in Wildwest

erinnert. Jetzt machte es auch seinen Namen englisch und schrieb sich Nordenham. Das hätte es schon vor Jahren haben können, ging die Meinung. Englische Geldleute hatten einen Schleusenhafen bauen wollen, ein Riesenplan, der die Unterweser vier Jahre in Atem hielt, doch es war nichts daraus geworden. Aber jetzt waren alle Piers untereinander zu einer einzigen Längspier verbunden, und das war vielleicht mehr wert. Was für ein Umsatz im Ort und was für ein Leben auf dem Strom, die großen Fährdampfer vom Morgengrauen bis Mitternacht zwischen Bahnpier und Geeste unterwegs.
Bruder Karl ließ sich jetzt häufig an der Keilstraße in Bremerhaven sehen und lachte übers ganze Gesicht.
»Leute, jetzt haben wir Oberwasser!« rief er dröhnend. »Mein Zweiggeschäft in Nordenham ist schon größer als das in Brake.«
»Es wird jetzt alles größer« entgegnete der jüngere Bruder. »Aber wo bleibt das Kleine, wird das darüber zugrunde gehen?«
»Bangebüx, laß es kaputtgehen«, lachte der andere. »Wir müssen die Zeit ausnützen und wollen voran. Wird die Welt größer, wird auch unser Verdienst größer, verstehst du? Es wird in der Welt immer verschiedene Sorten Tee geben, du der kleine Schellfischmann, und unsereiner – na, du weißt, wie ich's meine.«
Er hatte mit den Armen die Bewegung eines Schwimmers gemacht, der das Wasser auseinander teilt.
»Ich verstehe dich wohl, Bruder«, fuhr er ernster fort. »Hier Unternehmertum, dort Proletariat, hier Oberschicht, dort Unterschicht. Wer sein Volk lieb hat, muß zusehen, daß beides nicht auseinanderreißt.«
Eilert legte ihm die Hand auf die Schulter. Er kannte seinen Bruder Karl. Der stellte sich mit seiner breiten Brust und seinem großen roten Bart hin und tat so gewalttätig, als könnte er dem nächsten Besten mit aus-

gestrecktem Arm die Gurgel abdrücken, und er wäre doch kein Haye gewesen, hätte er jemals vergessen, daß er der kleine Schleusenwärterssohn aus Fedderwardersiel war, gegen sich selbst unerbittlich, aber seinen Leuten gegenüber weich wie ein Kind und nicht dafür zu haben, daß das Schwache gewaltsam unterdrückt wurde.

Im nächsten Frühjahr ließ Hermann sich für acht Wochen beurlauben, um seine zweite Reserveübung abzuleisten. Die Übungsfahrten hatten auch diesmal den Reichskriegshafen an der Ostsee als Stützpunkt. Kiel, das bunte blühende Kiel. Die stolzen Korvetten und Fregatten auf der Förde, die prangenden Schulschiffe mit hohen Masten und breiten Rahen, die zwischen ihnen hin und her schäumenden Barkassen und Pinassen, die vollbesetzten Fährdampfer, die blinkenden Segel der Kutter, im Hintergrund Düsternbrook mit glänzenden Villen, hellgrüner Buchenhochwald über blauem Wasser, feierlich in Rot die Marineakademie, dicht am Wasser weißgrau das hohe Schloß mit Turm und Blaudach, drüben die netten kleinen Fischerhäuser Ellerbecks, in Gaarden die prasselnden Werften, der ganze große Hafen wie ein einziges festliches Treiben – wo blieb das kalte unfertige und langweilige Wilhelmshaven und die graue Unterweser mit verschwimmenden Linien und unsichtigem Horizont! Und doch gerade hier, wo alles schmeichelte und lachend grüßte, Eindrücke, die ihn störten. Nirgends kamen ihm die militärischen Randabgrenzungen so übertrieben vor wie in der atemlos zur Großstadt heranwachsenden Marinestadt. Hier die Welt der Offiziere, Fähnriche und Kadetten, die gespreizt im Café Uhlmann saßen und ihre Torte löffelten, geschniegelte Leutnants, die lässig grüßend die Wasserallee entlang schlenderten, wichtig tuende Kapitäne, die mit ihren Mappen über die Lornsenstraße eilten, die höheren Ränge bis zu den Admiralen nicht mehr so hochnäsig und viel ernsthafte Gesichter dazwischen, aber er sah es, sie fühlten sich doch allesamt als eine andere Welt als die der Kulis, der blaudunkeln Masse derer mit den schirmlosen Mützen. Und zwischen beiden, auch wieder scharf in sich abgegrenzt, Deckoffiziere und Ingenieure. Um des Himmels willen, daß sich nur ja keiner im Theater auf einem Rang niederließ, wo die Offiziere und ihre Damen saßen, daß sich nur ja kein Deckoffizier beikommen ließ, etwa am Schloßgarten das Restaurant zu betreten, wo die Offiziere verkehrten, daß sich nur ja kein Leutnant oder Kapitänleutnant bei Masius an der Falckstraße blicken ließ, wo nur Herren mit vier Streifen ihren Wein tranken.

Der helläugige Vizesteuermann aus Bremerhaven konnte sich's nicht versagen, seine Beobachtungen einem Kameraden mitzuteilen.

»Ich lese überall«, sagte er, »unsere Zeit wäre eine nivellierende und die Gegensätze würden ausgeglichen oder gemildert, aber beim Militär scheint es umgekehrt. Heer und Marine sind krampfhaft bemüht, das Oben und Unten auseinanderzuhalten und die Gegensätze zu versteinern. Oder ist das etwas wie eine berechtigte, meinetwegen geheiligte Tradition? Es ist doch Blödsinn, daß die einen tun, als finge der Mensch erst beim Leutnant an. Es ist doch albern, daß vierzigjährige Feldwebel vor einem achtzehnjährigen Schnösel die Hacken zusammenschlagen müssen.«

Fähnrich zur See Egon von Woldersheimb hatte von seinen Äußerungen gehört und hielt es für seine Pflicht, den zwei Jahre Älteren zur Rede zu stellen.

»Was fällt Ihnen ein, Vizesteuermann Haye?« blaffte er ihn an. »Ich verbitte mir ein für allemal solche Reden. Des Kaisers Rock tragen und sich mit solchen Ge-

danken befassen? Sie haben wohl verbotene Zeitungen gelesen?«
»Ich lese keine verbotenen Zeitungen«, verwahrte er sich. »Es sind nur Eindrücke, meinetwegen Zweifel, die mir gekommen sind, und ich möchte mich gern von anders jemand belehren lassen.«
»Ach was, Zweifel sind beim Kommiß Sünde«, schnarrte der andere. »Mensch, denken Sie an Ihren Dienst und an weiter nichts, dann bleiben Sie gesund. Weiter machen und nicht unangenehm auffallen, daß ist hier die Parole.«
Er sah es schon, die Kameraden konnten oder wollten ihm nicht helfen. Und der Dienst, über den sie alle schimpften? Auch wenn er stumpfsinniger Drill war oder langweiliger Gamaschendienst sein mußte, es war doch etwas Gewaltiges, dies Ineinandergreifen von Kleinem und Großem, ein ganzes großes wohldurchdachtes System, in dem auch scheinbar Nebensächliches und Gleichgültiges höchste Zweckmäßigkeit war. Aber hatte das alles tatsächlich die ungeheure erzieherische Bedeutung für das Volk, wie sie ihm von altersher zugeschrieben wurde? Wie war es denn zu Wasser und zu Lande beim Militär? Vereinzelt die größte Kraftanstrengung, aber im Durchschnitt ein allgemeines Drücken, das von sich abschob, was man nur abwälzen und einem anderen zuschieben konnte. Aber das mochte eine belanglose Nebenerscheinung sein, etwas, was vornean lag und nichts mit dem zu tun hatte, was letzten Endes das System krönte.
Er war freudig bewegt, als er am letzten Übungstag auf der Holstenstraße seinem Macker von der Pleiße in den Weg lief, dem ruhigen und verständigen Bremersmann. Auch Gottfried Suhren war soeben zu einer Übung eingezogen und befand sich schon in Leutnantsuniform.

»Ich habe es eilig«, sagte er, »aber für Sie habe ich immer Zeit. Kommen Sie nur bis zur Wasserallee mit.«
Sie schritten nebeneinander über den Markt und die Dänische Straße. So hastig es auch ging, es war doch möglich, ihm kurz anzudeuten, was ihn bewegte.
»Es geht mir manchmal nicht anders als Ihnen«, erwiderte Suhren. »Aber anscheinend haben Sie doch reichlich viel Gemüt für einen Seemann?«
»Wie meinen Sie das?« fragte er. »Ich bin doch kein weichlicher Kerl?«
»Sie müssen lernen, auch Ihre Gedanken zu beherrschen, jawohl, auch Ihre Gedanken, Kamerad Haye!«
»Und soll gedankenlos durch die Welt laufen?«
»Sie verstehen mich absichtlich falsch«, versetzte der andere ruhig. »Es gibt auch ein Allzuviel von Gedanken. Daran leiden Sie, und das müssen Sie unterdrücken.«
Hermann hätte gern noch mehr von ihm gehört, doch der andere drängte, ihn jetzt allein weiter gehen zu lassen, er hätte wirklich keine Sekunde Zeit mehr. Dann hielt er noch einen Augenblick an und schloß mit gedämpfter Stimme:
»Lassen Sie sich die Übung gut bekommen und vergessen Sie nicht, daß Sie mich Ihrem Fräulein Schwester noch immer nicht vorgestellt haben.«
Sollte er die gutgemeinten, aber doch reichlich mentorhaften Worte des Kameraden ernst nehmen oder nicht? Er hatte nicht eher Ruhe, als bis er in Bremerhaven war und seinem Vater das Herz ausschütten konnte.
»Bei unserm Lloyd geht es stramm her, da ist gar kein Zweifel«, stellte er zum Schluß fest. »Beim Militär hat manches nur ein strammes Aussehen.«
Der Alte sah den Sohn eine Weile durchdringend an und wiegte den Kopf hin und her.
»Es ist schlimm genug«, nahm er dann das Wort, »daß

wir Hayes nicht zu den glücklichen Menschen gehören, die kritiklos alles und jedes hinnehmen. Ich glaube, mein Junge, du hast dir durch die Mistreß Jägersberg den Kopf verkeilen lassen. Sieh nur zu, daß du im späteren Leben keine allzu harten Kämpfe bekommst.«
»Vor Kämpfen habe ich keine Bange, Vater.«
Der Alte unterdrückte etwas wie ein Knurren.
»Hm, hm«, hob er wieder an. »Übers bürgerliche Leben denke ich in manchen Dingen nicht anders als du, aber das Militär? Hands off, da laß dein Kritisieren lieber.«
»Vater, du kennst das Militär nicht.«
»Wohl nicht so genau wie du«, kam es zurück. »Ich sehe eine Menge äußeren Kram, stellenweise auch viel Erziehung zu bloßen Äußerlichkeiten, aber das wird alles wohl so sein müssen, weil es eine besondere Welt ist. Das Militär soll und muß eine Welt für sich bleiben. Und du mußt Geduld haben, lieber Junge, dann wirst du schon erkennen, wozu das alles gut ist, was dir jetzt noch in die Seele sticht. Deutschland muß stark sein und Soldaten haben, das hilft nun mal nicht, sonst sind wir verloren.«
»Und wenn das Militärische auf das bürgerliche Leben übergreift, was dann?«
»Das wird es nicht!« versicherte der Vater eifrig. »Es mag sich nach außen und in sich selbst abschließen, aber auf anderes übergreifen? Nein, niemals. Merkst du nichts, Junge, wir hoffen auf unsern neuen Kaiser?«
»Jawohl, Vater, unser neuer Kaiser!« stimmte er lebhaft mit ein. »Der wird es machen und der kann es, der wird einen ganz neuen Zug in unser Vaterland hineinbringen.«
Auch dem Vater glänzten die Augen. Wo waren die, von denen die neue Zeit nicht hoffnungsfreudig be-

grüßt wurde? Deutschlands Wasserkannte hatte bisher im Halbschatten gelegen, jetzt wurde das anders. Was für eine Begeisterung für Schiffahrt und Seewesen bei dem jungen Herrscher, welch eine Fürsorge für seine Marine. Das erhob und begeisterte und riß alle mit. Und auch die großen Lloyddampfer hatte er schon besucht, und an den Treppeneingängen zu den Kajüten prangten unter Glas und Rahmen huldvolle Schriftstücke, auf denen er Direktor und Verwaltung, Offizieren und Mannschaften seine allerhöchste Anerkennung aussprach. Hell leuchtete die Sonne und strahlte auf die Weser herab. Wohin er kam, da läuteten die Glocken und flatterten die Fahnen, donnerten die Kanonen und paradierten die Truppen, wehten die Tücher und erbrausten die Hurras dem jungen Kaiser entgegen. Deutschlands Zukunft lag auf dem Wasser, so war es verkündet. Ein stolzes Wort. Hipp, hipp, hipp, hurra, welche Lust, ein Deutscher zu sein! Deutschland, du wirst deinen Platz an der Sonne haben.

18

Im Restaurant an der großen Weserbrücke in Bremen hat sich an einem Fenstertisch eine Gesellschaft junger Leute niedergelassen. Soweit ihre Unterhaltung und das Stimmengewirr es möglich machen, hören sie der Musik zu. Wer Augen dafür hat, sieht es den scharfgeschnittenen Gesichtern der drei Herren an, sie haben mit der Seefahrt zu tun, und wer ihre Gespräche anhört, merkt bald, es sind Lloydoffiziere, wetterbraune Seeathleten, die alle drei schon eine Reihe New York-Reisen hinter sich haben. Einer ist dabei, ein ängstlich hoher Stehkragen, der trägt als Uhrgehänge die silberne Degenquaste der Marineoffiziere über der Weste und wirft den Kopf, als wollte er den jungen Damen bedeuten:
»Wir sind keine Kahnschiffer alten Stils und die Zeit ist vorbei, wo landfeine Seeleute nur mit dicken blauen Jacken und glockenförmig um die Knöchel schlagenden Hosen zu sehen gewesen sind, womöglich noch Ringe im Ohrlappen und einen Kalkbrösel zwischen den Zähnen und an Land immer ein bißchen angedudelt.«
Über der Weserbrücke draußen liegt die blanke Sonne. Ab und an blinzelt einer von ihnen nach den hohen Packhäusern, die schmalgiebelig Luke dicht unter Luke nebeneinander auf dem Teerhof stehen, oder nach dem viereckigen roten Turmklotz von der Wasserkunst auf dem Neustadtsdeich. Die Gedanken ver-

lieren sich doch nicht etwa zu dem zweistöckigen Gebäude hinterm Deim, in dem Direktor Schilling und seines Vorgängers Breusing Steuermannskunst ihr Reich haben?
»Sphärische Trigonometrie und Monddistanzen wollen wir uns heute mal um die Ohren schlagen!« ruft einer über den Tisch hinüber. »Prosit, meine Damen, nett von Ihnen, daß Sie uns mal zu 'nem Festtag verholfen haben.«
Heute sind schöne Augen auf Besuch da. Eine hochgewachsene Blonde mit einem Gesicht wie Milch und Blut hat aus Bremerhaven eine Freundin mitgebracht, der auch der helle Übermut aus den Augen lacht. Und dann ist noch eine üppige Dunkle dabei, mit klugen, etwas kühl blickenden Augen und einer vollen weichen Stimme, der die dunklen Brauen über der Nasenwurzel in einen feinen Strich zusammenlaufen. Die Herren finden das rassig.
Dem einen von ihnen ergeht es heute merkwürdig. Je voller die Musik ihre Weisen durch den Raum rauschen läßt, desto stürmischer brennen ihm die Gedanken durch und tragen ihn in die Ferne bis dorthin, wo Ströme sich endlos weiten und ringsum der Horizont verschwimmt und aus See dunkle Rauchwolken aufkommen.
»Hallo, Haye!« ruft ihn einer an. »Mensch, was sitzen Sie da und machen ein Gesicht? Gefällt es Ihnen hier in Bremen nicht mehr?«
Der Gefragte nickt nur und lächelt in sich hinein. Er wird sich hüten und den andern erzählen, wie glückselig er sich fühlt, dicht neben der einen sitzen zu können. Immer wieder muß er ihren Worten lauschen. Die Fremde aus Hamburg hat es ihm auf den ersten Blick angetan. Hat ihr Schlingel von Vetter, der immer so bremisch solide tut, sie ihm von vornherein als Nachmittags-Ausgchbraut bestimmt, oder was steckt da-

hinter? Er möchte sich nicht gern einwickeln lassen, doch dann ist auch wieder etwas da, was ihn sticht. Das Mädel ist ein famoser Mensch, ziert sich nicht und ist nicht auf den Mund gefallen und bleibt auf seine Neckereien die Antwort nicht schuldig, kurzum, sie gefällt ihm.
In Bremen sind diesen Sommer alle Wirtschaften gedrängt voll, jeden Tag eine Menge Fremde. Draußen im Bürgerpark flattern Fahnen an hohen Masten, festlich bunte lustige Hallen, prunkhafte Aufmachung und bergehohe Stapel von Industriewaren. Bremen steht unterm Zeichen einer Gewerbeausstellung. Will die vornehme Handelsstadt auf ihre alten Tage auch noch eine Industriestadt werden? In ihre behaglich steife Ruhe scheint ein großstädtischer Zug hineinkommen zu sollen. Ob das gut ist, darüber gehen die Meinungen auseinander. Doch das Leben pulst und die Goldstücke rollieren und die Zimmergesellen haben soviel harte Taler in den Taschen klimpern, daß sie sich mit Papendiekern, so nennt man in Bremen die Einspännerdroschken, zur Arbeitsstelle kutschieren lassen. Und in den Vorstädten hat sich viel fremdbürtiges Volk festgesetzt, von den Popolskis und den Kaczmareks, und aus dem Buntentor hat sich mit roten Bändern und Schleifen ein endloser Gewerkschaftszug hinausbewegt. Aber eine Seestadt ist Bremen über Nacht schon geworden. Wo unterhalb vom Weserbahnhof die alten Lagerhäuser vom Stephanitorsbollwerk ernsthaft in den Strom hinabsehen, liegt der neue Freihafen fertig, vornean ein hellroter Riesenbau und burgartig ein Zeitballturm darauf, ganz ähnlich wie der Kaiserturmkai vorm Hamburger Sandtorhafen. Noch liegt der neue Hafen weit unterhalb der Stadt, als wollte Bremen nicht recht mit ihm zu tun haben.
Sind es Liebespärchen, die sechs jungen Leute, die sich im Restaurant an der Weserbrücke zusammengefun-

den haben? Fast sieht es so aus, aber dann würden sie dichter zusammenrücken. Doch nun kenne sich einer mit jungen Leuten aus, die ihre überquellende Lebenskraft durch würdevolles Benehmen dämpfen und warten, bis einer den Anfang macht und losbricht oder sich eine Blöße gibt. Aber auch die jungen Damen sind viel zu lebhaft gewandt, als daß sie wie die Ölgötzen dasäßen. Es ist immer jemand dabei, der hat das Wort, und die andern hören ihm lächelnd zu, geben ihm Recht oder widersprechen ihm höflich. Nur Hans Schnaars, der seit sechs Wochen mit Hermann Haye zusammen in der Neustadt die Schifferschule besucht, sonst immer vorneweg mit seinen Behauptungen, sagt heute nicht viel, wenn er auch ein Schwerenöter ist und Helene Hayes hübsche Freundin, die neben ihm sitzt, sicher nichts anbrennen läßt. Schnaars kennt Bremen bei Tag und bei Nacht und hat auf der Herrlichkeit und der Brautstraße schon so viele Laternen ausgedreht, daß sie auf der Polizeiwache am Buntentor gar nicht mehr nach seinem Namen fragen. Kürzlich ist ihm aber etwas Peinliches passiert, und die Augen der andern sehen verdammt danach aus, als ob sie ihn gern fragen möchten, ob er die Hamburger Weißkappen nicht kennt. In allen Häfen der Welt tragen die Hamburger Schiffsleute ihre weißen Kappen.
Hans Schnaars ist neulich im Ratsweinkeller gewesen und mit seinem Rüdesheimer Brand noch bei Gebrüder Rüte am Markt gelandet, in dem langen schmalen Lokal, wo sie an der Tonbank stehen und einen Grog nach dem andern vermöbeln. Wenn Hans im Gin ist, kommt er sich noch dreimal schneidiger vor als sonst. An der Theke steht einer, der sieht von weitem wie ein Gentleman aus, aber er schimpft auf den Kaiser, weil daß der zuviel herumreist und lieber zu Hause bleiben und sein Land regieren sollte. Und dabei hat der Fremde den Hereinsteuernden schief angeguckt. Was,

etwas auf Seine Majestät? Er in Haltung auf ihn los, sich als Offizier vorgestellt und ihn auf der Stelle gefordert. Der Mann hat gegrinst und einen langen Blick auf seinen Stehkragen getan:
»Du mit din verdreihden Up- un Dalqueller wullt mi teaun Duell fordern? Natürli, dat kann mi pass'n, morgen fröh kann't losgohn, du bringst din krummen Säbel mit un ick min Labskausstamper. Denn man teau, denn wölt wi mol teaukieken, nem van uns beide de mehrsten Neih kriggt.«
Labskausstampfer, mein Herr? Wieso Labskausstampfer?«
»Tjä, Minsch, ick bün doch de Kock van den Hamborger Damper Eimsbüttel?«
Seit der Nacht ist Hans Schnaars ein wenig bedrückt. Er hat unterwegs auf den Reisen schon immer lange Voranschläge gemacht, was er an Land alles aufstellen und wie er sein Geld an den Mann bringen wollte, hat sich auch heimlich große Vergnügungsprogramme auf die Reling gekritzelt, aber die Voranschläge haben noch niemals gestimmt, und wenn er wieder an Bord kam, wurde an den beiden ersten Reisetagen die ganze Speisefolge heruntergefuttert, Beefsteak, Kotelett, Rührei mit Schinken, Spiegeleier mit Bratkartoffeln und so durch den Tag, und das wollte bei der Lloydverpflegung etwas bedeuten.
Wie kommt es aber, daß der stille, sonst etwas zurückhaltende Gottfried Suhren heute ein so pfiffiges Gesicht macht? Was hat er bloß? Nach hervorragend bestandener Kapitänsprüfung fährt er jetzt als Dritter, aber das kann es nicht sein, was ihn so übermütig stimmt. Mit hundertundvierzig Mark monatlich kann kein Mensch über den Tisch springen, und außerdem ist er Bremer Kaufmannssohn. Aber hat er es nicht fein zuwege gebracht, daß sie sechs Menschenkinder heute den Tag zusammen sein können? Als einheimischer

Führer der Gesellschaft hat er besondere Pflichten, und die Ausstellung hat herhalten müssen, ihretwegen ist ja auch Kusine Martha Stoevesandt aus Hamburg zu Besuch hier. Sie würden zu Mittag beim Parkhaus bleiben oder am Emmasee oder sonst irgendwo, hat er zu Hause gesagt. Fräulein Haye mit ihrem frischen Wesen würde seinen Eltern sicher gefallen, doch die Eltern sind ein bißchen schwerfällig und seine beiden Brüder ein wenig scheu, und er wollte ihnen nicht mit fremden Leuten ins Haus fallen, vor allem mit Schnaars nicht, dessen Redensarten ihnen ein wenig anstößig vorkommen könnten.

Sie haben miteinander einen Spaziergang gemacht, den Wall entlang, wo auf dem Stadtgraben weiße Schwäne ziehen und Windmühlen und Denkmäler auf den Hügeln stehen und drüben an der Kunterschaft vornehme stille Häuser liegen. Beim Bahnhof sind sie im Panorama gewesen. Die Einfahrt eines Lloyddampfers in den Hafen von New York. Die jungen Damen haben Augen gemacht, doch die anderen konnten nur lächeln. Leinwand und gemaltes Leben sind nur etwas für Binnenländische. Die Wirklichkeit gibt doch ein noch anderes Bild, sobald bei Sandy Hook Feuerschiff der Lotse an Bord kommt und es durch den Main Channel in die Lower Bay geht und dann durch die Narrows in die Binnenbay und alsdann den Hudson hinauf zu den Hoboken Piers.

Und jetzt sitzen sie in bunter Reihe, und ihre Stimmung wird immer angeregter. Am meisten Spaß macht es Gottfried Suhren, daß sein Kamerad Haye sich so gut mit der Kusine zu unterhalten scheint. Wenn die beiden heute ein wenig Feuer fangen, soll das nicht schaden, es wird ja nur ein vorübergehender Flirt bleiben. Und Hans Schnaars ist auch schon wieder der Alte und macht den Schwerenöter. Seine hübsche Partnerin ist nicht die erste, bei der er seine Künste

spielen läßt, und wird sich die Augen nicht ausweinen, wenn das Spiel heute abend ein Ende hat und er morgen einer anderen Blume zuflattert. Die Musik spielt flotte Weisen. Die Leute klatschen, und auch sie machen mit. Doch bei kleinem müssen sie wohl an den Aufbruch denken.
Gottfried Suhren verschafft sich Gehör:
»Herrschaften, ich schlage vor, wir setzen unsern Kurs jetzt in der Richtung auf die Ausstellung. Vielleicht vorher noch ein kleiner Törn durch die Stadt?«
Allgemeine Zustimmung. Gerade, als sie die Stühle rücken, fängt ein Stück an, das müssen sie noch mit anhören. Ein neues viel gesungenes Lied. Die Bremerhavenerin singt den Text schon halblaut mit:

> Ein Vöglein sang im Lindenbaum
> In lauer Sommernacht.
> Den Tönen lauschend wie im Traum
> Hab ich an sie gedacht.
> Und Blütenduft und Vogelsang
> Die haben sich vereint,
> Mir wurde, ach, so weh, so bang,
> Ich habe leis' geweint.

Sie haben sich wieder hingesetzt. Gewiß, ein Modelied, man hört und singt es allerorten, aber es hat etwas, was in der Luft liegt und zu allen Zeiten gewesen ist, etwas für schmelzend zerfließende junge Herzen, seliges wogendes Schwärmen von solchen, die eine Liebe haben oder dicht davor sind, eine Liebe zu haben.
Der erste, der das Schweigen bricht, ist Schnaars.
»Huh, hu!« macht er laut. »Ein Chanty für Sekundaner und ihre sentimentalen Flammen.«
Die jungen Mädchen sind entrüstet.
»Ich finde das Lied furchtbar nett!« betont Helenes

Freundin. »Es liegt doch Gefühl darin. Irgendeine weiche Saite hat jeder, und wenn daran gerührt wird, dann klingt sie. Oder bestehen Sie nur aus hartem Männerholz, Herr Schnaars?«
Die andern lachen.
»So, Schnaars, nun haben Sie Ihr Fett weg«, stellt Gottfried Suhren trocken fest.
Hermann hat während des Liedes seine Schwester ansehen müssen. Was sagt Helene dazu? Ihm ist das Lied auch zu wimmerig und tränenfeucht. Doch nun hat er etwas gesehen, das hat ihm fast den Atem verschlagen. Sie und ein anderer haben sich bei der einen Stelle mit Augen verschlungen, so verzehrend heiß, daß er nicht wieder hinsehen mochte. Es ist gut, er nimmt seine Schwester nachher einmal ins Gebet.
Das Lied ist zu Ende, und er mahnt:
»Jetzt wird es wirklich Zeit, weiter zu gehen.«
Aber wie kommt's, die andern zögern und bleiben noch. Wahrhaftig, die Musik spielt das Lied noch ein zweites Mal. Der hohe Stehkragen wechselt das Standbein und sieht mit maliziösem Lächeln zur Saaldecke hinauf. Auch Hermann weiß nicht, soll er sich ärgern über die Geschichte oder soll er lachen? Ihm kommt Verdacht, es ist jemand hingegangen und hat die Musikanten angestiftet. Und jetzt sieht er, wie seine Schwester und Gottfried Suhren einander anlächeln und die Augen ineinander versenken. Das ist keine Spielerei mehr, das ist heillose Verliebtheit von Leutchen, die ringsum sich und alles vergessen. Zureden ist hier zu spät. Schicksal, du hast dich aufgemacht und willst deinen Gang gehen. Und er selber? Auch auf ihn ist es übergesprungen, was ihn unruhig macht.
Sie nehmen den Weg in die Stadt und biegen von der Wachtstraße in schmale Gassen ein. Er geht neben Fräulein Stoevesandt. Sie ist heute nun einmal seine Dame, und er wäre verstimmt, wenn es anders wäre,

hat auch den Eindruck, auch ihr ist seine Gesellschaft nicht unlieb. Er hat eine wunderbare Fröhlichkeit, wenn er so neben ihr geht und ihr alles zeigt, wofür er bei ihr ein Interesse voraussetzt. Die hohen Häuser werfen tiefe Schatten in die Straßenschluchten hinein, ehemalige Patrizierwohnungen, aber jetzt Stockwerk über Stockwerk Kontore, in den Erdgeschossen Papierläden und kleine Druckereien. In Bremen darf sich nur Kaufmann nennen, wer zwischen Brill und Börse sein Kontor hat, alles andere sind Höker und Händler.
»Hier ist's fast wie in einem Hamburger Gängeviertel«, bemerkte seine Begleiterin. »Nur die Menschen sehen anders aus.«
»Unsere Kaufmannsgegend«, erklärte er. »In Bremen sitzt das Herz von der Unterweser, und in diesen Straßen fühlt man es schlagen. Hier phosphoresziert das Hirn der Stadt, entwirft und berechnet und sendet seine zu Schiffen gewordenen Gedanken über die Welt.«
»Und wo bleibt ihr Seeleute?« fragte sie lächelnd. »Stellen Sie sich nicht selbst ein bißchen in den Schatten, wenn Sie den Kaufmann so preisen?«
»Man darf beides nicht in einem Atem nennen«, erwiderte er. »Manche behaupten, wir seien bloß die Ausführer von den Gedanken der andern, eine Art Handarbeiter und den Kopfarbeitern auf jeden Fall unterlegen. Sie sind eine Kaufmannstochter, Fräulein Stoevesandt, wie urteilen Sie?«
»Ich weiß«, gab sie zur Antwort, »daß Sie nicht klein über ihren Beruf denken. Und ich selbst? Fast möchte ich Sie um den Beruf beneiden. Seeleute sollen sich den Wind um die Nase wehen lassen, sagt man. Das heißt doch auf gut Deutsch, nicht den Zuschauer spielen, sondern fest mit zupacken.«
»Und kämpfen, wo es sein muß«, fügte er rasch hinzu.

»Nein, ich bin nicht unzufrieden mit meinem Beruf, im Gegenteil, ich hoffe noch einmal etwas recht Tüchtiges in ihm zu leisten.«
Sie sah ihn ernsthaft an. Dann gingen sie weiter. Die Langenstraße und ihre mittelalterlichen Giebelhäuser nahm ihre Aufmerksamkeit in Anspruch. Renaissancefassaden, prächtige Portale und zierliche Auslucten. Die grüne Haube vom Ansgariturm nickte herüber. Sie sahen, die Zeiger auf dem riesenhaften Zifferblatt gingen auf fünf, hatten es aber sofort wieder vergessen, wie spät es eigentlich war. Die Obernstraße mit ihren bunten Läden brachte sie zum Markt, ehrwürdig winkte das Rathaus mit seinem weißlichen Steildach, und der Riese Roland schulterte sein Schwert. Hans Schnaars aus Hannover stand schon am Gitter zu lästern:
»Der sieht mit seinen spitzigen Knien so stocksteif aus wie seine Landsleute.«
Dann taten sich weite Plätze auf mit Denkmälern und Brunnen, die Liebfrauenkirche machte ein strenges Gesicht, aber Schütting und Börse grüßten freundlich, und überm Dom und seinen beiden Türmen ragten luftige Baugerüste.
»Als wollte die alte Hansestadt ihre Schönheit auf einen Haufen zusammentragen«, sagte er zur Begleiterin. »Ja, das ist Bremen, klar und unmißverständlich.«
»Sie schwärmen für Bremen?« fragte sie. »Ich verstehe das.«
»Und Sie vergleichen es nicht mit Ihrem Hamburg? Das läge doch nahe?«
»Ich habe auch meinen Heimatstolz«, erwiderte sie. »Aber der besteht nicht darin, daß ich feststelle, hier sieht es anders aus als zu Hause oder bei uns ist das und das besser. Das wäre eine spießbürgerliche Genugtuung und die niederste Stufe von Heimatgefühl. Einen

Eindruck unbefangen in sich aufnehmen und verarbeiten, ihn ablehnen oder genießen, ich glaube, das ist mehr wert. Beim ewigen Vergleichen und Maßstabanlegen und Kritisieren kommt nichts heraus. Natürlich, es gibt auch ein Vergleichen, das scharf beobachtet und den Menschen fördert, doch das ist wohl nicht meine Aufgabe.«

Sie gingen jetzt durch die Außenstadt. Langgestreckte unter demselben Dach fortlaufende Hausreihen, zweistöckige Wohnungen mit hübschen Glasveranden und netten Vorgärten, dann auch einstöckige kahlere Reihen. Sie ließen sich's gutwillig gefallen, daß der Heimatstolz ihres Führers sie erst auf Umwegen zum Bürgerpark hinausbrachte. Sie hatten etwas Weiträumiges, die Vorstädte, doch wo war eine Stadt so behaglich sauber? Auch in den einfachen Arbeiterwohnungen verrieten schlohweiße Gardinen, funkelndes Messing an den Türgriffen und blitzblank geputzte Namensschilder, es saß von alters her noch ein Schuß Schifferblut in der Bevölkerung. Bremen, die älteste deutsche Seestadt.

In einer der stillen Straßen kam ihm ein rascher Entschluß. Wer wußte, ob das Zusammensein im Ausstellungspark ihm noch eine Gelegenheit bieten würde?

»Es war ein schöner Tag heute«, fing er an. »Ich hoffe, wir sehen uns bald einmal wieder, Fräulein Stoevesandt?«

War sie zusammengezuckt? Aber ihre Stimme klang klar, als sie ihm die Antwort gab:

»Ich habe mich gefreut, Sie kennengelernt zu haben, Herr Haye. Meine Mutter hat mir schon von Ihrer Familie erzählt. Aber nun seien Sie nicht böse, wenn ich Ihnen eine andere Antwort gebe als Sie vielleicht erwarten. Über meinen Vetter habe ich mich heute geärgert. Ist er ein Gelegenheitsmacher oder was ist mit

ihm? Hätte ich geahnt, ich würde heute mit Ihnen zusammentreffen, ich wäre sicher zu Hause geblieben.«
Er zwang sich zu einer ruhigen Entgegnung:
»Ich hätte Sie nicht für so grausam gehalten, Fräulein Stoevesandt. Sie zerstören meine Hoffnungen mit einem einzigen Schlag.«
»Das tut mir aufrichtig leid«, sagte sie. »Aber glauben Sie mir, ich würde niemals so sprechen, wenn ich nicht Offenherzigkeit für besser hielte als unklares Versteckspielen oder gefühlvolles Schwärmen.«
»Wie meinen Sie das?«
»Ich weiß, es klingt hart, aber es muß so sein«, sagte sie fest. »Zwischen Ihnen und mir liegt etwas, etwas Vergangenes oder noch nicht Vergangenes, ich weiß es nicht, aber es zwingt uns, daß unsere Wege auseinander bleiben müssen.«
»Und was wäre das?« fragte er. Seine Stimme flog, und er wiederholte die Frage noch dringender:
»Was wäre das, Martha Stoevesandt?«
»Ich finde keinen Ausdruck«, sagte sie gepreßt, »aber meine Mutter würde es Fortuna nennen.«
»Fortuna?« fuhr er auf. »Das ist doch das Glück?«
»Es sollte es sein – es könnte es sein«, kam es verloren. Ihre weiche Stimme hatte etwas Trauriges, fast Klagendes bekommen. »Aber ich fürchte, es ist nur ungewisses Schicksal, wenn nicht geradezu das Verhängnis.«
»Ich fühle Ihnen nach, was Sie meinen, ich ahne es wenigstens«, sagte er beklommen. »Aber darf die Vergangenheit so stark sein?«
»Sie ist es leider«, gab sie zur Antwort. »Und nun lassen Sie uns nicht mehr darüber sprechen, Herr Haye, ich glaube fast, wir werden ein wenig sentimental.«
Sie hatte sich bei den Worten zu einem schmerzlichen Lächeln gezwungen, er ließ sich aber nicht abweisen.
»Was geht uns die Vergangenheit an!« brauste er auf.

»Sind wir nicht ein neues Geschlecht? Fort mit dem, was hinter uns liegt und uns nichts angeht, das ist erledigt und soll nicht wieder heraufkommen! Fortuna? Nein, niemals ein dunkles Verhängnis, das uns die Hände bindet. Selber mit zuschlagen, ein jeder ist seines Glückes Schmied.«
Sie sah schweratmend vor sich hin. Er gewahrte es wohl, sie wollte fest bleiben und sich nicht wankend machen lassen.
»Ich wünsche meinem Vetter und einer anderen alles Gute«, nahm sie nach einer Pause das Wort. »Gottfried hat seine besonderen Zukunftspläne, jedenfalls gehört er nicht zu den Männern, die sich mit sanftem Wind durchs Leben treiben lassen wollen, und das gefällt mir an ihm. Und wenn die, die einmal sein Schicksal mit ihm teilt, mitkämpfen muß, dann ist das der Sinn eines Lebens, das sich mit wirklichem Inhalt anfüllt.«
»Sie lieben die kampfscheuen Menschen nicht und sind selbst so entsagungsvoll?« rief er. »Oh, Fräulein Stoevesandt, es gibt noch andere, die haben auch ihre Ziele und sind nicht bange, um sie kämpfen zu sollen.«
»Herr Haye, ich bitte Sie«, entzog sie sich ihm, »lassen Sie uns nicht weiter darüber sprechen. Es hilft nichts, wir beide müssen auseinander bleiben. Das ist unser Schicksal.«
Schweigend gingen sie nebeneinander weiter. Ihm war das leichte Beben in ihrer Stimme nicht entgangen. Vorhin glaubte er in ihren Augen ein flüchtiges Aufleuchten bemerkt zu haben, doch jetzt lag es wie ein Schleier auf ihrem Gesicht, und sie hielt die Lippen aufeinander gepreßt, als müßte sie etwas niederkämpfen.
Mittlerweile waren sie mit den andern ans Ziel gekommen und mußten unbefangen tun. Sie saßen wieder zu Sechsen vor dem großen Prunkbau am Holler

See. Die Luft der Ausstellungsherrlichkeit, ein buntes Treiben, Musik und Menschentrubel nahmen die Sinne gefangen. Doch seine Augen gingen immer wieder auf sie hin. Diese verständig klare Hamburgerin mit der feingezogenen Linie über den Augen war keine von den gefühlvollen Schwärmerinnen, die sich dem Augenblick hingaben, doch solche Wirklichkeitsmenschen mochte er. Die Tochter einer verwitweten Kaufmannsfrau, die in ihrer Villa auf der Uhlenhorst einst glänzende Tage gesehen hatte. Und jetzt wohnte sie mit der Mutter hinten im Hammerbrook am Heidenkampsweg, und er wußte aus ihren Andeutungen, sie mußten um ihr tägliches Brot ringen und hatten beide ihren herben Stolz behalten, – eine, die aus anderem Holz geschnitzt war als die lauwarme Wohlhäbigkeit der Kreise, denen ihr Vetter entstammte. Bei dem war es nur der frische freie Seemannsberuf, der ihn einer steifleinenen und enggedrückten Welt entnahm. Eine große Stadt färbte anders auf die Menschen ab und machte sie vollmundiger und selbständiger als alle noch so ehrenfeste Solidität. Wer wirkliche Lebenskunst lernen will und sich nicht mit Kunstfertigkeiten begnügt, hatte sie ihm gesagt, der muß gehungert haben. Das galt von der landläufigen Kunst, noch mehr aber von der höchsten und größten, und die war das Leben selbst.

Und auch er wollte ein Kämpfer sein. Verlier den Mut nicht, Hermann Haye! Dein Ziel ist hoch und fern, aber es muß einen Weg geben, es zu erreichen.

Auf dem Weg zum Bahnhof suchte er seine Schwester auf eine Minute allein zu sprechen. Sie war von einem andern mit Beschlag belegt, aber schließlich gelang es ihm.

»Helene, laß uns beide einmal vernünftig über eine Sache sprechen«, schlug er ihr vor. »Sage mir aufrichtig, wie ist es mit dir und Gottfried Suhren?«

»Wieso?« fragte sie schnippisch.
»Du machst mir nichts vor, liebe Schwester. Ich habe euch während des Nachtigallenliedes zufällig beobachten müssen. Es ist übrigens auch anderen Leuten nicht entgangen.«
»Was fällt dir ein!« kam es gereizt. »Ich bin bei kleinem zwanzig Jahre geworden und weiß allmählich, was ich zu tun und zu lassen habe. Auch meine ich, ein jeder soll vor seiner eigenen Tür fegen und sich um andere Angelegenheiten nicht kümmern.«
Er biß sich auf die Lippen. Er hatte genug gehört und sich damit abzufinden, daß von nun an jemand anders zwischen ihm und der Schwester stand. Sie war bisher seine gute Kameradin und beste Vertraute gewesen.
»Und wie denkst du über Fräulein Stoevesandt?« fragte er unvermittelt.
Sie sah betroffen auf. Ihre spöttische Sicherheit war auf einmal verschwunden, und über ihr Gesicht huschte ein Schatten.
»Mädchen, was hast du?« fragte er besorgt.
»Du beschämst mich durch dein Vertrauen zu mir«, antwortete sie bedrückt. »Ich werde mit Herrn Suhren sprechen. Er soll euch beiden nicht wieder zusammenbringen.«
»Bitte, sprich weiter«, drängte er heiser. »Nun es einmal so weit ist, möchte ich alles hören.«
»Sie ist eine von den ganz Klugen«, erklärte sie. »Was sie sagt – und sie pflegt sich scheint's ohne Rückhalt zu äußern – hat gewiß Hand und Fuß, aber mir ist sie zu gescheit, zu sachlich, zu überverständig.«
Helene hatte einen leicht wegwerfenden Ton in ihre Worte gelegt. Ob ihr Urteil wirklich richtig war? Sachlich klare Verständigkeit ohne weichliche Empfindelei und überhingebungsvolles Schmachten, und doch kein Mannweib, gerade das konnte ein Seemann bes-

ser gebrauchen als irgendein anderer. Schifferfrauen verbrachten die meiste Zeit ihres Lebens ohne den Mann und mußten auf sich selbst gestellt sein.
»Sie wird eine gute Hausfrau abgeben«, nahm er wieder das Wort. »Hast du nicht gesehen, wenn sie ein Tuch oder sonst etwas zusammennahm, wie sie alles unter ihren Händen zurechtlegte?«
Helene war weicher geworden:
»Lieber Hermann, ich bitte dich, laß deine Schwester den Weg gehen, den sie gehen muß. Und ich glaube fest an mein Glück. Aber an deins kann ich nicht glauben. Ich kann es dir nicht mit genauen Worten sagen, aber ich fühle es, dein Weg wird dir nicht leicht gemacht werden. Reiß dir's aus dem Herzen, jetzt ist's noch Zeit. Du darfst nicht länger mit dem Feuer spielen, es verbrennt dich – und verbrennt auch eine andere.«
»Ist das Fortuna?« murmelte er.
Er hatte die Frage mehr an sich selbst gerichtet als an die Schwester. Helene verstand es nicht. Wie sollte sie auch? Was wußte eine glücklich Liebende von Fortuna?

19

Um die Stunde, in der zwei Lebenspfade in einen einzigen zusammenlaufen wollten und wieder auseinander mußten, hatten Gottfried und Helene einander gesagt, sie wollten sich fürs Leben angehören. In Bremerhaven zog Helene die Mutter in ihr junges Geheimnis, und die Mutter hielt es für richtig, auch der Vater würde bei Zeiten vorbereitet.
Der Alte mußte sich erst einmal zurechtsetzen.
»Daß Helene einen Fahrensmann heiratet, ist ihr schon an der Wiege gesungen. Aber wer ist dieser Gottfried Suhren?«
Als ihm bedeutet wurde, was er längst wußte, seine Mutter wäre eine von den Elsflether Bardewieks, zog er die Stirnfalten zusammen.
»Der Mensch soll vorurteilslos sein, aber dies ist doch eine verdammte Sache«, knurrte er. »Frau, stelle dir's doch mal vor, du und ich sollen auf unsere alten Tage mit Leuten zusammengebracht werden, mit denen wir einmal zu tun hatten und froh gewesen sind, als wir mit ihnen fertig waren?«
»Hast du nicht immer die Selbständigkeit und Freiheit gepredigt, Eilert?« fragte sie sanft. »Es kommt darauf an, daß unser Kind glücklich wird, da müssen wir Alten zurückstehen.«
Er brummte etwas Unverständliches in seinen Bart und blieb den Tag einsilbig. Noch am Abend mußte er mit seinem Janbaas wieder in See. Für wehleidige Kla-

gen war keine Zeit. Als er acht Tage später zurück kam, war er noch verdrossener. Draußen auf See mußte es schwer in ihm gearbeitet haben.
»Macht, was ihr wollt, und laßt mich zufrieden«, erklärte er unwirsch. »Ich will nichts mit dem Unsinn zu tun haben.«
Christine ließ ihn gewähren. Schon am nächsten Tag fing er selber wieder davon an. War es nicht gut, wenn er einmal mit dem Sohn über die Geschichte sprach? Hermann war ein vernünftiger Mensch, würde seinem Vater schon beistehen und trotz der Freundschaft mit dem Suhren unparteiisch urteilen. Er fuhr jetzt als Dritter auf dem Schnelldampfer Leine und war längst in den Jahren, ein eigenes Urteil zu haben. Sobald er von der nächsten Reise zurück war, wurde er ins Vertrauen gezogen.
»Sage mal, lieber Junge, kannst du unserer Helene nicht den Kopf zurecht setzen? Du bist der Mann und kein anderer. Die dumme Plemperei geht mir doch zu stark gegen den Strich. Ich habe so ein Gefühl, als käme für uns alle kein Glück dabei heraus. Sage mir offen, wie stellst du dich zu der Frage?«
Hermann war zusammengefahren. Was für eine Zumutung, die der Ahnungslose ihm stellte. Immer wilder wirbelten die Gedanken in ihm durcheinander. Was würde der Alte erst sagen, wenn er eines Tages vor ihn hintrat und ihn vor die Tatsache stellte, daß die Kette mit der Familie Bardewiek noch ein Glied enger gesteckt werden sollte? Martha Stoevesandt war am Tag nach ihrem Zusammensein nach Hamburg gereist, und er hatte seitdem noch nichts wieder von ihr gehört. Aber seine Hoffnung brannte noch wie Feuer, und unverrückbar stand ihm sein Ziel fest.
»Ich möchte dich bitten, Vater«, sagte er zögernd, »laß mich aus dem Spiel.«
Der Alte hatte während seines Schweigens mit arg-

wöhnischem Stirnrunzeln dagesessen. Jetzt brach er los:
»Junge, du siehst ja so perplex aus, was hast du? Aha, ich weiß schon, du steckst mit den beiden Frauensleuten unter einer Decke?«
»Vater, gewiß nicht!« beteuerte er. »Aber ich glaube, es ist schon zu spät. Und ob ich – ob gerade ich dir wirklich helfen könnte?«
War es ihm gelungen, dem Vater die Wolken von der Stirn zu scheuchen? Der Alte schien etwas ruhiger geworden zu sein.
»Gut, mein Junge«, erklärte er. »Ich weiß, ich kann mich auf dich verlassen. Aber nun sage mir eins. Du kennst diesen Herrn Suhren. Was ist er für ein Mensch?«
»Ich glaube ihn genau zu kennen«, war die Antwort. »Helene würde mit ihm glücklich werden. Die beiden ergänzen sich. Was sie an flottem Wesen zuviel hat, hat er zuviel an Bedächtigkeit. Die Suhrens sind solider Bremer Schlag.«
»Und er ist beim Lloyd und fährt als Dritter wie du? Da müßte das Kind ja bis ins Aschgraue warten, ehe sie Hochzeit machen könnte. Du weißt, ich bin kein vermögender Mann.«
»Gottfried wird nicht beim Lloyd bleiben«, antwortete er.
»Nicht beim Lloyd bleiben? Weshalb nicht?«
»Er will einen Trampdampfer fahren. Das ist sein fester Entschluß.«
»Einen Trampdampfer? Gott soll mich bewahren! Das ist das Schlimmste von allen. Und da kommt der Mensch und verdreht jungen Mädchen die Köpfe? Schade, daß mein Freund Siebel Remmers nicht hier ist, den würde ich mit einer gepfefferten Antwort zu ihm schicken.«
»Suhren ist kein Abenteurer und unruhiger Kopf, aber

das feste Linienfahren behagt ihm nun einmal nicht. Er spricht schon seit Jahren von seiner Idee.«
»Junge, hör auf, der Kerl hat offenbar einen Vogel! Und da besinnst du dich noch eine einzige Sekunde und sorgst nicht dafür, daß unsere Helene nicht mit offenen Augen in ihr Unglück hineinrennt?«
»Die beiden lieben sich, Vater. Und ich fürchte, ich habe keinen Einfluß auf Helene.«
»Ganz einerlei!« stieß der Vater heraus. »Du weißt, was du zu tun hast und daß du mir helfen mußt. Gehe nur hin und sprich mit deiner Schwester und dann sieh zu, daß du auch den Suhren kurierst. Von dem sind noch Verwandte in Hamburg da. Ob sie noch existieren, weiß ich nicht, geht mich auch gar nichts an. Sorge du nur dafür, daß uns keiner von der Gesellschaft zu nahe kommt!«
Die aufgebrachten Worte hatten den Sohn nur noch schmerzlicher zerrissen. Immer wieder mußte er seinen guten Vater ansehen. Der war mit seinem stählernen Körper noch immer wie ein Dreißiger und tat seinen harten Dienst auf dem Fischdampfer, doch aus den tausend Fältchen, die ihm übers Gesicht liefen, waren allnachgerade tiefe Furchen geworden, und die Schatten wurden von Monat zu Monat dunkler. Hermann war geneigt, das auf den allgemeinen Mißmut zu schieben, der in den Unterweserstädten um sich griff. Die wirtschaftliche Lage! In Bremerhaven murrten sie, daß die Schnelldampfer noch immer in Nordenham anlegten, und jenseits der Geeste hingen sie die Köpfe noch tiefer. Geestemündes blühender Petroleumhandel hatte sich verzogen. Der Petroleumkönig Riedemann verließ seinen Palast an der Borriesstraße und siedelte nach Hamburg über. Und auch der große Holzhandel war nach Bremen gegangen. Die Weserkorrektion tat ihre Wirkung. Die kleinen Lloyddampfer und dann auch bald die vom La Plata fuhren bereits

nach oben hinauf, und Bremerhaven schien nur ein Hafenplatz für die ganz großen Schiffe bleiben zu sollen. Zwei andere Kompagnien, nicht so groß wie der Lloyd, aber doch auch bedeutende Gesellschaften, die Hansa mit ihrem schwarzen Maltakreuz, die auf Ostindien fuhr, und die Argolinie mit dem Gelbstern im grünen Feld, ließen ihre Dampfer auch längst bis Bremen-Stadt hinaufgehen. Sogar die kleinen Fischer auf der Weser verspürten die Umwälzung. Durch den zunehmenden Verkehr wurden die Laichplätze gestört, und sie mußten draußen vor der Küste fischen oder Hochseefischer werden. Nur einige wenige, die noch in stillen Seitenarmen des Stromes ihr Gewerbe ausübten. Mitte Weges zwischen Brake und Nordenham war im Ort Strohausen einmal blühendes Leben gewesen. Jetzt lag er abseits hinter einer Plate, und seine alten braunroten Packhäuser starrten aus den toten Augen ihrer Luken auf ein verlassenes Fahrwasser hinauf. Wer kannte den kleinen Sielhafen Strohausen noch?

Oder war es doch das mit Helene, was dem Alten die Wolken auf die Stirn brachte? Aus dem Mädel sollte einer klug werden. Wer so im Hause herumträllerte und so zuversichtlich tat, war keine unglückliche Schmachtende, die sich vor Sehnsucht verzehrte. Es war klar, sie schrieb und erhielt heimliche Briefe. Dem Vater kam es vor, als hätte auch ihre Mutter die Hände im Spiel. Verdammt noch mal, die Weibsleute mit ihrem leidigen Getue sollten ihn nicht von hinten herum einwickeln! Es schien ihm auch nicht von ungefähr, daß Christines Bruder, der noch immer seinen Lotsenkutter fuhr, eines Tages angegangen kam. Schwager Jakob drückte lange herum und erzählte von seiner Meta und wie es den Kindern in Blexen ging, und daß seine drei Jungens nun wohl bald nach Oldenburg auf die hohe Schule müßten. Oder sollte er sie lie-

ber nach Brake oder Bremerhaven schicken? Schließlich steuerte er aber doch auf sein Ziel los.
»Du bist also dagegen, daß deine Tochter einen Trampdampfersmann heiratet?« fing er an. »Versteht sich, ich zöge auch eine feste Linie vor. Einen Tramp fahren ist 'ne verfluchte Sache, man verliert sozusagen die Heimat. Die pflügen das Wasser auf allen Meeren und ziehen von einem Hafen zum andern, je wie die Fracht ist, bleiben Jahre lang fort und wissen nie, wann sie wieder einmal nach Hause kommen. Aber möchtest du dir's nicht trotzdem überlegen?«
»Ist nichts zu überlegen, Mann«, entgegnete er schroff. »Dieselbe unglückliche Geschichte wie mit meiner Fortuna. Die Tiefladelinie ist nur für die Dummen da, die sich nach ihr richten, und den Board of Trade oder wie die Kontrollbehörden sich nennen, führt man hinters Licht. Und ich soll meine Tochter dazu hergeben, daß sie bei der Hetzjagd auch noch unglücklich wird?«
Jakob Ricklefs wußte, was er meinte. In der weiten Welt herumfahren und nichts anderes im Kopf haben, als soviel Fracht aufzunehmen und so viele Fahrten machen, wie nur menschenmöglich war. Die Profitsucht von den Privatreedereien war fast noch schlimmer als die Dividendenwut der Gesellschaften. Kohlen sparen, Mannschaft sparen, Verpflegung sparen, so ging es in einem fort. Aber er blieb hartnäckig.
»Willst du dir's nicht trotzdem überlegen, Schwager Eilert?« fragte er. »Hier geht es um zwei Menschenschicksale.«
»Dummes Zeug, sie soll einen andern heiraten«, brummte er. »Sie braucht nur die Hand auszustrecken, dann hat sie einen.«
»Bester Schwager, ich weiß doch nicht«, meinte der andere bedächtig. »Das Mädchen tut nur so fidel und macht dir was vor. Laß dir's von deiner Frau erzählen.

Des Nachts nimmt sie das Bettuch zwischen die Zähne und weint sich satt. Ich glaube, wir müssen weitherziger sein.«
»Ach was, laß die Deern plärren!« rief der Alte. »Die alberne Gans will ihrem Vater am Ende wohl etwas abtrotzen und hat sich nun hinter ihre Leute gesteckt? Laß man, ihre Heulerei wird schon vorübergehen.«
Ricklefs sah es wohl, dem Alten war nicht beizukommen. Mehr als der Tramp war es der Widerstand gegen die Bardewieks, was ihn in Harnisch brachte. Sobald nur einer davon anfing, wurde er grimmig und schrie, sie sollten sich alle zum Teufel scheren.
Christine deutete ihrem Bruder an, es täten vielleicht noch andere Erfahrungen das Ihre.
»Die Leute auf seinem Fischdampfer«, flüsterte sie. »Er macht sich schwere Gedanken. Sprich doch mal mit Hermann darüber, der weiß besser Bescheid als wir Frauen.«
Jakob tat, wie seine Schwester ihm riet. Hermann zuckte die Achseln. Die Janbaasleute waren rauhe, aber gutwillige Männer, die unverdrossen ihre Pflicht taten und für ihren Kapitän durchs Feuer gingen. Unaufdringlich und mit zäher Geduld hatte er um ihre Herzen geworben, doch nun kam etwas auf, das wurde stärker als seine Bemühungen und zog auch seine Leute mit. Ein Riß war entstanden, der durchs ganze Volk ging und immer klaffender wurde, und es nützte nichts, daß die einen ihn geflissentlich übersahen und andere ihn unterschätzten und für harmlos erklärten. Vor einigen Jahren hatten sie noch gelächelt, wenn die Kriegerkameradschaften und die bürgerlichen Vergnügungsvereine mit dem Dampfer Willkommen ihre Ausflüge nach dem Rotensand machten, während die andern zu Fuß nach Dorum oder Stotel marschierten und sich an den Klängen der Arbeitermarseillaise berauschten.

Nicht scheuen wir den Feind, nicht die Gefahren all',
Der Bahn, der kühnen, folgen wir, die uns geführt Lassalle.

Jetzt war die Harmlosigkeit dahin und eine fanatische Verbissenheit aufgekommen. Die andern beruhigten sich freilich immer noch. Neid der besitzlosen Klassen, so meinten sie, oder ein unvermeidlicher Naturprozeß, der ein ganzes Volk aufwärts streben ließ und nun auch die unteren Schichten aufwühlte.
Mein Vater kann diese Reden nicht mitmachen«, erklärte Hermann. »Er sagt, wer sich die Augen nicht absichtlich zuhält oder zu töricht ist, der müßte sehen, die eine Schicht strebt nach oben und die obere weicht ihr aus, indem sie sich immer mehr versteigt, sich überhebt und versteift, statt einen Ausgleich zu suchen.«
Dem andern saß ein unbehaglicher Zug um den Mund. Das waren Dinge, die er nicht gern hörte.
»Ich weiß, dein Alter ist keiner von den Roten«, erklärte er, »aber er sieht doch wohl Gespenster. Es ist nicht so schlimm und viel Schwarzseherei dabei. Immerhin hat er das gute Bewußtsein, an seinem Teil nichts versäumt und die Gefahr erkannt zu haben, wenn überhaupt eine Gefahr da ist.«
»So ist es«, stimmte der Neffe ihm zu. »Das tröstet ihn und gibt ihm die Hoffnung, es möchte nicht noch schlimmer und der Riß nicht noch klaffender werden, oder es möchte noch einmal etwas eintreten, etwas Gewaltiges, ganz und gar Unvorhergesehenes und Unberechenbares, was dem Auseinanderreißen Einhalt tut, ehe es zu spät ist und Oben und Unten einander nicht mehr verstehen.«
Was sagte denn Bruder Karl aus Brake zu dem allen? Der ließ sich jetzt noch häufiger an der Keilstraße sehen als früher. Voriges Jahr hatten sie seine treue Gesine auf den Kirchhof hinausgebracht. Sein großer

Fuchsbart war schon bedenklich mit blassen Streifen durchsetzt, aber sein Brustkasten war noch der alte und seine Bärenstimme dröhnend wie immer. In Nordenham ging es glänzend, und in Brake hatten sie die Pier schon wieder verlängert und triumphierten über die Schleusenhäfen vor denen immerfort Bagger in Gang waren, wenn ihnen die Erdlöcher nicht zuschlicken sollten.
Wollte er in der Sache, die alle bewegte, nicht auch ein Wort in die Waagschale legen? Er setzte ein pfiffiges Gesicht auf, als wüßte er etwas, was er nicht verraten dürfte. Was war denn los?
»Ruhig Blut, Leute, laßt erst mal euren Hermann wieder hier sein, der soll es mit anhören.«
Sobald Hermann zugegen war, pflanzte er sich mit triumphierendem Schmunzeln vor seinem Bruder auf und drückte ihn mit der Tatze in den Stuhl:
»Na, Bruder Eilert? Dein Schwiegersohn versteht seinen Kram, das muß ich sagen. Der hat einen guten Job vor, und ich darf dir wohl gratulieren?«
»Kindskopf, ich habe keinen Schwiegersohn!« kam es barsch.
»Was für einen guten Job, Onkel Karl?« kam es von einer andern Seite. »Sprich doch endlich, du machst uns neugierig.«
»Wißt ihr denn noch gar nicht Bescheid, Leute? Die Sache hat Ordnung und Schick, und euer Bremersmann ist ein Baas von Kerl. Mit seinen Jahren schon Kapitän? Das soll ihm heute einer nachmachen.«
»Er will einen Tramp fahren«, versetzte Eilert bitter. »Das ist keine Kunst.«
»Tramp und Tramp ist aber nicht eine Wichse, mein lieber Bruder«, belehrte der andere ihn. »Nur ein kleines Ding von zweitausend Tons, aber es ist doch ein eigenes Königreich. Diese Suhrens sind Leute, die sich zu helfen wissen. Sie haben zusammengeschossen, der

Alte und die zwei Brüder, machen eine Partenreederei und legen ihrem Gottfried fix und fertig einen Dampfer hin. Der soll die Ostsee befahren. Ist das nicht ein feines Unternehmen? Was sagt ihr nun, Leute?«
Hermann schlug sich vor Verwunderung auf die Knie. Dieser steifbeinige Gottfried Suhren? Wer hätte dem so etwas zugetraut!
Der Alte knurrte noch immer. Bruder Karl mußte den Eigensinnigen noch kräftiger anpacken:
»Mensch, du sitzt noch auf deinem Stuhl und weißt nicht, ob du das Glück zum Fenster hereinlassen sollst, wenn es bei dir an die Scheiben klopft? Hörst du nicht, daß dein Schwiegersohn ein eigenes Schiff fahren wird? Wer kann das heutzutage, wo alles in der Welt Kompagnie und Trust ist? Also was ist, alter Stintjäger, bist du immer noch nicht klar?«
Der Angeredete war aufgestanden und ging mit schweren Schritten im Zimmer auf und ab. Es wollte etwas wie ein Lächeln auf sein Gesicht hinauf, doch er kämpfte noch dagegen an.
»Sei doch man bloß nicht gleich so grob«, kam es kleinlaut. »Laß mir doch Zeit, ich muß mir das erst mal überlegen.«
»Hat sich noch lange was zu überlegen, du Schrappenpüster!«
Mit den Worten hatte er schon die Tür aufgestoßen. Mutter und Tochter sollten sofort hereinkommen. Es dröhnte über den Flur, daß die Gardine gegen die Glastür flog:
»Hurra, Kinners, de Slacht is wunnen! Un nu fix hengelopen na de Neihersche un de Hochtidskledajen bestellt!«

20

Hermann machte seine erste Reserveübung als Leutnant zur See. Die Übungsfahrten gingen diesmal von Wilhelmshaven aus. Ein widerwärtiges Pech, daß er ausgerechnet zu dem aufs Torpedoboot kam, der ihn damals in Kiel anfuhr und sich seine Reden über militärische Dinge verbat. Oberleutnant Egon von Woldersheimb war zwei Jahre jünger als er, war aber Bootskommandant und unmittelbarer Vorgesetzter. Als er sich bei ihm zum Dienst meldete, kniff er die Augen zusammen. »Äh, willkommen, Herr Kamerad!« kam es schnarrend. »Sind ja wohl alte Bekannte? Na, nu sind Sie ja Offizier und werden vermutlich keine anarchistischen Zeitungen mehr lesen?«
Jetzt galt es, sich doppelt und dreifach in acht nehmen, daß nichts vorfiel, der andere schien auf derartiges zu lauern.
Noch am Nachmittag ging es im Divisionsverband die Jade hinaus und auf den Exerzierplatz, das nasse Dreieck zwischen Helgoland, Cuxhaven und Schillig. Acht Tage Übungen mit den Torpedos, Minen und Schnellfeuerkanonen, Fahrtübungen, Signalisieren, Küstenkunde und alles mögliche. An Bord war es schmierig, und die glühenden Kohlenstückchen sausten waagerecht übers Deck. Teufel auch, ein schneidiges Fahren, wenn das scharfgebaute Schichauboot in allen Nähten bebend sich durchs Wasser bohrte und eine See nach der andern übers Vordeck prasselte.

Von Woldersheimb hatte vom Navigieren nur geringe Ahnung, erklärte es für ein untergeordnetes Fach und überließ es seinem Steuermann. Hauptsache waren soldatischer Schneid und festes Drauflos. Er beriet sich mit keinem und gab alle Anordnungen und Befehle allein – er der einzig Verantwortliche. Ein prachtvoller Offizierstyp, alles Muskel und Sehne, wenn er in seiner Lederjacke, ein graues Tuch um den Hals, eine ausgediente Mütze auf dem Kopf, auf der Brücke stand und seine Augen überall hatte, ein imponierendes Herrenmenschentum, das etwas Unnahbares hatte. Aber dann hatte er wieder Stunden, in denen gab er sich anders und schlug einen kameradschaftlichen Ton an, zumal wenn ein steifer Grog ihm die Zunge löste. Doch für seinen Leutnant waren gerade das die ungemütlichsten Augenblicke, denn er wurde den Eindruck nicht los, als steckte hinter dem Räsonnieren über den Dienst und dem Schimpfen auf die Garnison – Woldersheimb sprach immer nur von dem blödsinnigen Wehhafen – eine nervöse Überempfindlichkeit. Auch sein ewiges Gekränktsein, die Vorgesetzten erkennten ihn nicht genügend an, schien überreiztes Ehrgefühl, das letzten Endes nur sich selbst kannte.
Gegen die Mannschaft war er scharf bis zur Schwäche, gelegentlich auch ein Wüterich, der keine Menschlichkeit kannte, und sein Steuermann, ein Rotbart so lang und breit wie der in Brake, war ein roher Patron, der die Leute bis an die Grenze des Menschenmöglichen anspannte. Es waren unsichere Kantonisten an Bord, Durchbrenner und Lotterbäste aus den Industriegegenden, die in die straffe Marinezucht gesteckt waren. Ob der übertriebene Druck die Burschen aber nicht noch schlechter machte und wie aller sinnlose Zwang sein Ziel verfehlte? Und dann wieder ein faules Herumständern und vergebliches Warten, von dem niemand den Zweck erkannte. Die Hälfte seines Le-

bens steht Militär vergebens, ging ein Reim. Auch auf den Handelsschiffen sorgte ein kluger Kapitän unauffällig für Arbeit. Mochten die Leute bei ihrem Rostklopfen schimpfen wie aufgeregte Rohrspatzen, sie blieben in Trimm. Der größte Feind des Menschen war das Nichtstun.
Es kamen überharte Bestrafungen vor. Wehe dem, der sich muckste oder auch nur eine schiefe Flappe zog. Haye sah das mit steigendem Unmut. Er wollte versuchen, zunächst den Deckoffizier zu beeinflussen. Steuermann Blockwitz, einer vom Pommerschen Darß, war in der Marine groß geworden und hatte es längst vergessen, daß er als Junge einmal auf einer Rostocker Bark gefahren war. Wie sein Kommandant sprach er vom Schiff nur als einem Kahn, und das mit Tonnen gezeichnete Fahrwasser war eine Pappelallee.
»Die Leute tun mir eigentlich leid«, bedeutete Haye ihm. »Muß das bei uns alles so hart und überstreng sein?«
Der stiernackige Pommer nahm die Pfeife aus dem Mund:
»Herr Leutnant wollen mich woll 'n bißken verkohlen?« fragte er grinsend. »Die Schufte kriegen noch lange nicht genug. Immer feste druff, anders jeht dat nich.«
»Meine Frage war in vollem Ernst gemeint, Steuermann Blockwitz«, entgegnete Haye, »Die Leute sind uns auf Gedeih und Verderb ausgeliefert, können nicht los und müssen aushalten. Rüttelt einer an der Kette, dann geht's ihm nur noch schlimmer. Es kommt also auf die Offiziere und die Deckoffiziere an, daß die Sache nicht unaushaltbar wird.«
Der andere kratzte sich den Bart und sah ihn von der Seite an.
»Verzeihen der Herr Leutnant«, sagte er, »aber der

Herr Leutnant sind Zivilschiffer. Und wir sind kaiserliche Marine, und die Marine muß scharf sein. Herr Leutnant wissen doch selbst, wir können keene ollen Weiber brauchen und haben die Pflicht, aus einem schlechten Kerl einen guten Soldaten zu machen? Wer kein guter Soldat ist, taugt auch als Mensch nichts.«
Haye zog die Stirn kraus. Überall schlug es ihm entgegen, wir sind als Militär eine besondere Welt. Egon von Woldersheimb hatte ihm damals in Kiel schon geraten, den Mund zu halten und nicht unangenehm aufzufallen.
Und doch, je mehr er sich mit den Leuten abgab, desto deutlicher glaubte er zu merken, daß in der militärischen Arbeit, ob er sie nun für den Frieden oder den Krieg erziehen wollte, eins nicht zu seinem Recht kam. Er fühlte es mehr, als daß er es sah. Was mochte das sein? Das Systematische des militärischen Betriebes war imponierend, aus zehntausend Einzelerfahrungen eine Normallinie herausgearbeitet, aus hunderttausend Fällen ein Durchschnitt herausdestilliert und zum Schema erhoben. Das galt und lag fest und war so gewaltig, daß Persönliches und Menschliches zurücktrat. Mochte es zugrunde gehen, was tat's, es gab so die wenigsten Verluste an Zeit und Kraft, und das sicherste Vorankommen. Und trotzdem, es fehlte ein Großes. Was mochte das sein?
Er freute sich, als hätte er eine schwere mathematische Berechnung gelöst, als ihm die Klarheit darüber kam. Es war die Erziehung zur Selbständigkeit. Nicht eine gelegentliche, sondern eine anerzogene Selbständigkeit, die unfehlbar einsetzte, sobald anderes versagte. Der Drill, der mechanische Handgriffe einübte, bis die Leute sie von selbst konnten, konnte es nicht schaffen. Und das Herrentum, das alles allein machte, vermochte es noch weniger und zeitigte oft das gerade

Gegenteil. War das schon auf seinem kleinen Fahrzeug so, wo einer auf den andern angewiesen war und alle Hand in Hand arbeiteten, wie erst auf den großen Schiffen, und wie erst überall da, wo das meiste aus Exerzierpuppen und Parademarsch und Stechschritt bestand.
Die Erkenntnis ließ ihn mit glühendem Eifer an die Arbeit gehen. Er übte mit seinen Leuten, sie sollten ein Torpedo auch ohne ausdrückliche Kommandos ins Lanzierrohr einsetzen und abschießen. Sie mußten soweit gebracht werden, ein Geschütz auch ohne Befehlsworte zu handhaben. Den Leuten machte es sichtlich Spaß das zu lernen.
Doch da kam er bei seinem Kommandanten schlecht an. Er hatte kaum begonnen, da trat Wolderheimb an seine Gruppe heran.
»Herr Leutnant Haye, was machen Sie da?« fragte er. »Sind diese Übungen im Reglement vorgesehen?«
»Nein, Herr Oberleutnant, ich möchte aber anstreben, meine Leute zu selbständigem Handeln zu erziehen, für den Ernstfall und überhaupt.«
Der andere machte eine Bewegung und begab sich auf seinen Platz zurück.
Nach der Übung gab es auf der Brücke ein dienstliches unter vier Augen.
»Wie kommen Sie zu solchen Eigenmächtigkeiten?« kam es streng. »Würde ein Unteroffizier sich dergleichen erlauben, würde ich ihm auf der Stelle Arrest aufbrummen.«
Der zur Rede Gestellte rechtfertigte sich mit entschlossenem Freimut:
»Haben Sie niemals gelesen, Herr Oberleutnant, daß die Engländer behaupten, der deutsche Soldat wäre hilflos, sobald er keine Führung hat? Wollen wir vorbeugen, dann müssen wir von unten anfangen. Wenn eine Dressur überhaupt nötig ist, dann soll der Soldat

mehr als bislang auf Selbständigkeit dressiert werden und nicht durch lauter Kommandos dumm erhalten werden. Nur die Freiheit macht den Menschen, nicht das Bevormunden und Begängeln. Klare Erkenntnis, fester Wille und eigenes Verantwortlichkeitsgefühl, die sind es, was uns weiter bringt.«
Woldersheimb hatte während seiner Worte den Kopf leicht auf die Seite gelegt.
»Sind Sie zu Ende mit Ihren Zeitungsphrasen?« fragte er finster. »Erziehen? Reden Se doch keenen Schulmeesterquatsch. Wollen Sie mit Ihren Belehrungen nicht lieber warten, bis Sie in den Admiralstab der kaiserlichen Marine berufen sind? Augenblicklich befinden Sie sich noch auf einem Schiff Seiner Majestät, dessen Führer zu sein ich die Ehre habe – ich und niemand anders, Herr!«
Haye wollte Einwendungen machen, doch der Vorgesetzte ließ keinen Widerspruch aufkommen.
»Militär ist Subordination«, schnitt er ihm näselnd das Wort ab. »Die Leute haben weiter nichts zu tun als auszuführen, was wir ihnen befehlen. Wollen Sie bitte inskünftig die Güte haben und ordnungsmäßige Kommandos abgeben? Das haben Sie zu besorgen und dazu sind die Offiziere da. Ich kann doch nicht annehmen, daß Sie sich vor Ihren einfachsten Pflichten drücken wollen?«
Woldersheimb war dichter an ihn herangetreten:
»Ich hatte übrigens längst den Verdacht, daß Sie sich für militärische Dinge wenig eignen. Jetzt habe ich die Gewißheit. Der Blockwitz hat mir auch schon über Sie berichtet. Und nun kommen Sie her und möchten unserer unvergleichlichen Marine einen neuen Geist einblasen? Sie mögen ein ganz brauchbarer Handelsflottenmann sein, aber für die kaiserliche Marine langt's nicht. Haben Sie mich verstanden, Herr Leutnant Haye? Na, also, ich danke Ihnen.«

Auch Haye hatte die Hand stramm an die Mütze gelegt und eine unmißverständliche Verbeugung gemacht.
Den Anpfiff nahm er nicht tragisch. Militärwelt war robuster als bürgerliches Leben. Seinen Vater hatte der einfache Verweis des Seeamts die Stelle gekostet. Steuermann Blockwitz vom Darß pflegte lachend zu erzählen, er hätte in seiner Marinezeit schon über ein Dutzend Male im Kasten gesessen, weil er die Mannschaft mißhandelt haben sollte.
Er wollte sich nicht mit Gedanken plagen, doch sie kamen ihm immer wieder. Die deutsche Waffenehre über alles in der Welt! Reinheit der soldatischen Mannesehre war höchstes Ideal jedes Soldaten vom Admiral bis zum Heizerkuli. Doch daneben gab es in einer Welt sich versteinernder Überlieferung eine Menge Äußerlichkeiten, die mit echter Ehre nichts mehr zu tun hatten. Die rotgestreiften Torpedoleute wurden von denen auf den großen Schiffen über die Achsel angesehen und die wieder von den patenten Weißkragen des Seebataillons. Und die Armee wollte wissen, die Mariner sähen mehr nach Arbeitern als nach Soldaten aus. Auch drüben beim Landheer baute sich eine Stufe eingebildeter Überhebung auf die andere, vom Train bis hinauf zu den geschniegelten reinadligen Regimentern und der gespreizten Gottähnlichkeit der feudalen Gardekavallerie. Rüttelte der am Grundpfeiler des Staates, der das kritisierte? Dann war es schließlich das beste, alles so harmlos zu finden, daß man nur darüber lächeln konnte.
Nach Beendigung der Fahrt gab es Gamaschendienst in der Garnison und wochenlanges Liegen in der eintönigen Werft. Er merkte bald, er wurde von manchen Kameraden geschnitten. Sein nächsthöherer Vorgesetzter, der Führer der Division, wechselte mit ihm nur die nötigsten Worte. Er sagte sich immer wieder, du darfst nicht verallgemeinern, eine Einzelerschei-

nung, ein besonders ungünstiges Boot. Ungezählte Offiziere, die human dachten und ihre Leute anständig behandelten. Aber auch sie würden sich sofort zurückziehen, würde er ihnen mit seinen Ansichten kommen. Und daß solche Typen wie Woldersheimb überhaupt möglich waren und der Mensch bei den Vorgesetzten als tüchtiger Offizier galt, mußte mit dem System zu tun haben. Wann wurde der neue Mensch geboren, der fest zupackte und Wandel schaffte, ehe es zu spät war und die Fesseln gesprengt und das System mit allem Schlechten, aber auch allem Guten in Trümmer zerschlagen wurde?
Aber dann war es doch wohl wieder die Stadt, das dürftige Wilhelmshaven, die Ungemütlichkeit einer Militär- und Werftstadt in Reinkultur, die ihm auf die Nerven fiel und die Dinge in trüber Beleuchtung sehen ließ. Nichts als Marinemützen und Beamte und Arbeiter, nur eine dünne Schicht Bürgersleute, die Werft mit trostlosen hohen Mauern, verschlossenen Toren und absperrenden Planken alles weit auseinander reißend, endlose Straßenzüge mit Kasernen und fiskalischen Häusern, eins genau nach dem Schema gebaut wie das andere, ein gleichförmiges reihenweise aufmarschiertes steifes Einerlei.
Er war herzlich froh, als die acht Wochen herum waren und er wieder zum Lloyd und seinem Dampfer reisen konnte. Das war doch eine andere Welt. Es lag ihm nicht an irgendeiner Gemütlichkeit und bequemen Sichgehenlassen, und beim Lloyd ging es noch viel strammer her als früher, seit ein neuer Inspektor da war, aber das Menschliche wurde nirgends ausgeschaltet. Hier gab es auch Offiziere und Vorgesetzte, aber keinen klaffenden planmäßig noch erweiterten Abstand zwischen ihnen und der übrigen Welt.
Es traf sich bald, daß er mit dem Vater über seine Wilhelmshavener Erlebnisse sprechen konnte. Dem Alten

zuckte ein verdächtiges Wetterleuchten um die Augenwinkel. Er hatte kürzlich seinen Fang nach Altona an den Markt gebracht und eine Menge alte Bekannte getroffen, im Sankt Pauli-Fährhaus seinen guten Halstuchmann Remmers, der beim Grog zu schmatzen saß und auf die Preise schimpfte und daß der Hamburger Grog ihm zu libberig wäre. Und am Baumwall war ihm ein alter Knasterbart in den Weg gelaufen und hatte sich als seinen früheren Steuermann Hein Asbahr vorgestellt, derselbe, der damals sein Examen machen wollte und jetzt auf die Dampfer ging und an der Winsch saß oder den Tallimann machte und nachzählte, was aus der Luke herauskam.
»Aber dann habe ich noch einen andern getroffen«, fuhr er fort. »Der war damals in der Unglücksnacht im Dwarsgatt mit dabei und ist jetzt Kapitän auf einem großen Hamburger Dampfer.«
»Der mit dem Muttergottesbild? Wie hieß der Jammerprinz noch?«
»Stanislaus Szametat«, kam die Antwort. »Daß ich den auch mal wiedersah, ist ja weiter kein Wunder, was mich aber in Erstaunen gesetzt hat, rätst du nicht. Du weißt doch, daß wir in der Handelsflotte eine neue Flagge haben, die es vorher nicht gab?«
Hermann bejahte. Seit kurzem war ein kaiserlicher Erlaß heraus, daß die Führer von Handelsschiffen ein Eisernes Kreuz in der Flagge haben durften, wenn sie dem Offizierskorps angehörten. Auch beim Lloyd gab es schon vereinzelte, während andere sich noch zurückhielten. Es ging die Meinung, durch solche krampfhaften Hervorkehrungen würden nur zwei Sorten Seeleute geschaffen, die einen über die Gebühr erhoben und die andern zu Minderwertigkeiten gestempelt. Ein tüchtiger Schiffer sein wäre die Hauptsache, und die andern Nationen würden in den frem-

den Häfen durch dergleichen nur herausgefordert, oder sie lachten darüber als Spielerei.

»Und nun denke dir«, berichtete der Vater, »Stanislaus Szametat hatte das schwarze Kreuz auch überm Heck wehen. Kapitänleutnant der Reserve in der kaiserlichen Marine!«

»Der Schneidergeselle?« kam es spöttisch.

»Warum nicht? Die Hacken zusammenschlagen und mit seinen kalmückischen Schlitzaugen ein dienstliches Gesicht machen und immer stramm »Zu Befehl« sagen, das wird er wohl noch gekonnt haben und hat dann das höchste Glück erreicht. Ob der alte Esel aber gerade eine Zierde für unsere gute Marine ist?«

»Vater, es wird bei kleinem Zeit«, neckte der Sohn, »daß du auch noch unter die Sommerleutnants gehst. Deine Janbaasleute werden dir dann noch mal soviel Kabeljau fangen.«

Er hatte erwartungsvoll den Kopf gehoben. In welcher Absicht ihm der Alte das alles erzählte, ahnte er längst. Jetzt sollte ihm eine Antwort auf seine Fragen gegeben werden.

»Was du in Wilhelmshaven vertreten hast«, kam der Entscheid, »ist eine Sache, die auch dein Vater sein Leben lang angestrebt hat. Und war mein Kreis auch nur klein, alles Große setzt sich aus Kleinem zusammen, und der Mensch muß nur irgendwo den Anfang machen. Doch inzwischen ist die Zeit eine andere geworden, und der Wind scheint sogar noch mehr herumgehen zu wollen. Dabei kann dann der, der das Gute will, leicht einseitig und ungerecht werden. Ich rate dir, Junge, wirf den ganzen Militärkram über Bord. Wir Hayes arten nun mal nicht für dergleichen.«

»Nein, Vater, das werde ich nicht tun«, erklärte Hermann bestimmt. »Es ist nicht Ängstlichkeit von mir oder Streberei oder gar Eitelkeit, aber ich will dennoch dabei bleiben, auch wenn ich mir sagen muß, der Ein-

zelne vermag nicht viel. Es klingt ein bißchen pathetisch, aber du weißt, wie ich's meine. Ich bleibe um des Vaterlandes willen, weil ich mein Vaterland lieb habe.«
»Gut, dann sieh aber zu, lieber Junge«, warnte der andere, »daß du nicht zu den Menschen gehörst, die in allerletzter Stunde noch rasch die Hand ausstrecken, wenn eine schwere Tür zugeschlagen wird, und die sich dann hinterher wundern, wenn ihnen die Finger abgequetscht sind.«

Er machte auf dem Schnelldampfer Leine wieder seine New York-Fahrten. Es war noch ruhige Sommerszeit, und das Schiff nahm den südlichen Kurs, um die Gegend von Neufundland zu meiden, wo Golfstrom und eisiger Labrador sich untereinander schoben und überm Wasser beständig Nebeldämpfe brauten und mit der Polarströmung die unheimlichen Eisberge geschwommen kamen.
Der Dienst hielt ihn in Atem. Wenn er nicht auf der Brücke zu tun hatte, hatte er Journale und Listen zu führen, hatte auch die Seekarten und war mit dem Gepäckmeister zusammen fürs Passagiergepäck verantwortlich. Manches liebe Mal, wenn er über seinen Eintragungen saß, stellte sich das Bild derer vor ihn, mit der er den Tag in Bremen zusammengewesen war, ihr kluges Gesicht mit der Linie über den lebhaft sprechenden Augen und ihre volle weiche Stimme. Dann wurde ihm warm ums Herz, und es war ihm, als müßte ihr Bild ihm durch schwere Dinge hindurchhelfen und weiter bringen. Übernächsten Monat war Helenes Hochzeit. Kein Zweifel, sie würde dabei sein. Darauf freute er sich. Keine war so wie sie. Sie war ganz anders als die Reihe derer, die er in Kiel und Wilhelmshaven kennengelernt hatte, und noch ganz anders als die, die oben auf dem Sonnendeck von der ersten und zweiten

Kajüte hingegossen in ihren Stühlen lagen und den Vorübergehenden herausfordernd musterten. War es nicht auf den Schiffen, wo sich die Gegensätze Prüderie und Halbwelt am schärfsten ausprägten, zwischen ihnen die biedere bürgerliche Durchschnittsmasse? Es dauerte auf jeder Reise erst volle zwei Tage, bis sich alles sortierte und zurechtfand, blieb dann aber endgültig. Englische und amerikanische Abenteurerinnen, auch die Neugierigen, die in den Häfen an Bord kamen und das Schiff besehen wollten, taten ganz wie die Bürgermädchen, so daß oft erfahrene Männer eine Zeit ahnungslos blieben, aber die Frauen hatten einen feinen Riecher, besonders die älteren Damen, die bei kaltem Wetter auf dem Gitter hockten, unter dem die Dampfrohre übers Deck liefen. Wie oft hatte es ihn beschämt, daß es immer die deutschen Dirnen sein mußten, die sich auffällig machten. Das mochte ehrlicher sein, vielleicht auch ungefährlicher, doch dem deutschen Ansehen schadete es. Aber dann wieder die prüden englischen Ladies. Einmal war er unversehens darüber zugekommen, wie eine Sechzehnjährige sich das aufgelöste Haar kämmte, und die ganze Familie hatte ihm das totübel genommen. Zu dumm und zu albern, um echt zu sein. Aber wo blieb die ganze Reihe lockender, winkender und verführerisch lächelnder Augen vor den klaren Augensternen der einen, die er in Bremen kennengelernt hatte? Das Wort, das sie ihm in der Rembertistraße gesagt hatte, konnte nicht ihr letztes Wort sein, niemals. Fortuna war nicht dunkles und ungewisses Schicksal, Fortuna war leuchtendes lachendes Glück.
Als er von der Reise zurückkam, wurde er zum Inspektor bestellt. An der Ecke von Ankerstraße und Lloydallee war ein neues großes Agenturhaus errichtet. Bremerhaven war Lloydstadt geworden. Immer mehr Schiffe, die gebaut und eingestellt wurden, über sech-

zig große Seedampfer, die die Gesellschaft schon zählte. Das gab ihr bereits ein Recht, von einer Flotte zu sprechen und ihre Schiffe nach Typen und Klassen zu teilen. Nach New York war eine eigene Frachtlinie eingerichtet, und von den Schnelldampfern fuhr ein Teil auch auf Genua und Neapel.
Der neue Inspektor, ein ehemaliger Kapitän und noch einen halben Kopf größer als er, streckte ihm gemütlich die Hand entgegen: »Sie sind Bremerhavener Junge, nicht wahr? Ich habe Sie heute nicht dienstlich gebeten, sondern möchte mal ein Wort im Vertrauen mit Ihnen reden. Es ist da etwas von Wilhelmshaven herübergeklungen, dumme Geschichten, die so über allerlei Umwege hierherkommen, der Teufel mag wissen, wie, aber sie sind nun mal da. Sie wissen, was ich meine, und wir brauchen uns über die Sache selbst nicht noch zu unterhalten. Ich möchte Ihnen nur sagen, seien Sie vorsichtig und halten Sie lieber ganz Ihren Mund. Sie nützen niemandem, schaden aber sich selbst und setzen sich zwischen zwei Stühle.«
Haye verteidigte sich.
»Was Sie da über mich gehört haben, ist die beim Militär übliche Übertreibung«, schloß er. »Harmlose Dinge, die entstellt und aufgebauscht sind.«
»Doch wohl nicht ganz so harmlos, wie Sie annehmen«, versetzte der andere. »Um Gottes willen, Herr Haye, reden Sie doch nichts gegen das, worauf der Staat beruht! Das überlassen Sie besser anderen Menschen, ein Lloydoffizier darf das nicht.«
Haye warf den Kopf zurück und sah den andern mit einem Entscheidung fordernden Blick an:
»Gestatten Sie mir eine Frage, Herr Inspektor? Sind Sie auch der Meinung, daß nur der ein guter Mensch ist, der ein guter Soldat ist?«
»Gott bewahre, wie sollte ich so etwas glauben! Aber darum dreht es sich nicht, hier handelt es sich um den

Lloyd und seine Offiziere. Ich möchte betonen, den Lloyd als solchen, die Direktion und Verwaltung und so weiter, geht das natürlich nichts an, alles nur meine persönliche Auffassung. Es gibt aber Einflüsse, die sind stärker als wir alle zusammen, als Sie und ich und der ganze Lloyd, und mit denen müssen wir rechnen. Wir sind doch Geschäftsleute und wollen Geld verdienen, nicht wahr? Also nochmals Vorsicht! Gewisse Leute hätten nur den Vorteil davon, um so fester müssen wir andern zusammenhalten. Es darf nicht wieder vorkommen, mein Lieber, daß Sie uns ausscheren.«
Der Hüne schüttelte ihm die Hand und gab ihm einen Gruß an den Vater mit.
Hermann Haye hob seine Schultern. Er war nicht der Mann, sich über die Zurechtweisung schwere Gedanken zu machen. Schließlich war es doch nur eine persönliche Auffassung des Inspektors, und er brauchte darum noch lange kein Streber zu werden, der alles genauso aufzufassen hatte wie jene Art von südamerikanischer Admiralsuniform, der die dicken Goldbalken auf den Ärmeln saßen. Und mochten auch noch andere reden und ängstlich tun, ihn sollte das nicht kümmern.
Aber was war denn los? Nach der nächsten Reise wurde er schon wieder auf die Agentur zitiert. Der Inspektor war diesmal viel kürzer angebunden.
»Ich möchte es nicht soweit kommen lassen«, erklärte er, »daß in Ihrer Sache ein Druck auf mich ausgeübt würde. Selbstverständlich stelle ich mich vor meine Kapitäne und Offiziere, aber es ist doch besser, Sie verschwinden mal eine Zeitlang aus der Gegend. Ich habe Sie deshalb für die Ostasienlinie bestimmt. Also richten Sie sich bitte danach ein. Morgen fahren Sie mit der Bayern nach Singapore und gehen dort auf den Neckar oder den General Werder über.«
Haye war blaß geworden.

»Nach Ostasien?« fragte er tonlos. »Heute über fünf Wochen hat meine Schwester Hochzeit, und ich möchte gern dabei sein. Ich möchte höflichst bitten, Ihre Anordnungen zurückzunehmen.«
»Geht nicht, Herr«, erklärte der andere kurz. »Tut mir leid, ist aber nicht mehr zu ändern. Meine Dispositionen sind so getroffen, daß mit Ihnen gerechnet ist, ich kann nicht alles wieder umschmeißen.«
Ihm war eine Blutwelle zu Kopf geschossen. Wo blieben seine Hoffnungen, die zu sehen, auf die er – –
»Ich bitte dringend«, nahm er noch einmal einen Anlauf, »anders über mich zu verfügen. Es liegt mir außerordentlich daran, dabei zu sein. Ich bin der einzige Bruder meiner Schwester, und mein zukünftiger Schwager ist ein guter Freund von mir.«
»Tut mir leid, Herr Haye, wahrhaftigen Gotts, ist aber nicht mehr zu ändern«, kam es zurück.
Er war schon im Begriff, sich kurz umzudrehen, als der Inspektor ihn zurückhielt: »Halt, stopp, Herr Haye!« Seine Stimme war nicht mehr so kurzgehackt: »Ich möchte Sie nicht in dem Glauben weggehen lassen, ich wäre kein Mensch und hätte statt des Herzens einen Backstein im Leibe, aber was nicht geht, geht nicht, und morgen fährt der Dampfer. Wie soll ich so schnell Ersatz für Sie finden? Wer entschließt sich im Handumdrehen und geht auf mehrere Jahre nach Ostasien? Aber ich will Ihnen mal etwas sagen. Können Sie mir einen Herrn anliefern, der für Sie einspringt, gut. Aber machen Sie sich mit dem Gedanken vertraut, daß Sie sehr bald doch noch auf eine andere Linie kommen. Sie wissen selbst, die Stellen auf unseren Schnelldampfern sind Vorzugsstellen, und Sie sind schon ziemlich lange dabei. Und nun sehen Sie zu, was Sie fertigbringen.«
Ihm brauste der Kopf, als er ins Freie stürzte. Die Ulmen der Lloydallee schienen zu tanzen. Was gesche-

hen sollte, war ihm alles noch wie Nebel, aber geschehen mußte etwas.
An der Ecke der Bürgermeister-Smidt-Straße trat jemand mit einem gewaltigen Stehkragen aus der Tür eines Cafés heraus. Natürlich wie immer in Zivil. Der neue Inspektor legte Wert darauf, daß man in Bremerhaven in Uniform ging. Fliegenden Atems klärte er Schnaars über seine Lage auf. Was sollte er tun? Bekam er in der Geschwindigkeit keinen Ersatz, dann erst mal bis Genua mit, und der Ersatzmann auf dem Landweg hinterher, ganz einerlei, wer und wie.
Schnaars spielte mit seinem Spazierstöckchen, hörte aber aufmerksam zu.
»Passen Sie auf, Haye!« sagte er plötzlich. »Ich habe eine große Idee, eine Idee von Gott.«
»Und die ist?«
»Ich trete für Sie ein und fahre nach Ostasien. Donner ja, ich tue es! Es gibt draußen erhöhte Bezüge, und ich möchte meine Finanzen mal endlich auf den Damm bringen. Erzählen Sie's bitte nicht weiter, aber als solider Mensch mache ich zuweilen meine Voranschläge, mit meiner letzten Berechnung habe ich jedoch blöde danebengehauen.«
»Sie für mich eintreten, Schnaars? Das wäre allerdings Fortuna.«
Der andere verstand das Wort nicht.
»Jawohl, ich fahre, abgemacht!« rief er. »Kümmern Sie sich weiter um nichts und lassen Sie mich die Sache managen. Ich sause sofort zum Inspektor.«
»Schnaars, um Gottes willen, Mensch, Sie sind in Zivil!«
Der andere hatte es nicht mehr gehört und war schon um die Ecke.
Er schritt die Straße entlang fast wie ein Taumelnder. Fortuna – jubelte es in ihm. Fortuna war auch blinder Zufall. Glück mußte einer haben.

21

Helenes Hochzeit brachte ihm eine herbe Enttäuschung. Sie war nicht gekommen, die er wiederzusehen hoffte. Die Vorbereitungen zum Fest, die mit ihrer Vielgeschäftigkeit schließlich auch ihn erfaßten, hatten seiner Sehnsucht nur noch Flügel verliehen. Jetzt war die plötzlich entstandene Leere um so schmerzlicher. Auch ihre Mutter hatte abgeschrieben. Die Suhrens schienen das kaum anders erwartet zu haben. Tante Stoevesandt hatte in den letzten Jahren immer zurückgezogener gelebt, und ein Hochzeitsfest, so bescheiden es auch begangen wurde, mochte ihr wohl nicht liegen. Und die Tochter hatte die Mutter vermutlich nicht allein lassen wollen.
Alle die fröhlich lachenden Gesichter rings um ihn vermochten nicht, ihm über seine Niedergeschlagenheit hinwegzuhelfen, doch er riß sich zusammen und tat äußerlich wie die andern, denn er wollte den schönen Ehrentag seiner Schwester nicht durch Kopfhängen verderben. Die einzige, die tiefer schaute, schien Helene zu sein. Man hatte ihm eine von ihren Freundinnen an die Seite gesetzt, ein farbloses junges Mädchen, das nicht viel mehr als ja und nein sagte.
»Du hättest dir wohl eine andere Tischdame gewünscht?« fragte sie. »Aber ich weiß, du bist vernünftig. Wir sind die Gastgeber und müssen zurückstehen. Vielleicht macht sich's mal, daß du bei einer anderen Gelegenheit eine passendere Dame bekommst.«

Sie hatte ihn bei dem Wort, wie ihm vorkam, mit einem mitleidigen Blick angesehen, war im Augenblick aber schon weiter gerauscht. Sie hatte heute keine Zeit für ihn und war völlig eingenommen von ihrem bräutlichen Glück. Und sie hatte allen Grund, in tausend Wonnen zu strahlen. Bei der Tafel hatte Gottfrieds Vater in wohlgesetzter Rede bekanntgegeben, der neue Dampfer, der in der nächsten Woche in die Fahrt gestellt und von seinem jüngsten Sohn geführt werden sollte, werde den Namen Helene Suhren tragen.
»Auf diese Weise«, so führte er aus, »sollen die engen Beziehungen zum Ausdruck gebracht werden, in welche die junge Braut mit dem heutigen Tage zur Firma John C. Suhren tritt. In diesem Sinne heißen meine liebe Frau, meine Söhne und ich dich, liebe Helene, in unserer Familie willkommen und sind unserem Gottfried dankbar, der uns mit dir eine liebe Tochter zugeführt hat. Ich fordere auch die Mitglieder der Familie Haye auf, mit uns in doppeltem Sinne in das Wort einzustimmen: Wir wünschen Helene Suhren Gottes reichsten Segen und eine glückliche Fahrt!«
Christine standen die Tränen in den Augen. Auch über Vater Hayes windrissiges Gesicht huschte ein Zukken.
»Eine großartige Ritterlichkeit von diesen Suhrens«, raunte er ihr zu. »Sie haben in ihrer Familie kein einziges Frauensmensch mit dem Namen, und nun das Schiff gleich nach der neuen Schwiegertocher genannt?«
Hermann hatte seine eigenen Gedanken. Seßhafte Kaufmannsfamilien waren doch noch kräftiger als Seeleute, die ihr Lebetag unterwegs waren und erst Wurzeln im festen Land zu schlagen begannen, wenn ihr Lebenswerk schon zu Ende ging. Die heute den Myrtenschmuck in ihrem Blondhaar trug, war einmal seine vertraute Kameradin gewesen, bis dann ein an-

derer kam. Und jetzt sah es aus, als sollte sie ihrer ganzen Familie entfremdet und eine Suhren werden. Es war nicht von ungefähr, daß die Bremer gewünscht hatten, das junge Paar sollte nicht in Bremerhaven bleiben, sondern zu ihnen nach Bremen ziehen und in ihrer Nähe wohnen.
Doch das war nun einmal Frauenlos, und die Suhrens waren Leute, die allen gefallen mußten. Der Alte ein wenig steif und würdevoll feierlich, mit seinen Apfelbacken, der Bartfräse und den ausrasierten Lippen fast wie ein englischer Methodistenprediger, und der mollig behäbigen Mutter leuchtete die Güte aus den Augen. Es war niedlich anzusehen, wie ritterlich Vater Haye gegen sie war. Die beiden sahen oft zu ihm herüber, aber das kam wohl, weil Gottfried ihr schon viel über seinen Kameraden von der Pleiße erzählt hatte. Und Gottfrieds Brüder, Daniel der Tabaksmann und Justus der Baumwollenmann, hatten die gemessene Zurückhaltung ihres Alten, und man sah ihnen an, sie würden mit ihren langen Armen und ungelenken Schultern in Ewigkeit Junggesellen bleiben, wenn sie nicht mit sanfter Gewalt in die Ehe hineingestoßen wurden, und doch bei aller ernsten Art eine herzhafte Fröhlichkeit und ein treuherzig biederes Selbstbewußtsein, das sich ungeziert gab und in ruhiger Bestimmtheit merken ließ, sie verdienten ein solides Stück Geld und konnten sich ihre Offenherzigkeiten leisten.
Hermann machte sich an den Baumwollenmann heran, dem der gute Rotspon die Augen glänzend und den Mund ein wenig mitteilsamer gemacht hatte. In den letzten Wochen war ihm eine quälende Frage gekommen, die sich heute mit doppelter Pein meldete und ihn unruhig machte. War Marthas Herz nicht mehr frei? Liebte sie einen andern, vielleicht mit unerwiderter Liebe, und war das der Grund, daß seine ei-

gene Liebe aussichtslos war? Aber dann hätte sie ihm in ihrer klaren Verständigkeit etwas angedeutet und hätte ihn damals anders angesehen – damals in Bremen.
Er wollte unverfänglich versuchen, sich Gewißheit zu verschaffen.
»Sie wissen es jedenfalls«, tat er gleichmütig, »weshalb Fräulein Martha Stoevesandt heute nicht mit dabei ist? Es scheint da ein schwerwiegender Grund vorzuliegen?«
Hatte der gute Justus sofort Lunte gerochen? Er schränkte seine langen Arme ineinander.
»Also doch jemand hier, der sie vermißt?« fragte er. »Das freut mich um meiner Kusine willen.«
»Ich vermisse Ihr Fräulein Kusine durchaus nicht«, beeilte er sich zu erwidern. »Wie kommen Sie zu der Annahme, Herr Suhren?«
Es hatte ein wenig gereizt geklungen, doch der andere zeigte ein so unbeirrt freundliches Lächeln, daß er sofort entwaffnet war.
»Lieber Herr Haye, entschuldigen Sie meine Ungezogenheit, oder war es mehr eine Ungeschicklichkeit? Aber meine Kusine Martha ist ein so prachtvoller Mensch, daß ich mich gewundert hätte, wenn sie hier von niemand vermißt wäre.«
»Was Sie sagen! Dann muß es doch wohl etwas Besonderes sein, was sie in Hamburg zurückhält?« fragte er mit leicht angehaltenem Atem.
Der andere wiegte den Kopf hin und her. Hermann biß sich ärgerlich auf die Lippen. Dieser baumwollene Börsenmann war anscheinend doch nicht so harmlos, wie er sich gab.
»Ob sie jemand in Hamburg zurückhält?« begann der andere langsam. »Ich weiß es nicht. Ich darf Ihnen aber andeuten, da drüben spielen die häuslichen Verhältnisse eine größere Rolle als man es wünschen muß.

Sie lassen sich's alle beide sauer werden, meine gute Tante und ihre Tochter, sind aber dabei von einem so spröden Stolz, daß sie lieber von vornherein verzichten als daß sie irgend etwas nähmen, was nach Mitleid oder Wohltat aussehen könnte.«
»Aber das ist doch noch immer kein Grund«, wandte er ein, »der Hochzeit ihres Vetters fernzubleiben?«
»Sie fragen mich zuviel«, erwiderte der andere noch immer lächelnd. »Der Martha wird später wohl noch mal das Schicksal blühen, auch eine gute Tante zu werden, so eine von der Sorte, die wie die geheizten Lokomotiven im Schuppen stehen und auf Abruf losfahren, wo Not am Mann ist und sie aushelfen können. Ich denke, mein Bruder und seine junge Frau werden sie auch wohl noch mal begrüßen.«
Er hatte seine Stimme zum Flüstern herabgesenkt und fuhr nun fort:
»Ob Martha noch zu haben ist, kann ich nicht sagen, halte es allerdings nicht für unwahrscheinlich. Wer sollte in Hamburg solch ein armes Mädel nehmen? Hamburg ist groß, und Verkehr haben sie wenig. Ich würde ihr von Herzen einen guten Mann gönnen, sie würde ihn glücklich machen.«
Hermann war das Gespräch längst peinlich, und es wurde Zeit, daß er auf anderes absprang. Kein Zweifel, er hatte diesem Justus Suhren seine Herzensfalten geöffnet. Doch ein Ehrenmann wie der würde ihn nicht verraten. Eine einzige Andeutung genügte, ihm den Mund zu schließen.
Er war jetzt nicht viel klüger als zuvor. Und doch glaubte er herausgehört zu haben, was er gern hören wollte. Eins freilich schwor er sich. Sich kein zweites Mal hinter andere stecken, selbst war der Mann! Nur Mut und vorwärts! Über die vom Inspektor in Aussicht gestellte Abschiebung auf eine andere Linie machte er sich keine Sorgen. Der Lloyd war ein großer vielglied-

riger Betrieb, in dem immerfort geändert und gewechselt wurde. Noch am Tag vor der Hochzeit hatte er zu Helene gesagt:
»Ich glaube nicht eher an Ostasien als bis ich die Insel Singapore vor Augen habe.«
Und kam es dann über kurz oder lang so weit, daß er hinaus mußte, dann war es auch noch kein Beinbruch, wenn er vorher nur mit der einen ins reine gekommen war, der all sein Denken gehörte.
Nach der Hochzeit kamen wieder ruhigere Wochen. Vater und Sohn fuhren wieder ihre Wege, der eine auf seinem Janbaas, der andere auf dem großen Schnelldampfer. Und Helenes Mann fuhr seinen schmucken Ostseedampfer. Seine junge Frau bewohnte in Bremen eine nette kleine Oberwohnung an einer von den stillen Straßen nahe beim Osterdeich, wo die Häuser sich mit ihren laubgrünen Glasveranden wie unter einem Dach aneinander reihten.
An der Keilstraße in Bremerhaven ging es nicht ganz so geruhig zu. Die Straße lag längst nicht mehr am Ende der Stadt, auf dem Pflaster immerfort das Getrappel von den Hafenleuten. Bald würden auch die Nordenhamer Schiffe wiederkommen, denn die Hafenerweiterung draußen ging der Vollendung entgegen. Und auf den Werften dröhnte und prasselte es. Was für ein stolzer Tag, als die Potosi von Tecklenborgs Werft kam und nach Hamburg geschleppt wurde, um ihre Fahrten nach der Westküste zu machen. Ein Fünfmaster, das größte Segelschiff der Welt!
»Jetzt wird auch für die Segelschiffe eine andere Zeit kommen«, sagte Vater Haye zu seiner Frau. »Wir bauen jetzt auch die Segler aus Stahl und machen sie so groß, daß sie über zwei Seen liegen. Kap Hoorn hat keine Gefahr mehr.«
Christine seufzte. Der Polarstern war für die damalige

Zeit auch ein großes Schiff gewesen. Auch an eine hölzerne Schonerbrigg dachte sie. Lange Zeit hatten sie nichts mehr von dem Fahrzeug gehört. Ob es noch in der Fahrt war? Oder hatte es sein Leben schon ausgelebt.
Und allerorten in Deutschland ein frisches Vorwärts und glänzendes Aufsteigen. Wer einen Blick in die Zeitungen warf, konnte lesen, der Kaiser mit seinem Arbeitseifer und seiner erstaunlichen Kraft schreite allen voran. Fort mit euch und schüttelt euch den Staub von den Füßen, ihr Nörgler und Besserwisser, die ihr behauptet, von Stadt zu Stadt reisen und sich feierlich begrüßen lassen, Reden anhören und Reden halten, Schmausereien und Paraden wäre keine wirkliche ernstliche Arbeit. Ein greisenhafter Mann, der gesagt hatte, bei Majestät wäre alle Tage Geburtstag. Einer allein konnte es nur machen, einer allein konnte nur regieren, Leute mit abgestandenen Anschauungen sollten beiseite treten. Vor fünf Jahren war Otto von Bismarck entlassen, und die Aufwallung altmodischer Patrioten war wieder abgeebbt. Und was waren das für Leute, die nun kamen und wissen wollten, das Regieren im Umherziehen und das immerwährende Hin und Her bringe einen Zug der Unruhe ins Volk hinein? Es waren sogar von denen dabei, die in den ersten Jahren die frischbewegliche Großzügigkeit gepriesen hatten. Aber nun wollte das Glockengeläute und Kanonendonnern und Paradieren und Hurrarufen nicht wieder aufhören, und das Beispiel riß mit sich, und es fingen auch andere das prunkende Umherreisen an, Fürsten, Offiziere und Adel, bald auch reiche Kaufleute. Aber das waren doch nur Äußerlichkeiten, an denen sich kleine Spießbürgerseelen stießen, wenn sie das alles für gespreizt und bombastisch hielten. Sie mußten doch den wirtschaftlichen Aufschwung sehen, der war unverkennbar. Und das Volk? Was hatte sich

das Volk um dergleichen zu kümmern? Das sollte fleißig arbeiten und Werte schaffen, dann würde auch ihm eine Ahnung aufgehen, weshalb auch schon manche Fürsten einen Zusammenschluß hatten und die Hamburger Levantelinie mit ihren Geldern betrieben, im großen Stil nichts anderes als das Commerzium weiland fürstlicher Gnaden eines achtzehnten Jahrhunderts, die ihre Geldnöte durch Goldmachen, Porzellanfabriken und Seidenraupenzucht zu beheben suchten.
Kurz vor Ausgang des Winters kam eine Schreckenskunde, wie Bremerhaven noch keine erlebt hatte. Die ganze Weser hinauf gab es Jammern und Wehklagen, und die Stadt ging in Trauer. Der Schnelldampfer Elbe war auf hoher See mit dem englischen Kohlendampfer Crathie zusammengerammt und binnen zwanzig Minuten in die Tiefe gesunken, von dreieinhalbhundert Menschen kaum zwanzig, die das nackte Leben gerettet hatten, Kapitän, Offiziere, Mannschaft, alles ertrunken.
Auch an der Keilstraße waren sie tief erschüttert.
»Und doch werden solche Schreckensopfer bei dem zunehmenden Weltverkehr unvermeidlich bleiben«, erklärte der Vater. »Es geht nun einmal über Leichen. Es kommt nur darauf an, daß es nicht noch schlimmer und der Bogen nicht allzu straff gespannt wird.«
Hermann sah verloren ins Weite. Man sollte es nicht tragisch nehmen, daß von jenseits des Kanals ein drohender, bislang noch nicht vernommener Ton herüberklang. Die deutschen Dampfer rasten unter Sirenengeheul durch den Nebel und verlangten, alles solle ihnen Platz machen, so stand in den britischen Zeitungen.
»England und wir Deutschen?« fragte er achselzuckend. »Was werden sie drüben erst sagen, wenn unsere neuen Ozeanriesen fertiggestellt sind, für die in Stet-

tin der Kiel gestreckt ist, Schiffe von ungeheurer Größe und unerhörter Pracht der Ausstattung, noch hundert Fuß länger als unsere größten, und statt achtzehn Meilen werden sie einundzwanzig machen.«
Der Alte zog die Stirnfalten kraus:
»Ich weiß es nicht, mein Junge, es hat beinahe etwas Unheimliches, aber wir dürfen nicht bange sein.«
»Vater, niemals, wir sollten uns nicht irre machen lassen. Laß den Engelsmann platzen vor Neid. Vorwärts und weiter, Stillstehen ist Rückschritt. Vater, das blaue Band des Ozeans! Wir müssen alles daran setzen, daß wir es gewinnen und uns nicht wieder entreißen lassen.«
»Alles daran setzen, alles?« fragte der andere ernst. »Eine verdammt gefährliche Sache, aber es geht wohl nicht mehr anders, nachdem wir einmal so weit sind.«
»Vater, es ist friedlicher Wettbewerb!« rief der Junge.
Eilert Haye schwieg. Ganz fern am Horizont sah er undeutlich etwas wie dunkle Wolken. Aber er gehörte wohl schon zu den alten überbedenklichen Leuten, die in jeder aufsteigenden Wolke ein Gewitter erkennen wollten.

22

Er machte eine Atlantikfahrt nach der andern, stand am Maschinentelegraph und an den Ladeluken, saß im Kartenzimmer zu rechnen oder in seiner Kabine über den Listen, schlang in der Messe hastig die Mahlzeiten hinunter, dann wieder die Treppe hinauf zum nautischen Dienst, mitternachts sich auf vier Stunden in die Koje hingehaut, dann geweckt und wieder auf die Brücke und so Tag und Nacht im Gang, bis es wieder einmal soweit war, daß er für ein paar Stunden von Bord gehen und die Keilstraße aufsuchen konnte. Nur wenige Tage, dann kam die neue Reise. Der Rotesandturm winkte den Abschiedsgruß und versank unterm Horizont, in der Nordsee frischer Wind, im Kanal nebliges Dunsten, lang ausrollend die Ozeanwogen, bis dann drüben, längst ehe die Küste da war, Nantucket Shoal Feuerschiff als erster Gruß von der neuen Welt wieder in Sicht kam. Ein Leben im Schnelldampfertempo, und doch lief ihm die Zeit immer noch nicht schnell genug. Wie war es mit Martha? Er hörte nichts von ihr. Er konnte es nicht glauben, daß ihr Wort eine endgültige Abweisung war. Ohne Entscheidung warten zu sollen, war aber nicht seine Sache. Manchmal wünschte er sich, er wäre an Schnaars Stelle. Der fuhr im fernen Osten durch die bunte gelbe Welt, chinesische Händler, die die Hände in den Kimono zogen und vor schlitzäugiger Höflichkeit durch die Lippen schlürften, als hätten sie Zahnweh, und dann gam-

belnd aufs Deck hinhockten, saubere Japanleute, die tagtäglich ihr heißes Bad haben mußten, würdevolle Mandarinen mit Knopf und Pfauenfeder auf der Mütze. Geishas mit dünnen Kinderstimmen wie Spielpuppen, und mitten dazwischen der Spötter Hans Schnaars aus Hannover mit seinem Kragen und seinen niemals stimmenden Voranschlägen.
Eines Tages fand er bei seiner Rückkehr seine Schwester in Bremerhaven vor. Er kam darüber zu, daß sie mit der Mutter über die Hamburger sprach, und horchte hoch auf. Helene klagte, ihr Mann und die beiden Schwäger unterhielten zum Heidenkampsweg nur lose Beziehungen, doch die Schuld läge nicht bei ihnen. Aber jetzt hatte Frau Stoevesandt sich für einige Tage nächsten Monats zu Besuch angemeldet, und die Bremer begrüßten den Entschluß mit Freude. Es war der armen Frau von Herzen zu gönnen, daß sie einmal aus der Tretmühle herauskam. Er horchte immer gespannter hin. Die Mutter ahnte offenbar nicht, wie stark das Gespräch ihn anging. Ob die Hamburger nicht ein wenig absonderlich wären und etwas Scheues und Weltfremdes an sich hätten, wollte sie wissen, und Helene meinte, Frau Stoevesandt wäre vielleicht längst hintersinnig geworden, hätte sie ihre Tochter nicht bei sich gehabt.
War es Absicht oder Zufall, daß die Mutter ihn mit ins Gespräch zog?
»Was hältst du von der Tochter?« fragte sie. »Ihr seid doch damals in Bremen mit ihr zusammengewesen und waret ja beide ziemlich begeistert?«
Helene versuchte, ihrem Bruder die Antwort schnell abzunehmen.
»Sie hat sich's anscheinend in den Kopf gesetzt«, erwiderte sie, »einmal eine gute Familientante zu werden.«
»Glaube das nicht, Mutter«, wehrte er ebenso rasch ab.

»Sie ist ein viel zu vernünftiges Mädchen, um einmal als alte Jungfer versauern zu wollen.«
Er hatte sich Gewalt angetan, um nicht zu verraten, wie sein Herz beim Gespräch zu schlagen begonnen hatte. In den Minuten war ihm ein Entschluß gekommen. Er mußte mit Martha sprechen – auf irgend eine Weise. Sein Plan war seltsam und streifte ans Abenteuerliche, konnte von ihr auch verlacht werden, er wollte es aber trotzdem wagen.
Noch am selben Tag setzte er sich hin und schrieb einen Brief nach Hamburg. Nur einige kurze Zeilen, die Sätze fast im Geschäftsstil. Er mußte sie in einer dringenden Angelegenheit sprechen, konnte es jedoch wegen der Urlaubsschwierigkeiten nicht möglich machen, nach Hamburg zu fahren, und machte ihr den Vorschlag, sie wollten sich über drei Tage in Cuxhaven treffen. Ort und Zeit gab er genau an. Mittags um zwölf auf der Alten Liebe, um die Zeit, wann das Helgoländer Boot anlegte. Konnte sie sich nicht entschließen, so war Schweigen auch eine Antwort.
Der Brief war unterwegs. Zwei Worte hatte er dringend unterstrichen. Jetzt mochte kommen, was kommen wollte, mehr als Nein sagen konnte sie nicht. Und erschien sie nicht, dann mußte er sich ihr Bild aus dem Herzen reißen.
Es kam kein Brief aus Hamburg zurück. Das konnte er günstig, aber auch ungünstig deuten. Sein Entschluß stand aber fest. Der Mutter erzählte er, er möchte die neue Bahnstrecke nach Cuxhaven kennenlernen. Die war seit einigen Wochen eröffnet. Jetzt brauchte man die vierundvierzig Kilometer nicht mehr einen halben Tag lang in der rotgepolsterten Postkutsche abzurädern, es war nur ein Katzensprung von anderthalb Stunden.
Es war nicht einfach, seinem Ersten Offizier den nötigen Urlaub abzulisten.

»Ich muß nach Cuxhaven und eine Tante besuchen«, legte er dienstlich die Hand an die Mütze. »Ich bitte um einen Tag Urlaub.«
»Nach Cuxhaven fahren?« entrüstete der Angeredete sich. »Mann Gottes, das möchte ich auch. Sie sind wohl nicht gescheit, Herr? Sie sehen doch, daß wir beim Löschen sind und keine halbe Sekunde Zeit übrig haben?«
Er nahm eine noch strammere Haltung an:
»Ich bitte bemerken zu dürfen, daß die Tante auf mich wartet und daß es eine ganz außerordentlich wichtige Tante ist. Ich muß den Urlaub auf jeden Fall haben.«
Der Dreigestreifte lachte und ließ ihn laufen:
»Reisen Sie mit Gott und grüßen Sie Ihre Tante!«
Zwei Stunden später war er in Cuxhaven und schritt die Deichstraße entlang. Gegen Bremerhaven die Benommenheit der kleineren Stadt, die ihn umfing, etwas leise Abgestandenes, was in der Mittagsluft über Baumwipfeln und Dächern flimmerte und sich mit kleinen schmalen Häuschen dicht an den ausgedienten Deich schmiegte. Vom Schleusenpriel stieg muddiger Geruch herauf, und drüben auf der Ostseite die niedrigen bunten Fischerhäuser und die braunroten Speicher mochten an weltabgelegene kleine Sielhäfen erinnern. Doch weiterhin wollte auch hier Frisches entstehen, ein neuer Fischereihafen, der in Bälde fertig gebaut war.
Geradeaus vor sich sah er Telegraphenhaus und Signalmasten vor einem weißgrauen Hintergrund. Die Elbe mächtig und breit, schon fast wie die See, die holsteinische Küste drüben beim Hochwasser verschwindend, alles weit und grenzenlos wie seine sehnende aufs höchste gespannte Erwartung. Jetzt betrat er das Bollwerk. Hier ging ein seemäßig freier Wind und sauste in den Drähten, pfiff im Tauwerk und scheuerte sich am runden roten Leuchtturm, unter ihm zwischen

den Pfählen klatschte und schäumte es, und draußen tanzten die weißen Kämme. Ein schwarzer Dampfer nach dem andern zog qualmend vorüber, nach Hamburg hinauf oder seewärts. Auf der Brücke standen Elblotsen herum. Sprache und ganzes Gehabe war derber als an der Weser.
Sein Blick ging spähend den Strom hinauf. Aha, dort drüben in der Bucht, wo die spitzigen Doppelnadeln von der Altenbrucher Kirche herüberwinkten, war ein gewaltig qualmender Raddampfer zu sehen. Bald konnte er zwei gelbe schwarzgerandete Schornsteine ausmachen. Die Cobra. Ob sie die mitbrachte, auf die er wartete? Er hatte ihr die Wasserfahrt mit dem Helgolandboot als das Bequemste vorgeschlagen.
Eine Viertelstunde, und das mächtige Schiff stampfte heran, drehte bei und machte am Bollwerk fest. Eine Menge Menschen standen dichtgedrängt auf dem Verdeck, doch die eine, der seine brennenden Blicke galten, war nicht zu sehen. Sie war anscheinend nicht mitgekommen.
Doch nun löste sich aus dem Schwarm, der schwarz über den Steg quoll, eine Gestalt und schritt auf ihn zu. Sie war es. In einfachem, gut sitzenden Kleid und einem Jackett von der gleichen hellblauen Farbe. Daß sie ein wenig blaß aussah, tat wohl die Erregung. Er begrüßte sie mit kräftigem Handschlag:
»Es freut mich, daß Sie gekommen sind, Fräulein Stoevesandt. Sie sind doch nicht böse über meine Art, Sie hierher zu bitten?«
»Warum sollte ich böse sein?« antwortete sie. »Sie haben ja eine dringende Angelegenheit mit mir zu besprechen.«
Es kam ihm vor, als hätte sich bei dem Wort die feine Linie über ihren Augen kaum merklich noch etwas zusammengezogen.
Der Schwarm der mit dem Dampfboot Gekommenen

hatte sich stadteinwärts zerstreut. Sie gingen miteinander den Seedeich entlang. Es kam ganz von selbst, daß sie den Weg einschlugen, als könnte es nicht anders sein und sie müßten gehen, wo es frei und ungestört war.
Die neben ihm war schweigsam geworden und gab ihm nur einsilbige Antworten. Fast bereute er sein keckes Drauflos. Der Streich sah fatal nach einem mißlungenen Wagnis aus. Offenbar war ihr die Lage peinlich. Verhaltenheit lag nicht in ihrem Wesen, also was war mit ihr? Er wurde unsicher, suchte nach Worten und fand den rechten Ton nicht. Er hatte gefragt, warum sie die Hochzeit nicht mitgemacht hätte, erhielt aber ausweichende Antworten. Jetzt blieb sie stehen und sah ihn an. Über ihren Augen lag ein leichter Schleier, doch ihre Stimme klang sachlich!
»Lassen Sie uns bitte keine umständlichen Einleitungen machen, Herr Haye. Wollen wir nicht lieber über das sprechen, was uns hier zusammengeführt hat?«
Sie setzten ihren Weg fort. Tat es ihre Stimme und ihre ruhige klare Art? Er hatte seine Sicherheit schon wiedergefunden, fast die übermütige Stimmung, in der er sich heute früh in Bremerhaven den Urlaub geholt hatte. Es kam nun auf sie an. Wenn sie es wirklich wollte, konnte sie auch aus einem leicht hingeworfenen Scherzwort den ernsten Unterton heraushören.
»Ich habe in Erfahrung gebracht«, begann er, »Sie wollen sich als Familientante ausbilden lassen, Fräulein Stoevesandt?«
Sie sah ihn einen Augenblick groß an:
»Familientante? Wie meinen Sie das?«
»Ich bitte mir zu erlauben«, fuhr er fort, »mit Ihnen über diesen Punkt zu sprechen. Gerade dies ist die dringende Angelegenheit, um die es sich handelt. Ich weiß, ich mische mich in Dinge, die mich nichts angehen – aber sie gehen mich nun einmal an!«

Er hatte zurückhaltend vorgehen wollen, doch nun war ihm das Geständnis wie ein Stoßseufzer entschlüpft.
Sie lächelte, aber es war ein gequältes, beinahe müdes Lächeln.
»Ich verstehe Sie vollkommen«, versetzte sie. »Das Wort haben sie von meinem Vetter Justus, der zieht mich schon seit Jahren damit auf, sobald er mich sieht.«
»Wie ich Ihren Vetter kenne, wird er seine guten Gründe haben, Sie in der Weise zu necken?«
»Und Sie haben ihm natürlich aufs Wort geglaubt? Oder doch nicht ganz? Jedenfalls greifen Sie das Wort auf, um mich vor eine Frage zu stellen, nicht wahr?«
»Fräulein Martha, ich bitte Sie, seien Sie doch nicht so unheimlich vernünftig!« rief er ungeduldig. »Sie stellen ja das reine Gerichtsverhör mit mir armen Kerl an. Natürlich, es ist die Frage, die einzige Frage: Wollen Sie die Meine werden?«
»Ich wußte, daß Sie mich vor die Entscheidung stellen würden«, erwiderte sie. »Ich sagte es mir, als ich Ihren Brief bekam, und habe mir auch sogleich die Antwort gesagt.«
»Und die lautet?« fragte er mit angehaltenem Atem.
»Sie kann keine andere sein als damals in Bremen. Glauben Sie es mir, Herr Haye, ich wäre auf Ihren Brief nicht hierher gekommen, wenn Ihre Person mir ganz gleichgültig wäre. Und nun lassen Sie uns nicht lange um einander herumgehen und uns etwas vormachen, sondern lassen Sie mich's offen heraus sagen. Was Sie von mir wünschen, ist unmöglich. Es liegt etwas zwischen Ihnen und mir, das ist stärker als wir beiden und hält uns auseinander.«
Sie hatte gesprochen wie immer, fast mit einer herben Feierlichkeit, nur um ihre Lippen lag ein Zucken. Er sah es und wurde drängender.

»Aber das sind ja alles ausgedachte Gedanken und weiter nichts!« brauste er auf. »Vergangenes ist vergangen und muß es sein, sonst hätte es nicht den Namen. Es kommt doch auf uns beide an, nicht auf andere, die alte Leute sind. Wir beide sind jung, uns gehört die Zukunft. Alles Überbedenklichkeiten und ausgeklügelte Vernunftgründe, auf die Sie sich versteifen, Fräulein Martha, lächerliche Zwirnsfäden, die Ihnen wie dicke Schiffstrossen vorkommen. Ein Ruck, ratsch, und sie sind zerrissen. Sie müssen nur wollen, Martha!«
Er hatte sich in Hitze geredet und hielt an, als ertappe er sich bei einem Pathos.
»Aber was rede ich da auf Sie ein?« fuhr er bitter fort. »Ich will Sie nicht überreden und kann Ihnen nicht mit Überzeugungsgründen kommen. Sagen Sie es nur ruhig heraus, Fräulein Stoevesandt, Sie lieben mich nicht?«
»Sind es nur Vernunftgründe und kühle Erwägungen?« fragte sie leise. »Ich habe gestern mit meiner Mutter über alles gesprochen. Sie dürfen nicht böse sein, daß ich es tat. Damals in Bremen hatte ich nur ein unbestimmtes Gefühl, wohl nicht viel mehr als eine dunkle Ahnung, die mich warnte. Heute sehe ich völlig klar. Die Mutter hat mir alles erzählt, jede Einzelheit.«
»Gottlob, daß sie es getan hat«, sagte er spöttisch. »Und was hat sie ihrem Mutterkindchen auf die Seele gebunden?«
»O, sprechen Sie nicht so, Herr Haye!« bat sie ihn. »Sie hat mir geraten, reise ruhig nach Cuxhaven und bedeute dem Herrn, eine alte Mutter käme nicht in Betracht, um so mehr aber ein anderer. Fahre hin und frage ihn, ob er noch gar nicht an seinen Vater gedacht hat.«
Er war im ersten Augenblick wie betreten.

»Mein Vater, wirklich mein Vater?« bewegte er das Wort kopfschüttelnd hin und her.
»Verzeihen Sie mir, wenn ich Ihnen weh getan habe«, nahm sie wieder das Wort. »Aber ich mußte offenherzig sein, nicht um meinet oder meiner Mutter willen, Herr Haye!«
Er hatte den Kopf wieder erhoben. Der nachdenkliche Zug in seinem Gesicht war verschwunden.
»Der Vater?« wiederholte er. »Nein, haben Sie keine Sorge, Fräulein Martha, es sind freilich Schwierigkeiten da, aber ich werde sie überwinden.«
Er hatte so zuversichtlich gesprochen, daß sie neben ihm unwillkürlich wieder stehen geblieben war. Er sah sie an. Wie ein Spiel von Licht und Schatten glitt etwas über ihr Gesicht, was zwischen Entsagung und aufquellender Hoffnungsfreude zu kämpfen schien.
»Es wird Zeit für mich«, brach sie auf einmal ab, »daß wir umkehren.«
Sie hatten bislang kaum auf den Weg geachtet. Die Kugelbake auf dem Ende der Landecke, aus der Ferne wie eine schwarze Pyramide, stand jetzt so nahe vor ihnen, daß ihr schwarzbraunes Holzgerüst sich in deutliche Einzelheiten zerlegte.
»Es ist schön hier auf dem grünen Deich«, warf sie hin. »Ich möchte noch lange so weiter wandern, aber in einer Stunde fährt mein Zug und ich muß wieder nach Hamburg zurück.«
Er war bestürzt und suchte ihr das auszureden. Gern wäre auch er mit ihr weiter gewandert, ganz bis zur äußersten Ecke hinaus, wo der Turm von Neuwerk wie ein trotziges dunkles Wahrzeichen herüberschaute. Von dort wollte er westwärts übers Wattenmeer deuten und dem Hamburger Stadtkind die Weser zeigen. Drüben weit in der Ferne, wo kaum erkennbar schräge Streifen von Rauchwolken auseinander flossen, dort ging sie, seine Weser.

Sein Zureden half nichts. Er schlug ihr vor, sie wollten im Hotel miteinander speisen, doch sie lehnte entschieden ab. Sie hatte unterwegs auf dem Schiff schon einen Imbiß genommen, der fürs erste vorhielt.
So hasteten sie zum Bahnhof zurück. Um ein vernünftiges Miteinanderreden war es geschehen. Er wurde immer ärgerlicher. Es schien Berechnung von ihr zu sein, und das Ganze war eine lächerliche Komödie.
Erst auf dem Bahnsteig kamen sie wieder dazu, ruhig miteinander zu sprechen.
»Sie sind wohl froh, Fräulein Stoevesandt, daß Sie mir auf die Weise entronnen sind?« fragte er, noch immer mit seinem Verdruß kämpfend.
»Ich freue mich, daß wir die Vernunft bewahrt haben«, entgegnete sie. »Der Zug braucht über vier Stunden bis Hamburg, und wäre ich bis zum nächsten geblieben, würde ich erst nach Mitternacht an meinem Heidenkampsweg anlangen.«
Der Grund ließ sich hören. Inzwischen war die Zeit gekommen, daß sie einsteigen mußte. Er reichte ihr die Hand und hielt die ihre in der seinen fest. Sie ließ ihn ohne Ziererei gewähren.
»Ich danke Ihnen, daß Sie Vertrauen zu mir gehabt haben«, sagte er. »Es war ein Wagnis, Sie hierher zu bitten, aber ich weiß, es ist nicht vergebens gewesen.«
Sie wollte ihm ihre Hand entziehen, doch er hielt sie noch immer umfaßt:
»Und nun noch eine Frage, Martha. Wollen Sie auf einen warten, der wieder zu Ihnen kommen wird? Das kann lange dauern, ich bin Seemann und werde hin und her geworfen, – und mein Alter hat einen harten Schädel. Es kann vielleicht sogar sehr lange dauern. Wollen Sie auf mich warten?«
»Ja, das will ich, Hermann Haye«, sagte sie einfach. »Ich warte auf Sie, bis Sie kommen.«

Sie sahen sich in die Augen. Noch ein letzter fester Händedruck. Sie mußte ihre Hand von ihm losreißen, denn die Minute der Abfahrt war da.
——— Als auch er in seinem Zug saß, kam ihm erst voll zum Bewußtsein, es würde zu Hause Widerstand geben. Es war besser, seine Mutter wurde eingeweiht, derweilen der Vater noch draußen auf See war.
Die Mutter saß im Stuhl und hatte mit Tränen zu kämpfen.
»Wenn das nur gut geht«, seufzte sie beklommen. »Das mit den Bremern war für Vater schon ein hartes Angehen, aber er hat sich hineingefunden. Und Helene hat ja auch Glück gehabt und einen trefflichen Mann bekommen. Aber nun kommst du und rückst ihm noch einen Schritt näher? Hermann, lieber Junge, was muß unser Vater auf seine alten Tage noch alles erleben!«
»Ich kann es ihm nachfühlen«, erwiderte er. »Aber ich hoffe, er ist vernünftig und findet sich damit ab. Und ist es denn wirklich so schlimm? Das liegt doch alles schon so weit zurück, daß es durch die Zeit längst vernarbt sein sollte.«
»Hermann, du kennst Vater nicht«, sagte sie schmerzlich. »Er ist viel weicher, als man's ihm ansieht, und hat dabei doch seinen eigenen Kopf. Ach wie oft, daß ich ihm gesagt habe, er möchte das Fahren auf seinem Fischdampfer nun endlich aufgeben und er wäre keiner von den Jüngsten mehr, aber was helfen alle Worte. Und du, mein Junge? Du hast dasselbe weiche Herz und den harten Schädel wie alle die Hayes.«
»Mutter, laß mich nur machen«, beschwichtigte er sie lächelnd. »Siebelt Remmers würde sagen, Minsch, arger di nich, dat loppt sick allens torecht. Ich bitte dich nur, Vater vorläufig noch nichts zu sagen und mir das Weitere zu überlassen.«
Er streichelte ihr die Backe und gab ihr einen Kuß. Sie

war mit seinem Vorschlag einverstanden, doch ruhiger war sie noch nicht geworden, er sah es an den Falten um ihre Augen.
Gleich nach der nächsten Reise bot sich eine Gelegenheit, mit dem Vater zu sprechen. Die Mutter hatte es aber doch nicht übers Herz bringen können, ihn ahnungslos zu lassen und hatte vorzuarbeiten versucht. Hermann durfte nicht böse sein. Mütterliche Liebe und die Sorge um den Gatten waren stärker als Versprechungen.
Der Vater machte den Versuch, einen scherzhaften Ton anzuschlagen:
»Hallo, du Donnerschlag, du hast dich in Bremen verplempert? Was sind das für Geschichten! Das machst du natürlich rückgängig, verstehst du?«
»Es ist keine Verplemperung, Vater!« erwiderte Hermann mit Nachdruck.
»Du Kiekindiewelt, was ist es denn anderes? Natürlich, das liegt da in der Luft, wo die Seemannsschulen sind. Also sei so gut und setz dich hin und schreib dieser Tanzstundenliebe ab.«
Hermann ahnte, was sich hinter der erzwungenen Ruhe verbarg. Sein Vater tat ihm leid. Er sah angegriffen aus. Auf dem wettergrauen Gesicht mit den tausend Fältchen lag Abgespanntsein. Der Alte schob das aufs schlechte Wetter, das sie auf See hatten, doch die Mutter wußte es besser. Eine fast vergessene und versunkene Vergangenheit war wieder heraufgekommen, jene dunkle Nacht im Dwarsgatt, die Verklarung vorm Seeamt und der heiße Verhandlungstag in Brake, alles war wieder heraufgestiegen und hatte sich vor ihn hingestellt, die Worte, die er damals am Alten Wandrahm mit dem Reeder Stoevesandt gewechselt hatte, die vergeblichen Gänge in Bremerhaven um eine Stelle und die fruchtlosen Reisen zu den kalt lächelnden, fremden Reedern. Und mit dieser selben Welt, mit der

er für immer fertig zu sein glaubte, wollte sich sein eigenes Fleisch und Blut durch das engste Band verbinden, das es auf Erden gab?
Er sah seinem Sohn scharf ins Auge, aber Hermann hielt seinen Blick aus.
»Du willst also die Tochter von dem Kerl heiraten, der deinen Vater ins Unglück gebracht hat?« kam es heiser. »Junge, wie kannst du mir das antun?«
»Vater, ich habe Martha Stoevesandt lieb gewonnen. Glaube mir nur, ich kann nicht anders.«
Der Alte versuchte nochmals, sich zu dem Ton zurückzutasten, den er vorhin angeschlagen und sogleich wieder verloren hatte. Er sah es noch vor sich, als wäre es gestern gewesen, das trippelnde Zierpüppchen, das auf der Erikusbrücke von der haubengeschmückten Wärterin an der Hand geführt wurde.
»Sla mi de Dunner, Jung!« polterte er heraus. »De Hamborger Deern is 'n Maikatt. Glöw dat din Vadder man, de kennt ehr all länger as du.«
»Du bist im Irrtum, Vater«, entgegnete Hermann fest. »Die Stoevesandts haben seitdem viel durchgemacht, und Martha ist alles andere nur keine Zierpuppe. Und wenn ihr Vater etwas verfehlt hat, so haben andere übergenug dafür büßen müssen. Vater, ich frage dich, soll es denn niemals eine Zeit geben, wo das Vergangene abgetan und vorbei ist?«
Dem andern zuckte es um die Augen. Sollte er dem Sohn von der Mutter derer sagen, die der Sohn jetzt heiraten wollte? Seine Stimme hatte auf einmal einen anderen Klang, als er wieder das Wort nahm:
»Weshalb willst du dir dein Leben so schwer machen, mein lieber Junge? Sieh doch zu, es gibt hundert andere Mädchen. Besinne dich, noch ist es Zeit.«
»Nein, Vater, ich kann nicht anders.«
»Du mußt nur wollen, Junge«, drängte der andere. »Ich möchte dir beinahe raten, sieh zu, daß du nach Ost-

asien kommst. Du weißt, ich sage das nicht leichten Herzens, aber für dich ist es besser so – und auch für uns.«
»Nein, Vater, ich muß hier bleiben«, kam es gepreßt.
»Deine Bitten kommen zu spät.«
Der Alte machte eine rasche Bewegung und hatte sich erhoben. Um seinen Mund arbeitete es schwer, und auf der Stirn lagen Schatten.
»Mach, was du willst, aber laß mich aus dem Spiel«, erklärte er kurz. »Ich höre immer nur dein trotziges Nein und habe verdammt keine Lust, deine Dummheiten mitanzusehen.«

23

Der Hochsommer neigte sich langsam seinem Ende zu. Seit einigen Wochen lag der Fischdampfer Janbaas in Burgerhouts Werft zu Rotterdam. Er erschien den neuzeitlichen Anforderungen nicht mehr gewachsen, ein Zwischenstück sollte eingesetzt werden, um ihn zu verlängern. Alle die Werften an Weser und Elbe waren auf Monate belegt, und daß er an der Maas untergekommen war, war auch nur bloßer Zufall.
Eilert Haye hatte Muße, sich in Rotterdam umzutun. Er verkehrte bei Coolmans mitten in der alten Stadt, wo noch wie früher die deutschen Kapitäne saßen und es alle Sorten Fisch gab, die einer sich denken konnte. Wie schade, daß seine Christine nicht mit dabei war. Die hätte noch mehr gestaunt als er, so gewaltig hatte Rotterdam sich in den drei Jahrzehnten verändert. Als hätten die fischblütigen Käseköpfe ganz andere Gesichter bekommen. Der Boompjeskai mit seiner bescheidenen Ulmenallee lag verödet, die altertümlichen Giebelhäuser der Gelderschen und Spanischen Kade, einst die Brennpunkte des Hafenverkehrs, waren zu binnenstädtischen Straßen geworden, im alten Haringsvliet, Weinhafen und Schiffmacherhafen nur noch kleine Kähne, Leichter und Aaken. Aber draußen am Strom, wo der Verkehr über die Maasbrücke donnerte, war eine neue Welt, riesige Hafenbecken und mitten in dem Revier der neue Stadtteil Katendrecht. Kattendreck schimpfte der deutsche Janmaat, wenn er

in den halbexotischen Animierkneipen der Atjeh- und Delistraat sein gutes Geld losgeworden war, statt der Heilsarmee zu folgen, die überall ihre großen Schilder ausgehängt hatte. Was für ein Leben im Rheinhafen und Maashafen, Überseedampfer, himmelhohe gelbbestaubte Getreidesilos, schwarze Kohlentips und prasselnde Bunkermaschinen, gespenstisch daherschwimmende Kräne mit gewaltigen Armen, fauchende Elevatoren, vierzig Meter hoch die Transporteure mit Wiegevorrichtungen und Stauermaschinen, alles ein Brausen und Zischen, Rollen und Knattern – das neue Rotterdam, das sich rührte und rasend arbeitete. Um bei seinen sieben Stunden Wasserweg nach See nicht selber zu sterben, mußte es das belgische Antwerpen, das britische London und das deutsche Hamburg tot machen. Da galt kein friedliches Nebeneinander, es ging hart gegen hart. Den Verkehr herziehen, größere Schnelligkeit bieten, bequemeres Löschen und Laden, erhöhte Billigkeit, das war Wettbewerb. Der Scheldeplatz Antwerpen war von Rotterdam bereits überflügelt.
Auf Schritt und Tritt drängte sich ihm der Vergleich mit der Elbe auf. Strom, Stadt und Hafen ein verblüffend ähnliches Bild. Wie hier die Bommpjes verlassen lagen, so drüben die Vorsetzen, das Leben hatte sich weit nach draußen gewälzt. Und die Anstrengungen Hamburgs waren fast noch gewaltiger. Der ganze Stadtteil Kehrwieder mit dreißigtausend Bewohnern hatte verschwinden müssen, der Alte Wandrahm, die engen Straßen mit den windschiefen verräucherten Häusern, die Holzbrücken, die Fleets, das war alles einmal gewesen und nicht mehr da. In langen Reihen standen dort jetzt riesenhohe hellrote Speicher, und Sandtor und Grasbrook lagen neben den neuen großen Häfen schon halb veraltet. Wer würde siegen, Rotterdam oder Hamburg? Doch nun war Rotterdam nicht

anders wie auch Antwerpen ein deutscher Hafen. Deutschland war das große Hinterland und der Rhein die Zufuhrstraße für Kohle und Eisen, nur sollte man das nicht in alle Welt hinausposaunen, den Neid nicht noch künstlich züchten und an John Bull denken. Zum Prahlen und Herausfordern war Treibhausgröße noch immer nicht groß genug.
Als er zurückkehrte, war auch Hermann mit seinem Schiff in Bremerhaven. Seit ihrer letzten Aussprache gingen sie einander aus dem Wege, der Jüngere gleichmütig gelassen, der andere gereizt und verbissen. Der Sohn sollte die törichten Verliebtheiten vergessen. Kein Wort, das zwischen ihnen über das fiel, was sie beide bewegte. Hermann fuhr seit dem Frühjahr auf der Prinzeß Ingeborg von der Barbarossa-Klasse. Sein Schiff war halb Frachtdampfer, halb Passagierboot, und die Reisen nach New York und zurück dauerten an die sechs Wochen. Immerhin war auch die Ingeborg mit fünftem und sechstem Deck und dem festen Sonnendeck darüber ein stattliches gewaltig breites Schiff, und seine beiden unabhängig nebeneinander arbeitenden Maschinen trieben zwei Schrauben.
Von Martha Stoevesandt hatte er seit Cuxhaven nicht wieder gehört. Was auf dem Umweg über Bremen herüberklang, war undeutlich, ließ ihn aber hoffen, sie würde fest bleiben. Er hatte es noch einmal gewagt, mit dem Vater über sie zu sprechen, doch dem Alten waren die Zornadern geschwollen und er hatte sich polternd jedes Wort verbeten.
»Es ist besser, du läßt ihn gewähren«, riet die Mutter. »Mir kommt's vor, er wird bei kleinem doch wohl zu alt für seinen Fischermann. Er sollte ausscheiden, aber nun steht sein sechzigster Geburtstag vor der Tür.«
Gab es noch Wunder? Unvermutet war der Alte bei den Suhrens in Bremen mit einer Frau zusammengetroffen, der er meilenweit aus dem Weg gegangen wäre,

hätte er das Geringste geahnt. Im ersten Augenblick waren sie beide betreten gewesen, doch ihre Befangenheit verflog und sie hatten eine halbe Stunde miteinander gesprochen. Was sollten zwei Menschenkinder in dem Alter sich noch viele Komplimente machen? Sie wären wohl imstande gewesen, über alles zu sprechen, doch nun lag Vergangenes mit einem Mal so endlos weit hinter ihnen, daß sie es nicht mehr heraufholen mochten. Wozu noch von einem Halbvergessenen erzählen, der immer mehr hartes Geld und ein immer härteres Herz bekommen hatte, bis ihm dann ein ganzes auf Hetzen und Treiben errichtetes Gebäude über dem Kopf zusammengebrochen war. Und daß sie ihrer Tochter besseres Glück wünschte als sie selbst gehabt hatte, brauchte sie auch nicht in Worte zu kleiden. So hatten sie über Hamburg und Elsfleth geplaudert, auch über Bremen und den Lloyd, und hatten beide gelächelt, wenn bei Worten die sich gleichgültig anhörten, Gedanken aufkeimten, die sie dann wie winzige aufflackernde Flämmchen mit behutsamen Händen sogleich wieder auslöschten. Lange bittere Jahre hatte es eine Frau gegeben, die hatte manches Mal in die Ferne gedacht, aber dann war mit sachten Schritten die Zeit gekommen und hatte es ausheilen lassen.
Aufgeräumt und heiter, beinahe übermütig, langte er wieder bei Christine an.
»Mutter, schilt mich mal tüchtig aus«, neckte er. »Es gibt eine Sorte Fischdampferkapitäns, die müssen auf ihre alten Tage noch mit anderen Frauen schön tun. Sie sieht noch immer gut aus, die Anna Bardewiek aus Elsfleth, ihre Augen blicken auch nicht mehr so kühl wie damals, das macht wohl ihr schneeweißes Haar. Wirklich, Christine, sie sieht wie eine richtige vornehme Hamburgerin aus und ist es auch, ich hätte sie damals doch lieber nehmen sollen.«

»Mann, schämst du dich nicht, deiner Ehefrau von einer fremden Dame vorzuschwärmen?« verwies sie ihn in dem gleichen Ton.
Am liebsten hätte sie laut aufgejubelt. Seine Stimme hatte einen Klang wie seit Monaten nicht. Hätte ihr Hermann in dem Augenblick nur dabei sein können! Sobald er von New York zurück war, sollte er mit dem Vater sprechen.
Ihre Wünsche erfüllten sich rascher als sie geahnt hatte. Jetzt war es der Vater, der den Sohn abseits nahm:
»Sag mal, Hermann, wie ist es eigentlich mit uns Hayes? Kommt unsere Familie vorwärts in der Welt oder bleibt alles ein Quälen?«
»Ich weiß nicht, worauf du hinauswillst«, entgegnete er.
Der Vater machte ein nachdenkliches Gesicht:
»Unsere Helene? Hm, die macht scheint's ihren Weg. Aber du, mein Junge? Du bist ein unvermögender Lloydoffizier und bist wie die meisten von deinen Kameraden ein abhängiger Mann. Die goldenen Knöpfe und Ärmelstreifen tun es nicht. Ist das nun ein Vorwärts, wenn du ein armes Mädchen heiraten würdest? Jeder Mensch will doch vorwärts im Leben?«
Der Gefragte sah ihn an:
»Vater, was heißt vorwärts kommen? Wir Seeleute gehen nicht zum Reichwerden aufs Wasser. Auch ihr Segelschiffskapitäne von dazumal seid keine Geldverdiener gewesen.«
Der Alte hatte etwas vor sich hingebrummt, was wie halbe Zustimmung klingen konnte.
»Ich will mich damit abfinden«, nahm Hermann wieder das Wort, »daß ich mein Lebelang ein Angestellter bleibe, ein abhängiger Mann, wie du es nennst, ich will aber trotzdem ein Mensch bleiben und mir das nicht nehmen lassen, und sollte es Kämpfe geben. Die Idea-

listen sagen, es käme auf den innerlichen Reichtum an, den müßte man sich zu erwerben suchen. Das hört sich verzweifelt nach Redensart und leidigem Trost an und ist manchmal auch nur eine leere Phrase, aber es steckt doch etwas dahinter. Ich fasse das so auf, der Mensch soll sein Leben mit einem Inhalt erfüllen, der mehr ist als bloßes Abarbeiten und seine Pflicht tun. Ich meine, das wäre dann auch ein gutes Ziel, das unsereinen vorwärts bringen könnte, zumal wenn ich dazu noch das Glück finden sollte, eine tüchtige Lebensgefährtin neben mir zu haben, die mich versteht und die ich verstehe.«
Der Alte strich sich umständlich den Bart. Hermann kannte das. Hätte er ihm nicht zugestimmt, wäre er ihm längst ins Wort gefallen. Doch jetzt saß er auf seinem Platz und knurrte vor sich hin, und dem andern klang das wie Musik. Der Alte war noch himmelweit davon entfernt, ihm zu sagen: »Ich bin mit dir einverstanden«, aber er war auf dem Weg dahin und es würde der Tag kommen, da würde er ihm seinen Vatersegen nicht länger vorenthalten.
Der Herbst jagte schon seine ersten rauhen Vorboten über die Wesermündung. Es war staunenswert, mit welcher zähen Rüstigkeit der Alte immer noch seinen Dampftrawler fuhr. Fast schien es, als ob der neue große Zug, der an der Unterweser in die Fischerei hineinkam, auch ihn mitriß. Nirgends ging es so kräftig los wie in Geestemünde. Der Handelshafen hatte die langen Jahre seit dreiundsechzig nie recht besetzt gelegen. Hannover war immer ein Binnenstaat gewesen, und unter dem preußischen Adler war es nicht besser geworden. Es hatte an eigenen Seeschiffen und einem erprobten wagemutigen Handelsstand gefehlt. Jetzt sollte das anders werden. Geestemünde machte sich auf und hatte großartige Pläne. Die enge Geeste war für den Fischereibetrieb längst zu klein. Ganz draußen,

weit oberhalb der Geesteeinfahrt, schon dicht bei der Luneplate, wurde ein langer Damm in die Weser gelegt und Sand hintergefüllt, zugleich ein gewaltiger Fluthafen gebaut und durch eine Nordmole geschützt. Noch sah man nichts als ein grauweißes Sandgelände, über das der Wind seine Staubwolken wirbelte, doch weiterhin erhoben sich bereits riesenlange Schuppen, und der neue Fischereihafen sollte der größte des Kontinents werden. Biegen oder brechen, das war Konkurrenz. Wer sich nicht anstrengte, wurde in den Sack gesteckt. Und wegen England sollte niemand bange sein. Hermanns Kapitän kam von der Marine und wollte die Engländer fressen, hatte es auch untersagt, englische Fachausdrücke an Bord zu gebrauchen. Man sollte das Kind nicht mit dem Bade ausschütten, die Briten waren nun einmal die nautischen Lehrmeister der Deutschen und waren selber vor Zeiten bei den Niederländern in die Schule gegangen. Es war von Jahrzehnt zu Jahrzehnt weniger geworden mit den fremden Brokken, kein deutscher Schiffsführer mehr, der wie vor dreißig, vierzig Jahren nur englische Kommandos gebrauchte, auch an den Häusern Bremerhavens immer weniger fremdländische Bezeichnungen. Aber neulich hatte der Kapitän seine Offiziere gefragt:
»*Rule, Britannia, rule the waves?* Zum Teufel noch mal, meine Herren, lassen Sie uns die Ohren steif halten, bald sind wir soweit, daß wir den lieben Vettern das Herrschen zur See abnehmen.«
Ihnen allen hatten die Augen gefunkelt. Was er da sagte, war auch ihr unausgesprochener Wunsch.
Das letzte Mal war Vater Haye ganz versonnen von seiner Reise nach Hause gekommen. Noch niemals hatte er das kleine Nest an der andern Seite, wo er geboren war, so deutlich liegen sehen. Es war tiefste Ebbezeit, zum Greifen nahe über den blanken Wattstreifen das weiße Haus, in dem Oberlots Frels einmal

wohnte, hinterm grünen Deich die Dächer der alten Häuser und kleine Mastenspitzen. Und alles hatte ihm freundlich zugenickt und ihn gegrüßt. Und dann war er stromaufwärts gefahren, und über dem blanken stillen Wasser waren wie schwarze Nadeln Kirchtürme heraufgestiegen, dann wie eine Reihe Blumen auf ungeheuer langen Stengeln schleierdünn auffließende Rauchfäden, sich steil nebeneinander emporziehend und hoch oben in zarte blasse Kronen zerkräuselnd, bald auch Zeitballsäule und Leuchtturm und ein hoher schwarzer Kran, leuchtend gelb die Schornsteine von den großen Dampfern, und in den Fenstern der weißen Decksaufbauten hatte blänkernd die Abendsonne gelegen. Welcher Gruß war schöner gewesen, die alte oder die neue Heimat? Aber jetzt mußte er wieder hinaus auf die Fahrt. »Mutter, diesmal geht es ganz bis nach Island«, kündigte er an. »Ich werde volle drei Wochen unterwegs sein, aber ich werde die isländischen Gletscher sehen.«
»O Gott, so weit?« fragte Christine erschrocken. »Dein Fischermann ist trotz des Umbaus ein kleines schmales Ding geblieben, die neuen Dampfer sind alle viel größer und stärker. Nein, fahre du nur wieder auf deine alten Gründe bei den Shetlandsinseln.«
»Mein Fischereidirektor würde schöne Augen machen«, versetzte er lächelnd, »wenn ich nicht mit dahin führe, wo jetzt der Fisch steht. Mutter, die ganze Welt wird größer und wir müssen mit, immer mehr hungrige Mäuler, die zu essen haben wollen. Haben wir nicht seit dem Krieg um zwanzig Millionen zugenommen?«
»Ach was, die Dinge kannst du den gelehrten Professoren überlassen«, sagte sie ärgerlich. »Denke du nur lieber an dich und uns.«
Er streichelte ihr über die Backe. Seine Bitte hatte fast etwas Flehendes:

»Mutter, laß mich noch diese eine Fahrt machen, es soll meine letzte sein, dann will ich ausscheiden, das verspreche ich dir. Wenn ich zurück bin, dann full and bye, dann feiern wir meinen Sechzigsten!«
Sie hatte sich etwas aus den Augenwinkeln gewischt. Der Sohn trat zu ihr und legte ihr die Hand auf die Schulter:
»Laß ihn gewähren, Mutter, alles Reden hilft nichts, Vater muß nun einmal hinaus und fahren.«
Sie seufzte leise. Wie eigensinnig konnte ihr Mann doch sein.
Der Sohn schaute tiefer. Über den letzten Grund, der ihn trieb, sprach sich der Alte nicht aus. Hier war einer von denen, die es niemals vergaßen, daß man seine Schuld an Mitmenschen und Mitarbeitern nur mit der eigenen Persönlichkeit bezahlte und nicht mit Geld. Seine Mannschaft machte ihm in letzter Zeit wieder den Kopf heiß. Es waren wieder faule freche Gesellen dabei, die die plattdeutschen Jungens verhetzten und das Schiff immer nur eine verfluchte Knochenmühle nannten. Die Reederei hatte ihnen höhere Heuer bewilligt, doch das Quengeln und Schimpfen hörte nicht auf. Sein Vater wollte tun, was wichtiger war, und wollte still, wie er's sonst auch getan hatte, auf sie einwirken und ihnen zurecht zu helfen versuchen.
Gerade im Augenblick, als er Abschied nahm, kam ein Telegramm aus Bremen.

> Gottes Güte hat unserer Helene einen gesunden Knaben geschenkt. Sohn Nummer eins soll Eilert Suhren heißen.

»Das hat der Methodistenpastor aufgesetzt!« rief der Alte und steckte das Papier frohbewegt in die Tasche. »Einerlei drum, feine Leute sind es doch. Ist das nicht herrlich, daß mein Name bestehn bleibt? Christine – Grotmoder, littje Deern, wat seggste nu?«

24

Über die Wesermündung fegt ein Sturm, wie er um die Jahreszeit noch nicht gewesen ist. Er kommt vom Hohenweg und dem einsamen Turm von Imsum herüber, der ohne Kirche verlassen hinterm Deich steht, stößt gegen die neuen fünfstöckigen Häuser, die sich norderseits herausgebaut haben, rüttelt an den Eisengerüsten der Kräne, pfeift in den tausend Drähten, heult im Takelwerk, brummt über den Riesenschornsteinen der Dampfer und faucht die langen schnurgeraden Straßen entlang.
Bei der Hafenschleuse schwingt oben am Leuchtturm der Warnungsball an der Kette hin und her, ein an der Spitze geheißter schwarzer Kegel. Die Hamburger Seewarte hat heute mittag Nordweststurm gemeldet. Jetzt ist der Sturm da und steht aus Nordwest zu Nord.
»Paß up, dat gifft noch wat!« sagt einer von den Lotsen, die breitbeinig beim Lotsenhaus stehen und ins Wetter gucken. »Dat kummt stief de Werser rup.«
Der das sagt, ist Jakob Ricklefs. Er hat heute dienstfrei, aber bei dem Wetter kann es für ihn noch zu tun geben.
Es geht stark gegen Abend. Der Wind sitzt der auflaufenden Tide im Nacken und drückt sie mit Gewalt. Hui, wie die weißen Kämme die Steinbank entlang sägen und aufs Gras von der Deichböschung klatschen. Die roten und grünen Lichter an den Hafeneinfahrten

und drüben die rote Laterne auf der Nordmole vom Fischereihafen brennen heute merkwürdig matt. Auch die Leuchttonne querab im Fahrwasser, die alle paar Sekunden ein weißes Licht blinkern läßt, hat ein unsicheres Blinzeln. Es wird immer schummeriger. Draußen zieht ein rotes Licht langsam stromaufwärts, ein Brasildampfer, der nach Bremen will, aber man sieht nur dunkle Umrisse. Unweit der Leuchtboje ist ein großer Zweimaster vor Anker gegangen. Er ist erst in der Dämmerung von See heraufgekommen. Lotse Ricklefs hat nur noch gesehen, er hat das Deck hoch mit Holz bepackt, doch jetzt sieht er nichts mehr als das unruhige Ankerlicht. Auf Reede kommen immer mehr Lichter in Sicht. Grün und rot kommt es auf die Hafeneinfahrt zu, darüber das weiße Topplicht. Ein Fischdampfer, der noch in die Geeste will. Die haben es auf ihrer Hetzjagd immer mächtig eilig. Da kommt schon wieder ein Topplicht herauf und ein rotes Seitenlicht. Wieder einer von der unermüdlichen Sorte. Es werden immer mehr Fischdampfer hinausgejagt. Unerschöpflich ist der Reichtum des Meeres, unersättlich aber auch der Magen der Menschheit.
Mit einem Mal stutzt der Lotse. Da draußen vor ihm ist etwas nicht in Ordnung. Die Lichter schwanken unregelmäßig durcheinander und ziehen hin und her, bald rot, bald grün, bald wieder beides. Auch das flakkerige Licht von dem Segler bewegt sich von der Stelle und scheint stromaufwärts zu gehen. Es ist ihm, als kämen Notsignale mit einem Nebelhorn, aber bei dem Sturm ist das nicht auszumachen. Doch jetzt schießt eine Rakete hoch und dann eine zweite, und er sieht, die durcheinander schwebenden bunten Seitenlichter sind nicht weit von der weißen Ankerlaterne. Kein Zweifel, der Fischermann hat mit dem andern Fahrzeug zu tun. Dem Segler wird bei dem Sturm die Ankerkette gebrochen sein, und er ist ins Treiben ge-

kommen. Eine verdammte Lage. Sturm und Flut werden das Schiff ohne Gnade auf die Luneplate treiben.
Im Vorhafen wirft schon ein Schlepper los. Er läuft hin und springt mit auf Deck. Der kleine Schlepper nimmt eine See nach der andern über, doch er arbeitet sich wacker hindurch. Wie sie draußen auf Strom und dicht bei der Boje sind, kommt ihnen der Fischermann schon entgegen. Er hat zwei Topplaternen auf und zeigt, er hat das Segelfahrzeug im Schlepp und die Bergung ist gelungen. Sie sind schon so dicht nahebei, daß er die weißen Unterscheidungszeichen erkennen kann, wenn der Bug einmal eine Sekunde von den Seen frei wird. Stand da nicht *PG 8*? Donner, das ist der Janbaas, das Schiff seines Schwagers Haye!
Der Schiffer vom Schlepper riskiert es, ihn an Bord zu bringen. Er fragt nach seinem Schwager, doch die Leute haben stiere Augen und kantige Backen, heben die Schultern und lassen sie wieder fallen. Der Steuermann ist ganz verbast und reißt seine Augen auf.
»Ist dat Ehr Swager wesen?« fragt er kopfschüttelnd.
»Die verfluchten Schweinehunde! Maul aufreißen, das können sie, aber weiter nichts.«
»Mann, segg blots, wat is passiert?« schreit Ricklefs ihm in die Ohren.
»Keine zehn Minuten ist's her«, kommt der Bescheid, »da hat unser Alter – war ein guter Kapitän, alles was recht ist.«
Dabei hat der Steuermann aufs Wasser hingedeutet. Ricklefs schaudert zusammen. Sein Schwager? Er kann es nicht fassen.
Der andere erklärt es ihm, so gut er es kann. Jawohl, vor zehn Minuten, da haben sie die Wurfleine nach dem andern Fahrzeug hinübergekriegt. Zwei von der Mannschaft haben dann die Trosse festmachen sollen, konnten aber nicht schnell genug damit zugange

kommen. Faulheit, vielleicht auch Ungeschick von den wenig befahrenen Oberländischen, was weiß er? Oder den Satans haben schon die Bumskneipen von der Fährstraße in den Köpfen gesessen. Und das schwerfällige Segelschiff war immer stärker ins Abtreiben gekommen und riß den vorwärts ziehenden Fischdampfer mit zurück, daß er sich hin und her gedreht hat. Und geholfen mußte werden, das war Christenpflicht. Da hat der Alte ihm das Ruder überlassen und ist nach achtern gesprungen, um mit zuzupacken, aber plötzlich hat es einen Ruck gegeben, und die aufgestrammte Stahltrosse hat ihn über Bord gerissen. »Wahrschau!« hat noch einer geschrien, aber da ist er schon weg gewesen. An eine Rettung war bei dem Sturm und dem reißenden Strom nicht zu denken.
»So geiht dat her in de Welt un up See«, schließt der Steuermann feierlich. »Wenigstens hett use gode Ol een ehrlichen Seemannsdod funnen.«
Sie stehen in dem niedrigen engen Ruderhaus dicht nebeneinander, stemmen sich in die Spaken und steuern durch das heulende Wetter. Nach einer Pause nimmt der andere wieder das Wort. Seine Stimme ist hart und grimmig:
»Der Backtrog da hinter uns ist auch kaputt. Unser Janbaas hat ihm beim Herummanövrieren den Bauch eingedrückt, daß es nur so krachte. Wäre auch schon versoffen, aber der Unglückssarg schwimmt ja auf seiner Ladung.«
»War wohl Zeit, daß ihr dem alten Bretterkasten mal den Gnadenstoß gegeben habt. Was ist's denn für ein Fahrzeug?« fragt Lotse Ricklefs. Er fragt nur, um etwas zu sagen.
»Elfdalen heißt das Untier«, kommt die Antwort. »Ich glaube, ein Schwede.«
»Elfdalen?« schreit er auf. »Ach du barmherziger Gott, er hat sein eigenes Schiff retten wollen!«

Der andere versteht das nicht. Er hat sich vorhin schon gewundert. Der Alte hat wie verrückt immer zu dem fremden schwarzen Fahrzeug hinübergestarrt, und es sind ihm allerlei sonderbare Worte zwischen den Zähnen hervorgekommen, aber er hat nichts davon verstanden.

Jakob Ricklefs war noch nie einen schwereren Gang gegangen als die drei Treppen zu seiner Schwester hinauf. Es war bereits nach elf, und er mußte sie aus dem Bett klingeln.
Christine war ruhiger als er gefürchtet hatte, aber das war wohl nur eine Betäubung, die mit dem übergroßen Schreck über sie kam.
»Hat er mir nicht gesagt, es sollte seine allerletzte Fahrt sein?« fragte sie. »Großer Gott, nun ist sie's geworden.«
»Ich werde die Nacht bei dir bleiben«, redete er ihr zu. »Du sollst nicht ganz allein sein.«
Sie wollte nicht, doch er ließ sich nicht abweisen. Es war besser so. Sie sprachen nun ganz vernünftig über alles. Wo es nichts mehr zu hoffen gab, sollte man nicht von der Hoffnung reden, er möchte noch am Leben sein.
»Jetzt habe ich nur noch den einzigen Wunsch«, sagte sie, »daß er bald gefunden würde.«
Er mußte sich immer von neuem wundern, wie gefaßt sie war. Hermann, der erst vor einigen Tagen auf die Ausreise gegangen war, sollte einen Eilbrief nach New York bekommen. Der ging mit einem von den Schnelldampfern und würde ihn drüben noch rechtzeitig treffen. Und Helene, die ihr Kind nährte, sollte so rechtzeitig benachrichtigt werden, daß sie es nicht erst durch die Zeitung erfuhr.
Erst gegen Morgen legte sie sich auf eine Stunde nieder. Sie sagte, es fröre sie ein wenig. Beim Auseinan-

dergehen gaben sie sich einen herzhaften Händedruck.

»Er hat einen ehrenvollen Seemannstod gefunden«, sagte sie noch an der Tür.

Der Bruder nickte. Das Wort hatte gestern abend auch der Steuermann auf dem Janbaas ausgesprochen. Am nächsten Mittag hatte der Sturm ausgetobt. Die Schonerbrigg Elfdalen war in den Alten Hafen geschleppt. Sie war so leck, daß an Ort und Stelle gelöscht werden mußte. Was dann mit ihr geschehen sollte, wußte noch niemand.

Zwei Tage später wurde seine Leiche im Schilf der Luneplate gelandet. Und den dritten Tag brachten sie ihn nach Wulsdorf hinaus, wo die Bremerhavener ihren Friedhof hatten. Es war an seinem sechzigsten Geburtstag. Ein großes Gefolge ging mit. Schwager Karl aus Brake schritt zwischen Christine und Helene. Alle sahen es seiner aufrechten Haltung an, wie stolz er auf seinen Bruder war. Der Pastor hatte von einem Heldentod gesprochen. Die aus der Familie zur See fuhren, waren nicht mit dabei, außer Hermann auch Helenes Mann nicht. Und Jakob Ricklefs war mit seinem Lotsenkutter auch schon wieder unterwegs. Seine Meta, die aus Horumersiel, hatte sich die Augen rotgeweint. Er sollte nun endlich ausscheiden und sich in Blexen zur Ruhe setzen, aber er hatte gemeint, das könnte er nicht und er müßte fahren.

Aus Bremen war der alte Herr Suhren mit seiner Frau und den beiden Söhnen erschienen. Sogar aus Federwarden waren einige von den alten Bekannten herübergekommen.

»Es ist schön von euch, daß ihr uns nicht vergessen habt«, sagte Christine bewegt. »Da hinterm Deich an eurem kleinen Siel bleibt doch unsere Heimat.«

Die Fedderwarder hatten einen großen Kranz mitgebracht, lilafarbige Strandnelken, die sie aus dem

Außendeich geholt hatten. Sie hatten auch Seestrandastern mit zwischengebunden, die fast genau dieselbe Farbe hatten. Der Kranz kam aufs Kopfende vom Grab. Er würde sich bis tief in den Winter hinein halten und nur ein ganz klein wenig blasser werden, wie alle die blauen Grodenblumen, die vom Vorfrühling den Sommer hindurch bis in den Herbst blühend standen.
»Wir nennen sie bei uns Ewigkeitsblumen, weil daß sie nie zu blühen aufhören«, sagten die Sieler.
Die freundliche alte Frau Suhren stimmte ihnen zu: »Ja, sie sind es, schöne Ewigkeitsblumen«, sagte sie. Sie meinte das in anderem Sinn und sagte es, weil einige Bremerhavener gemeint hatten, es wäre ja wohl Heidekraut.
Christine sah gedankenvoll auf den Kranz hin. Im stillen hatte sie einen Entschluß gefaßt, aber Hermann sollte erst wieder zurück sein.
Als alles zu Ende war, trat Schwager Karl wieder auf sie zu und schob ihr den Arm unter.
»Komm, Christine, laß uns jetzt gehen«, bat er und legte ihre Hand in seine breite Tatze. »So in den Sielen sterben ist immer das Beste. Ich bin nun auch schon einen Tag älter und habe drei Jahre mehr auf dem Rücken als er, aber vorhin habe ich an einen Vers denken müssen. Den hat er mir zuweilen vorgesungen, als er noch in Elsfleth auf die Steuermannsschule ging:

> Hoffnung, du sollst uns im Leben
> Liebend und tröstend umschweben,
> Und wenn Freund Hein uns beschleicht,
> Mache den Abschied uns leicht.«

Dann verließen auch sie mit Helene den Friedhof.
Nach einigen Wochen kam Hermann zurück. Er hatte unterwegs alles erfahren und war so gefaßt, daß er sei-

ner Mutter in allem beistehen konnte. Da auch Helene auf ein paar Tage von Bremen herübergekommen war, machte die Mutter ihnen einen Vorschlag.
»Wir haben uns in den letzten Jahren wenig um Federwarden gekümmert«, meinte sie. »Ich möchte gern mal hinüber. Würdet ihr mitfahren?«
Die beiden waren sogleich bereit.
Am andern Morgen lag ein trockener Nebel zwischen den Häusern und versprach einen sonnigen Nachmittag. So machten sie sich miteinander auf den Weg.
Am Siel und am Deich erschien alles noch stiller als früher. Nur ein paar Steinekähne und ein Torfschiff, was an der Kaje lag. Wo Oberlots Frels ehedem wohnte, war das Haus mit der aufgetreppten Tür ein Gasthof geworden. Im Vorland weiterhin standen blaugraue Badehäuschen. Fremd sprechende Leute saßen auf den Deichbänken und träumten übers Wasser hinüber. Spätherbstliche Badegäste. Federwarden hatte sich inzwischen als bescheidenes Seebad aufgetan.
»Wenig ist immer noch besser als nichts«, sagte die Mutter und deutete auf den Hafen und die leeren Reihen Dalben hin.
»Mich freut's auch um das Nest«, schloß Hermann sich ihr an. »Immerhin ein Ersatz für das, was früher hier war, wenn auch nur Papiergeld, das andere waren harte Taler.«
Sie hatten ihre Besuche gemacht und schlenderten eine Strecke Deichs nach Langwarden zu. Neugierige, halb versonnene Blicke folgten den Dreien. Wie doch die Zeit verging! Die Schlanke in dem modernen schwarzen Kleid, ganz wie eine vornehme Dame und doch alle Leute freundlich grüßend, war es möglich, das sollte Christine Ricklefs Tochter sein? Aber der Sohn, der schlanke fixe Mensch, sehnig und mit festen Schultern, ein flachsblonder Bart und ebensolches

Haar, der sah ganz aus wie damals sein Vater, und man merkte ihm an, daß er Offizier beim Lloyd war.
Hermann und seiner Schwester war es aber doch fremd geworden am Siel. Von den Ricklefs und alle den Lotsenfamilien wohnte niemand mehr hier, seit die Gesellschaft nach Blexen verlegt war, und wie lange Jahre war das schon her. Und vor den Giebelhäusern mit den zierlichen weißen Fenstersprossen saßen auf der Bank neben der Tür lauter Leute, die sie nicht kannten. Ihrer Mutter war es freilich zu Sinn, als wäre sie niemals von Fedderwarden fortgewesen. Der rostbraune Hauch, den die salze Luft an die Backsteine der Häuser wehte, mochte noch etwas dunkler geworden sein, sonst alles wie früher, die Grauammern, die vom Deich aufburrten und in den Außendeich flatterten, die Möwen, die auf den Äckern hockten und auf die einsetzende Ebbe warteten, die blauen oldenburgischen Grenzaufseher, die den Deich abgingen, hellblaue Aufschläge und dunkelblaues Tuch, und aus den reithgedeckten Katen kamen die Großväter, jeder mit zwei Eimern am Tragjoch, stiegen ins Vorland hinunter und brachten den Schafen frisches Wasser, und die Hauskatze blieb neben den Andelhocken sitzen und wartete – alles wie damals an jenem Abend, als Eilert und sie den Entschluß faßten, ihre Wurzeln aus dem Heimatboden herauszureißen, damals, als sie sich in der Stadt anpflanzten und ihr Gerhard noch bei ihnen war. Und doch nicht alles wie vordem. Die abgerackerten Männer und Frauen, die ihr mit gekrümmten Rücken entgegen kamen, waren dieselben, die einmal mit ihr zusammen jung waren und auf der Schulbank neben ihr saßen und am Deich mit ihr spielten. Sie waren äußerlich wohl etwas rascher alt geworden, aber im Herzen sah es auch bei ihr nicht anders aus.
»Liebe Kinder, ich weiß nicht«, erklärte sie den beiden, »ich möchte meine alten Tage wohl hier am Siel ver-

bringen. Hier ist es ganz anders als in der lauten Stadt. Oder was meint ihr?«
Die beiden verstanden ihre müde Sehnsucht nicht ganz.
»Solange Hermann allein ist«, erwiderte Helene, »wirst du doch wohl lieber in Bremerhaven bleiben wollen. Und später ziehst du zu uns nach Bremen, nicht wahr, Mütterchen?«
»O nein, Kind«, wehrte sie ab. »Ich kann nicht noch ein zweites Mal umziehen.«
Sie waren umgekehrt und gingen zurück. Die erste Abenddämmerung war da. Binnendeichs über den Feldern braute der Nebel, alles Land leise wie mit Milch übergossen, die Häuser schwer und schwarz daraus hervorragend. Und weit draußen über dem Wasser begann ein schöner heller Stern zu flimmern. Das Licht vom Turm auf dem Hohenweg. Und drüben nach der anderen Küste hinüber ein rotes Aufglühen und weißlich hinhuschende Streifen. Die Leuchtbojen im Fahrwasser und die Leitfeuer auf den Sänden. Auf dem Eversand standen zwei neue große Türme. Die drei alten Baken, die einstmals vorm Dwarsgatt warnten, waren verschwunden, und auch die Jungfernbake auf Meyers Legde war nicht mehr da. Auch draußen auf dem dunkeln Wasser war eine andere Zeit geworden als damals, da das Schiff auf den Strand kam, das sie jetzt mit Mühe und Not in den Hafen eingeschleppt hatten.
Sie waren alle drei schweigsam geworden und hingen ihren Gedanken nach. Die erste, die wieder das Wort nahm, war Helene:
»Ich habe mir manches anders vorgestellt, auch das Trampdampferfahren«, sagte sie. »Aber man muß sich hineinfinden. Mein Gottfried wird diesmal lange von Hause fortbleiben. Er liegt mit seiner Helene Suhren in Riga und muß dann noch nach Petersburg hinauf,

vielleicht auch noch nach Lulea in Schweden. Er wird seine Last haben, daß er mit seinem Dampfer nicht einfriert.«
Die Mutter streifte sie mit einem lächelnden Blick. Helene war üppiger geworden, seit der Junge angekommen war.
»Gewiß, Mutter, sonst geht es mir gut«, erriet sie ihre Gedanken. »Ich will nicht klagen und muß zufrieden sein und bin es auch.«
Hermann sagte nicht viel. Er war unruhig und zerstreut. Seine Gedanken flogen übers Wasser nach Hamburg hinüber. Ob sie ihm auf seinen Brief antworten würde? Er hatte ihr den Tod des Vaters mitgeteilt und geschrieben, er wollte nach Hamburg fahren. Wenn er heute abend zurück kam, konnte die Hamburger Post schon da sein. Jetzt mußte es sich entscheiden. Gestern hatte der Inspektor ihm bedeutet, er würde nun doch wohl noch nach Ostasien kommen oder sonst auf eine andere Linie versetzt werden. Das konnte in den allernächsten Tagen sein. Zugleich war seit gestern auch noch eine Aufforderung da, die ihn zu einer Offiziersübung bei der Marine einberief.

25

Zu Hause fand er zwei Briefe vor, einen aus Hamburg und den andern von der Lloydagentur. Die Frauen standen gespannt dabei und versuchten ihm über die Schultern zu sehen.
»Du kommst also nach Ostasien?« forschte die Mutter.
Er hatte die Papiere mit verschmitztem Lächeln in die Tasche gesteckt.
»Ihr könnt mir gratulieren, ich komme auf die Südamerika-Linie«, gab er zur Antwort. »Die Reise dauert jedesmal drei Monate, Fahrten und Häfen sind höchst annehmbar, also was wollen wir mehr?«
»Und der andere Brief?« fragte Helene.
»Eine kleine Privatangelegenheit, liebe Schwester«, tat er gleichgültig. »Vielleicht erzähle ich dir bei Gelegenheit mal davon.«
Die beiden warfen sich einen vielsagenden Blick zu. Es hatte keinen Zweck, noch weiter in ihn zu dringen.
Am andern Tag fuhr er nach Hamburg und begab sich sogleich zum Heidenkampsweg. Martha trat ihm strahlend entgegen.
»Sie haben es auffallend eilig, mein Herr«, begrüßte sie ihn schelmisch, brach ab und verbesserte sich: »Habe ich dir nicht gesagt, Hermann, ich würde auf dich warten, und wenn es noch mal so lange gedauert hätte?«
Er riß sie an sich und verschloß ihr den Mund durch ei-

nen Kuß. Er wußte, ihr Wort war keine Ziererei, die noch im letzten Augenblick Versteck spielen wollte. Sie entzog sich ihm und lachte ihn übermütig an:
»Gewisse Bösewichter haben mich in den Verdacht gebracht, ich wollte mich als Familientante ausbilden lassen? Sehe ich denn danach aus? Oder glaubst du, so etwas ließe sich nach vorgefaßten Grundsätzen durchführen?«
»Wäre ja wohl einigermaßen schade gewesen«, versetzte er im gleichen Ton. »Es hätte mal wieder ein Menschenkind mehr gegeben, das seinen Beruf verfehlt hätte.«
»Was für einen Beruf?« wollte sie wissen.
»Glaubst du etwa nicht, die Welt wäre um eine tüchtige Kapitänsfrau betrogen, wenn ein gewisser jemand nicht gekommen wäre?«
Sie hatten sich aneinander geschmiegt, und er sprach ihr von seinen Aussichten und Zukunftsplänen. Zuerst sollten die acht Wochen Übung bei der Marine erledigt und alsdann die erste Reise nach dem La Plata und Brasilien gemacht werden. Er nannte ihr die Häfen, die er kennen lernen würde.
»Wenn alles klar läuft«, schloß er, »kann ich heute in zwanzig Wochen wieder in Bremerhaven sein. Die Rechnung ist also einfach, über fünf Monate ist Hochzeit. Einverstanden, Martha Stoevesandt?«
»Mit tausend Freuden!« rief sie jubelnd. »Würde dir's recht sein, wenn ich heute schon mit meiner Mutter darüber spräche?«
»Selbstverständlich!« stimmte er ihr zu. »Rufe sie doch nur gleich herein.«
»Vor lauter Ergriffenheit fand die Mutter kaum Worte.
»Kinder, wie geht das alles mit einem Mal im Sturmschritt«, suchte sie sich zu fassen. »Ich komme ja gar nicht mehr mit euch mit.«

Martha strich ihr zärtlich übers Haar. Es war ein letztes Aufzucken von Schmerzlichem gewesen, doch jetzt war Mütterlein damit fertig. Seit dem Tage, da sie ihrer Tochter das Herz ausschüttete, war es ihr geworden, als hätte sie eine schwere Last von sich getan. Zusehends wurde sie eine andere und griff alles viel kraftvoller an. Die Arbeit machte ihr neue Freude, und das Leben grüßte sie wieder.
— — Seine Reserveübung fand in Kiel statt. Kaum eine zweite deutsche Stadt, die so fabelhaft wuchs und ihr Angesicht so gründlich veränderte, seit die Sonne besonderer kaiserlicher Huld über der von Jahr zu Jahr erstarkenden Kriegsflotte strahlte. In der inneren alten Stadt noch die Eierschalen des ehemaligen Kleinwesens, doch am Hafen und weit über die Förde hinaus nichts als großartige neue Marineanlagen, am Strand fast kein Zollbreit mehr, der nicht militärisch beansprucht war. Das hatte beinahe etwas Ungemütliches.
Die Übung ging ihren Gang. Ein neuverlobter Bräutigam verspürte keine Neigung, sich mit jemand zu reiben, und schwieg lieber. Egon von Woldersheimbs Wahlspruch sollte auch der Seinige sein. Und seine Offiziere und Kameraden waren vernünftig denkende Leute, die den Abstand zwischen Vorgesetzten und Untergebenen nicht noch unnötig verschärften. Die Zeit war dahin, wo die Leutnants mit klirrenden Säbeln und vom Hündchen begleitet die geschlagenen Nachmittage über die Straßen flanierten. Es waren ernsthafte Männer geworden, die tüchtig arbeiteten und keine überflüssige Zeit hatten. Nur eins schien geblieben und gerade jetzt bedenklich werden zu wollen, die Überschätzung des Militärs und seines Offizierstandes. Neben berechtigtem Selbstbewußtsein eine Menge Ehrgefühl, das im Grunde nur Mangel an Selbstvertrauen war und eine Würde herausbiß, die an

Gespreiztheit grenzte. Zwischen den wahrhaft vornehmen Herrenmenschen, die unaufdringlich beeinflußten und stillschweigend andere führten, stiegen überall die Woldersheimbs herum, die unglücklichen, nervösen, unzufriedenen, ruhelosen und überempfindlichen Leute, deren Herrentum rücksichtslos und gewalttätig die militärischen Formen mißbrauchte. Aber war das nicht in der ganzen Welt so, wo es Soldaten gab? Seine klar verständige Martha würde seine Gedanken besser verstehen als irgend jemand.
»Ich halte es mit einem Volk«, so schrieb er ihr, »das seinen Soldatenstand ehrt und liebt, aber nicht mit solchen, die vor jedem katzbuckeln, der nur eine Offiziersuniform trägt. Wo soll es hinaus, wenn der Durchschnittsbürgersmann unbesehen die Uniform anbetet und ihren Träger für ein höheres Wesen hält? Kein Wunder, wenn sich dann manch einer als unnahbarer und unfehlbarer Halbgott vorkommt, zumal das System mithilft und einen Staat im Staate herstellt und militärisches Wesen auch auf anderes abfärbt. Und wenn dann auf der andern Seite finstere Gesichter zu sehen sind, die jeden näselnden Offizier, der schnoddrige Redensarten an sich hat, für einen verstiegenen Idioten halten, ist auch das kein Wunder. Unsere Kulis sind nicht so beschränkt, als daß sie kein Gefühl dafür hätten, hier fehlt der Ausgleich. Und wären sie es wirklich, dann würden ihnen mit um so unheimlicherer Sicherheit die Augen geöffnet, sobald sie in ihre roten Kreise zurückkehren.«
Marthas Antwort beruhigte ihn nicht. Sie beschwor ihn, mit seinen Urteilen zurück zu halten. Sollte er fortan zu den Übervorsichtigen gehören müssen, die nach dem Grundsatz durchs Leben lavierten, was dich nicht brennt, das blase nicht? Aber wer im Begriff war, ein anderes Menschenschicksal an das seine zu knüpfen, war nicht mehr für sich allein verantwortlich.

Er war noch viel froher als damals in Wilhelmshaven, als die acht Wochen vorbei waren. Auf der Rückreise kam er über Hamburg und konnte mit ihr zusammen sein. Nur einige wenige Stunden, doch sie genügten, um ihm die Gewißheit wiederzugeben, es gab eine in der Welt, die stand zu ihm und würde seine gute Kameradin werden.
Sie hatte ihn wieder an die Bahn gebracht. Über ihnen düsterte die Halle des Hannöverschen Bahnhofs, als wollte sie ihnen unfreundliche Abschiedsstimmung bringen, doch sie gewahrten das nicht und sahen einander mit leuchtenden Augen an. Wie damals in Cuxhaven hielt er sie bei der Hand gefaßt.
»Diesmal ist's ja wohl nicht ganz so eilig«, meinte er heiter. »Jetzt noch drei kurze Monate, dann bin ich wieder bei dir und dann soll Hochzeit sein.«
»Und dann werden wir uns für immer angehören«, setzte sie fröhlich hinzu. »Dann trennt uns nichts mehr als Raum und Zeit, und die haben keine Gewalt mehr über uns, denn unsere Liebe ist stärker.«
»Und wenn es viele hunderttausend Meilen sind«, sagte er innig. Er hatte es herausgehört, an was sie dachte. Die Seefahrt mit ihren Sorgen und Aufregungen, Gefahren und Nöten, ein einziges Kommen und Gehen, Warten und Tagezählen, Wiedersehen und Auseinandermüssen und Voneinandergetrenntsein, und doch für sie beide das Glück, an das sie glaubten und um das sie sich lieb haben wollten.
Die Ausreise verzögerte sich einige Tage. Sein neuer Postdampfer Sylt war so groß, daß er nicht bis Bremen-Stadt hinaufgelangte und in Bremerhaven abgefertigt werden mußte. Ihm konnte das nur erwünscht sein. Seit die große Hafenerweiterung fertig lag und auch ein neues Dock mit dem Namen des Kaisers prangte, hatte sich der Schiffsverkehr ganz nach draußen verzogen. Der Alte Hafen lag verödet. Man hatte

auch sein Zollgitter wieder fortgenommen. Unbeachtet lag in einer Ecke der Rumpf einer alten Schonerbrigg festgetäut. Es waren nun schon lange Monate, daß sie mit kahlen Masten und abgenommenen Stengen im toten alten Hafen lag. Der schwarze Vogel hatte ausgelebt und würde seine weißen Schwingen nie wieder regen. Worauf wartete er noch?
Es war jetzt soweit, die Sylt trat ihre Reise an. Neue Bilder, neue Namen. An den Kapverden vorbei ging es südwärts quer über den Atlantik, bis das Wasser die tiefdunkle Farbe verlor und grünlich gelb wurde. Die Brasilküste kam in Sicht. Sie hielten auf eine halbe Meile heran und konnten den grauen Leuchtturm von Kap Frio auf halber Höhe von steilen Felsen deutlich erkennen. Nach einigen Tagen das weit sichtbare weiße Feuer von Kap Polonio war schon die Ostspitze des Sonnenlandes Uruguay. Dann noch ein Leuchtturm, die Mündung des La Plata war erreicht und es ging in den unabsehbar breiten Strom hinein und bis Montevideo hinauf.
Südamerikanische Freistaatenluft wehte über den Hafen, goldiger Sonnenglast und boshafte Tücken. Sie mußten auf der ungeschützten Reede liegen und ihre Wolleballen und Häutestapel durch Leichterkähne längsseits bringen lassen. Monte el Cerro mit seinem Fort oben lag im Glanz und lächelte ihrem Vorhaben zuckersüß zu. Doch kaum, daß sie das Ladegeschirr getrimmt und die Winschen unter Dampf gebracht hatten, da kam es von den Grassteppen der Pampas herübergebraust und wühlte im flachen Wasser eine so grobe See auf, daß tagelang an kein Arbeiten zu denken war. Unmöglich, daß jemand auch nur an Land gelangte. Als der Pampero ausgetobt hatte und wieder geladen werden konnte, hatten die endlosen Straßenzüge und die quadratischen Häuserblocks der Stadt keine Anziehungskraft mehr für ihn und er ging nur

an Land, wenn er seine Briefe an Martha aufs Postamt besorgte.

Von Montevideo dampften sie mit nördlichem Kurs wieder die Brasilküste hinauf. In Santos sollten dreitausend Sack Kaffee geladen werden. Ein unheimlicher Platz. Graue Moskitos schwirrten aus den Sümpfen hoch, und das gelbe Fieber suchte sich Todesopfer. In der tropenheißen Luft zwischen den Bergen nicht die geringste Bewegung, das Hafenwasser durch den Schlauch der Flußbai vom frischen Meer abgeschnürt, bei Ebbezeit schwarze Morastflächen mit Tierleichen am Strand bloßliegend, dicht neben den eng gedrängten Schiffen. Eine holländische Gesellschaft sollte mit Baggern kommen und die Schlickmassen nach See bringen, um das verruchte Fieberloch zu sanieren, aber wann bequemte sich die Regierung dazu? Ein Glück, daß die Fürsorge des Lloyd eine Erholungsstation eingerichtet hatte, eine luftige Villa am Rio Branco, in der Offiziere und Maschinisten wohnten, dazu eine Baracke für Matrosen und Stewards und eine zweite für die Heizer und Kohlenzieher. Sofort wurden sie alle Mann oben in die Berge gebracht, während das Schiff von eingeborenen Leuten bedient wurde.

Von Santos wurde heimwärts gesteuert. Seine Sehnsucht wuchs mit jeder Meile, die das Schiff weiter nach Norden machte. In Las Palmas auf den kanarischen Inseln erhielt er von einem ausfahrenden Dampfer Briefe und Zeitungen. Auch die erwarteten Briefe Marthas waren da. Aus jedem Wort sprach Sehnsucht und Ungeduld.

Aus den Zeitungen sah er, an der Unterweser stand alles unter dem Eindruck der Fahrten, die der neue Schnelldampfer des Lloyd machte, Kaiser Wilhelm der Große, der Größte unter den Großen, der größte und schnellste Dampfer der Welt. Die Binnenländer hatten ihre Angst vor der Seekrankheit verloren und nannten

den Ozean nur noch einen großen Teich. Er hatte ihn vor einigen Wochen beim neuen Kaiserdock liegen sehen, den schwarzen Riesen mit den zwei Paaren Schornsteinen, auch an Luxus der Ausstattung ein ganz neuer Typ, das Verdeck nur den Passagieren gehörend, die Mannschaft auf bestimmte Räume und Gänge zurückgedrängt. Auf Veranlassung des Kaisers hatten sie bei der ersten Reise in Southampton außenbords ein großes Schild angebracht, um John Bull etwas unter die Augen zu bringen. *Made in Germany!*
Die Bremerhavener Arbeiter waren unehrbietig genug, das Schiff den dicken Willem zu nennen.
Er sprach mit seinem Kapitän darüber.
»Wie kommt der bescheidene, allem Protzigen abholde erste Kaiser zu dem anspruchsvollen Beinamen?« warf er die Frage auf.
»Sie wissen doch, was Seine Majestät den Wilhelmshavenern telegraphiert hat?«
Er hatte davon gehört. An der Jade hatten sie ein Denkmal Wilhelms des Ersten enthüllt und einen sehr ungnädigen Wink bekommen, es sollte Wilhelm der Große heißen.
»Name ist Schall und Rauch«, meinte er. »Die Hauptsache ist doch wohl, daß wir uns unsern Rekord von niemand brechen lassen.«
»Ist sogar Ehrensache!« betonte der Kapitän und ging mit langen unruhigen Schritten auf der Brücke hin und her. Es würde eine atemlose Hetze werden. Aber war das nicht etwas Gewaltiges? Und schon waren drei neue Dampfer mit noch stärkeren Maschinen und noch riesenhafteren Abmessungen in Bestellung gegeben, sie sollten alle die Namen von Gliedern des Kaiserhauses tragen.
Der Kohlenplatz Las Palmas lag hinter ihnen, und sie steuerten geradenweges der Heimat entgegen. Er lächelte manchmal über sich selbst. Immer wieder

mußte er Marthas Briefe heimlich aus der Tasche ziehen. War er ein schwärmender Primaner? Drei Monate waren eine viel längere Zeit als sie sich beim Auseinandergehen auf dem Bahnhof gesagt hatten. Und dann tauchte nach guter Fahrt der Rotesandturm aus dem Weserwasser auf und bald kamen auch die Türme der Stadt in Sicht. Und in Bremerhaven gab es Urlaub für die Hochzeit.
Die Winterzeit in Deutschland war mittlerweile vergangen, und es ging dem Frühling entgegen.
Ausgang März wurde Hochzeit gemacht. Seemannshochzeiten waren noch niemals rauschende Feste gewesen. So fröhlich sie auch miteinander beisammen waren, die Hayes und die Suhrens, und so hell auch Marthas Mutter die Augen glänzten, es lag doch ein wenig von Verhaltenheit über der kleinen Gesellschaft. Auch Onkel Karl aus Brake war stiller geworden. In Nordenham hatte es trübe ausgesehen. Der Lloyd fort und die Piers leer. Die Hamburger Packetfahrt wollte den günstigen Platz ausnutzen, kam aber nicht. Karl Haye war schon soweit gewesen, daß er seine zwei Schlepper verkaufen wollte, aber nun hatte er doch noch wieder Oberwasser gekriegt. Eine Fischereigesellschaft legte einen kleinen Hafen an, und rheinische Firmen machten sich auf, bauten ein Kabelwerk und setzten große Kabeldampfer aufs Wasser.
»Paßt auf, wir legen jetzt unsere eigenen Drähte um die Erde«, sagte er. »Nun kommen wir Deutschen und zeigen den andern, wir sind auch da!«
Hermann kam bei dem Wort eine fernhin ziehende Unbehaglichkeit. England hatte bis jetzt in der Welt das Monopol für alle Seekabel gehabt. Das sollte nun anders werden. Alles trieb vorwärts, ein unaufhaltsames Drängen und Stürmen, das alles mit sich riß. Es lag etwas Unerbittliches in dem überzuversichtlichen Vorwärts, und Doppelschraubenschnelldampfer Wil-

helm der Große war ein Wahrzeichen der Zeit. Doch ohne selbstsichere Zuversicht ging es nicht für ein Land, das auch seinen Platz an der Sonne haben wollte. Fast sah es danach aus, als sollte ihr eigenes Schicksal von der Größe der Zeit überschattet werden, aber er und seine junge Frau waren entschlossen, ihr Glück fest in der Hand zu behalten.

26

Die Flitterwochen waren nur kurz, dann mußte er wieder hinaus und seinen südamerikanischen Track fahren. Es war Aussicht, daß er fürs erste bei der Linie blieb, aber es würde ein langsames Hinaufdienen werden, Schritt um Schritt und Stufe um Stufe. Ein neues Jahrhundert war in die Welt gekommen und die Jahre begannen zu laufen, jahraus jahrein ein Kommen und Gehen, Wiedersehen und Auseinandermüssen. Doch Martha und er ließen sich keine Schwächen ankommen. Sie hatten sich beide von Herzen lieb, und kam er mit seiner Sylt nach Bremerhaven zurück, dann war das kurze Beieinandersein an der Ankerstraße, wo sie jetzt wohnten, nur um so schöner. Nach anderthalb Jahren erfolgte seine Beförderung zum zweiten Offizier. Er war jetzt der Mann für die Ladung und hatte fürs Stauen und Löschen zu sorgen.

Seine Frau hatte ihm ein Mädchen geschenkt. Nach der Mutter bekam es den Namen Martha. Die Freude war groß, und wenn er heimkehrte, kam ihm das liebe kleine Wesen von Mal zu Mal entzückender vor. Ein Jahr später stellte sich ein zweites Mädel ein und wurde Großmutter Haye zu Ehren genannt. Großmutter hatte ihre Wohnung an der Keilstraße aufgegeben und war nach der Rampenstraße gezogen. Es war dort stiller und die Straße lag ein wenig hinterzu, doch sie wollte es nicht anders haben. Den Suhrens in Bremen war der Klapperstorch noch holder gesinnt und

brachte ihnen unentwegt einen Jungen nach dem andern. Auf den Eilert, den Ältesten, folgte ein Daniel und dann ein Justus und das Jahr darauf ein Mathias. Die Großeltern am Osterdeich lachten übers ganze Gesicht, und die beiden Schwäger dachten noch immer nicht ans Heiraten und waren Paten, wie Helene sich keine bessern wünschen konnte.
Für Helenes Ältesten hatte Hermann eine besondere Neigung. Das tat wohl der Vorname.
»Der Krabauter muß Seemann werden«, erklärte er seiner Schwester. »Helle Augen im Kopf und ein rascher scharfer Geist, auf die kommt es an.«
Sie zog die Stirn kraus:
»Wir wollen's lieber abwarten, Hermann. Vorläufig halte ich meine Hand über den Knaben. Solange Wellen auf See schlagen, habt ihr Männer doch immer nur die Hälfte von dem verstanden, was eine Schiffersfrau durchzumachen hat.«
Er stutzte. Sie dachte wohl an eine hölzerne Schonerbrigg, die in einer verlassenen Ecke lag und von den Vorübergehenden mit verächtlichen und mitleidigen Blicken angesehen wurde. Sie wäre längst rott geworden, wäre ihr gutes Eichenholz nicht so fest und ihre Kupferhaut nicht so haltbar gewesen. Ein paar hundert Meter weiterhin war auf Tecklenborgs Werft die Preußen vom Stapel gelaufen. Nach der Potosi war das nun der zweite Fünfmaster. Auch die Franzosen bauten eine stolze La France. Man konnte es nicht wissen, vielleicht blühte den vielfrachtenden Seglern mit ihren glänzenden Fahrten, bei gutem Wetter tagelang über sechzehn Meilen die Stunde, doch noch einmal eine Zukunft, trotz des Lloyd und seiner neuen drei Dampfer, die noch eine halbe Meile mehr machten als der große Kaiser. Die Atlantikfahrt der neuen Riesen rechnete bereits nach Stunden. Genau nach einer Woche kamen sie drüben in New York an, und immer bei

Tage, denn die Quarantäne wurde drüben bei Sonnenuntergang geschlossen, und Zeit war Geld. Wann war es soweit, daß auch er Kapitän wurde? Das Personal des Lloyd zählte schon nach Zehntausenden und war in eine lange Reihe Abteilungen gegliedert.
»Die Zeit, in der Großvater Haye einmal Schiffsführer war, ist längst eine alte geworden«, erklärte er seiner Frau. »Da wurden nur die Tüchtigsten Kapitäne, ob sie nun viel Schulbildung hatten oder nicht, und niemand fragte nach ihrer Herkunft. Und sie blieben Kapitäne, bis ihre Augen schwach und ihre Beine steif wurden. Jetzt wachsen aus der obersten Stufe immer noch höhere heraus. Als Obergötter hat man die Inspektoren geschaffen und über sie als Großgötter noch die Oberinspektoren gesetzt. Glaubst du, daß ich die steilen Wanten auch noch mal aufentere?«
»Warum sollte dir's fehlen, mein lieber Hermann?« erwiderte sie. »Oder bist du nicht zufrieden mit deinem Beruf?«
»Ob ich zufrieden bin?« nahm er ihr Wort auf. »Ich habe dich, ich habe meine gesunden Kinder. Und der Beruf? Nun ja, der hält mich in Atem.«
Ihre Frage hatte ihn aber doch betroffen gemacht. Er hatte nicht mehr die Plackerei mit der Ladung wie sonst, trug dieselbe Kleidung, nur einen Streifen mehr, aß und trank wie sonst, und es war doch ein Unterschied gegen früher. Er konnte es nicht in Worte fassen, aber er fühlte, es saß so recht keine Seele in seiner Tätigkeit. Das mochte daran liegen, man war mit der Ladung nicht mehr so persönlich verwachsen wie früher und war wie die Eisenbahner und Postmenschen geworden, die immer nur weiter beförderten.
»Ist es wirklich ein Lebensideal«, warf er die Frage auf, »ein sogenannter treuer Beamter zu sein? Ich meine, soll einem das genug sein und man sich um nichts weiteres kümmern?«

»Hermann, wie kannst du so fragen?« verwies sie ihn mit leiser Ungeduld.
Er hatte sich mit verschränkten Armen ans Fenster gestellt.
»Frau, mir wird manchmal unheimlich«, hob er an. »Fast ist es, als ob ich Unheil witterte – nicht für mich, das wäre das wenigste, aber für Ungezählte neben mir. Ich schwärme nicht für Kleinstadtidyll und Spießbürgertum. Die Riesenbetriebe sind imponierende Kraft und Wucht, aber sie drohen den Einzelnen zu unterdrücken.«
»Dann liegt es an euch, daß ihr euch nicht unterdrücken laßt«, hielt sie ihm entgegen.
»Das ist schwer getan, wenn wir Offiziere automatisch auf die Stufe von Angestellten herabgedrückt werden«, antwortete er. »Ein Beamter sein ist schon nicht viel, aber hier ist es noch weniger, wir werden zu Nummern und bloßen Figuren gemacht.«
Sie hob warnend den Finger:
»Hermann, verdirb dir deinen Beruf und dein Glück nicht, du wirst zu kritisch mit deinem Zweifel!«
»Der Zweifel ist der erste Schritt auf dem Weg zur Wahrheit«, versetzte er. »Aber gut, ich will mich bescheiden und abwarten, was werden wird.«
Er war unsicher geworden. Sein Vater hatte ihm einmal gesagt, er sollte nicht zu denen gehören, die im letzten Augenblick noch ihren Finger zwischen eine zuschlagende Tür klemmten.
Als er von der nächsten Reise zurückkehrte, war ein neuer nautischer Inspektor nach Bremerhaven gekommen. Er kannte ihn von der Prinzeß Ingeborg her. Derselbe Kapitän, der damals von der Marine kam und alle Engländer fressen wollte, ein hervorragend tüchtiger Mann, doch es schien nicht von ungefähr, daß gerade er ihnen auf die Nase gesetzt war. Was in bremischen Verhältnissen immer nur zurückhaltend ge-

schah, wurde in anderen Großbetrieben längst ohne Bedenken geübt. Wurde ein System daraus, dann erstickte es anderes, was wertvoller war. Schema und Schablone waren nur Mittel zum Zweck und nie der Zweck selbst.
»Gerade du wirst es besonders gut haben, wo ihr euch von der Ingeborg her kennt«, glaubte sie ihn beruhigen zu können.
Er zuckte die Achseln:
»Jedenfalls werde ich nicht zu denen gehören, die hinhorchen, wie der Wind oben weht. Ist der Herr Vorgesetzte zufällig einer von der Heilsarmee oder Schmetterlingssammler oder Briefmarkenfreund, dann gibt es sofort Untergebene, die sich auch schon längst dafür interessiert haben.«
Der neue Inspektor war ein schneidiger Herr, das mußte ihm jeder lassen. Straffe Ordnung war nötig, ohne sie mußte ein großer Betrieb auseinanderfallen. Der Bremer Lloyd war kein Boden, auf dem Speichellecken und Augendienerei gedieh, aber was sollte es heißen, daß er nun auf allerlei kleine Äußerlichkeiten Wert zu legen begann, und das freien Seeleuten gegenüber, die von einem Hafen der Welt zum andern fuhren und allesamt etwas international angehaucht waren. Männern, die auch grob werden konnten und sich nicht ans Geschirr fahren ließen.
»Wenn er selbst es nicht ist, der an alle den kleinen Nebendingen Gefallen hat«, meinte Hermann, »dann ist es die Schuld der andern, daß sie nun doppelt stramm grüßen und schneidig die Hacken zusammenschlagen, wenn sie sich bei ihm melden.«
Er tat nicht herausfordernd nachlässig und ließ sich nicht gehen, ließ aber doch erkennen, daß er nicht so überdienstlich stramm tun wollte. Entfernt bekam er den Eindruck, als ob der Inspektor gegen ihn ein wenig gemessener war als gegen andere. Schlugen hier schon

leise Wellen herüber, die durchs ganze Land gingen? Die Zeit des Massenbetriebs und Massenverkehrs war gekommen, der Tankdampfer und Tankwagen, Warenhäuser und Konsumvereine. Kleines wurde vom Großen aufgesogen oder mußte sich zusammenschließen, wollte es nicht erdrückt werden. Die Streiks wurden erbitterter, als Gegenschlag die Aussperrungen, auch das Unternehmertum zu Ringen zusammengeschlossen, die Worte Arbeitgeber und Arbeitnehmer nur noch Decknamen im Klassenkampf und die maßgebenden Kreise, Bürokratie und Verwaltungsleute in Präsidien und Direktionen immer nur mit dem einen höchsten Gedanken, durch Gesetz und Erlaß Ordnung im Staat zu halten und eine militarisierende Erziehung anwendend, deren Verzerrung und Übertreibung kaum für den Kriegsfall paßte. Der Vogel Strauß sollte seinen Kopf nicht in den Sand stekken. Daß es eine unzufriedene aufstrebende Unterschicht gab, die ihre Versammlungen hielt und Beschlüsse faßte, schwieg die regierende Presse tot und wollte es nicht sehen, wie der Klassenkampf auch da mit sich riß, wo die einen und andern sich einigermaßen verstanden, wollten es auch nicht hören, daß die andern ihnen in die Ohren schrien: wir leben von euren Fehlern. Woher die rasende Abneigung gegen das Soldatentum und alles, was nach Kommandieren aussah? Aber auch sie hielten sich die Augen zu und wollten es nicht zugeben, nicht der Militarismus war Schuld, sondern eine Kaste von Beamten und wohlhabenden Kaufleuten, die keinen größeren Ehrgeiz besaß, als ihre Söhne Offizier werden zu lassen und ihre Töchter an Offiziere zu verheiraten. Jetzt war es soweit, zwei große Schichten verstanden einander nicht mehr. Die einen wurden allen Ernstes für vaterlandslose Gesellen und begehrliche Umstürzler erklärt und die andern als Ausbeuter und Blutsauger gescholten,

die Tragik eines Landes, das mit Riesenschritten aus einem Agrarstaat ein Industrieland wurde, das ganze Volk wie eine große Fabrik, in der die Maschine alles nach ihrem Tempo zwang.
Martha fing an, seinen Gedankengängen zu folgen, doch was sollte er dazu sagen, daß seine Schwester Helene sich offen gegen ihn erklärte. Er sollte nicht mit ihr über solche Dinge sprechen.
»Ich bin keine Sozialistin«, betonte sie. »Und du solltest die Hand auch davon lassen. Ein frischer Seemann und solche Unkenrufe? Freue dich lieber mit mir, daß unser Deutschland nun endlich auch ein reiches Land wird. Geld regiert nun doch einmal die Welt.«
»Daß wir Deutschen reich werden, ist nicht unser Ziel, wenigstens heute noch nicht«, versetzte er ernst. »Es ist sogar eine große Gefahr.«
»Du sprichst wie ein Professor oder wie ein Mönch«, sagte sie spöttisch. »Wir sind lange genug die überbescheidenen Träumer und idealen Schwärmer gewesen. Gottlob, daß die Zeit hinter uns liegt.«
Da er nicht widersprach, glaubte sie ihm noch stärker zusetzen zu sollen:
»Du sprichst immer davon, daß unser Volk auseinander reißt? Wenn dem wirklich so sein sollte, wäre es eine Naturerscheinung, der wir nicht in den Arm fallen dürfen. Es wird in der Welt immer Herren und Knechte geben, das ist gottgeordnet.«
»Nenne es lieber eine Selbstverständlichkeit«, entgegnete er. »Nur soll es nicht soweit kommen, daß die beiden sich nicht mehr verstehen.«
»Wie willst du das verhindern?« fragte sie leichthin. »Ich fühle mich völlig als Herrenmensch. Warum auch nicht? Das ist besser als demütig tun, nur das Selbstbewußtsein bringt die Menschen vorwärts. Also wozu deine ganze Aufregung? Die Dinge, mit denen du dich quälst, sind schwere Felsblöcke, du Einzelner kannst

sie nicht aus dem Weg rollen. Dann ist man klug und praktisch, rennt sich den Schädel nicht ein und spaziert um sie herum.«
Er war erregt geworden:
»Helene, du fühlst genau, was uns fehlt, du wärest auch nicht die Tochter deines Vaters, aber nun wirfst du dich in die Brust, als wäre alles in bester Ordnung?«
»Ich weiß nur so viel, daß ich zufrieden zu sein habe«, erwiderte sie. »Warum bist du es nicht? Dir steckt zuviel von unserm Vater im Kopf, der quälte sich auch immer mit Gedanken. Und wie weit hat er's gebracht?«
»Er ist als Held gestorben«, sagte er einfach.
Sie hob die Schultern und schwieg.
Es hatte keinen Zweck, mit einer noch weiter darüber zu reden, die sich unwillkürlich nach der Gegenseite versteifte.

Die Jahre kamen und gingen. Martha hatte ihm zu den beiden Mädels einen strammen Jungen geschenkt. Nun war seine Freude gewaltig. Wie sollte der Stammhalter heißen? Sie einigten sich schließlich, es sollte ein Großvatername aus halber Vergessenheit hervorgeholt werden. Der Junge sollte Oltmann genannt werden.
Bei den Suhrens stellte sich als fünfter Sohn noch ein Andreas ein und ein Jahr später noch ein Töchterchen. Sie nannten es auch nach der Großmutter, kürzten den Namen aber in Christa ab.
»Lauter kleine Propheten in Bremen?« meinte Hermann schmunzelnd. »Wenn's so weiter geht, wird da auch noch mal ein kleiner Habakuk angehoppelt kommen. Wo kriegen die guten Leute bloß alle die Bibelnamen her?«
Im vierten Jahr des neuen Jahrhunderts wurden die

Lotsengesellschaften an der Weser zu einer Gemeinschaft verschmolzen, die ihre Geschäfte von Bremerhaven aus betrieb. Christines Bruder hielt nun die Zeit für gekommen, auszuscheiden, um die Jahre, die ihm noch vergönnt waren, mit seiner Meta zusammen geruhig in Blexen zu verleben. Sie machten einander jetzt keine Konkurrenz mehr, die Oldenburger, Bremer und Preußen, und das war gut, Deutschland mußte durch Einigkeit stark bleiben. In Bremen und Bremerhaven glaubten sie allerdings nicht recht an das Wort und schalten den großen Nachbar engherzig und selbstsüchtig, denn Preußen hatte das Gelände für neue Häfen nur unter schweren Bedingungen abgetreten. Schon ging der Lloyd an neue noch gewaltigere Bauten, die sich an Lehe vorbei landeinwärts erstrecken sollten. Ein zweiter und dritter Kaiserhafen sollte gebaut werden, und wenn die fertig lagen, sollten noch größere Anlagen daher. Wo heute die Batterie Brinkamahof lag, würde dann Wasser fluten. Und dann war auf der andern Weserseite noch das mächtig aufblühende Nordenham da. Die Fischereigesellschaft hatte schon vierzig Dampfer, eine neue Werft war entstanden, weiterhin wuchsen wie runde klotzige Säulen die Schornsteine einer Zinkhütte empor und ließen gelbliche Rauchschwaden über den Deich streichen. Onkel Karl gab es jedesmal einen Stich, wenn er über der grünen Marsch die schwarzen Schlackenhalden erblickte. Als ob das Land da blutete. Aber was half's, die Industrie rief immer lauter »Menschen her!« und fragte nicht, woher sie ihre Arbeiter bekam. Und sie kamen aus Polen und Galizien, setzten sich in fürchterlichen Mietskasernen fest und vermehrten sich, und der Staat nickte, denn er brauchte Soldaten.
Auch für Hermann Haye waren die Jahre ins Rollen gekommen. Ihm ging es wie allen, die zur See fuhren. Sollte er zufrieden sein und sich weiter treiben lassen?

Ein verständiges, liebendes Weib und gesunde blühende Kinder daheim wissen, war eine gute Sache, und doch waren Beruf und Leben ihm noch ein Mehr schuldig. Sein Lloyd war inzwischen so riesengroß gewachsen, daß der Einzelne Gefahr lief, zum mechanischen Handlanger zu werden. Dagegen stemmte er sich, er wollte sich nicht zum kleinen Rädchen in der Maschinerie machen lassen. Seine Kameraden nannten ihn einen unzufriedenen Schwarzseher und verspotteten ihn als Besserwisser, doch er ließ sich's nicht anfechten. Die hohe Schiffahrt, die Liebe zum Beruf und das Glück seines Heims hielten ihn aufrecht und brachten ihn über die Widrigkeiten hinüber. Auch der Kleinkrieg mit seinem Inspektor, den ihm die letzten Jahre gebracht hatten, sollte ihn nicht umwerfen. Der Vorgesetzte war weit entfernt, ihn schikanieren zu wollen, machte ihm aber jedesmal Schwierigkeiten, wenn die Sylt in Bremerhaven lag und er um Urlaub einkam und sich durch den Dritten vertreten lassen wollte. Darüber war die Zeit gekommen, daß er erster Offizier werden mußte, doch von einer Beförderung verlautete immer noch nichts. Wurden ihm vielleicht andere vorgezogen? Er ging hin und stellte den Allgewaltigen zur Rede.
Der Angeredete zog die Augenbrauen hoch:
»Wie kommen Sie zu der Anfrage, Herr? Halten Sie das für den richtigen Weg, sich vorwärts zu bringen?«
»Ich wäre Ihnen dankbar«, versetzte er freimütig, »wenn Sie mir bestätigen würden, daß es nicht an meinen persönlichen Eigenschaften liegt, wenn meine Beförderung bis jetzt noch nicht möglich wurde.«
Auf dem Gesicht des andern lag eine leichte Röte.
»Sie wissen so gut wie ich«, nahm er stirnrunzelnd das Wort, »daß wir mit einem großen Betrieb zu rechnen haben und daß jeder Großbetrieb so geartet ist, daß wir auf die Wünsche der einzelnen Herrn nicht immer die

Rücksicht nehmen können, wie wir es gern wünschten?«
»Das ist mir bekannt«, gab er höflich zu, »aber ich möchte mich meiner Haut wehren und mir meine Persönlichkeit nicht unnötig unterdrücken lassen.«
»Dann müssen Sie sich eine kleinere Kompagnie aussuchen«, erklärte der andere kurz. »Bei uns ist es so, daß sich der persönliche Ehrgeiz dem großen Ganzen unterzuordnen hat.«
Der Inspektor hatte eine so unmißverständliche Bewegung gemacht, daß er sah, er sollte vor ein Entweder-Oder gestellt werden. Jetzt galt rasche Entscheidung.
»Gerade weil ich mich von persönlichen Ansprüchen frei weiß«, erwiderte er, »werde ich jetzt erst recht beim Lloyd bleiben. Ich sehe Aufgaben vor mir und hoffe sie durchzuführen.«
Der andere sah ihn halb mitleidig, halb spöttisch von der Seite an.
»Gut, bleiben Sie in Gottes Namen bei uns, Herr Haye«, erklärte er. »Nur machen Sie sich darauf gefaßt, daß Sie sich allerlei auf den Hals laden könnten, das nicht nur zwecklos wäre, sondern nur Sie selber aufreiben würde.«
Damit war er entlassen. Nachdenklich begab er sich wieder nach Hause. Die Antwort war nicht sonderlich freundlich gewesen, aber der Mann hatte ihn verstanden, sonst hätte er ihm die Warnung nicht mit auf den Weg gegeben. Verständlich auch, daß er's aus dem Vollgefühl seines Vorgesetztentums heraus getan hatte. Rüstete der Lloyd sich nicht, in dem Jahr ein stolzes Jubiläum zu begehen? Ein halbes Jahrhundert, auf das er zurück sah. In den letzten fünfzehn Jahren hatte sich seine Flotte verdreifacht. Wo blieben die einzelnen kleinen Menschen? Der Großbetrieb hatte auf der ganzen Linie gesiegt und schritt über sie hin-

weg. Eine Zeit, die voll war von Rätseln und Widersprüchen. Trotz ihrer Todfeindschaft sangen Kapitalismus und Sozialismus beide dasselbe Lied, und dem Lied schenkten die einen so gläubig das Ohr wie die andern. Auch der Zukunftsstaat würde nichts als ein einziger ungeheurer, alles verschlingender Großbetrieb werden. Wo gab es da einen Ausweg?
Am nächsten Tag war sein siebenjähriger Hochzeitstag. Fort mit den schweren Gedanken! Ein Seemann kam nicht allzu häufig dazu, Familienfeste zu feiern, und es war angebracht, daß Martha und er den Tag nicht klanglos vorübergehen ließen.
Sie saßen und stießen mit den Gläsern an.
»Also ein siebenjähriger Krieg?« fragte er scherzend.
»Ich weiß, wie du's meinst«, erwiderte sie. »Aber in gewissem Sinne sind es doch sieben harte Jahre geworden. Gott sei Dank bist du nicht mürbe dabei geworden und bist's ja auch nicht gewesen, der die Kämpfe heraufbeschwor.«
»Kämpfe?« wiederholte er. »Wir wollen das anspruchsvolle Wort lieber nicht gebrauchen. Wenn es hoch kam, sind es Gedanken gewesen, die ich mir wegen der Zukunft gemacht habe. Darin bin ich freilich in den Jahren nicht vorwärtsgekommen.«
»Wo willst du den Hebel ansetzen?« fragte sie. »Merkst du nicht, daß du nichts machen kannst und daß dir die Hände gebunden sind?«
Er tat einen Pfiff durch die Zähne.
»Was sind sieben kurze Jahre!« stieß er heraus. »Wer sein Volk lieb hat, der soll nicht zurückblicken, sondern vorwärtsschauen.«
Er war aufgestanden und warf die Schultern, als müßte er etwas von sich schütteln. Sie sah ihn besorgt an. Waren alle seine Kämpfe erfolglos und seine Gedanken phantastische Schwärmereien? Fast sah es danach aus. Hier stand einer, der sah mit sehenden Augen, daß

manches verkehrt lief und blieb trotzdem bei der Stange. Das stolze Gefühl für das, was recht und unrecht war, saß ihm als Vermächtnis vom Vater im Blut. Ob es ihm, der nicht stille sitzen und nur an sich selbst denken konnte, aber wirklich gelingen würde, unbeirrt seinen Weg weiterzugehen?

27

Eines Tages kam an der Ankerstraße ein Besuch herein, der sie hoch aufsehen ließ. Eine ehrwürdige Matrone, aber noch äußerst lebhaft und mit klugen, scharf blickenden Augen. Helene, die bei der Mutter zu Besuch und gerade zu ihnen herübergeschlüpft war, war die erste, die sie erkannte:
»Ist es möglich – Mistreß Jägersberg?«
Ihre Sprechweise erinnerte noch immer ans Londoner Cockney, und ihre Reiselust schien unvermindert dieselbe. Sie war unterwegs, um ihren Mann nach Darmstadt zu bringen. Dort wollte er den Rest seiner Tage an der Bergstraße verleben, ein kranker müder Mann, den das Leben auf den Schnelldampfern rasch aufgebraucht hatte und der dann noch einige Jahre als Vertreter des Lloyd an ausländischen Plätzen gewesen war. Ob sie indessen dauernd bei ihm in seiner Heimat bleiben würde, erschien noch nicht ausgemacht.
Sie war in den Jahren fabelhaft in der Welt herumgekommen und hatte sich auch in Deutschland umgetan. Noch kürzlich hatte sie die Reichshauptstadt besucht, das kaiserliche Berlin mit seinen Prunkbauten und glänzenden Straßen, übereleganten Hotels und pomphaften Denkmälern, die ganze anspruchsvolle Überladung von Gold und Marmor, hatte sogar ins Nachtleben der Friedrichstadt einen Einblick getan, wo die Provinzleute sich ihr Geld durch die Halbwelt abnehmen ließen. Wo blieb Paris gegen die sekt-

schlürfende Freudenstadt, in der die Nacht zum Tage gemacht wurde? Zweifellos hatte Berlin einen Schuß Wiener Blut und dazu eine nicht geringe Dosis amerikanisches Snobwesen in sich aufgenommen. Dann war sie in Hamburg gewesen und hatte mit dabei gestanden, als der Kaiser durchgefahren kam. Die Leute hatten sich auf der Straße aufgestellt und »Heil dir im Siegerkranz« gesungen, dabei ein gewaltiges Aufgebot von Polizei, eine Menge einfach Gekleideter hatten aber getan, als ginge sie das alles nichts an und waren ihres Weges gegangen. Hatte der Kaiser nicht seinen Soldaten gesagt, sie müßten auf ihre Brüder und Väter schießen, wenn er es ihnen befehlen würde? In Hamburg war sie mit der neuen Hochbahn gefahren und hatte zwischen Baumwall und Landungsbrücken einen Überblick über den Hafen getan. Nur ein Ausschnitt aus dem großen Getriebe, was sie da übersah, doch sie hatte in den paar Minuten genug gesehen.
»Alles ist bei euch glänzender und reicher geworden, und euer Spartanertum von dazumal ist nicht mehr zu finden«, stellte sie fest. »Ob ihr Deutschen in den dreißig Jahren aber auch wirklich vorwärts gekommen seid? Ob ihr frommer geworden seid trotz eures kirchenfrommen Kaisers?«
Martha und Helene beugten sich vor. Wie kam die Fremde zu solchen Fragen?
»*Well*, meine Damen, mein Mann ist Deutscher, aber ich bin Engländerin«, gab sie zur Antwort. »Sie dürfen nicht böse werden, wenn ich offenherzig bin. Ich habe den Eindruck, es ist in Deutschland ungemütlicher geworden als früher.«
»Ich habe mir sagen lassen«, fiel Helene ihr ins Wort, »kein anderes Volk der Welt hätte in seinem Sprachschatz einen Ausdruck für das, was wir Gemüt nennen.«
»Es ist auch in anderen Ländern ungemütlicher ge-

worden«, gab sie zu. »Aber in diesem Land? Ich sehe, ihr habt ungeheuer viel Soldaten bekommen und eure Offiziere haben sich einen sonderbaren Gesichtsausdruck angequält. Aber eins ist von früher geblieben, das ist euer Kastengeist. Kein zweites Land der Welt, in dem man in vier verschiedenen Eisenbahnklassen fährt. *For Gods sake,* daß hier nur ja alles nach dem Rang abgegrenzt wird und jeder in seinem Stand bleibt? Und dabei schielen dieselben Deutschen so stark nach Amerika?«

»So weit wie dort drüben sind wir allerdings noch nicht«, gab Hermann zur Antwort. War es hier möglich, daß jemand, der des Tages an der Drehbank stand, sich des Abends als Gentleman anzog und im Theater auf den Sperrsitz ging, oder daß eine Frau, die sich heraufgearbeitet hatte und früher Dienstmagd war, mit Damen verkehrte, bei denen sie früher in Stellung war? Helene gefiel sich darin, den Standpunkt ein berechtigtes Vorurteil zu nennen.

»Berechtigte Vorurteile?« fragte die Fremde lächelnd. »*Oh yes,* ich weiß, was Sie meinen. In der ganzen Welt gibt es Engherzigkeit, aber die Deutschen halten ihre Art für einen Vorzug und glauben, sie nicht aufgeben zu sollen.«

»Und woran liegt das?« bat Martha. »Worauf führen Sie das zurück, Frau Jägersberg?«

»Das will ich Ihnen zu sagen versuchen«, versetzte sie. »Das Volk wird in eine falsche Erziehung genommen. Statt daß ihm die Achtung vor der Ordnung anerzogen wird, wird ihm nur Respekt vor der Obrigkeit und dem Paragraphen andressiert, so daß nicht die freie selbsterworbene Überzeugung gilt, sondern es herrscht das Gesetz, der Staat, die Monarchie, und eure höchste Obrigkeit ist die Pickelhaubenpolizei. Wir haben in England auch einen König, aber er ist nur Repräsentant, euer Kaiser will aber Alleinherrscher von Gottes

Gnaden sein. Bei dem allen seid ihr lauter unselbständige, gegängelte und befürsorgte Menschen geworden.«
»Schelten Sie uns nur tüchtig aus, Frau Jägersberg«, meinte Hermann mit gutmütiger Ironie. »Wir wollen uns Ihre Strafpredigt zu Herzen nehmen.«
Die beiden andern hatten nur ein verlegenes Lächeln. Man sah es ihnen an, sie sträubten sich, der Fremden recht zu geben, und hielten es für eine Anmaßung, daß sie in der Weise über die Deutschen Gericht hielt. Frau Jägersberg hatte ihre Verstimmung bemerkt.
»Oh, nun sind Sie doch böse geworden?« fragte sie. »Aber sagen Sie, habe ich als eine Feindin der Deutschen gesprochen, wenn ich sage, was euch fehlt und daß ihr euch die Rücksicht aufeinander und das gegenseitige Verantwortungsgefühl aneignen müßt?«
Sie war aufgestanden und machte Miene zu gehen. Sie hatte der Großmutter an der Rampenstraße noch einen Besuch zugedacht. Die Frauen gaben sich nur wenig Mühe, sie noch zu halten. Daß die Besucherin trotzdem mit einer unbeirrten, fast überlegenen Freundlichkeit von ihnen schied, hatte etwas, was eher reizte und stachelte als daß es beschämte.
Sobald sie fort war, machten die beiden ihrer Empörung Luft.
»Was hat sie hier gewollt?« fragte Helene, ihren singerigen Tonfall nachahmend. »Die kommt hierher und kanzelt uns ab wie die Schulkinder? *Oh yes*, so sind sie, die Engländer mit ihrem scheinheiligen Wohlwollen. Mich wundert's nur, daß sie uns nicht auch noch bedauernde Worte wegen des Wracks gemacht hat, das da hinten im Hafen liegt. Wie salbungsvoll hätte sie auch hier ihrer Überhebung die Zügel schießen lassen können.«
Auch Martha hatte entrüstete Worte:
»Lauter Übertreibungen, die nicht ernst zu nehmen

sind. Was dahinter steckt, ist nichts als der blasse Neid. Wir sind den Engländern zu groß geworden, das ist es. Meinst du das nicht auch, Hermann?«
Der Gefragte machte eine unschlüssige Handbewegung.
»Ich sehe nicht klar genug«, versetzte er, »ob ihre scharfen Urteile gerecht sind, aber sie hat das heutige Deutschland nach einer Zwischenzeit von dreißig Jahren wiedergesehen, und wir sind ganz allmählich mit dem allen aufgewachsen, was sie an uns zu bemängeln hatte. Sie kommt aus Brisbane, und Australien ist inzwischen ein Staat geworden, in dem die Arbeiterschaft das Regieren bekam. Immerhin wird es letzten Endes die Eifersucht sein, die uns auf jede Weise niederhalten möchte.«
Er erinnerte an jenes Gespräch auf dem Deich vor vielen Jahren, damals, als er noch ein blutjunger Steuermannsschüler war. Und wie war es heute? Er brauchte mit seinem Schiff nur den nächsten fremden Hafen anzulaufen, um auf Schritt und Tritt zu verspüren, was mit unheimlich wachsender Verbissenheit um sich fraß und tiefer wurzelte als der Kampf um das blaue Band, denn der war im Grunde nicht viel mehr als ein Sport. Die Londoner Saturday Review hatte geschrieben: Wenn heute das deutsche Kaiserreich vernichtet wird, gibt es morgen keinen Engländer mehr, der nicht einige Pfund Sterling reicher wäre. Bei den britischen Arbeitsleuten und der Seemannschaft hob es an. Die Deutschen seien unanständig fleißig und sollten lieber wie sie nur mit dreiviertel Kraft arbeiten, wollten die einen wissen, und die andern sahen mit Ingrimm überall Deutsche in Häfen, die vordem nur von ihnen besucht waren. Und dann ging es durch die Kreise der Ingenieure und Kaufleute, die mit wachsendem Unmut gewahrten, wie sich die deutsche Konkurrenz in der ganzen Welt festsetzte und ihnen durch Unterbie-

ten die Preise verdarb. Bei welchen Löhnen und mit welch ausgedehnter Arbeitszeit waren die Angestellten deutscher Firmen im Ausland tätig. Und sie mußten mit und mußten auch zupacken und ihren geliebten Sport einschränken, die Herren Engländer, wollten sie durch den Wettbewerb nicht an die Wand gedrängt werden, und das war ihnen unsagbar zuwider. Die großen Amerikalinien des Festlandes hatten sich unter deutscher Führung zusammengetan, nur England schloß sich aus und sagte Kampf an. Bislang war er unentschieden geblieben. Wer würde siegen, das Festland oder die Cunardlinie? Doch er brauchte noch gar nicht ins Ausland zu gehen. Was ging dort draußen in den neuen Kaiserhäfen vor, vom Volksmund die beiden Blinddärme genannt, wo die Baumwollschuppen standen und die Reihen von Kränen und die ungezählten Bahngeleise? Bremerhaven hatte allein an Baumwolle eine fabelhafte Einfuhrziffer, nur noch einige hunderttausend Ballen, dann waren die zweieinhalb Jahresmillionen von Liverpool erreicht.
»Das mag ihnen unheimlich sein«, sagte er, »aber wir haben keine Zeit, uns über fremde Eifersüchtelei aufzuregen. Ein Volk, das vorwärts will, hat jederzeit damit zu rechnen und soll fröhlich und tapfer seinen Weg gehen. Aber es kommt jetzt etwas anderes auf und fängt an, uns auf den Nägeln zu brennen, und das ist noch bedenklicher.«
Er mußte es den beiden besorgt aufhorchenden Frauen erklären:
»Eifersucht und Konkurrenzneid im eigenen Land! Hier unser Lloyd und dort die Hamburger!«
Die Hamburger Packetfahrt wurde größer und immer größer. Es mehrten sich die Anzeichen, daß sie gewaltigen Ehrgeiz hatte und alles daran setzte, die größte Gesellschaft der Welt zu werden. Die treibende Kraft war ein Mann, der aus klcinen Verhältnissen kam und

jetzt rücksichtsloser Herrenmensch war. Der Bremer Wahlspruch hieß, Handel und Schiffahrt verbinden die Völker. Die an der Elbe nannten sich jetzt Hamburg-Amerika Linie und ihr Wort war: mein Feld ist die Welt. Das eine hörte sich wie Lehrsatz an, klang auch leise nach Weltbeglückung, das andere war Herausforderung, Tatkraft und Vordringen. Wer würde siegen, Bremen oder Hamburg?
Als er von der nächsten Reise zurück kam, war der Kampf schon entbrannt. Die Hamburger hatten es fertig gebracht, sich eine Reihe fremder Gesellschaften gefügig zu machen, kauften Dampfer hinzu und arbeiteten mit Meistbegünstigungsklauseln. Jetzt ging es direkt gegen Bremen. Es kamen Überbietungen der Tarife. Die eine Linie beförderte ihre Zwischendecker immer noch billiger als die andere. Agenten in Italien und allen Balkanländern, Unteragenten bis tief ins innerste Rußland hinein. Neue Linien wurden eingerichtet, wo bisher nur Bremen gewesen war. Es war das erste Mal, daß der Lloyd keinen roten Pfennig Dividende ausschüttete. Schon war es so weit, daß eine Reihe von Dampfern auflag. Würde auch Hermanns Schiff dazu verdammt werden, dann wurde er auf zwei Drittel seines Gehalts gesetzt.
»Noch ist es nicht soweit«, sagte er zähneknirschend. »Aber wie bald, dann setzen sie uns den Fuß auf den Nacken.«
»Sei froh, froh, lieber Mann«, begütigte Martha ihn, »daß du nicht zu denen gehörst, die bereits aufs Land geworfen sind. Das ist immerhin noch ein Glück, und wir müssen zufrieden sein.«
»Hier steht mehr auf dem Spiel als persönliche Einbußen«, entgegnete er. »Soll Bremen den Wettlauf um die Gunst des Kaisers mitmachen? Nein, Bremen, wehre dich deiner Art, wehre dich, Norddeutscher Lloyd!«

Auch seiner Frau blitzten die Augen.
»Ich wollte, ich könnte hinfahren und ihnen das Rückgrat steifen!« rief sie.
Es schien vorläufig noch nicht bis zum äußersten kommen zu sollen. Sein Südamerika-Dampfer ließ eine Reise auf die andere folgen. Auch draußen überall eine andere Zeit, die alles mit dem wachsenden Weltverkehr vorwärts stürzen ließ. Bahnhöfe und Seehäfen waren Dinge, die niemals fertig lagen und immerfort umgebaut wurden. Martha hatte ihm einmal das Wort gesagt, Raum und Zeit würden über ihn und sie keine Gewalt haben. Die nüchterne Wirklichkeit war stärker als bräutliches Schwärmen. Wenn es hoch kam, war er vier Male im ganzen Jahr auf einige Tage zu Hause. Aber Bremerhaven mit seinen Türmen und luftigen Werftgerüsten stieg von Mal zu Mal freundlicher überm Horizont auf, wenn die Sylt am Hohewegturm vorbei kam und das verlassene Imsum übers Watt winkte. Seine drei Kinder hatten sich mit ihrer Mutter schon auf der äußersten Mole aufgestellt. Wenn das Schiff durch die Schleuse verholte, wurden Tücher geschwenkt und heimliche Tränen aus den Augenwinkeln gewischt.
Die Kinder wuchsen heran, alles drei Blondköpfe und Blauaugen, und den größten Jubel gab es, wenn der älteste Vetter in den Ferien nach Bremerhaven kam.
Eilert Suhren kam immer nur mit dem Dampfboot und nie mit der Bahn. Und Platt sprach er wie ein Alter.
»Ick mag de dröge Geest nich«, behauptete er. »Mi geiht as de Gös, ick mutt Water sehn.«
Schade, daß er nicht bei ihnen an der Ankerstraße wohnte, aber die Großmutter wäre traurig geworden, wären die Bremer Kinder nicht bei ihr abgestiegen. Auf seiner Schwester Ältesten war Hermann stolz, als wäre es sein Eigener, ein strammer Bursche, der beste Turner in der Schule und ein heller Kopf, wenn ihm

auch die Lernerei in der Schule nicht immer behagte. Seine Mutter sah es nicht gern, daß er sich soviel an den Häfen und auf den Schiffen herumtrieb.
»Er ist mit seinen dreizehn Jahren schon reichlich verwegen«, klagte sie. »Ich fürchte, er sieht zuviel Wasserdinge. Wenn unsere liebe Mutter nicht wäre, würde ich ihn nicht so häufig nach Bremerhaven lassen.«
»Ich würde mich freuen«, erklärte er, »wenn ein tüchtiger Seemann aus ihm würde. Er hat das Zeug dazu, und das hat heutzutage nicht jeder.«
»Um des Himmels willen, nur das nicht!« rief sie entsetzt. »Eilert soll an Land bleiben. Wenn er keine Lust zum Kaufmann hat, soll er ins Kadettenhaus. Das ist eine Laufbahn, die Glanz hat. Da hat er Ehre und lernt auch sein Leben genießen.«
»Ich meinte, er sollte arbeiten lernen und sein Leben mit gutem Inhalt anfüllen?«
»Vor allem soll er rechtzeitig lernen, andere Menschen zu beherrschen«, antwortete sie. »Natürlich kann das nur einer, der sich selbst beherrschen gelernt hat.«
»Auf einem Schiff lernt er's so gründlich wie nur irgendwo.«
»Sie wollte das nicht zugeben.
»Du gehst immer noch deine altmodischen Gedankengänge«, sagte sie. »Ist es heutzutage wirklich noch nötig, von der Pike auf zu dienen, wo das Leben mit jedem Jahr ein anderes Gesicht bekommt? Die Zeit ist nicht mehr danach angetan, daß man sie mit Experimenten vertrödeln darf.«
»Helene, vergiß nicht, in deinem Eilert steckt unser Hayesches Blut«, erinnerte er sie. »Mein eigener Junge ist noch klein, aber in deinem Sohn setzt es sich schon durch. Es ist die alte Geschichte, nenne es meinetwegen Schicksal, schließlich ist alles, was ein Haye war, doch noch zur See gegangen.«
»Und hat sich von einer trügerisch lächelnden Glücks-

göttin ins Unglück locken lassen!« setzte sie bitter hinzu. »Nein, Bruder Hermann, mein Sohn heißt Eilert Suhren und nicht Eilert Haye. Es ist maßlos unrecht von dir, daß du den Knaben noch in seinen Ideen bestärkst.«
»Du selbst bist doch auch an einen Seemann verheiratet, was sagt denn dein Mann dazu?«
»Ach, wenn du wüßtest!« kam es seufzend. »Wie oft muß Gottfried es von seinem Vater und den Brüdern anhören, ein Schiffer das wäre nichts.«
Seine Einwendungen schlugen nicht durch. Sie wollte nichts mehr davon hören und erklärte bestimmt:
»Ich weiß, was ich zu tun habe. Laß anderer Leute Kinder zur See gehen, ich dächte, wir hätten das Unsere getan, genug und übergenug.«

Der Tag einer Abreise war wieder einmal gekommen. Als er sich zum Schiff begeben wollte, herrje, wer kam da im großkarierten Ulster und mit funkelneuer Diplomatenhandtasche einherspaziert? Hallo, Hans Schnaars! Etwas stark durchs Haar gewachsen und ein wenig magerer geworden, sonst aber ganz der patente Kerl von früher. Der Angerufene war stehengeblieben und fuchtelte mit seinem Stöckchen durch die Luft.
»Hier meine Hebammentasche!« hielt er ihm seinen Neuerwerb vors Gesicht. »Von Ostasien habe ich die Nase jetzt voll. Die Halfcastmädels von Singapore – die in den Hotels, wo die Wiener Damenkapellen spielen, Tippmamsells aus den Kontors, *You see?* – sind ja wundervolle Weibchen, herrlich gebaut und pikante Gesichter, Malaienblut mit Italienermischung oder Chinarasse mit einem Schuß Polnisch, aber jetzt sehne ich mich nach Hannover. Hören Sie mein Programm. Zuerst ein Dauerbummel über die Georgstraße, dann ein Blick die Herrenhäuser Allee entlang, dann ein Autorutsch durch die Eilenriede, dann eine ausgiebige

Instruktionsreise durch alle Cafés rund ums runde Café Kröpcke herum – ach, meine lieben Hannoveranerinnen mit ihrer sbitzen Sbrache, alle so keck und doch so überaus höflich! Sie haben ja etwas größere Füße als die auf Malakka, aber wollen wir wetten, daß ich Sehnsucht habe?«
Er lachte dem närrischen Kerl ins Gesicht. Schnaars hatte es so angelegentlich, daß er mit seiner taubengrauen Hebammentasche schon wieder weiter stürzte. Er hörte nur noch seinen Zuruf:
»Mein Voranschlag für Hannover stimmt diesmal und stimmt todsicher!«
Die Begegnung war ihm eine Erfrischung gewesen. Ein glücklicher Mensch, der ihm über den Weg gelaufen war, einer, der nicht viel vom Leben verlangte und es so hinnahm, wie es sich ihm gab.
Einige Stunden später, und er war draußen beim Rotesandturm. Die Reise nahm ihren Verlauf wie alle Südamerika-Reisen, nur der Kampf mit Hamburg dauerte immer noch an. Auch sein ehrenfestes Bremen ließ sich ins Hetzen und Treiben hineinziehen. Anscheinend hatte die Hamburg-Amerika Linie den Sieg schon in der Tasche. Sie nannte sich nunmehr unbestritten die größte Linie der Welt und baute ihre Riesendampfer noch einmal so groß als die größten Lloydschiffe. Alle Welt las nur noch von Hamburg, Bremen schien beiseite gedrückt. Doch auch der Lloyd plante gewaltig. George Washington und Kolumbus sollten den andern die Stange halten. Mit denen an der Elbe hatte man sich schlecht und recht geeinigt, aber es sah doch nur wie die Ruhe vorm Sturm aus. Vorwärts und weiter, ging die Losung. Was tat es, daß die Preußen gestrandet war und ihre Masten hart unter Dover aus dem Wasser ragten? Auch die La France von der See verschlungen, nur die einzige Potosi von den Fünfmastern noch da. Dampf und Maschine hatten

endgültig gesiegt, doch die reißende Bevölkerungszunahme verschärfte den Daseinskampf immer noch mehr, das Proletariat mit männlichen und weiblichen Kräften so stark ausnutzend, daß für den Kampf um sittliche Güter keine Kräfte mehr frei blieben. Es war nur ein Traum gewesen, Menschenarme und Menschenhirne würden durch die Maschine entlastet. Aber die einen priesen den Bevölkerungszuwachs, weil ein vielköpfiges Volk besser Krieg führen werde, und die andern hoben das naturwissenschaftliche Erkennen in den Himmel, redeten von großen Zielen und gaben nicht zu, daß Kultur und gesittete Ausdrucksformen es nicht tun konnten, wo technisches Wissen zum mechanischen Können wurde.
Unterwegs kamen ihm, wenn er nachts auf der Brücke stand, Gedanken, die sein Inneres von Grund aufzuwühlen begannen, Fragen, auf die er keine Antwort wußte, Rätsel und Widersprüche. Wie war es mit seinem Vaterland und dem deutschen Volk? Trieb es wie von ungefähr planlos dahin, oder wurde nach festem Kurs gesteuert? Das überlegen lächelnde Gesicht einer Frau stellte sich vor ihn hin, als hörte er noch ihre Worte von damals. Sie war eine andere als die reisenden Kapitänsfrauen, die er kannte. Sie besahen unterwegs lauter Sehenswürdigkeiten, doch der Zusammenhang fremder Völker und Dinge blieb ihnen verschlossen. Hier war eine, die gab auch auf das Kleine und scheinbar Geringfügige acht. Die Zustände, von denen sie sprach, hatten ihm auch vorher schon zu denken gegeben, doch sie waren noch nie in solch scharfes Licht gerückt. Welcher Deutsche hatte sich nicht schon über die Pickelhaubenpolizei geärgert mit ihrem Müllkübelschnüffeln und Radlaternenspionieren und dem lächerlichen Unfehlbartun? Kleinigkeiten und subalterner Übereifer, aber in allem ein großes System. Zuviel blinder Autoritätsglaube und

zu wenig Freiheit, das war es. Und im Hintergrund wie eine lauernde Wetterwolke Neid und Eifersucht anderer Völker. Und das Volk riß dabei immer weiter auseinander, und das Herrentum dachte Gedanken und redete eine Sprache, die die andern nicht mehr verstanden, äußerer Reichtum und zunehmender Wohlstand auf der einen Seite und auf der andern innere Verarmung, dort eine Überfeinerung, hier eine Vergröberung des Lebensgenusses. Wer den Rat gab, gebt ihnen satt zu essen, dann sind sie ruhig, der bot statt eines Heilmittels ein miserables Papppflaster. Die ausgleichende Gegenseitigkeit fehlte. Nur sie konnte Überwindung des Herrentums und des Massenmenschen sein. Wo zwei Pferde denselben Wagen zu ziehen hatten und das eine zu weit rechts zog, drängte das andere leicht zu weit links, und der Wagen brach auseinander.
Er trug seine zerrissenen Gedanken übers Meer in die Heimat zurück. War einer ein Sehender geworden, sollte er auch andere zu Sehenden machen. Eine dunkle alte Sage der Bibel aus der Kindheitsgeschichte der Menschen, zu keiner Zeit Wirklichkeit, aber zu allen Zeiten Wahrheit. Es stand ein Baum mitten im Garten. Welches Tages du von dem Baum der Erkenntnis Gutes und Böses issest, wirst du des Todes sterben. Ungezählte, die aus dem Paradies unbefangenen Dahinlebens vertrieben waren, aber immer noch nicht genug!
Es fand sich Gelegenheit zu einer Aussprache, als er mit Martha bei seiner Schwester in Bremen war. Helene hatte ihre Wohnung jetzt am Osterdeich nicht weit von den Schwiegereltern. Was für eine Aussicht von ihrem Hause aus! Vor ihnen auf der Weser blinkende Segel, weiterhin der grüne Peterswerder mit buntem Spielplatz, langgestreckt hinterm Deich drüben weiße Häuschen, gravitätische Reihen von hohen

Bäumen und dicht umbuschte altersgraue Landhöfe, stromaufwärts qualmende Fabriken, weit drüben verblauende Höhen. Wenn ihre Schwäger zu Besuch bei ihr waren und die Kinder saßen dabei und spielten und auch die beiden alten Suhrens hatten sich aufgerappelt und kamen herüber, dann wäre es gemütlich wie im Himmel, sagte sie. Schade, daß ihr Mann das nicht mit genießen konnte, aber der mußte ewig mit seinem unglückseligen Trampdampfer unterwegs sein.
»Es ist gewiß fein hier«, sagte er. »Hier kann man vergessen, daß es Menschen gibt, die anders leben müssen.«
Hatte er Helene einen Stich zugedacht?
»Es ist nicht wegen vornehmen Wohnenwollens«, versetzte sie gereizt. »Der Ausblick ins Weite erquickt mich, und das habe ich nötig. Dann vergesse ich alle Gedanken und bin mir selber genug. Du solltest dich auch freier machen und deine Augen nicht immerfort anderwärts haben. Ich verstehe deine Einseitigkeiten schon längst nicht mehr.«
»Einseitigkeiten?« wiederholte er. »Im Gegenteil, meine Blicke gehen aufs große Ganze, auf das, was nur dadurch stark sein kann, daß es zusammen bleibt.«
Sie warf den Kopf hin und her.
»Willst du nicht lieber als Volkstribun auftreten und weltschmerzliche Reden halten?« fragte sie bissig. »Ist die Sache wirklich so schlimm, wie du sie machst, würde ich an deiner Stelle in die politischen Parteien gehen, da kannst du als vaterländischer Prophet dein Heldentum ausstrahlen lassen. Du pflegst dich doch auch sonst zu den Leuten zu rechnen, die ihre Folgerungen ziehen?«
»Die Sache ist doch wohl zu ernst, Helene«, hielt er ihr vor, »als daß sie in der Weise behandelt werden dürfte. Mit politischen Parteien haben meine Besorgnisse gar nichts zu tun.«

»Ach was, du bist ein Schwärmer«, schnitt sie ihm mit ungläubigem Gesicht das Wort ab. »Daß ausgerechnet ein Mann wie du an unseren Zuständen zu nörgeln hat! Mein Gottfried ist anders, der sagt, was mich nicht brennt, das blase ich nicht, und im übrigen müßte man zu Gott und der Regierung Vertrauen haben. Dein ödes Gleichmachenwollen ist nichts als eine unfruchtbare und unnüchterne Idee und nicht ernst zu nehmen.«
»Ich wüßte nicht«, setzte er sich zur Wehr, »daß ich jemals der Gleichmacherei das Wort geredet hätte. Ausgleichen ist nicht Gleichmachen. Ich will euch nur wünschen, daß euch nicht einmal ein späteres Geschlecht wegen eurer Blindheit verflucht.«
Statt einer Antwort schlug sie nur eine spöttische Lache auf. Doch auch Martha war unruhig geworden.
»Ich sehe, Hermann, du bist unerträglich unzufrieden geworden mit dir und der Welt«, sagte sie besorgt. »Laß dir deine Probleme vom Seewind aus dem Kopf wehen und fahre deinen Weg, du selbst änderst nichts.«
»Die große Unzufriedenheit ist noch immer der Fittich zu Taten gewesen«, entgegnete er. »Nur ja nicht die satte spießbürgerliche Selbstzufriedenheit, die lullt uns nur ein und drückt uns die Augenlider herunter. Die zufriedenen Menschen haben die Welt noch nie einen Ruck vorwärts gebracht. Was wir zunächst brauchen, ist so weit zu kommen, daß wir uns in allem verantwortlich fühlen und die Folgen übersehen. Es gilt, die Augen aufmachen, wer die Gefahr erkennt, hat sie schon halb überwunden.«
Er ging mit großen Schritten auf und ab. Die beiden sahen, wie es in ihm arbeitete. Und nun mußte er ihnen von Menschen sagen, die Sehende wurden und auch andere zu Sehenden machten.
»Deine sehenden Menschen sind noch nie glücklich gewesen, zuviel Intellekt, zuviel Kritik, zuviel kalter

Verstand!« rief Helene. »Ich höre immer nur Worte und sehe keine Taten. Also was hast du vor?«
Er war auf einmal wieder ruhig geworden und stellte sich vor die Frauen hin. Es war ihm, als hätte er längst auf die Frage gewartet.
»Jetzt ist es soweit«, erklärte er. »Ich werde mir sobald wie möglich einen Weg suchen, der mich aus dem allen herausbringt.«
Sie bestürmten ihn mit Fragen, die eine mit spöttischer Neugier, die andere ängstlich beklommen. Ob er an Land bleiben wollte, ob er einen anderen Beruf zu ergreifen plante oder was er vorhätte, wollten sie wissen. Er wehrte ab. Sie sollten Geduld haben, sein Plan war noch nicht spruchreif, und morgen in aller Frühe mußte er zunächst wieder in seinen Dienst.
Die Dampfwinden rasselten, die Ladebäume knarrten, die Sirene heulte und der Maschinentelegraph schrillte, und er mußte hinaus auf See und unterwegs auf die Fahrt.
Die Reise brachte ihn über Montevideo und Santos nach Rio de Janeiro. Hier erhielt er durch Martha eine Trauernachricht. Onkel Karl in Brake hatte seinen achtzig Jahren den Tribut zahlen müssen. Seine breitschultrige Gestalt war immer kleiner geworden, und dann war Freund Hein zu ihm gekommen, wie er's sich gewünscht hatte, ein langes Herumschlagen mit dem Sensenmann war es nicht gewesen.
Es wurden schwere Tage in Rio. In Bremerhaven ging es mit dunklen Nächten auf Weihnachten zu, hier war brennend heiße Sommerszeit. Es war so drückend schwül, daß die Schiffe wegen der Krankheitsgefahr nicht an den Kais laden durften und bei der Enchadasinsel mit Leichtern an den Bojen arbeiteten. Er hatte jetzt kaum Augen für die Welt ringsum, die ihn sonst immer entzückte, die sich stets verschiebenden und einander überschneidenden Profile der Berge, den Ta-

felberg und die zackigen Höhen der Tijuca, die ungezählten Inseln und Inselchen der inneren Bai mit ihren Palmen über den Steilufern, nackt und niedrig auf einem Felsen das viereckige Fort und unter ihm der Streifen der ungeheuren Brandung, die Stadt auf einer Halbinsel über flachen Hügeln, zahllose Kirchen auf allen Höhen, blinkende Häuser zwischen tiefdunklem Grün, hellgrün das Wasser, tropisch blau der Himmel über dem bunten weiten Rundbild – Rio de Janeiro, die schönste Hafenbucht der Welt.
Nach vier Tagen ging es wieder hinaus. Die Luft war noch drückender geworden, der Himmel wie Glas, beklommen die Durchfahrt zwischen den Bergpfeilern, wo als Wahrzeichen von Rio der Zuckerhut ragte und der wunderlich gekrümmte Rücken des Corcovado grüßte, den die Seeleute den schlafenden Mann nannten. Doch nun hatten sie den Lotsen abgesetzt, und die zwei gleichen Inseln, die wie Schildwachen draußen vorm Hafen lagen – *el Pajo* der Vater, *la Maja* die Mutter – wurden zusehends kleiner. Bald würde die Nacht dasein, und die fünf großen Sterne des Kreuzes würden über ihm flimmern. Drüben schimmerten die Berge der Küste herüber und wurden von Meile zu Meile undeutlicher, aber noch kam ganz leise ein Duft von Land herüber. Der Wind hatte aufgefrischt, und vorm Steven begann es zu plätschern. Sie waren auf freier See. Er stand auf der Brücke und reckte die Schultern. Eine fröhliche Entschlossenheit saß ihm um die Lippen und leuchtete ihm auf der Stirn. Sehend werden und vom Baum bitterer Erkenntnis essen, das war Leben und Menschenschicksal, aber es gab noch ein anderes Glück als das urteilslose Dahinleben. Es mußte ein solches Glück geben, sonst hatte das Leben keinen Inhalt und Wert.
»Nein, nicht des Todes sterben!« sagte er halblaut. »Noch viel mehr das Sehen lernen als bisher. Ein Para-

dies ist verloren, nun gut, dann gibt es ein anderes.«
Er war entschlossen, vom Lloyd fortzugehen und seine Dienste einer kleinen Kompagnie anzubieten. Wenn ein Eisen kalt zu werden drohte, mußte rechtzeitig ein neues ins Feuer gelegt werden. Ein jeder war seines Glückes Schmied, und Fortuna war nicht ungewisses Schicksal.

Das Schiff zitterte unter der arbeitenden Maschine, legte sich machtvoll in die lang ausrollende Dünung und strebte nach Norden der Heimat entgegen.

28

Als er daheim ankam, sah er seine Pläne mit einem Schlag über den Haufen geworfen. Sich frei machen und sein Schicksal in die Hand nehmen war leicht beschlossen, doch jetzt meldeten sich auf einmal stärker als je die Rücksichten auf andere. Unerwartet war er vor eine Entscheidung gestellt. Die Frage war schwerwiegend, und ohne Marthas Rat wollte er nichts unternehmen.
»Ich kann Kapitän werden und einen Dampfer der Linie Sydney-Yokohama übernehmen«, gab er ihr zu verstehen. »Ich kann aber auch als Erster auf einen von den neuen großen Kaiserdampfern kommen. Pekuniär wäre beides so ziemlich dasselbe.«
»Und wie ist es sonst?« fragte sie.
»Die Japan-Australien Linie ist eine Nebenlinie, das Fahrwasser in der Südsee schwierig, keine Befeuerung und keine Vermessung, und die Korallenriffe schneiden wie Diamanten, aber interessant ist es da. Denke dir Neu-Guinea, die Südseeinseln und unsere Kolonien, Singapore und Hongkong!«
»Du bist auch als Erster ein großmächtiger Mann und keine untergeordnete Figur mehr«, entgegnete sie. »Und ich? Ich würde es ohne Besinnen wagen, dir nachzureisen und in Sydney zu wohnen, aber ich denke an unsere Kinder. Die besuchen die Schule und würden die Mutter entbehren, und ihre gute Großmutter würde sie heillos verziehen. Wenn du die

New York-Fahrt übernimmst, bist du alle drei Wochen auf acht Tage in Bremerhaven.«
Es bedurfte keines Wortes mehr, die Entscheidung war gefallen.
»Also der Schnelldampfer!« erklärte er.
Es sollte nicht etwa ein letzter verzweifelter Versuch sein. Jetzt kam es darauf an, mit seinen vierundvierzig Jahren stand er dicht vorm Kapitän. Er wußte, es war keine Deklamation, wollte aber seiner Frau trotzdem nichts davon sagen, weil es leicht wie eine Redensart klingen konnte: auch auf dem Kaiserdampfer war nicht alles Gold, was glänzte, und sein freies Menschentum war er entschlossen, sich nicht nehmen zu lassen. Kapitän, Inspektoren und Direktoren würden es ihm nicht antasten, wohl aber die Verhältnisse und der ganze Zusammenhang des Betriebs, und Unpersönliches war manchmal noch viel stärker als Personen. Doch wozu Besorgnisse? Unverdrossen und ohne Voreingenommenheit ins Neue hinein!
Zwei Tage darauf befand er sich schon an Bord. Der schwarze Leib seines Riesenschiffs lag so übergroß in dem weiten Hafenbecken, daß das nächste Schiff schon wie ein kleines Ding erschien. Das sah fast wie leblos aus, doch wer hinzutrat, gewahrte fieberhaft pulsendes Leben. Deutschland wuchs und weitete sich, atmete schwer und arbeitete gewaltig. Doch was merkte das Ausland von der fleißigen und genügsamen Art der Heimat? Das erblickte Prunkschiffe mit sträubebärtigen Protzen, denen die Goldfüchse in den Westentaschen klimperten, lächerliche Rudel von Gesellschaftsreisenden, eine Menge Emporkömmlinge ohne Manieren dabei, Frauen mit wehenden Gebirgsmänteln, urteutsche Troddelhemden, die in den Kneipen saßen und gewaltig Bier tranken und »Deutschland, Deutschland über alles«, anstimmten. Wie sollten sie es anders, sie hielten es für deutsches Wesen, was da

aus einem Land auf Reisen zog, das sich auf jede Weise zur Geltung zu bringen strebte. Mitte der Woche furchte er mit seinem Kaiserdampfer schon die Nordsee und lag nach weiteren acht Tagen in Hoboken an den Bremen Piers, mitten zwischen den Blocks der Hamburger und Rotterdamer, als gäbe es keinen Konkurrenzkampf auf Leben und Tod. Von der Brooklyn Brücke sah er des Nachts das *North German Lloyd* in Riesenbuchstaben über Manhattan herüberleuchten. Acht Tage später kam die Heimreise. So ging es Woche um Woche, Dienstags hüben und drüben ein Dampfer abfahrend, immer zwei Schnelldampfer auf Fahrt und zwei in den Häfen. Fast kam es ihm vor, er wäre während seiner Brasiljahre abseits von der großen Welt geraten. Hier im modernen New-York-Dienst ließ Deutschland sein atemlos vorwärts drängendes Leben hin und her jagen. Wo blieb das größte Hotel und das Gewimmel eines Großstadtrathauses vor dem aneinander Vorbeihasten in allen Gängen, dem Hinauf und Herunter auf den Treppen und dem Durcheinander auf den Verdecks eines solchen Ozeankolosses. Doch nur wenige Stunden, und in die ratlose Aufgeregtheit war Ordnung gekommen. Dazu gehörte kaltblütige Ruhe, und es war etwas Stolzes, daß er und der Kapitän alle die hundert und aberhundert Fäden unsichtbar in der Hand hielten. Aber dann hatten sie drei Reisen hintereinander Nebel im Kanal und tasteten durch dichte weiße Wände hindurch und mußten trotzdem rechtzeitig drüben ankommen. Mit sieben, acht Mann stehen sie auf der Brücke und spähen aus, auf Geräusche, auf Lichter, auf Funksprüche, eine angespannte Stunde nach der andern, dicht über ihren Köpfen alle Minuten mit dumpfem schwerem Schüttern das Aufheulen der Dampfsirene. Der Kapitän pflegt auch bei besserem Wetter die dreimal vierundzwanzig Stunden bis Southampton nicht von der

Brücke zu gehen, doch heute sind er und sein Erster nur ein paar dünne Nervenbündel. Alle Augenblicke tritt einer an den Apparat für die Unterwassersignale, aber immer noch nichts zu hören. Halt, ist da nicht backbords ganz verworren etwas zu vernehmen gewesen? Das Empfangsmikrophon im Unterwassertank hinterm linken Vordersteven hat etwas nach oben gegeben. Jetzt wird es schon eine Idee deutlicher. Das Ruder herumwerfen und das Schiff so weit bringen, daß auch die Steuerbordseite aufnimmt, und dann so gesteuert, daß die Töne gerade voraus bleiben, Stunde auf Stunde, bis endlich überm Wasser eine Sirene sich meldet und das gesuchte Feuerschiff da ist. Aber dann weiter und der nächsten Glockenboje zu. Die mächtigen Seitenlaternen sprühen grünen und roten Widerschein ins weißgraue Gepenstern hinaus, doch die Geisterwand saugt alles auf. Über ihnen alle Minuten das hohle Donnerbrummen. Wie ein Stahlband hat es sich ihnen um die Stirnen gelegt. Als ob's ihnen in den Ohren brauste: vorwärts und weiter, nur nicht hintenan bleiben!
Und war es nicht überall und im ganzen Betrieb so? Trotz aller Arbeitsteilung bewegten die Leute sich nur noch wie die mechanischen Puppen. Es saß etwas in ihnen, was sie stieß und peitschte. Vorwärts, vorwärts, womöglich eine noch schnellere Fahrt machen als die letzte war!
»Mir selbst geht es nicht anders«, gestand er seiner Frau. »Ist das noch die sogenannte christliche Seefahrt, die selbstlos den andern dient? Man wird ausgepumpt und bleibt kein Mensch mehr bei der Raserei.«
»Du tust mir von Herzen leid, Hermann«, versicherte sie ihm. »Aber vergiß nicht, wir sind auch noch da und halten zu dir.«
Er sah sie mit einem dankbaren Blick an. Wußte er doch, wie sie's meinte. Sie hätte ihm gern geholfen,

daß ihn die Hetzjagd nicht umriß, vermochte es aber sowenig wie er selbst und alle andern. Und waren sie und seine drei Kinder nicht die, um die er sich plagte, und sein Familienglück ein gutes Ziel seines Strebens? Wie mancher Seemann, der das Köstliche nicht besaß. Und es ging gedeihlich vorwärts mit den Seinen. Zwar die Alten gingen dahin, aber schon wuchsen die Jungen herauf. Lotse Jakob Ricklefs hatte vorigen Winter das Zeitliche gesegnet, und Martha hatte während seiner letzten Reise wehmütig gefaßt ihre Mutter in Hamburg zu Grabe gebracht. Nach viel Mühe und Arbeit war der Guten schließlich doch noch ein freundlicher Lebensfeierabend beschieden gewesen. Helenes Ältester war inzwischen mit seinen fünfzehn Jahren ein vollsaftiger lebensprühender Bursche geworden und kam immer noch häufig nach Bremerhaven. Schade nur, daß seine Mutter immer weniger damit einverstanden schien, daß ihr Junge Feuer und Flamme für alles war, was mit Seefahrt zu tun hatte. Und ihr Bruder Hermann sollte die Schuld haben.

»Du hast ihn von jeher zuviel mit dem Feuer spielen lassen«, warf sie ihm vor. »Aber ich bleibe dabei, er wird Offizier.«

Er versuchte, der Ungehaltenen zuzureden:

»Schwester, nimm doch Vernunft an und laß ihn gewähren. Der wird einmal ein tüchtiger Fahrensmann, der auch dem Namen Suhren Ehre macht.«

Sie schüttelte beharrlich den Kopf.

»Und dein Mann?« ließ er nicht locker. »Was sagt denn der dazu? Ich meine, der müßte doch eigentlich das letzte Wort sprechen?«

»Das ist ja gerade das Unglück!« fuhr sie auf. »Er versagt und will es dem unmündigen Knaben überlassen. Wenn ich nicht wüßte, daß Gottfried seine Kämpfe auszufechten hat, wäre ich längst an ihm irre geworden, so seltsam ist er mitunter.«

Überrascht sah er sie an. Es war das erste Mal, daß ihr eine solche Andeutung über die Lippen kam. Er hatte schon davon gehört, sie hatten auch in Bremen ihre Sorgen. Der kleine Suhrendampfer hatte von Jahr zu Jahr größere Mühe, sich gegen die großen Kompagnien zu behaupten.
Ob Helene seine Gedanken erraten hatte?
»Ich werde unserm Ältesten nicht wieder erlauben«, erklärte sie auf einmal, »daß er euch Bremerhavener so oft besucht.«
»Helene, du richtest Unheil an«, warnte er. »Und unserer Großmutter würdest du den allergrößten Schmerz antun.«
»Solange es noch Herren und Knechte in der Welt gibt«, versetzte sie mit Betonung, »werde ich meinen Standpunkt zu wahren wissen. Die Eltern bestimmen und die Kinder gehorchen, das gilt in unserer Familie und ist göttliche Ordnung. Für weichliche Gleichmacherei bin ich nicht zu haben, es muß ein Oben und Unten geben mit Vorgesetzten und Untergebenen.«
Sie hatte so hochfahrend gesprochen, daß für ihn kein Zweifel blieb, gegen wen es hinaus sollte. Er schwieg lieber und ging. Das war nun einmal der Zug der Zeit, Richtiges, was auch er niemals bezweifelt hatte, wurde verzerrt und maßlos übertrieben. War nicht sein übers Weltmeer stürmender Dampfer ein Abbild der übertreibenden blendenden Zeit? Mit allem ins Riesenhafte Wachsenden wuchs sich der Herrenmensch schon zum Großmann aus, der im Auto die Landschaft durchraste und in der Luxuskabine den Atlantik überquerte, um in den Kolonien die letzten Löwen abzuschießen, Großindustrielle, Finanzriesen und überfeudale Herren, deren Haupteigenschaft sein mußte, ein glänzendes Haus zu machen. Wer darauf hinwies, wieviel Hohlheit unter der Oberfläche saß, wurde als weltfremder Asket und finsterer Moralprediger ver-

lacht. Die Äußerlichkeiten spielten eine immer größere Rolle in den maßgebenden Kreisen, und einen Widerspruch gab es nicht. In der Beamtenschaft neue Titel und Würden in Fülle, die Aufmachung, der bestechende Zuschnitt und die elegante Form immer höher im Kurs steigend, und unter denen, die sich um die Regierenden scharten, eine Menge wesenloser Puppen, die das ganze Jahr sparten, nur um im Sommer ihre Reise machen zu können, und kärglich lebten, um große Gesellschaften zu geben. Wo blieben die Kreise, die noch vermögenslos sein mochten? Und im Schatten der Sonne eine immer dünner werdende Mittelschicht, die ihre Geschäfte machte, eine haltlose Masse zwischen Oben und Unten, die sich nach beiden Seiten duckte, daß sie nur ja niemand im Geldverdienen und Amüsement störte. Entweder man packte das Ding beim rechten Namen und nannte es konventionelle Lüge oder man billigte es, aber das Achselzucken, das sich damit abfand, war der Tod.

Auch mit dem schwarzen Fahrzeug, das nun an die sechzehn Jahre am Nordende vom Alten Hafen lag und immer trüber vor sich hindämmerte, geschah eine große Veränderung. Ein Segelklub machte sich übers Wrack her und baute es zu einem schwimmenden Klubheim um. Das Zwischendeck zwischen den Masten wurde tiefer gelegt und ein Tanzsaal eingebaut, die Großluke erweitert und mit einem Oberlicht überdacht. Üppige Gesellschaftsräume entstanden, alles kostbar mit Teakholz ausgelegt. Niemand hätte gedacht, daß der abandonnierte Rattenkasten je zu solchem Glanz auferweckt würde. Wie sollte das neue Wesen heißen? Ein Witzbold hatte schon einen Vorschlag: »Meine Damen und Herren, ich bitte, wir nennen es unsere Arche.«

Die jungen Leute trampelten und klatschten wie toll in die Hände:

»Die Arche vom braven alten Vater Noah, hipp hipp hipp hurra!«
Wen kümmerte es, daß die invalide Elfdalen früher noch einen anderen Namen getragen hatte? An der bronzenen Schiffsglocke von der Back, die sie im Rauchsalon aufgehängt hatten, saß noch eine Inschrift:

FORTUNA
ELSFLETH
1864

Aber das las kein Mensch. In einer Hafenstadt, wo nichts still stand und alles vorwärts trieb, saßen sie nicht wie die alten Leute beieinander und erzählten sich, wie es früher in Bremen ausgesehen hätte.
Hermanns Weg führte mitunter an der neuhergerichteten Hulk vorüber. Das komische Schild am Bug, auf dem der neue Name prangte, paßte mehr für ein Gartenlokal als ein Schiff, das einmal seegehend gewesen und Reisen um die Welt gemacht hatte.
»Man soll nicht empfindlich sein«, sagte er seiner Frau. »Manchmal will mir aber doch ein unbehagliches Gefühl kommen, wenn die jungen Leute ihre Späße mit etwas treiben, was für uns Hayes einmal fast wie ein Heiligtum war.«
»Du sprichst mir aus der Seele«, stimmte sie ihm zu. »Es war mein leiblicher Großvater, der mit der Fortuna gereedert hat und einmal sehr stolz auf das Schiff gewesen ist.«
»Trotzdem! Wir müssen das Vergangene sein lassen und dürfen nicht zuviel rückwärtsschauen. Die Augen nach vorn behalten, die Gegenwart hat auch ihr Recht, sonst könntest du und ich –«
Er hatte mit einmal abgebrochen, als habe er zuviel gesagt. Die Gegenwart und er selbst? Weiß Gott, für ihn war sie keine leichte. Es sah immer mehr aus, als wäre er vom Regen in die Traufe gekommen. Körperlich war

die Hetze auf dem Schnelldampfer wohl noch zu ertragen, nun aber die Nerven! Er sah es, seine unzufriedene Aufgeregtheit übertrug sich schon leise auf die Seinigen, wenn er überhaupt einmal die Zeit hatte, mit Frau und Kindern zusammen zu sein. Die Gemütlichkeit eines richtigen Familienlebens war einem Seemann sowieso meist versagt, aber auch ein Mann wie er kam während der acht Tage, die das Schiff in Bremerhaven lag, kaum noch regelmäßig jeden Tag in die Wohnung. Sein kleiner Oltmann sah ihn jedesmal mit unsicher fragenden Augen an, als müßte er sich erst auf den fremden Mann besinnen, und auch den zwei Mädels war er eigentlich nur mehr ein guter Onkel, der zu Besuch in der Ankerstraße einkehrte. Und nun auf dem Schiff etwas, was noch mehr war als Schlaflosigkeit und fliegende heiße Handgelenke, Seelisches, was nicht in Worte zu fassen, und Gemütswerte, die nicht zu wägen und zu berechnen waren. Er gewahrte es auch bei den andern, die in den zerreibenden Betrieb eingespannt waren. War es ihr freies Menschentum, oder die Persönlichkeit oder Herzensbildung, kurzum, es kam etwas nicht zu seinem Recht, verkümmerte, verdorrte und starb schließlich ab. Vergeblich, gegen das immer unheimlicher Werdende anzukämpfen.
Sollte er zu denen gehören, die langsam ausgehöhlt und zu seelenlosen Nummern wurden? Zum Teufel noch mal, wer sich duckte und untermahlen ließ, der war nicht seines Glückes Schmied! Schluß damit! Mochten andere es für einen Abstieg halten und seine Kameraden ihn einen Schwächling schelten, der nicht blieb, bis er umfiel, mochten noch andere ihn als kranken Mann bedauern, er wollte sich frei machen.
Eines Tages war es soweit, er ging hin und kündigte seine Stellung. Man zog die Augenbrauen hoch. Er war ihnen immer als Wunderling verdächtig gewesen, jetzt war es sonnenklar, daß er einen Klaps hatte. Man

redete ihm scherzend zu und dann ernsthaft und hatte schließlich nur ein bedauerndes Achselzucken, als es nichts half.

Martha standen die Tränen in den Augen. So kurz vor einem glänzenden Ziel? Nur noch wenige Meter, dann wäre er auf der Höhe des Gipfels gewesen. Doch sie sah es ein, wenn er beim Lloyd blieb und Kapitän würde, würde es noch schlimmer werden.

»Es ist das beste, du machst dich frei«, sagte sie mit zuckenden Lippen. Ein Glück, daß ziemlich bald eine andere Tür offen stand. Er konnte Kapitän auf dem kleinen Dampfer Blockland werden, den eine kleinere Gesellschaft nach England und Schottland fahren ließ.

Um so weniger verstand Helene ihn.

»Soll ich dich als unheilbar bejammern oder soll ich dich wegen deiner Unglaublichkeiten ausschelten?« fragte sie bissig. »Hier der glänzende Kaiserdampfer und dort ein obskurer Frachtkahn? Was willst du jetzt noch mit deinem Reserveoffizier? Nein, du bist ein anderer geworden als dein Vater, der hätte gesagt, dabei bleiben und nicht fahnenflüchtig werden. Aber natürlich, ein jeder ist sich selber der Nächste, wenn der große Ruf erschallt: rette sich, wer kann!«

Jetzt war auch ihm das Blut in Wallung gekommen.

»Was fällt dir ein!« wies er sie heftig zurück. »Ich weiß nur, daß ich deine albernen Redensarten nicht verdiene, und du die letzte bist, die mir höhnische Vorwürfe zu machen hat.«

Er hielt es für unter seiner Würde, ihr noch zu sagen, es war keine Fahnenflucht, wenn er sich seine Freiheit verschaffte, und er handelte vielleicht mutiger als manch einer, der vor tausend Rücksichten in lauter Unentschlossenheit stecken blieb. Und der Seefahrt und seinem Lebensberuf war er nicht untreu geworden.

Unversehens kam eine Woche darauf Helenes Ältester bei ihnen angereist. Sie sahen hoch auf. Eilert Suhren? Es war ihm doch von seiner Mutter nahegelegt, nicht wieder nach Bremerhaven zu kommen?«
»Denkt euch, ich habe meinen Willen durchgesetzt!« rief er strahlend. »Vater hat schließlich doch noch ein Machtwort gesprochen, – un nu gah ick up See.«
»Gratuliere, mein Junge!« klopfte er ihm auf die Schulter. »Aber die Großeltern? Und Tabak und Baumwolle, was sagen die?«
»Zuerst gab's bitterböse Gesichter, und Mutter hat blanke Tränen geweint, aber dann haben sie sich alle gegeben. Vater hat aufgetrumpft, ein Hecht könnte nur im Wasser leben und man sollte keine Experimente machen und einen Fisch ans Trockene gewöhnen wollen.«
»Bravo, littje Jung, dein Alter ist ein vernünftiger Mann!«
Es war ihm wie eine Genugtuung herausgeschlagen. In diesem treuherzigen Jungen steckte etwas, was ihn bei aller körperlichen Gewandtheit und trotz seines kecken Muts nicht für die Soldaterei geeignet erscheinen ließ.
»Nun ist aber noch ein Haken dabei«, erklärte der Neffe. »Mutter hat nur unter einer Bedingung eingewilligt. Ich soll als Kadett auf ein Schulschiff kommen.«
»Ein richtiges derbes Segelschiff wäre dir am Ende lieber gewesen?«
Der Gefragte sah mit einem raschen Blick auf und bejahte. Der Oheim wußte Bescheid. Als er kürzlich die Weser herunter kam, hatten hinterm Elsflether Sand hochmastige weiße Fahrzeuge herübergewinkt. Seit die Dampfer endgültig den Sieg hatten, war von einer untergehenden Welt nur noch die Gewißheit geblieben, einzig auf einem Segelschiff konnte seemänni-

scher Nachwuchs herangebildet werden. So waren für Kadetten und Jungen die Schulschiffe eingerichtet, meist mit militärischen Formen, und aus den Kadetten sollten Offiziere und aus den Jungen Matrosen werden. Die Meinungen waren aber noch nicht geklärt. Das gäbe nur Patentlaffen mit Lackstiefeln und weißen Handschuhen, die sich die Finger nicht dreckig machen möchten, und in die Handelsmarine käme nur noch mehr Kommißkram hinein, schalten die einen. Aber das waren knurrige alte Segelschiffskapitäne, und es kam in allem ein Neues auf. Ob es indessen wohlgetan war, die Jungmannschaft von vornherein in zwei Klassen zu teilen, die einen mit den Kulimützen und die andern mit den schottischen Kappen? Doch die Hauptsache war, Eilert Suhren kam zur See, und das freute ihn.
Nach einem Monat war er bereits als Kadett eingestellt. Und das Seefahren gefiel dem frischen Jungen, so straff die Zucht an Bord auch war. Zuerst eine Fahrt nach Schweden, dann eine Westindienreise, und bald war es so weit, daß sie nach der Westküste wollten, und es sollte um Kap Hoorn herum gehen.
Helene ließ sich seitdem nicht mehr an der Ankerstraße sehen. Auch ihre Briefe wurden kühler und immer seltener. Ihrem Bruder war das beunruhigend. Er hatte den Argwohn, es steckte noch etwas anderes dahinter. Seinen Schwager Gottfried hatte er seit Jahr und Tag nicht mehr zu Gesicht bekommen. Gottfried Suhren hatte ein verdächtig scheues Wesen angenommen und schien ihnen allen aus dem Weg zu gehen. Sobald es sich machte, fuhr er nach Bremen.
Helene bemühte sich, höflich zu sein, konnte ihre gemessene Zurückhaltung aber nicht überwinden.
»Deine steife Förmlichkeit ist mir peinlich«, stellte er sie zur Rede. »Sprich dich offen aus, Schwester, was hast du gegen mich?«

»Das fragst du noch?« fuhr sie gereizt auf. »Wer ist es denn gewesen, der sich zwischen Mutter und Sohn gedrängt hat und mir mein Kind entfremdet? Soll Eilert nun auch noch ein Opfer deiner verrückten Ideen werden?«
»Du ergehst dich in lächerlichen Übertreibungen«, versetzte er. »Aber du hast etwas anderes auf dem Herzen, was dich quält und ungerecht macht. Soll ich dir's auf den Kopf zusagen?«
»Ich bitte darum«, kam es kühl.
»Es ist das mit eurem Dampfer Helene Suhren«, erklärte er. »Nicht wahr, das ist es?«
Sie war zusammengefahren. Er sah es, er hatte ins Schwarze getroffen. Sie hatte Mühe, daß ihr nicht die Tränen kamen. Doch nun hatte sie die Anwandlung schon überwunden.
»Ach was, das ist eine lange Geschichte und geht niemand etwas an«, setzte sie sich wieder zurecht. »Ich meine, wir haben es mit uns selber abzumachen, wenn mit unserer kleinen Reederei mal nicht alles nach Wunsch geht, und wir werden schon damit fertig werden.«
»Helene, ich bin dein Bruder und bitte dich um dein Vertrauen«, sagte er herzlich.
Jetzt kam sie zögernd mit einigen Andeutungen heraus. Es war das alte Bild. Wo sollte alles Streben und Vorwärtswollen bleiben, wenn die Großen die Kleinen an sich zogen und verschlangen? Der Schwiegervater war alt und stumpf und kümmerte sich nicht mehr ums Geschäft, die beiden Schwäger Justus und Daniel hatten schon das letzte Verfügbare aus ihren Geschäften gezogen, auch die Banken hatten bereits reichlich gutgesagt.
»Wollen wir anständige Leute bleiben und aufs Schild der Firma keinen Flecken kommen lassen«, schloß sie, »dann – nun, ich weiß nicht, was werden soll.«

»Wenn ihr in Verlegenheit seid«, begann er ohne Besinnen, »dann wißt ihr, wo ein gewisser Hermann Peter Haye in Bremerhaven wohnt. Du weißt, daß ich auf meinem letzten Schiff durchs Kabinenvermieten ein schönes Geld gemacht habe und immer ein sparsamer Mann gewesen bin.«
Sie hatte sich zurückgelehnt und streckte abwehrend die Hände aus. Auf ihrem Gesicht wieder der eisige Ausdruck wie vorhin, als ob etwas Feindseliges in ihren Augen aufblitzte.
»Von dir Hilfe annehmen?« rief sie. »Du wärest der Allerletzte. Du hast mir meinen Sohn abspenstig gemacht und möchtest nun auch noch den triumphierenden Wohltäter spielen? Lieber untergehen, nur das nicht!«
»Helene, du bist von Sinnen.«
Sie beugte sich schweratmend vor, und ihre Augen sprühten:
»Nenne es Herrentum, oder wie du es mit deinen vorgefaßten Urteilen zu nennen beliebst, aber laß mich bei meiner Meinung. Ich gehöre nun einmal nicht zu der Garde, die stirbt, sich aber nicht ergibt.«
»Liebe Schwester, verstehen wir beide uns wirklich nicht mehr?« fragte er bekümmert. »Wir sind einmal gute Kameraden miteinander gewesen. Ich kann mir nicht denken, daß es dein letztes Wort ist. Und was sollte unsere Mutter dazu sagen, sie, die uns alle zusammenhält?«
Sie machte eine wegwerfende Bewegung.
»Grundverschiedene Weltanschauungen«, sagte sie, »über die zu verhandeln zwecklos ist, und alte Leute, die ausgelebt haben. Gut, daß wir uns einmal Auge in Auge ausgesprochen haben, vielleicht wäre es nun noch viel besser, wir beide sähen uns fürs erste nicht wieder.«
»Du bist verdammt offenherzig, Helene!« entfuhr es

ihm zornig. »Ist das vielleicht auch dein Übermenschentum, deinem Bruder in aller Form den Stuhl vor die Tür zu setzen?«
»Fasse es bitte auf, wie du willst«, gab sie frostig zur Antwort.
Sie hatte die Augenbrauen zusammengezogen und preßte ihre Lippen trotzig aufeinander. Kein Zweifel, sie wünschte den Bruch.
Er erhob sich langsam und stieg die Treppe hinunter. Er hatte ihr zum Abschied die Hand reichen wollen, doch sie hatte getan, als sähe sie das nicht.

29

Von den Bremern hörte er seitdem nur noch in undeutlichen Umrissen, der Faden war zerrissen. Er suchte immer noch nach einer Erklärung.
»Helene tut mir aufrichtig leid«, meinte er. »Ihr heftiger Ausbruch war doch wohl nur eine Überreiztheit, die ihren Grund in ihren Sorgen hat.«
Auch Martha sah mit wehem Herzen, wie schmerzlich beide Teile unterm Zerwürfnis litten. Es war nicht wohlgetan, den äußersten Standpunkt zu betonen, statt sich gegenseitig zu stützen und zu tragen. Ohne Gegenseitigkeit wurde kein Haus gebaut, auch nicht das kleinste Kartenhäuschen. Doch auch sie konnte nichts machen und mußte warten, bis Helenes Zorn verflogen war. Aber das mußte sie ihrer Schwägerin lassen, sie achtete auf ihre Knaben und hielt sie in Zucht. Der Älteste fuhr schon im dritten Jahr auf seinem Schulschiff und sprach bereits davon, er wollte Quartiermeister auf einem Lloyddampfer werden. Die Monate flogen, und wie bald, dann war auch die Zeit da, daß er zur Steuermannsschule konnte. Aber hatten sie in Bremerhaven nicht genug an den eigenen Kindern? Die Älteste war fünfzehn und kam nun bald aus der Schule, auch die Zweite war ein herziges Mädel und das Nestküken mit seinen elf Jahren noch in dem Alter, wo Spiel und Schule sein Leben anfüllten, saß über den Büchern oder bastelte an seinen selbstgebauten elektrischen Maschinen herum. Wenn Oltmann

kein Seemann wurde, mußte er Maschinenbauer werden. Für ihren Mann gab es jetzt, wo er viel häufiger zu Hause sein konnte, noch immer kein rechtes Familienleben, er hatte es aber zehnmal besser als Gottfried Suhren. Der war mit seinem Tramp halbe Jahre und länger unterwegs, und seine lange Kinderreihe war jedesmal einen halben Kopf höher geschossen, wenn er sich einmal am Osterdeich sehen ließ.
Hermann fuhr seinen Dampfer Blockland nach den englischen und schottischen Häfen. Es war nicht halb so elegant wie auf dem großen Kaiserdampfer und das Bordleben alles andere, nur kein gemütliches Idyll oder bequemes Philistern, aber er war nicht mehr der in eine glänzende Uniform eingezwängte Beamte, der um sich nichts sah als eine Welt von Angestellten und nur eine Ziffer vor einer Reihe von Nullen gewesen war. Jetzt hatte er mit Männern aus dem Volk zu tun, ungebildeten derben Leuten und grobkantigen Janmaaten, aber er war ein Mensch unter Menschen. Keine Spur von Heimweh nach Glanz und Uniform und Luxus.
»Ich fühle mich jetzt an meinem Platz«, erklärte er seiner Frau. »Fast möchte ich behaupten, ich bin glücklich, jedenfalls bin ich freier und zufriedener als vorher. Urteile selbst, ob ich dabei ein überbescheidener Duckmäuser geworden bin, der nichts mehr vom Leben verlangt?«
Seine klar verständige Martha freute sich mit ihm. Auch auf seiner Blockland gab es Unzulängliches, Unzufriedenheit und Verdruß genug, und seine Heizer und Kohlenzieher waren keine Engel, aber es lag alles offen zu Tage und war nicht verdeckt wie dort, wo glänzende Gelecktheit blendete, straffer Dienst unterdrückte und atemlose Hetze alles andere übertönte.
Immer mehr kam es ihm vor, als sähe er von seinem Dampfer aus das ganze Leben und Treiben unter ei-

nem anderen, viel deutlicheren und schärferen Gesichtswinkel. Mit dreiviertel Kraft arbeiten, wie er's in England preisen hörte, konnte für Deutschland nicht das Ziel der Zeit sein, jeder sollte seine ganze Kraft fürs Gesamtwohl einsetzen, doch auf dem Schnelldampfer war es Volldampf mit zugeschraubten Ventilen gewesen, die Rohre immer dicht vorm Platzen und der Überdampf von Zeit zu Zeit in Explosionen herausknallend. Und so war es überall, wo Arbeitshetze den Menschen auspumpte. Jedes Volk mußte einen Vorrat von Widerstandskraft in Reserve halten, Vorwärtsrasen und Nervenverbrauch taten es nicht, wenn einmal eine Probe aufs Exempel kommen sollte.

Die Entfremdung der Familien wurde auf die Dauer unerträglich. Vettern und Kusinen empfanden es immer schmerzlicher, daß sie in den Ferien nicht mehr zueinander durften. Und die gute Großmutter ging mit bedrücktem Gesicht ihre Wege und zehrte ihren Gram still in sich hinein.

»Nun auch noch Zerrissenheit in der eigenen Familie?« fragte Hermann unmutig. »Fast sollte man glauben, das läge in der Luft unserer Zeit.«

Martha teilte seine Sorge. Das allgemeine Auseinandergehen! Zu dem Riß, der nun seit vier Jahrhunderten ein Volk in zwei Religionshälften spaltete, und dem Auseinander zwischen Oben und Unten kam jetzt auch noch das Auseinandergehen von Landmenschen und Stadtleuten, je reißender die Industrie zunahm und je riesenhafter die Städte wuchsen. Längst hatten Burenkrieg und Daily Telegraph-Enthüllungen blitzartig den schwersten inneren Zerfall eines Herrschers mit seinem Volk beleuchtet, eine Demütigung und Erschütterung der Monarchie, wie sie noch nie gewesen war. Und dabei die immer erbitterter werdende Feindschaft eines Staates, der sich als Obrigkeits- und Ordnungsstaat fühlte, gegen alles, was nach Arbeiter-

bewegung aussah, und eine regierende Oberschicht, die nicht auf die Zeichen der Zeit achtete, die gärende Unzufriedenheit übersah und sich über alles hinwegsetzte, was nach größerer Freiheit rief. Die Formel Dekadenz war ungeheuer bequem. Es war ihnen zuviel Internationales in der modernen Richtung von Schrifttum und Malerei, zuviel brutaler Wirklichkeitssinn und zuwenig Vaterlandsliebe. Vieles war offenbarer Verfall und fressende Fäulnis, doch es war Erscheinung und nicht die Ursache selbst. Es gab auch einen unechten Nationalismus, der um des Vaterlandes willen übertreiben zu müssen und verdrehen zu dürfen glaubte. Ständige Zeitungsrubriken erzählten von Hof und Gesellschaft und verbreiteten sich über äußere Aufmachung, Unterrocksberichte, die vom Wesentlichen ablenkten, eine Lakaiengesinnung züchteten und das Gegenteil von monarchischer Treue bewirkten. Steigender Wohlstand überall, auch das Selbstgefühl hoher Herren ungemessen gesteigert, aber papierne Erlasse wollten in Heer und Beamtenschaft die alte Einfachheit herstellen, und die Gesetzgebung versuchte aufstrebende Schichten niederzuhalten. Ideale Abtönungen wurden erstrebt, wo nichts mehr abzutönen und zu vertuschen war. Alles, alles zu spät. Es gab schon Stimmen, es wäre kein Ausgleich mehr möglich, alles Kleister, der nicht hielte, Notbrücken, die einstürzen müßten. Es müßte von Grund auf anders gebaut werden, eine völlig neue Struktur der ganzen Gesellschaft.
Stieg da etwas wie eine neue Moral am Horizont herauf? Und wie würde das Neue aussehen, das aus dem allen herauswuchs? Würde es sich auf Altem aufbauen oder eine alte Zeit mit den Grundmauern umstürzen? Aber eins wußte sie, ihr Mann gehörte nicht zu denen, die sich anschmiegten und urteilslos mitmachten.
Und immer klarer sah er von seinem kleinen Schiff aus,

wie atemlos sich das Leben höher und immer höher schraubte, gleich dem Zeitwunder, das den Sieg des Menschengeistes über Erdenschwere hoch in die Lüfte trug. Hochfrequenz hieß das neue blendende und mit sich reißende Wort. Surrend segelte es zwischen den Wolken hin, rauschend preschte es durchs Wasser, mit fabelhafter Geschwindigkeit wirbelte es in den Turbinen und raste über den Ozean, immer gewaltiger die Maschinen, immer riesenhafter die Ausmessungen, immer herausfordernder der Luxus. Was tat es, daß sie auf Eisberge stießen und in wenigen Minuten steil in die Tiefe schossen? Das Leben fauchte und schnaubte, brauste, tobte und brüllte, mordete die Seelen und verschlang die Menschen zu Tausenden.
Und die Dreistadt an der Geeste hatte schon an die hunderttausend Bewohner. Lehe dehnte sich immer größer, und Bremerhaven sprengte den Ring seiner Grenzen zum fünften Mal und baute immer noch weiter nach Norden hinaus, und Geestemünde der größte Fischereihafen des Kontinents, das Hafengebiet schon eine Stadt für sich, und immer noch mehr Gesellschaften, die sich gründeten, über zweihundert Fischdampfer, die tagaus tagein auf Jagd hinausfuhren. Gegenüber die Zukunftsecke Nordenham, wo die Pieranlagen sich nach der weltumspannenden Midgardschlange nannten und Unfertiges und Halbfertiges noch ungemütlich durcheinander stand, doch auch hier alles eine neue werdende Welt. Wo war die Unberührtheit schilfgrüner Ufer geblieben? Hier und da wehmütig ernsthaft aus einer vergehenden Zeit noch der Spitzturm einer Dorfkirche zwischen Busch und Baum, aber schon sprach man davon, bald würde hüben und drüben eine einzige Stadt sein und den Namen Wesermünde tragen, eine gewaltige Stadt mit Trajektfähren von Ufer zu Ufer, und die kleinen Eifersuchtsstaaten würden keine Rolle mehr spielen und

der Weserstrom seinen breiten Rücken geduldig zwingen lassen und die Forts auf den Inseln würden Leuchttürme tragen und Signale für die Hafeneinfahrt, und Langlütjensand und Hoherweg nicht mehr als ungeheure grauschwarze Wattflächen liegen, auf denen nur Möwen herumflogen, sondern eingedeicht sein und gutes Land abgeben, wo Menschen ihr Brot bauten und Wohnstatt und Heimat hatten.
Auch denen an der Ankerstraße leuchteten die Augen. Wer sich duckte beim gewaltigen Vorwärts, der war zu alt geworden, um sich in Neues hineinzufinden. Sie beide würden die große Zukunft nicht erleben, wohl aber Kinder und Kindeskinder. Ihre eigene Aufgabe war, die Ihrigen gut und heil durch die Zeit zu bringen, und die Aufgabe war auch groß und verheißungsvoll.

Auf dem Klubschiff Arche wehten bunte Flaggen, farbige Glühlichter in langen Reihen und lustige Lampions, blinkende Sonnensegel über dem Verdeck. Eine Reisegesellschaft, die die Nordseebäder befuhr, war nach Bremerhaven gekommen, und der Seglerverein hatte ihr sein schwimmendes Heim überlassen. Man hatte sich einen Professor aus Berlin verschrieben, der das Ausschmücken besorgte. Ein geleckter Herr kam im Auto angebraust und hielt einen zehnminütigen Vortrag mit Lichtbildern über Einführung in seine Raumkunst. Die Bremerhavener sollten sich unter einem neuzeitlichen Professor nur ja keinen pedantischen Brillenmensch oder Wissenschaftsmönch vorstellen, dem die Gelehrsamkeit an langen schwarzen Rockschößen herunterbaumelte.
Es sollte ein mondänes Fest werden, sagten die Berliner. Captains Dinner war die Generalidee. Am letzten Tag pflegen die Reisenden der ersten und zweiten Kajüte auf den großen Dampfern ein Festmahl zu veran-

stalten, ursprünglich dem Kapitän zu Ehren, heutzutage ein bloßer Name. Auf der Arche ließ sich ein solches Bordfest glänzend durchführen. Auch die Offiziere aller im Hafen liegenden Dampfer waren geladen.
»Die Festgeber gehören den sogenannten oberen Zehntausend Berlins an, Finanzgrößen und dergleichen«, bemerkte Haye. »Sie wollen die Lloyduniformen als Staffage benutzen, damit die Sache einen seemännischen Anstrich bekommt, und die dritten und vierten Offiziere sind als Tanzbären gemeint. Mir persönlich geht es etwas gegen den Strich, wegen unserer guten alten Fortuna, immerhin bin ich neugierig, was die Berliner uns bieten werden und will mir die Geschichte ansehen.«
Die Speisenfolge war ausgesucht üppig, nur allerfeinste Weine, und französischer Sekt bis zur Überladung. Mit halb zugekniffenen Augen sah er sich im Kreise dieser streng blickenden monokeltragenden Lebemänner und ihrer Damen um. Alle Wetter, hier schien zwischen das Brillantengefunkel duftender weißer Schultern und blendender Arme auch eine Reihe Damen aus einer Welt eingeschmuggelt zu sein, in der man sich nicht langweilte, so fein und vornehm verhalten sie sich auch gaben. Doch er mochte sich irren. Die Mode hatte die Frau immer ausgeprägter als Geschlechtswesen auf den Schild erhoben. Wo hörte die große Welt auf, und wo fing die halbe an? Und überall hatten sie an den Wänden Bilder vom Kaiser angebracht. Seine Majestät in Admiralsuniform auf der Kommandobrücke von S. M. S. Hohenzollern, Seine Majestät in Ölzeug und Südwester am Ruderrad, Seine Majestät als Schirmherr der Kriegsflotte und darunter sein Ausspruch »Volldampf voraus«.
Wie eine Art Tischgebet kam gleich zu Anfang ein Trinkspruch. Ein Herr mit einer knatternden Stimme

warf die Frage auf: was wollen wir in Bremerhaven? Er zog einen scharfen Strich zwischen denen, die erstklassige Menschen sein wollten, und der breiten dunkeln Masse der Allzuvielen.
»Es ist einfach Weltordnung, daß es solche gibt, die ihrer Arbeit leben, und über ihnen eine kleine Zahl Auserwählter. Du lieber Gott, die Charaktere und Veranlagungen der Individuen sind verschieden, und man sollte nicht sentimental sein und von Möglichkeiten reden, die keine Möglichkeiten sind. Es werden mich alle verstehen, die auf den Höhen der Menschheit wandeln und das Leben als erhabene Genießer modeln. Und daß dem in unserem stolzen deutschen Vaterlande so sein kann, meine Damen und Herren, das verdanken wir der glänzenden Tatkraft und dem weitschauenden Blick unseres erhabenen Herrschers. Seine Majestät hurra, hurra, hurra!«
Allseitige Befriedigung über die schneidige Fanfare. Der Redner wäre Mitglied des Herrenhauses, hörte er neben sich sagen.
Das Bankett nahm seinen Gang. Aus hingeworfenen Worten vernahm er, daß die Herrschaften, die soeben begeistert Hurra riefen, vom Kaiser als einem übertemperamentvollen Herrn sprachen. Wegwerfend nannte ihn jemand einen impulsiven Romantiker ohne feste klare Ziele.
Erst nach Aufhebung der Tafel, während die Gesellschaft bei Kaffee und Kognak herumständerte, kam er dazu, jemand zu begrüßen, den er erst ganz zuletzt am andern Ende des Saals entdeckt hatte. Er traute seinen Augen nicht. Der da hinten mit dem ungepflegten Vollbart, war das nicht sein Schwager Gottfried Suhren? Wie kam der in aller Welt nur hierher?
»Herrje, Gottfried, du hier?« redete er ihn an. »Wie gerätst du in diese Luft?«
Der Gefragte hatte etwas unsicher Flackerndes in den

Augen und war sichtlich betroffen, verbarg es aber hinter einer patzigen Antwort:
»Ich habe auch noch niemanden gestellt, weshalb er hier ist. Oder hältst du mich für einen Philister und Sauertopf?«
»Weshalb so gereizt, lieber Schwager?« entgegnete er gleichmütig. »Immerhin nimmt es mich wunder, daß gerade du hier bist.«
»Oho, ein kleiner Trampdampferkapitän zählt wohl nicht mehr mit?« kam es aufgebracht. »Aber wir sind auch noch da, vielleicht mit noch größerem Recht als andere.«
Er wollte ihm beschwichtigend zureden, doch der andere hatte schon wieder das Wort und erklärte mit scharfer Betonung:
»Wo wir sozusagen unter den Augen von Seiner Majestät hier sind, wird unsereinem erlaubt sein, was andere sich vielleicht nicht zu leisten haben. Darf ich mal ein Zitat sagen?«
»Nur immer zu, lieber Gottfried«, gab er ironisch zur Antwort.
»Es gibt eine Welt, die das Strahlende zu schwärzen und das Erhabene in den Staub zu ziehen liebt, es gibt aber Gott sei Dank auch noch Männer, die ihr deutsches Selbstbewußtsein mitten durch eine Welt hindurchtragen, die nichts anderes kennt, als daß sie stets und ständig zu nörgeln hat.«
Der Sprecher hatte eine Entgegnung nicht abgewartet und ließ sich vom Gewühl anderwärts hindrängen.
Jetzt war auch der letzte Zweifel behoben. Auch der Schwager war ihm fremd geworden und hatte sich auf Helenes Seite gestellt. Unauffällig behielt er ihn im Auge. Gottfried Suhren schien bereits ein wenig Schlagseite zu haben. Was mochte das für eine Dame sein, mit der er sich so angelegentlich abgab? Anscheinend wollte hier jemand sich seine Sorgen in lustiger

Gesellschaft vertreiben lassen, und seiner herausfordernd dekolletierten Partnerin mit der hochroten Frisur schien das auch zu gelingen.
Längst war die sommerliche Nacht hereingebrochen. Auf Deck war das Tanzen im Gange. Twosteps und Onesteps wechselten ab, ein Tango oder sonst ein wiegender Tanz. Die Klänge der Musik schmeichelten sich aufs schwarze unterm Mondlicht aufglitzernde Wasser hinaus. Weiterhin die kleinen Fahrzeuge im Hafen lagen reglos und dunkel. Jenseits hinterm Deich zogen rote und grüne Lichter stromauf und stromab. Die festliche Stimmung steigerte sich von Stunde zu Stunde und ging schon in tolle Ausgelassenheit über. Alle Sinne glühten. In den schwül verschwiegenen Räumen unter Deck saßen eng umschlungene Pärchen, flüsternd und leise kosend.
Einer der fremden Herren, ein gelbliches Bankiersgesicht, trat mit kavaliermäßigen Bewegungen an Hermann heran.
»Wenn Herr Kapitän an pikanter Schönheit Gefallen finden sollten«, raunte er höflich verhalten, »so fürchte ich kaum, daß dem etwas im Wege stehen würde. Uns wäre es peinlich, wenn unsere Gäste zu kurz kämen. Bitte, kommen Sie, ich werde Sie vorstellen.«
Er verbeugte sich steif vor dem dicken kleinen Herrn.
»Ich danke verbindlichst«, erwiderte er. »Aber mich ruft der Dienst, es wird Zeit, daß ich gehe.«
Er hatte sich kurz umgedreht. Ein Gefühl wie Ekel kam ihn an. Er hatte genug von der Orgie. Noch ein letzter spähender Blick nach seinem Schwager, doch der war nirgends zu sehen.

Am nächsten Mittag kam eine Unglücksbotschaft ins Haus. Im Hafen waren zwei Leichen gefunden. Einer der Festteilnehmer von der Arche hatte spät nachts mit

einer Dame noch eine Ruderfahrt unternommen. Mondscheinnacht und Sektlaune mochten dazu verlockt haben. Niemand wußte, was geschehen war. Die beiden mußten im Übermut das Boot geschaukelt oder sonst Unfug getrieben haben, und die Jolle war umgeschlagen. Wahrscheinlich hatte die ins Wasser Gestürzte sich in ihrer Todesangst an den geklammert, der sie retten wollte, und ihn mit in die Tiefe gezogen. Niemand brauchte ihm den Namen des Verunglückten zu nennen.
Martha war in heller Verzweiflung.
»Die arme, arme Helene!« jammerte sie. »Und daß die armen alten Suhrens das noch erleben müssen! Und Eilerts Laufbahn ist nun auch zerstört, kaum daß sie begonnen hat.«
Er strich der Weinenden übers Haar.
»Sosehr ich mit dir das Unglück beklage«, suchte er sie zu beruhigen, »man darf nicht vorschnell werden und nicht zu schwarz sehen.«
»Aber wie werden die Leute jetzt über Suhrens herfallen«, klagte sie. »Und uns Hayes trifft es doch auch mit? O mein Gott, sieh zu, lieber Hermann, daß es nicht an die große Glocke kommt!«
»Wie soll ich das möglich machen?« fragte er. »Je mehr man zu vertuschen und verwischen sucht, desto schlimmer wird das giftige hinterm Rücken Reden. Es ist natürlich schlimm genug, daß gewisse Leute etwas zwischen die Zähne bekommen haben könnten, aber Klagen hilft nichts, wir müssen dem Unglück ins Auge sehen können.«
Er hatte ihr den Arm um die Schulter gelegt und fuhr innig fort:
»Für dich und mich gilt, alles verstehen ist alles verzeihen. Es ist die Entgleisung eines Einzelnen – wenn es überhaupt eine Entgleisung gewesen ist –, wahrscheinlich die Verzweiflung eines unglücklichen

Mannes, über die eine Nacht ihre stummen Schatten gedeckt hat. Aber der soliden Firma Suhren wird es sowenig Abbruch tun, wie es der Laufbahn Eilerts schaden wird.«
Nach einigen Tagen erfolgte in Bremen die Beisetzung. Sie reisten beide hinüber, aber es waren kalte unherzliche Stunden. Helene war wie erschlagen, sie hatte weder Worte noch Tränen. Sooft Hermann einen Anlauf zu teilnehmenden Worten nahm, hüllte sie sich in noch verbisseneres Schweigen.
Völlig verstört fuhren sie wieder zurück. Auch die Stunde in Bremen hatte gezeigt, es waren über den klaffenden Spalt keine Brücken mehr zu schlagen.
»Es kommt mir vor«, sagte er, »als ob die verdammte Hochspannung in der Welt auch das Ihre tut.«
Er deutete auf farbige Extrablätter, die seit vorgestern an allen Straßenecken klebten. In Serajewo war der österreichische Thronfolger von zwei Serben ermordet. Etwas Drückendes lag in der Luft und lastete bleiern auf den Gemütern. Ein unbestimmter Gedanke, in letzter Zeit durch Wort und Schrift immer häufiger zum Ausdruck gekommen, schien sich zu einem drohenden Gewölk zusammenballen zu wollen. Es konnte Krieg geben. –– Krieg? Um Gottes willen, nur das nicht, sagten die einen, kein größeres Unglück als ein Krieg. Sie fühlten dunkel, daß man noch mitten in einer gefährlichen Übergangszeit war. Deutschland war unheimlich gewachsen und hatte noch keine klar bestimmten Maßstäbe, und der militärische Maßstab war nur einer und nicht der einzige. Andere wollten wissen, es werde todsicher Krieg geben, und die Entscheidung werde äußerst schrecklich, aber nur kurz werden. Noch andere stellten sich nur etwas wie eine dunkle Wolke vor, die mit niederflirrenden Blitzen und krachendem Donner heraufziehen würde. Doch daß die Blitze in die eigenen Häuser fahren würden?

Sie gaben die Antwort mit einem Modewort. Ausgeschlossen – wir haben unsere Bundesgenossen, Mitteleuropa stützt sich auf den Dreibund. Eduard von England hatte einmal seine Reisen zu den nichtdeutschen Machthabern unternommen, deshalb war es aber noch nicht ausgemacht, daß seine Politik noch heute galt und Deutschland eingekreist war. War es wirklich zu bedauern, daß Bismarcks russenfreundlicher Kurs verlassen und das Zarenreich Frankreichs Freund geworden war? Allerdings hatte die kaiserliche Politik die Japaner um die Früchte ihres Sieges über China und Rußland gebracht, doch Japan lag für Europa im fernen Osten.

Und was waren das für überbesorgte Schwarzseher, die an den Zündstoff dachten, der im eigenen Land angehäuft lag? Die zunehmende Teuerung, die wachsenden Steuerlasten, die Überbevölkerung, das stockende Vorwärtskommen bei Militär und Beamten, eine immer selbstsicherer auftretende materialistische Weltanschauung und immer größer werdende Genußsucht, die sozialen Kämpfe mit ihren schärfer und ausgedehnter werdenden Streiks, Übergriffe und Herausforderungen eines kleinlichen Polizismus, ein veraltetes Klassenwahlrecht, ein unter verschiedenen Decknamen wucherndes Republikanertum, das deutschen Caesarismus und russisches Zarentum schon in einem Atem nannte, dazu die auswärtige Politik das Privileg eines Kaisers, der mit allen Gnadengaben des Himmels ausgestattet erschien und sein eigener Kanzler sein wollte, der an sein unfehlbares Gottesgnadentum glaubte und dessen Ratgeber niemals anderer Meinung sein durften als er, das alles und noch viel anderes hatte seit langen Jahren mit Verärgerung, Unzufriedenheit, Mißtrauen und Verhetzung eine Atmosphäre erzeugt, die jetzt unaushaltbar beklemmend wurde. Nur ein frischfröhlicher Krieg kann uns von dem allen

retten, ging die Meinung, jedes Gewitter ist notwendige Naturerscheinung und reinigt die Luft. Man sollte es den Generälen und Admiralen nicht verargen, wenn sie umherreisten und Bücher schrieben und die Parole ausgaben: rüstet zum Krieg! Krieg war ihr Lebensberuf, und ein Friedenssoldat war nur ein halber Soldat. Unruhige Köpfe sahen bereits den Augenblick gekommen, daß sie den Feinden Deutschlands den Fuß auf den Nacken setzen konnten.
»Wie denkst du über das alles?« fragte Martha ihn.
»Wird es Krieg geben?«
»England ist der Feind, und wer Wind säet, wird Sturm ernten«, gab er zur Antwort. »Daß es unser größter und mächtigster Neider ist, steht für mich fest. Ob wir aber schon soweit sind und uns leisten können, was die Engländer auftrumpfen läßt: *right or wrong, my country*? Im übrigen werden wir guttun, uns nicht in Vorhersagungen zu bewegen. Nichts in der Welt ist ungewisser und wechselvoller als ein Krieg. Wenn er kommt, wird er für uns die Probe aufs Exempel sein.«
Sie wiederholte die Worte gedankenschwer:
»Ja, die große Probe auf das Exempel! – Aber dann sage mir wenigstens ein Wort der Aufrichtung. Ich kann es dir ja ruhig gestehen, ich bin innerlich nicht ganz ohne Zagen.«
»Das darfst du dir niemals anmerken lassen, liebe Martha, das wäre gegen das Vaterland«, sagte er. »Wer sich selbst aufgibt, ist verloren, dem hilft kein Gott. Wenn unsere Bundesgenossen zu uns stehen, und das werden sie doch, dann mag's gut gehen. Mehr noch kommt es auf uns selbst an. Wenn unser Volk sich nicht zusammenfindet und beieinander bleibt, dann gnade uns Gott.«

30

Der Krieg war da. Das Feuer brannte in hellen Flammen. Fieberheiß brauste die Begeisterung durchs Land. Die beiden Mädels waren außer sich, und dem kleinen Oltmann blitzten die Augen. Auch in Großmutters stillem weißen Gesicht spiegelte sich zuckende Aufregung wider. Als es Anno siebzig losging, sagte sie, wäre auch solch eine schlimme Gluthitze in der Welt gewesen. Bei kühlem Wetter würden die Menschen wohl nicht so leicht auf Kriegsgedanken verfallen.
»Lieben Leute, wir werden jetzt etwas erleben«, sagte der Vater. »Gott schütze unser gutes Deutschland!«
Die Armeen waren durch Belgien marschiert. Wen ging das entrüstete Aufschreien der übrigen an! Alles Maske und scheinheiliges Getue. Wer sich einer vielfachen Übermacht zu erwehren hatte, wer überfallen war und einen Verteidigungskampf führte, der durfte nicht fackeln und sich noch lange bedenken. Im Reichstag hatte der Kaiser das Wort gesprochen: Ich kenne keine Parteien, keine Standes- und Religionsunterschiede, ich kenne nur noch Deutsche. Und die Sozialdemokraten wollten das Vaterland in der Stunde nicht im Stich lassen. Alles, nur nicht vom russischen Zarismus geknutet werden! Eine große und heilige Zeit. Deutschland war wieder einig. Die Offiziere standen ihren Soldaten nicht als Herren gegenüber und marschierten als Kameraden mit ihnen gegen den Feind.

Den deutschen Kriegserklärungen an Rußland und Frankreich hatte England seine Erklärung an Deutschland folgen lassen. Wie aus zusammengeschnürten Kehlen stieg ein Aufschrei auf. Gott strafe England! Italiens Bundestreue war zweifelhaft, und die amerikanische Union hielt sich zurück.
»Haben wir keinen einzigen Freund in der Welt mehr?« war seine zornige Frage.
»Wo sind unsere Diplomaten geblieben?«
Jetzt mußte sich's zeigen, ob der Brite wirklich stärker war, wenn er seine Blockade durchführte und alle Zuwege absperrte und die Kabel zerschnitt. Der Hungerkrieg stand vor der Tür. Aber noch hatte das gewalttätige England nicht das letzte Wort, und er durfte es nicht aussprechen, was in seiner und Marthas Seele zitterte, daß ein Todestag für das Land kommen konnte. Nur soviel wußte jeder, bitter not war die Seefahrt für ein Volk, das an einer langgestreckten Küste wohnte.
In Bremerhaven und an der Weser bewegte sich alles in Marineblau. Wer nicht den Waffenrock trug, galt als Mensch zweiter Klasse. Die Frauen rissen sich um die ersten Verwundeten, die von den Fronten kamen und gepflegt werden sollten. An den Piers in Brake und Nordenham lag Dampfer neben Dampfer und löschte schwedisches Erz. Es war nur ein Vierteljahrsvorrat an Munition da, doch im Binnenland qualmte die kleinste Fabrik und fertigte Granaten. Von der Heide bei Cuxhaven stiegen die Zeppeline hoch und steuerten nach der englischen Küste hinüber. Die Fischdampfer waren als Vorpostenboote und Minenleger ausgerüstet und die großen Ozeandampfer zu Hilfskreuzern umgebaut. Zwei von den Lloydschiffen, Kronprinz Wilhelm und Prinz Eitel Friedrich waren schon draußen und versenkten ein Schiff nach dem andern. Was verschlug es, daß der große Kaiser Wilhelm an der Afrikaküste in

neutralem Gewässer beim Kohlenbunkern überrascht war? Das stolze Schiff hatte sich bis zum letzten Schuß gegen den englischen Kreuzer gewehrt und sich dann in die Luft gesprengt. Der Kronprinzessin Cecilie war es nach einer tollen Fahrt geglückt, nach Amerika zurückzuflüchten. Alle Häfen im Ausland lagen voll deutscher Schiffe. Es war ein Handelskrieg, das war klar. Sein oder Nichtsein war die Frage. Aber es sollte Bremerhaven nicht ergehen wie der alten spurlos verschwundenen Karlsburg, die vor Jahrhunderten ihre Wälle und Bastionen erhob, wo jetzt volles blühendes Leben zum Stillstand gebracht war. Aber die einsame Kirche von Imsum und der wunderbare Westturm auf Wangerooge, der einzige Überrest eines versunkenen Dorfes, waren dem Erdboden gleichgemacht, um dem Feind nicht als Landmarken zu dienen.

»Se makt erst mol allens twei«, hörte er einen alten Seefischer brummen. »Man dat mutt so wesen van wegen dat Vaderland.«

Der Mann hatte recht. Der Krieg war der furchtbarste Zerstörer und vernichtete alles, ohne es in andere Form umzusetzen. Wie an der Front Stahl und Blei in leerer Luft auseinanderstäubten, so ließ er auch daheim allen Vorrat verschwinden. War es ein Weltkrieg, wie sie alle sagten, dann brachte er Weltnot.

Wo war das Klubschiff Arche geblieben? Sein Liegeplatz im Hafen war leer. Doch es war nicht die Zeit, sich mit Nachforschungen zu quälen. Man mochte es draußen bei den Minensperren gebraucht haben.

Am letzten Augusttag kamen eilige Schritte die Treppe herauf, ein Getrappel wie von einer Sektion Soldaten. Unruhig hob er den Kopf. Jeder Tag brachte neue Überraschungen, und ein Extrablatt war kaum ausgegeben, dann kam schon ein anderes.

Er schnellte von seinem Sitz hoch. Seine Schwester war ins Zimmer getreten, hinter ihr her ihre drei Älte-

sten. Mit hochrotem Gesicht reichte sie ihm ein frisches Zeitungsblatt:
»Da lies, Bruder! Jetzt wird der Krieg bald aus sein.«
Die Meldung von der Masurenschlacht. Vollständige Vernichtung der russischen Narew-Armee. General von Hindenburg hatte 92 000 Gefangene gemacht. Wer war Hindenburg? Ein unbekannter Name, aber ohne Zweifel ein Mann, der Großes konnte.
Helene gab ihrem Bruder die Hand und bot ihm die Lippen zum Kuß. Es bedurfte keiner Worte. Alles war wieder gut. Die Zeit war größer als alle Zerwürfnisse.
Aber nun mußte ihr Ältester vortreten. Seinetwegen waren sie von Bremen herübergekommen.
»Denkt euch, Eilert will eintreten. Was meint ihr? Er ist noch nicht achtzehn.«
Eilert hielt die musternden Blicke mit überlegenem Lächeln aus. Sein Gesicht halb noch ein Kindergesicht, trotz des wetterbraunen Anflugs, aber Körper und Brustkasten eines erwachsenen Mannes. Die Elsflether Schulschiffe lagen bei Heikendorf in der Kieler Bucht und würden dort wohl noch eine Zeit an den Bojen bleiben.
»Und ich soll untätig an Land sitzen?« fragte er. »Das halte ich nicht aus. Habt ihr's nicht gelesen, es haben sich schon zwei Millionen Kriegsfreiwillige gemeldet?«
Von der Bürgermeister-Smidt-Straße scholl Gesang herüber. Zur Fahne Eingezogene, die mit ihren braunen Pappkartons zur Kaserne nach Lehe marschierten. Langgezogen sangen sie das Lied vom guten Kameraden mit dem angehängten Reim:
>Die Vögelein im Walde, die sangen so
>wunderschön,
>In der Heimat, ja in der Heimat, da gibt's
>ein Wiedersehn.
Die Weise war auf einmal das Kriegslied geworden,

und Frauen und Kinder sangen sie mit. Die Soldaten sangen sie beim Ausmarsch und aus den Bahnfenstern heraus, auf den heißen staubigen Landstraßen Belgiens und in den Vogesen, in Ostpreußen und in Polen. Wohin, wohin? Gab es ein Wiedersehen, und wann würde das sein?
Martha und Christine hatten halblaut mitgesungen. Sie schwiegen alle und lauschten.
»Bist du nicht einverstanden, Helene, daß der Junge an die Front geht?« fragte Hermann nach einer Pause.
»Ich selbst?« erwiderte sie leise. »Für mich ist es so selbstverständlich wie für ihn. Ich wollte nur eure Meinung hören.«
Er trat auf sie zu und legte ihr die Hand auf die Schulter.
»Du hast fünf Söhne und das Vaterland ruft«, sagte er.
Die beiden andern, der siebzehnjährige Daniel und der sechzehnjährige Justus, wären am liebsten noch heute mit ihrem Bruder gezogen, aber sie sahen es ein, sie waren noch zu jung.
Helene kam in den nächsten Wochen häufig nach Bremerhaven, um ihren Ältesten zu sehen, und versäumte nie, auch an der Ankerstraße vorzusprechen. Sie vertrat freimütig ihre Meinung, aber sie war nicht mehr wie vordem. Das kam nicht einzig davon, daß sie in Trauer ging. Die alten Suhrens waren innerhalb von vierzehn Tagen gestorben. Die Aufregung der Zeit war jedoch so gewaltig, daß das stille Abschiednehmen derer, die ihr Leben hinter sich hatten, kaum einen Eindruck machte.
Auch Hermann Haye hatte seinen Marinerock angezogen. Er stand bei der Seewehr und hielt die Küstenwacht. Die Deichstrecke bis nach Imsum hinauf war sein Bezirk. Auch jenseits der Weser lag hinterm grünen Wall ein marineblauer waffenstarrender Ring.
In den ersten Septembertagen war an der Westfront

eine große Schlacht gewesen. Auf einem ungestümen Vormarsch über Reims hinaus war plötzlich ein Stillstand erfolgt. Der amtliche Bericht meldete, der rechte deutsche Flügel wäre zurückgebogen, ohne daß der Feind folgte, sprach auch von einer Siegesbeute von fünfzig Geschützen und einigen tausend Gefangenen. Es liefen Gerüchte um, die etwas anderes wissen wollten. Die Zurücknahme der Front wäre eine Niederlage gewesen. Es wurden Zahlen von Verlusten genannt, immer höhere Ziffern von Gefangenen, im Dunkeln schleichendes täglich übertriebener werdendes Gemunkel, das niemand zu widerlegen vermochte. Es schlug auch ihm ans Ohr. Es war nicht ausgeschlossen, daß geheime Schadenfreude und finstere in der Tiefe lauernde Mächte ihr Spiel hatten. Aber es gab keine öffentliche Meinung mehr. Sogar die Erörterung der Kriegsziele war verboten, alle Ventile durch die Zensur zugeschraubt und die Zensur streng bis ins Kleinliche und Widersinnige, die stellvertretenden Generalkommandos keinem verantwortlich und als unumschränkte Gewalthaber regierend.

»Einem ganzen großen intelligenten Volk wird der Mund zugehalten und die Augen verbunden?« fragte er stirnrunzelnd.

»Als bei Kriegsbeginn die Lügenberichte der Feinde die Welt betäubten, wurde amtlich versichert, wir Deutschen würden die Wahrheit in keinem Fall verschweigen. Weshalb schenkt man uns jetzt keinen reinen Wein ein?«

»Man soll Schwankungen und Rückschläge nicht ohne weiteres zugeben«, entschuldigte Helene. »Das könnte schwere politische und moralische Folgen haben.«

»Aber hat das Volk erst von dem Giftbaum falscher Erkenntnis gegessen, dann ist es noch verhängnisvoller«, gab er zu bedenken. »Ist nicht die Unterdrückung

der öffentlichen Meinung ein Ausfluß der ganzen großen Unselbständigkeit, zu der wir bis heute erzogen sind?«
Da die beiden Frauen ihm keine Antwort gaben, wurde er eifriger.
»Heraus aus dem blinden kleinkinderhaften Autoritätsglauben!« rief er. »Eine freiwillige Freiheit muß unser Ziel sein. Aus schwankender Unsicherheit ist die Wahrheit noch niemals geboren.«
»Du verfliegst dich in die Wolken und gebrauchst überideale Worte«, sagte Helene. »Ist die Wahrheit bei uns Menschen oder nur bei Gott?«
»Aber man soll niemand den Weg zu ihr versperren«, versetzte er. »Sobald wir ein festes Ziel haben, sind wir auf dem Weg. Wir sollen erkennen, so kann es nicht weitergehen und wir haben etwas Neues nötig. Hier ist der Anfang der Erziehung zu selbständigem Handeln.«
»Jetzt mitten im Krieg?« fragte sie zweifelnd. »Was sollte das Neue wohl sein?«
Sollte er's den Frauen erklären? Auch mitten im Krieg durfte man nicht einseitig nur das Militärische und was damit zusammenhing entscheiden lassen. Neben dem Wirtschaftlichen gab es den Ausschlag und die Waffe sprach gewaltig ihr Wort, aber mehr noch galt der durch nichts anderes beeinflußte sittliche Wille. Muskelkraft und der angehäufte Vorrat von Pulver und Blei taten es nicht. Was das Vaterland am nötigsten hatte, wuchs nicht im Gestrüpp des Aufklärichts, wurde auch nicht im Phrasengetümmel und Hurrageschrei geboren, sondern nur da, wo der Wille zum Sieg, den alle guten Deutschen hatten, aus klarer Erkenntnis entstand und mit unbeirrbarer Gerechtigkeit durchgeführt wurde.
Seit der Marneschlacht hatte der Krieg ein anderes Gesicht bekommen. Von den Alpen bis an die See hatte

die Westfront sich in Schützengräben gelegt und duckte sich. Hier und da im Vorfeld ein Geplänkel, ein Vorstoß, ein Geländegewinn, doch im ganzen ein Stillliegen ohne Entscheidungen. Die Blockade wurde fühlbarer. Sperren vor allen Häfen, die Nordsee von Freund und Feind immer dichter mit Minen verpflastert. Doch die Marine war guten Mutes. Sie schien dazu berufen, die große Entscheidung zu bringen. Auf den kleinen Fahrzeugen, die im Vorpostendienst standen, waren sie Tag und Nacht in Atem. Und die großen Schiffe warteten auf ihren Tag. Die Bezirkskommandos hatten viel zweifelhafte Elemente für sie ausgehoben, doch die straffe Mannszucht an Bord hielt sie im Trimm, wenn sie nicht genug Beschäftigung hatten und das Arbeiten zu verlernen drohten.
Auch daheim lag alles wie geduckt. Die Zensur wurde strenger, die Verordnungen immer noch schärfer.
»Sie scheinen es da oben nicht wissen zu wollen«, bemerkte er unmutig, »daß unnötiger und übertriebener Zwang die Menschen nicht bessert, sondern nur schlechter macht.«
Und immer gewaltiger stellte die Heimat sich auf die Arbeit ein. Nachtruhe und Feiertage gab es nicht mehr. Die Frauen und Mädchen standen an den Drehbänken oder hielten das Pflugleit, die andern strickten und nähten, und alle hatten sie jemand draußen, dem schickten sie ein Paket hinaus.
Halb verloren hörte er aus der Etappe herüberklingen, das kameradschaftliche Verhältnis zwischen Offizier und gemeinem Mann wäre nicht mehr so wie in der ersten Zeit. Er hörte es zähneknirschend. Ungezählten war es auch heute noch ehrlich um gute Kameradschaft zu tun, aber das verruchte System, das den Offizier gottähnlich über die andern erhob, war stärker als ehrliches Wollen. Auch anderes verriet, es wurde immer noch zuviel mit dem Zustand von Anno siebzig

gerechnet und das meiste war auf eine kurze Kriegsdauer eingerichtet.
Eilerts Ausbildungszeit ging ihrem Ende entgegen.
»Es geht ihm viel zu langsam«, klagte seine Mutter. »Der närrische Junge hat Sorge, er käme nicht mehr rechtzeitig hinaus und der Krieg könnte ohne ihn zu Ende sein.«
»Laß ihn ziehen«, riet Hermann. »Jetzt wird da draußen Weltgeschichte gemacht und er will dabei sein.«
Der Abend des zweiundzwanzigsten September brachte eine Kunde, die helle Begeisterung aufflammen ließ. Aus den Häusern hingen die Fahnen. Bei Hoek van Holland waren in der Morgenfrühe drei englische Panzerkreuzer durch das Unterseeboot U9 versenkt. Unversehrt hatte Kapitänleutnant Weddigen das Boot und seine fünfundzwanzig Mann nach Wilhelmshaven zurückgebracht. Eilerts Ungeduld war kaum noch zu halten. Die Zeitungen meldeten, Antwerpen stände vor dem Fall.
»Nun wird's aber allerhöchste Zeit!« rief er stürmisch. »Nu mutt ich de verdammten Hotmakers an de Buseruntje!«
Endlich war der Ausmarschtag da. Alle Mann brachten sie ihn zum alten Geestemünder Bahnhof, die Hayes Kinder vorn bei der Musik, seine Brüder in gleichem Schritt neben ihm. Die neue feldgraue Uniform gab ihnen endlos zu fragen. Dann eine halbe Stunde Herumstehen vorm Bahnhof. Seine zweitälteste Kusine – Christine war ein deutsches Mädchen und wollte Base genannt werden, obwohl das allen ein wenig komisch klang – hatte ihm einen Strauß Astern gegeben, und er hatte die Blumen oben an sein Gewehr gesteckt. Auf seinem Gesicht lag ein Leuchten. Die Frauen bissen die Zähne aufeinander. Wohin es gehen sollte, fragte Hermann den Transportführer. Der zuckte die Achseln. Vermutlich Flandern. Jetzt das Signal zum An-

treten. Er reichte allen die Hand und gab seiner Mutter einen Kuß.
»Lebt wohl und auf Wiedersehen!«
Dann machte er noch einmal Kehrt und rief ihnen mit seiner hellen Stimme ein letztes Wort zu:
»Deutschland muß leben, und wenn ich sterben muß.«
Er hatte das wie etwas ganz Selbstverständliches gesagt. Die andern drehten sich rasch um und gingen mit zuckenden Gesichtern nach Hause.
»Er wird natürlich wiederkommen«, versicherte Hermann seiner Schwester. »Gar kein Zweifel, er muß wiederkommen. Warum gerade er nicht?«
Ein Wort, das er vorhin hörte, wollte er in der Stunde nicht weitergeben.
Einer von den andern Feldgrauen, ein verwegen blikkender Bursche, hatte gerufen:
»Augen zu und auf ihn mit Gebrüll, Gott verläßt keinen Deutschen, und am deutschen Wesen soll die Welt noch mal genesen.«
——— Eilert mußte längst draußen sein, aber es kam kein Brief. Alles schalt auf die Feldpost und wußte nicht, daß sie Unmenschliches zu leisten hatte. Erst nach drei Wochen kam ein Stoß Briefe und Karten an. Sie wanderten in der Familie von Hand zu Hand. Er war bei der Marine-Infanterie. Es ging gegen Dünkirchen und Calais, und jetzt waren sie in den Dünen von Ostende. In allen Briefen derselbe Ton. Der Krieg war furchtbar und seine Schrecken nicht zu beschreiben, aber ihm und den Kameraden ging es gut. Nur durften sie nicht die Nerven verlieren. Und ihr Kompagnieführer, ein Professor, war wilder als der wildeste Student.
Es kamen jetzt regelmäßig Briefe an, aber dann rissen die Nachrichten auf einmal ab. Helene wurde unruhig. Auch Hermann und Martha sahen sich an. Warum

schrieb der Junge nicht? Seine Mutter hatte längst keinen Schlaf mehr.
Und dann kam die Nachricht. Als sie da war, war es fast wie eine Erlösung von unerträglichen Qualen. Er hatte zwischen den Dünen von Lombartzyde sein junges Leben ausgehaucht. Beim Sturmangriff hatte der Volltreffer einer englischen Granate ihn auf der Stelle getötet. Als Hermann und Martha nach Bremen fuhren, trat Helene ihnen in aufrechter Haltung entgegen. Etwas Stählernes stand in ihren Augen. Sie hatte die ganze Nacht durchgeweint, aber jetzt war sie mit dem Schlimmsten fertig.
»Es sind immer die allerbesten, die fallen«, sagte sie. »Ich denke an sein letztes Wort. Er war schon damals ein Held.«
Die andern schwiegen bewegt, und sie fuhr fort:
»Jetzt habe ich noch die vier andern. Ich weiß nicht, soll mich das trösten oder verzagt machen? Wird ihre Stunde auch noch kommen?«
»Ich sehe es dir an, Schwester«, gab er zur Antwort, »dir ergeht es nicht anders als uns. Trotz alledem glaubst du mutig ans Vaterland.«
»Das tue ich«, sagte sie feierlich. »Ich glaube noch stärker an unsere Zukunft als vorher. Sein Tod kann nicht vergeblich gewesen sein.«
Ein paar Tage darauf hatte er an der anderen Weserseite zu tun. Da Helenes Zweiter und Dritter bei ihm zu Besuch waren, nahm er die beiden mit. Sie würden auch durch Fedderwarden kommen.
»Ich kann natürlich nicht mit, so gern ich das möchte«, sagte die Großmutter. »Aber grüßt mir meine alte Heimat und bringt mir ein paar von den Ewigkeitsblumen mit.«
Die rostbraunen Häuschen duckten sich noch stiller hinter den Deich als vordem. Doch der Krieg hatte auch an den kleinen Sielhafen sein Leben geworfen.

An der Deichecke, wo der Blick auf Bremerhaven frei wurde, lag eine Haubitzenbatterie. An der Stelle hatten schon Anno siebzig ein paar Kanonen gestanden. Quer durchs Land bis zur Jade hin, doch auf den grünen Marschhämmen kaum zu erkennen und wie verlassene alte Wurten aussehend, waren als Infanterie-Stützpunkte einige Schanzen aufgeworfen.
Der Hafen lag ausgestorben. Dicht vorm Siel, wo der Schuppen vom Rettungsboot war, stand halb aus dem Wasser heraufgezogen ein Wrack. Ein großer schwarzer Kadaver, die Planken abgerissen und die kahlen Spanten wie Rippen in die Höhe ragend. Leute waren dabei, das Holz zu zerschlagen und fortzuschaffen. Feuerholz für den beginnenden Winter. Kriegszeit war Notzeit.
»Was mag das für ein Schiff sein, was sie da slopen?« fragten die jungen Leute. »Ist es nicht einmal als Sperrschiff zu gebrauchen gewesen, daß sie es hier so jämmerlich auseinander schlagen?«
Er hatte aufmerksam hingesehen und tat einen überraschten Ausruf. Am unversehrt gebliebenen Heck hatte er die Überreste goldener Sterne und die Spuren von fortgenommenen Namen erkannt.
»Jungens, seht euch das Schiff an«, bedeutete er den beiden. »Es hat einmal ein stolzes schönes Fahrzeug gegeben, eine Elsflether Schonerbrigg. Euer Großvater ist als Kapitän auf ihr gefahren und hat viel mit ihr durchgemacht. Und ein Urgroßvater von euch ist Reeder gewesen.«
»Die Fortuna?« riefen sie wie aus einem Munde.
»Sie ist ein Stück unserer Familie gewesen. Jetzt hat sie ausgedient und dies ist das Ende.«
»Was altersschwach geworden ist, muß dahin«, rief der Jüngste. »Dafür werden aber wieder neue und bessere Schiffe gebaut.«
Er bejahte. Wer wollte sich wohl einer Wehmut hinge-

ben, aber für ihn lag in dem hingeworfenen Knabenwort ein tieferer Sinn.
Während Daniel und Justus die Blumen für ihre Großmutter aus dem Außendeich holten, stand er auf dem Deich und warf einen letzten Blick übers Wasser. Es war Flutzeit. Er äugte scharf nach der Jade hinüber. Eine Reihe grauer Kolosse schob sich langsam nach See zu. Das dritte Schlachtgeschwader. Fuhr es einer Entscheidung entgegen? In der wasserhaltigen Luft, in der alle Linien ihre Härten verloren, bekamen auch die starren Umrisse etwas Ungewisses. Der Turm auf dem Hohenweg schimmerte rötlich herüber. In der Nacht würde von ihm kein Feuer leuchten. Hoffentlich kam bald die Zeit, daß sein helles Licht wieder strahlte und den Seefahrern den Weg zeigte.
Bei ihrer Heimkehr sahen sie an der Geeste eine Gruppe Schwerverwundeter, meist ältere Leute, der eine auf einem Stelzbein humpelnd, einem andern der Arm abgeschossen, der dritte verschüttet gewesen und mit zitternden Gliedern.
»Die armen Leute sind für ihr Leben erledigt«, sagte er zu seinen Begleitern. »Sie können nichts Rechtes mehr schaffen. Aber sie haben kleine Kinder zu Hause, die wachsen heran und sollen einmal tun, was zu tun nötig ist, damit wir ein neues tüchtiges Geschlecht bekommen.«
Sie gingen die Kaje entlang und auf die große Geestebrücke zu. In ihm arbeitete etwas, was ihn schon seit Wochen stachelte. Immer mehr Ersatz war an die Front hinausgeschickt, immer dichter belegt die Lazarette. Wieviel junges Blut war schon gefallen, vor Langemark, Dixmuiden und Bixschoote ganze Regimenter von Kriegsfreiwilligen durch englische Maschinengewehre niedergemäht, Studenten und Schüler, die Blüte deutscher Intelligenz. Jetzt wollten seine Gedanken zu einem Entschluß reifen. »Von euch und allen, die zu-

rückbleiben«, sagte er mitten aus seinen Gedanken heraus zu den beiden, »erwartet das Vaterland, daß ihr eure Pflicht tut und euch an die Spitze der Heranwachsenden stellt.«
Die jungen Leute schritten rascher aus und sahen ihn mit heiß aufglühenden Augen an. Sie waren jetzt auf der Brücke und schauten zur Werft hinüber. Vor ihnen knatternd und prasselnd die Riesenstätte der Arbeit. Halb vergessen standen irgendwo noch die einfachen eichenen Balkenkräne aus der Zeit, da man noch hölzerne Segelschiffe baute. Sie verschwanden vor den himmelhohen Turmdrehkränen und den wie eine ungeheuer große luftige Halle emporstarrenden Eisengerüsten. Unten am Boden gewahrten sie zwischen dem Pfeilergewirr die werdenden Formen von dunklen Schiffskörpern.
»Handelsdampfer!« erklärte er. »Es gilt, das eine tun und das andere nicht lassen. Wir haben an nichts als den Krieg zu denken, müssen zugleich aber schon für den Frieden schaffen. Eine schwere Aufgabe, aber sie muß uns gelingen.«
Sie gingen miteinander zur Ankerstraße. Nahe beim Haus kamen ihnen die Frauen entgegen. Auch die Großmutter war dabei. Trotz ihrer Sechsundsiebzig war sie noch immer rüstig und wollte sich vorm Dunkelwerden noch ihre blauen Strandnelken abholen und sie morgen früh nach Wulsdorf hinausbringen. Am ersten Mai des Jahres hatte sie einen stillen Gedenktag begangen. Vor fünfzig Jahren hatten am Siel einmal Hochzeitsfahnen geweht.
»Wir haben das Ende der Fortuna erlebt«, bedeutete er ihnen. »Wir haben zugleich aber auch schon die Ansätze von neuem Leben gesehen.«
Erst als er ihnen von dem Fahrzeug am Siel erzählte, wußten sie, was er meinte.
»Fortuna ist immer Schicksal mit Glück und Unglück

gewesen«, nahm die Großmutter bedeutsam das Wort. »Der Mensch soll zupacken und sich aus Altem und Neuem sein Haus bauen.«
Sie waren alle still geworden, auch die jungen Leute, und sahen auf die hin, die so sprach. Auf ihrem ehrwürdigen schneeweißen Scheitel lagen rötlich die letzten Strahlen der Sonne. Hermann und Martha blickten Helene an, und Helene nickte ihnen zu. Aus Abstieg und Aufstieg sollte Deutschland sich etwas schaffen, das bis zuletzt guten Inhalt behielt, dann würde mitten in einer Zeit voll Gefahr und Ungewißheit neues Leben aus dem erwachsen, was ausgedient hatte.
Die Bremer waren mit ihrer Mutter fortgegangen, und die andern Drei begleiteten die Großmutter wieder zu ihrer Wohnung. Jetzt teilte er Martha seinen Entschluß mit.
»Nun ist auch meine Zeit gekommen«, sagte er. »Ich möchte nächste Woche an die Front. Bist du einverstanden?«
Sie warf sich aufschluchzend an seine Brust. Aber nur wenige Minuten, dann hatte sie sich schon wieder gefaßt.
»Ich habe es vorausgesehen«, sagte sie fest. »Unser eigenes kleines Menschenglück? Nein, über ihm ein viel größeres Schicksal!«
»Was ist Glück?« fragte er. »Kein Wort, das so oft in den Mund genommen wird, und trotz des vielen Redens darüber so wenig wirkliches Glück? Aber ich weiß, wir beiden sind auf dem Weg, uns dazu zu helfen.«
Sie verstand ihn. Statt dämmernden Dahintreibens klare Erkenntnis und fester Wille, ein selbstsicheres Wollen, das aus selbständigem Denken erwuchs. Der Mensch einer neuen Zeit war geboren, keine blasse tote Null mehr, sondern mit leuchtenden Augen und

Vom gleichen Verfasser:

Zeteler Markt

Roman von der friesischen Wehde

»Es gibt nicht viele Dichtungen und belletristische Schriften, die im Oldenburger Land spielen. Einer der wenigen, die das Land zum Schauplatz eines Romans machten, war der 1868 in Oldenburg geborene und 1954 in Hamburg verstorbene Theologe Martin Bücking, der von 1896 bis 1901 Pastor in Schortens und Bockhorn war. Sein 1919 erschienener Roman ›Zeteler Markt‹ erlebte jüngst in ansprechender Ausgabe eine Neuauflage. Die einfache und gradlinige Handlung, die sich darum dreht, wie ein Junggeselle zu der richtigen Frau für seinen Hof kommt und wie die Schwierigkeiten zwischen Zugezogenen und Eingesessenen aufgehoben werden können, spielt um 1910 in der Friesischen Wehde. Er ist gut lesbar und gewandt in den erzählerischen Perspektiven und vermittelt eine einfache, aber reelle Spannung. Psychologisch ist er sehr natürlich. Als Zeitbild in Erzählform bietet er eine aufschlußreiche Darstellung der Landwirtschaft, der sozialen Verhältnisse und des Volkscharakters (im Sinne des Selbstverständnisses). Die Lektüre ist noch immer gewinnbringend für den Einblick in die uns fremd gewordenen Zustände der ländlichen Gesellschaft im Anfang des Jahrhunderts und für die Werte der Bodenständigkeit, die, auch wenn wir sie nicht mehr teilen, wohl nachdenkenswert sind.«

Besprechung aus dem Mitteilungsblatt der Oldenburgischen Landschaft

Verlag Lohse-Eissing

frischem starken Herzen. Und freie Deutsche wuchsen heran, die selbständig handeln und selbstverantwortlich leben gelernt hatten.
In dem Augenblick hörten sie, wie es draußen die Treppe heraufgestürmt kam. Ihre drei Kinder, die von der Großmutter zurückkehrten. Und Oltmann wie immer den beiden Mädchen voran. Das war Jugend und Hoffnung und Zukunft.

DIE
FORTUNA